Collection dirigée par Glenn Tavennec

L'AUTEUR

De mère française et de père danois, Victor Dixen a vécu une enfance faite d'éclectisme culturel, de tours d'Europe et de somnambulisme. Il a fait de ses longues nuits d'écriture ses meilleures alliées, le berceau de son inspiration. Ainsi remporte-t-il en 2010 le grand prix de l'Imaginaire jeunesse pour le premier tome de sa tétralogie *Le Cas Jack Spark*. Il récidive en 2014 avec son nouvel opus, *Animale, la malédiction de Boucle d'or*.

Dans son sixième roman, *Phobos*, le premier volet d'une série, ce jeune auteur de trente-huit ans embarque ses héros dans une épopée spatiale haletante, au bout de l'espace et au bout d'eux-mêmes. Après avoir vécu en Irlande, dans le Colorado et à Singapour, Victor Dixen habite maintenant à New York.

Retrouvez tout l'univers de
PHOBOS
sur la page Facebook de la collection R :
www.facebook.com/collectionr
et sur le site de Victor Dixen :
www.victordixen.com

Vous souhaitez être tenu(e) informé(e)
des prochaines parutions de la collection R
et recevoir notre newsletter ?

Écrivez-nous à l'adresse suivante,
en nous indiquant votre adresse e-mail :
www.laffont.fr/site/NewsletteR/

VICTOR DIXEN

PHØBOS

roman

© Éditions Robert Laffont, S.A.S., Paris, 2015

Agent littéraire : Constance Joly-Girard
Illustrations intérieures : © Edigraphie
ISBN 978-2-221-14663-7 ISSN 2258-2932
Dépôt légal : juin 2015

Loi n° 49-956 du 16 juillet 1949 sur les publications
destinées à la jeunesse et aux jeunes adultes

Pour E.,
Pour mes parents,
Et pour Ulysse qui, sur Terre
ou dans l'espace, fera j'en suis
sûr un très beau voyage.

Tome I.
Pour *mes parents.*
Le poème d'Ulysse *qui, sur Terre,*
ou dans l'espace, fait peu ou
sur eux n'est aucun voyage.

Rêve comme si tu vivais pour toujours,
Vis comme si tu allais mourir aujourd'hui.

JAMES DEAN (1931-1955)

*Rêve comme si tu devais vivre toujours.
Vis comme si tu allais mourir aujourd'hui.*

JAMES DEAN (1931-1955)

Programme Genesis

Appel à candidatures

*Six prétendantes d'un côté.
Six prétendants de l'autre.
Six minutes pour se rencontrer.
L'éternité pour s'aimer.*

Marquez l'Histoire avec un grand H
En rachetant la Nasa et tout son équipement au gouvernement surendetté des États-Unis, le fonds d'investissement multinational Atlas Capital a décidé de mettre un coup d'accélérateur à la conquête spatiale. Comment ? Grâce à l'argent de la publicité… et à vous ! Le *programme Genesis*, c'est à la fois un projet spatial unique et une émission de divertissement jamais vue, la première tentative de colonisation de Mars et le plus grand show de l'Histoire. Vous pouvez en faire partie !

Trouvez l'Amour avec un grand A
Tous les jeunes Terriens au sommet de leur fertilité sont invités à postuler au *programme Genesis*. Les six prétendants et les six prétendantes sélectionnés feront connaissance lors du voyage en aller simple vers la planète rouge, sur laquelle ils fonderont leur famille. Ils auront cinq mois pour se séduire et choisir le partenaire avec qui enfanter. En échange de cette aventure unique, ils autorisent les caméras embarquées à retransmettre leurs séances de speed-dating dans l'espace et chaque instant du reste de leur vie sur Mars, 24 heures sur 24.

Programme Genesis
*Vous avez entre 17 et 20 ans ?
Vous voulez participer à la genèse d'un nouveau monde ?
Envoyez votre candidature dès aujourd'hui,
et écrivez la plus belle histoire d'amour de tous les temps : la vôtre !*

Acte I

Act I

1. Champ
D – 55 MIN

« **L**ÉONOR, QUE RESSENTEZ-VOUS AU MOMENT DE QUITTER LA TERRE POUR TOUJOURS ? »
« Léonor, est-ce que vous avez hâte ? »
« Léonor, est-ce que vous avez peur ? »
« Léonor ! »
« Léonor !! »
« Léonor !!! »

Des centaines de bras prolongés de perches et d'appareils photo se tendent vers moi comme des tentacules, au-dessus des épaules en uniforme qui essayent de les contenir.

Un journaliste parvient à forcer le cordon d'agents de sécurité pour me coller sous le nez son micro et ses yeux de rapace, bleus perçants.

« Une dernière déclaration, Léonor ?... demande-t-il avec un sourire carnassier. Des regrets, peut-être ?...

— Non, aucun, et vous ? » je réponds en amorçant un geste du majeur, que je rectifie de justesse en V de la victoire.

C'est de la provoc ou quoi, me demander si j'ai des regrets juste avant le départ ? Qu'est-ce qu'il cherche, ce vautour – des pleurs, des coups ? Il n'aura ni l'un ni l'autre. Serena nous a bien prévenues que les journalistes tenteraient de nous pousser dans nos derniers retranchements, pour faire le scoop. Il faut dire qu'ils ont les crocs : ça fait un an qu'ils attendent qu'on leur dévoile enfin les sélectionnés, car notre année de formation s'est déroulée à l'abri des caméras, dans le plus grand secret. Aujourd'hui, c'est la première fois qu'ils nous voient en chair et en os, et c'est aussi la dernière : dans quelques instants nous allons décoller pour ne jamais revenir. Du coup, ils en veulent un max. C'est bien connu, la photo d'un visage décomposé se vend toujours mieux. Pas question de me laisser manipuler par un paparazzi qui veut vendre mes larmes à prix d'or : je dégaine mon plus beau sourire, celui que je répète tous les matins dans la glace depuis que j'ai signé avec mon sponsor, la maison de luxe Rosier & Merceaugnac.

Puis je m'arrache à la meute qui hurle mon nom et je m'élance dans l'escalier menant à la plateforme d'embarquement, mes longs cheveux roux soulevés par la brise qui vient de la mer, au bout de la base de cap Canaveral.

Je gravis les trois dernières marches en me répétant mon nouveau mantra : *Tu es un mannequin Rosier maintenant, Léo, tâche d'avoir la classe.*

Pour être honnête, quitte à être dans la mode, je m'imaginerais plus comme créatrice que comme mannequin, vu ma passion pour le dessin d'une part, et mon aisance en public proche de zéro d'autre part. Il faut dire aussi que mes bottes d'astronaute et ma combinaison spatiale n'aident pas vraiment à jouer les gazelles. En guise de podium de défilé, la plateforme d'aluminium émet une plainte métallique sous mes semelles. Je lève les yeux : le lanceur est là, fusée haute comme un immeuble de quinze étages, plus massive, plus écrasante... plus *vraie* que tout ce que j'ai rêvé jusqu'à présent. Tout autour de la plateforme, quatre écrans géants diffusent un diagramme qui explique le protocole du programme Genesis aux spectateurs, pour la centième fois sans doute.

« ... nous accueillons maintenant nos intrépides pionniers, nos formidables conquérants de l'espace ! commente une voix à travers les enceintes monumentales. Ils sont douze : douze jeunes gens choisis parmi des millions de candidats, au terme d'une sélection internationale sans précédent. Un voyage inouï les attend, le plus grandiose de toute l'histoire de l'Humanité. Ils iront plus loin que Youri Gagarine, plus loin que Neil Armstrong, plus loin qu'aucun être humain n'est jamais allé. Leur formidable périple se déroulera en six étapes retransmises en direct sur la chaîne Genesis, 24 heures sur 24, grâce à notre système laser de communication interplanétaire.

« *Un*, lancement simultané de deux capsules jumelles, filles dans l'une et garçons dans l'autre, vers le vaisseau *Cupido* qui les attend en orbite terrestre.

« *Deux*, connexion des deux capsules à chaque côté du *Cupido*, dans deux compartiments séparés.

« *Trois*, allumage du propulseur nucléaire et injection du *Cupido* sur une trajectoire vers Mars, pour un transit interplanétaire de cent soixante et un jours.

« *Quatre*, alignement du *Cupido* en orbite martienne, dans le sillage de Phobos, la lune de la planète rouge – un emplacement idéal pour viser, depuis l'espace, le lieu d'atterrissage.

« *Cinq*, largage définitif des deux capsules accueillant les heureux élus dans le puits gravitationnel de Mars.

« *Six*, retour du *Cupido* vide en orbite terrestre pour embarquer la prochaine promotion d'astronautes, dans deux ans. »

Je rejoins les autres filles déjà en rang au pied du lanceur, face à un rideau bariolé de logos de toutes les couleurs et de toutes les tailles – gros logos pour les sponsors *platinum* (ceux qui ont raqué un max pour s'acheter un passager) ; moyens logos pour les sponsors *gold* (ceux qui ont casé leurs produits dans le vaisseau qui nous attend là-haut dans l'espace, en espérant apparaître à l'écran le plus souvent possible) ; petits logos pour ces petits joueurs de sponsors *silver* (même s'ils ont sans doute dû sacrifier la moitié de leur budget pub annuel pour avoir droit à un

GENESIS / LE PROTOCOLE

1. **LANCEMENT** des capsules
2. **CONNEXION** des capsules au Cupido
3. **TRANSIT** interplanétaire de 161 jours
4. **ALIGNEMENT** sur le plan orbital de Phobos
5. **LARGAGE** définitif des capsules sur Mars
6. **RETOUR** du Cupido vide en orbite terrestre

centimètre carré du rideau...). Des dizaines de projecteurs sont braqués sur moi, plus éblouissants que le soleil de juillet. Des caméras montées sur des rails virevoltent tout autour de la plateforme en émettant des bourdonnements d'insectes. J'essaye de sourire de plus belle, de jouer le rôle de la fille pour qui tout ça est parfaitement naturel, alors qu'en réalité je suis aussi à l'aise qu'un poisson hors de l'eau. J'ai l'impression absurde que le système de régulation thermique de ma sous-combinaison est tombé en panne, tellement j'ai chaud. Vivement que le cérémonial soit fini et que je sois là-haut dans l'espace, en route vers mon destin !

La main de Kris se pose sur la mienne :

« C'est grâce à toi qu'on est là, Léo, la Machine à Certitudes ! » me glisse-t-elle à l'oreille de sa voix claire.

La Machine à Certitudes, c'est le surnom que me donne Kris quand elle veut me taquiner sur mon côté buté. Elle a bien le droit de m'appeler comme elle veut : elle est comme une sœur pour moi, depuis le matin où nous nous sommes rencontrées sur la piste unique d'un minuscule aéroport, perdu dans la fournaise de la vallée de la Mort, en Californie. C'était il y a un an. Je débarquais tout juste de France, elle s'était envolée d'Allemagne la veille ; des six filles sélectionnées pour le programme Genesis, nous étions les premières à arriver au camp d'entraînement reproduisant les conditions de Mars. Nous étions folles de joie. Nous étions mortes de peur. Je me suis confiée à elle comme à personne auparavant, les mots me venaient naturellement en anglais, la langue officielle du programme Genesis. Je lui ai raconté ma vie d'enfant abandonnée, l'Assistance publique, la valse des familles d'accueil, ça m'a fait un bien fou. Entre nous, ça a été comme un coup de foudre amical qui ne s'est jamais démenti, Kris illuminant mes journées tout au long de l'entraînement avec sa bonne humeur, et moi la soutenant avec mes fameuses certitudes – du genre, *on va y arriver, soldat Kris, y a pas moyen autrement !*

De son côté, Kris m'a dit qu'elle venait d'une zone industrielle dévastée d'Allemagne, minée par le chômage comme tant de régions en Europe. Son père était mort dans un accident sur la chaîne de montage quelques jours seulement avant l'automatisation de la dernière usine de la ville, et sa mère l'avait suivi quelques années plus tard, emportée par le chagrin et une pneumonie mal soignée. Kris venait alors d'avoir dix-sept ans. Elle avait décidé de monter chercher une vie meilleure à Berlin, où elle avait fini par devenir cuisinière dans un restaurant ouvert toute la nuit (il faut dire qu'elle assure comme une déesse, sa crème brûlée aux zestes de citron est juste à tomber !). Ça m'a émue d'apprendre qu'elle était orpheline comme moi ; quelle coïncidence, je me suis dit, sur une population de plusieurs milliers de candidates ! Sauf que ce n'était pas une coïncidence, comme on s'en est vite rendu compte. Chacune à sa manière, les quatre autres filles qui nous ont rejointes dans la soirée étaient toutes sans attaches, sans rien ni personne pour les retenir sur Terre : c'était ainsi que le programme Genesis avait fait sa sélection.

« À la gauche de ce rideau, voici nos six prétendantes. À la droite, nos six prétendants. De belles filles et de beaux garçons, réunis sur la presqu'île de cap Canaveral en Floride ! »

Une tribune se dresse perpendiculairement au rideau, surmontée d'un pupitre derrière lequel est juché un homme chauve de belle carrure, en costume gris. C'est lui, la voix dans les enceintes : le directeur Lock, notre monsieur Mars en personne. Il était l'un des plus hauts cadres de la Nasa, avant que le nouveau gouvernement hyperlibéral des États-Unis ne mette en vente son agence spatiale en même temps que tout un tas de choses comme la Poste, les autoroutes, et l'ensemble des musées nationaux… Un gigantesque vide-grenier, la grande promesse électorale du président Green, tout ça pour essayer d'éponger la dette abyssale du pays – « *With President Green, take America out of the red !* », c'était le slogan de sa campagne.

C'est une boîte privée qui a acquis la Nasa il y a deux ans, pour une somme non divulguée. Atlas Capital : un fonds d'investissement, le genre qui rachète les entreprises en difficulté dans le seul but de les désosser et d'en tirer un max de fric. Avec la Nasa, ça n'a pas loupé. Ils ont aussitôt viré la moitié du personnel ; en gros tous ceux qui ne planchaient pas directement sur la conquête de Mars, un projet bien avancé au moment du rachat, mais qui n'avait jamais pu être mené à terme, faute d'argent public. Les gens d'Atlas ont tout récupéré : la base de lancement de cap Canaveral, le centre de contrôle de Houston, le vaisseau qui attend en orbite autour de la Terre, le matériel déjà largué sur Mars par les missions inhabitées précédentes – *tout !* Ils ont décidé de relancer le projet, et bien plus : d'en faire la plus grande téléréalité de tous les temps, grâce à laquelle ils comptent bien rembourser leur investissement, rentrer dans leurs frais et se remplir les poches. Ainsi est né le programme Genesis, dont Gordon Lock est le directeur technique.

« Vous découvrez les heureux élus pour la première fois aujourd'hui, continue-t-il. Après tous ces mois d'attente et de spéculation depuis l'annonce du programme Genesis, après des millions de candidatures spontanées, vous les voyez en ce moment comme je les vois, sur les deux parties de votre écran... »

Depuis son perchoir, le directeur Lock peut contempler les deux côtés du rideau. Derrière lui est suspendu l'immense symbole du programme Genesis : une planète Mars dans laquelle se love la silhouette d'un fœtus. Le même motif est cousu sur la poche de sa veste, et sur la casquette de chaque agent de sécurité. Une planète-ventre, il fallait oser quand même, je parie que des publicitaires ont planché des jours et des nuits pour pondre ça. C'est cash comme logo, d'accord, mais en même temps c'est marquant, ça met bien les point sur les *i* et ça ne ment pas sur le but ultime du programme : établir une colonie humaine fertile sur Mars. Si on m'avait donné un brief pareil, je ne crois pas que j'aurais fait mieux.

« ... mais eux, ne se sont jamais vus. Ils ont vécu leur année de formation dans deux camps séparés, au cœur de la vallée de la Mort, les filles d'un côté et les garçons de l'autre. Ils ont reçu en parallèle une solide instruction qui a fait d'eux des spécialistes dans leurs domaines respectifs. Ils ne se sont jamais croisés... jusqu'à ce jour ! »

Le directeur Lock marque une pause et nous couve de ses prunelles brillantes d'excitation, un coup à droite, un coup à gauche. Tout autour de la plateforme, les quatre écrans géants renvoient son image grossie cent fois. Je ne peux m'empêcher de penser à comment je lui croquerais le portrait, si j'osais. C'est ma manière à moi de voir le monde, à travers mon œil de dessinatrice. Ça me permet de mettre les choses un peu à distance, moi qui réagis trop souvent au quart de tour. Ça m'aide à considérer les gens qui m'impressionnent avec un peu de recul, moi que l'on a si souvent regardée de haut. Là, par exemple, le large front dégarni du directeur me fait penser à une planète chauve. Sa peau rougie par le soleil, grenée de pores, m'évoque le sol de Mars, bombardé de cratères. On dit que les gens ressemblent souvent à leurs chiens, par mimétisme ; Gordon Lock, lui, ressemble à sa planète : ça ferait une chouette caricature, quelque chose de pas méchant qui le ferait sans doute sourire lui-même. Rien que d'y songer, je sens que les muscles de mon visage se décrispent, que mon diaphragme se relâche.

Je respire.

Mes yeux s'envolent au-dessus de monsieur Mars, qui est quand même le génie grâce auquel le programme existe. Ils se posent sur la grande horloge digitale suspendue dans les airs au-dessus de la plateforme d'embarquement.

ACTE I

Elle affiche le compte à rebours en chiffres étincelants : *D – 52 min…*

« L'homme est déjà allé dans l'espace. Il y a déjà mangé, dormi, travaillé. Mais il n'y est jamais tombé amoureux. Or c'est l'ingrédient indispensable au succès du programme Genesis. C'est la condition préalable pour que les pionniers puissent procréer, fonder leurs familles, jeter les bases d'une colonie durable sur Mars, marquer l'Histoire avec un grand H. Laissez-moi appeler maintenant celle qui peut nous expliquer cela mieux que quiconque, la productrice exécutive du programme Genesis : j'ai nommé l'illustre professeur Serena McBee !... »

Marquer l'Histoire, avec un grand H, comme c'était écrit sur l'appel à candidatures… C'est pour ça que j'ai envoyé mes coordonnées sans hésiter une seule seconde, dès que j'ai vu l'annonce dans un journal gratuit du métro à Paris : c'est parce que je n'en ai pas, moi, d'*histoire,* même avec un petit *h.* L'amour, toutes ces foutaises, ce n'est pas vraiment ma tasse de thé. Quand on a été abandonnée inconsciente à l'âge de trois ans dans une benne à ordures, on est bien placée pour savoir que ça ne vaut rien, l'amour. Parce que c'est *ça,* mon histoire, aussi dingue que ça puisse paraître : jetée comme un vieux Kleenex, récupérée in extremis par le SAMU, réanimée à l'hôpital, balancée à l'Assistance publique. L'amour n'a jamais fait partie de ma vie, et ce n'est pas maintenant qu'il va y faire une entrée surprise.

Ce que je veux, c'est quelque chose de plus solide, de plus durable. Ce que je veux, c'est la gloire, et je sais que ce n'est pas sur Terre que je l'obtiendrai vu que j'ai dû arrêter le lycée technique et les cours de dessin à seize ans pour aller travailler à l'usine Eden Food France et gagner ma croûte. Je me suis juré que je ne renoncerais pas à mes rêves une seconde fois, que je serais la première à poser mon chevalet sur Mars. C'est cet espoir qui m'a donné la niaque pour passer les dix rounds d'entretiens avec les recruteurs du programme Genesis, jusqu'à ce que je rencontre Serena McBee en personne. C'est cet espoir qui m'a propulsée tout au long de l'année de préparation dans le désert de la vallée de la Mort, malgré les journées d'entraînement de quinze heures et les nuits trop pleines d'adrénaline pour trouver le sommeil. Droit devant, Léonor ! Il n'y a rien pour toi derrière. Pas de famille, pas de liens. La Terre n'a rien à offrir aux parias comme toi. Mais Mars ! Regarde les étoiles, elles t'appellent – et surtout, ne te retourne pas !

Je ne me suis jamais retournée depuis que j'ai posté le bulletin de candidature au programme Genesis. C'était dans la boîte aux lettres en bas du foyer pour jeunes ouvrières où je logeais, pas loin de l'usine – autant dire, une autre vie. Mais ce matin, tandis que nous attendons celle à qui nous devons notre place sur la plateforme d'embarquement, je ne peux pas m'empêcher de regarder par-dessus mon épaule.

Je me retourne enfin.

Et ce que je vois me flanque un méchant coup dans l'estomac, un truc vicieux auquel je ne m'attendais pas.

Les journalistes me semblent terriblement lointains, comme au fond d'un gouffre qui me file le vertige. L'ombre projetée par le lanceur est trop noire pour que je puisse distinguer leurs expressions. Je ne connais pas ces gens qui beuglent mon nom comme si j'étais leur chose, ils ne sont rien pour moi. Pourtant, à partir de ce jour, ils ne cesseront jamais de me scruter à travers les caméras, à commenter le moindre de mes gestes, à décortiquer le moindre de mes mots. À cette idée, je sens mon ventre se serrer jusqu'à la nausée. Je me hais de ressentir ce flottement qui n'a aucun sens, ce doute insupportable qui se déverse dans mes veines comme un poison, qui transforme le trac normal du départ en quelque chose de plus profond, de plus dangereux...

(*Léo, la Machine à Certitudes, serait-elle tombée en panne ?* siffle une petite voix derrière ma tête. *Ou se rend-elle juste compte de l'énorme bêtise qu'elle est en train de faire ?*)

ACTE I

Serena McBee apparaît soudain à la tribune, grande et élancée dans son tailleur gris aux couleurs de Genesis, dans l'échancrure duquel froufroute le jabot d'un élégant chemisier de soie blanche aussi éclatante que son sourire. Les mauvaises langues disent que si ce sourire est figé à ce point, c'est parce que Serena est tellement botoxée qu'elle ne peut plus exprimer grand-chose ; mais moi je sais que c'est faux, que sous le carré de cheveux argentés impeccablement coupés, le visage lisse de Serena reflète simplement une grande quiétude intérieure. Comme chaque fois que je vois ses immenses yeux vert d'eau, aussi calmes que la surface d'un lac, la magie opère. Je sens le nœud à mon estomac se relâcher. J'ai l'impression d'entendre la voix posée de Serena : *Ce qui ne nous tue pas nous rend plus fort.* C'est ce qu'elle nous a toujours répété, tout au long de la préparation, pour nous aider à surmonter les coups de blues.

« Bonjour, mon cher Gordon, bonjour, mesdames et messieurs les journalistes, bonjour à vous tous qui en ce moment même nous regardez depuis les quatre coins du monde, déclare-t-elle en rajustant avec grâce le col de son tailleur, orné d'une délicate broche d'argent en forme d'abeille. Enfin, bonjour à vous, mes très chers prétendants et prétendantes. Quand je vous vois si beaux, si resplendissants, je ne peux m'empêcher de repenser à ceux que vous étiez il y a un an à peine... Des joyaux bruts. Et aujourd'hui, vous voilà parfaitement ciselés pour la mission qui vous attend. Si vous saviez comme je suis fière de vous ! »

Aux yeux du grand public, Serena McBee est l'experte incontestée des rapports homme-femme, une psychiatre diplômée de Stanford qui depuis vingt ans produit et anime l'un des talk-shows les plus suivis des États-Unis, *The Professor Serena McBee Consultation,* où elle invite les stars et leurs conjoints – genre thérapie de couple avec séance d'hypnose en direct, sa spécialité. Atlas lui a donné carte blanche pour mettre en scène la mission martienne ; tandis que le directeur Lock supervise les aspects techniques, elle se charge du spectacle de A à Z.

Mais pour moi et les autres filles qui se tiennent contre le rideau, Serena McBee est bien davantage que la productrice exécutive du programme Genesis. C'est la bonne fée qui nous a sélectionnées pour partir sur Mars. C'est la bonne étoile sans qui notre rêve ne se serait jamais réalisé. C'est la bonne marraine qui a vu que je pouvais faire autre chose de ma vie que de mouler des pâtées pour chien à l'usine Eden Food France : Serena a réussi le tour de magie de transformer la cendrillon du canigou en princesse de l'espace.

« *Six prétendantes d'un côté. Six prétendants de l'autre. Six minutes pour se rencontrer. L'éternité pour s'aimer*, rappelle-t-elle aux spectateurs. Nous avons reçu plus de quatre-vingts millions de candidatures pour cette mission, et rien que cela, c'est déjà un immense succès ! Aujourd'hui, je tiens à remercier du fond du cœur toutes celles et ceux qui ont envoyé leur bulletin. Je veux leur dire qu'ils ne doivent pas avoir de regrets s'ils n'ont pas été retenus cette fois-ci, ils feront peut-être partie de la prochaine fusée dans deux ans. Et je veux leur expliquer comment nous avons procédé à notre sélection finale. Voyez-vous, pendant longtemps, les responsables de feu la Nasa et des autres programmes spatiaux ont fait erreur. Ils pensaient qu'il fallait envoyer dans l'espace des couples solides, éprouvés par des années de vie commune. Ils avaient tort. Des couples déjà formés ont moins de chances de résister à l'isolement de l'espace et à la perspective de ne jamais revenir sur la planète où ils ont leurs souvenirs, leur vie, leur famille. Dans le même esprit, les études psychologiques préparatoires que nous avons menées pendant la sélection nous ont conduits à choisir des jeunes hommes et des jeunes filles avec le moins d'attaches possible : des orphelins et des sans-familles. C'est parce que leur amour *naîtra* dans l'espace qu'il pourra *durer* sur leur nouveau monde ! C'est parce qu'ils n'ont *rien* à regretter sur Terre qu'ils ont *tout* à espérer sur Mars ! Nos chanceux volontaires, tous majeurs ou émancipés, effectueront le transit interplanétaire côte à côte, le *Cupido* étant scindé en deux parties hermétiques. Chaque jour de la semaine, pendant un peu plus de cinq mois, un prétendant pourra inviter le passager du sexe opposé de son choix pour six minutes de speed-dating en tête à tête dans le *Parloir* situé à la jonction du compartiment des garçons et de celui des filles...

— ... avec interdiction de se toucher, coupe le directeur Lock en agitant son index en direction des caméras. N'oublions pas que le programme Genesis est aussi un programme de divertissement, et que ce programme est tous publics !

— Rassurez-vous, mon cher Gordon. Une vitre en verre blindée sépare le Parloir en deux parties : nos amoureux ne pourront se toucher qu'avec les yeux. Chaque dimanche, ils établiront leur *Liste de cœur*... un classement que vous pourrez suivre en temps réel sur la chaîne Genesis, chers spectateurs, jusqu'à l'alignement du vaisseau sur l'orbite de Phobos, le dimanche 10 décembre, où chacun aura trouvé sa chacune. Le jour même, les couples descendront sur Mars où ils seront officiellement mariés. N'oubliez pas ! Tout au long du voyage, vous aurez la possibilité de faire des dons en appelant le numéro de téléphone qui s'affiche actuellement sur votre écran, pour alimenter le *Trousseau* de votre favori. L'argent recueilli lui servira à acquérir aux enchères le matériel largué sur Mars par la Nasa ces dernières années. Depuis le rachat, nous avons baptisé cette base du nom de *New Eden*, puisqu'elle accueillera les Adam et les Eve d'un nouveau paradis !

« Je vous rappelle, chers spectateurs, que plus un prétendant aura de crédits dans son Trousseau, plus il pourra vivre une vie confortable avec son futur conjoint : il logera dans un habitat plus vaste parmi les six *Nids d'amour* à disposition, le septième Nid servant de module de secours ; il consommera des rations alimentaires plus copieuses ; il bénéficiera d'un kit de survie plus complet. Bien sûr, il n'est pas impossible que vos dons aient une influence sur les classements... Un parti bien doté est toujours plus séduisant, car l'argent marche bras dessus, bras dessous avec l'amour, depuis que le monde est monde. Donc, nous comptons sur vous... ou plutôt, nos prétendants comptent sur vous ! »

Serena marque une pause.

Elle pose ses mains aux ongles vernis sur les bords du pupitre et prend une inspiration profonde, balayant l'assistance de ses yeux vert d'eau.

« Maintenant, le grand moment est venu ! Ils ne sont encore que des inconnus, mais ils sont destinés à devenir les amoureux les plus légendaires de tous les temps... Ils ne se verront que dans l'espace, mais ils vont maintenant entendre leurs voix respectives pour la première fois... Je suis tellement émue pour eux, et je suis sûre que vous l'êtes aussi. Monsieur le directeur Lock, à vous ! »

Le jingle du programme Genesis retentit dans les enceintes. C'est le refrain de « *Cosmic Love* », le duo interprété à la demande des organisateurs par deux des plus grandes stars internationales, le Canadien Jimmy Giant et l'Américaine Stella Magnifica. Pendant quelques instants, les basses font trembler le rideau sur toute sa hauteur. C'est bête à dire, surtout que les paroles sont un peu niaises, mais ça me donne des frissons d'entendre cette chanson spécialement composée pour nous, c'est-à-dire aussi un peu pour moi. J'imagine que c'est ce que ressentent les joueurs de foot quand on passe l'hymne national ; sauf que je ne suis pas une déesse du stade, rien qu'une petite orpheline qui n'en revient toujours pas d'être là. J'en ai presque les larmes aux yeux, de ces montagnes russes émotionnelles

— d'abord le trac à en pâlir, ensuite le doute à en crever, et maintenant la joie à en crier.
Lui : *You skyrocketed my life*
Elle : *You taught me how to fly*
Lui : *Higher than the clouds*
Elle : *Higher than the stars*
Eux : *Nothing can stop our cosmic love*
Our cosmic love
Our cooosmic looove !

La musique cesse brutalement pour laisser place à un roulement de tambours préenregistré.

Je sens mon cœur bondir dans ma poitrine, en écho au *boum* final ! – ça y est, c'est la dernière ligne droite !

2. Contrechamp
PLATEFORME D'EMBARQUEMENT, BASE DE CAP CANAVERAL
DIMANCHE 2 JUILLET, 12 H 30

Les dos gigantesques de Gordon Lock et de Serena McBee se dressent face aux six filles et aux six garçons qui retiennent leur souffle de chaque côté du rideau, minuscules silhouettes engoncées dans les combinaisons blanches, soigneusement alignées comme des boîtes de conserve dans un jeu de massacre.

Un moniteur est incrusté dans le socle du pupitre, visible uniquement par les orateurs.

Le texte du discours défile sur le prompteur au fur et à mesure que Gordon Lock le débite :

« Il me reste maintenant à demander à chaque prétendant la confirmation de son engagement, solennellement, une dernière fois... »

Les mains de Gordon Lock sont agrippées au rebord du pupitre.

Une goutte de sueur coule le long de sa tempe et vient s'écraser sur l'écran du moniteur, noyant les mots « une dernière fois ».

3. Champ
D – 30 MIN

Je me suis toujours dit que je n'en aurais rien à cirer, de savoir qui serait derrière le rideau. Je me suis toujours dit que cette histoire de couple idéal n'était qu'une guimauve destinée à faire rêver la ménagère, que Mars était la seule chose qui comptait. Et surtout, je me suis toujours juré que je ne me laisserais pas prendre à l'hystérie du jeu, que je vivrais tout ça avec le plus de distance possible, selon mes propres règles. Mais maintenant que le moment est venu, je ne parviens pas à détacher mes yeux de ce stupide bout de tissu qui se dresse entre mon avenir et moi.

Et s'il n'y a aucun garçon qui me plaise ?

(Et s'il n'y en a aucun à qui tu plaises, toi ?)

Il faudra pourtant bien que je termine avec l'un d'entre eux. Que je couche avec lui. Que je porte ses enfants. Cette séquence de pensées vertigineuse me fait tourner la tête comme ma première séance en centrifugeuse.

Au même instant, je sens la main de Kris se resserrer sur la mienne.

Est-ce qu'elle attend vraiment l'homme de sa vie, elle ? Certainement, vu qu'elle ne parle que de ça depuis douze mois. Elle a passé tous les soirs de notre année

ACTE I

d'entraînement le nez dans ces romances qu'elle aime tant – c'est son péché mignon –, imaginant à quel héros ressemblerait le garçon qu'elle finirait par épouser...

Je garde les yeux rivés sur le rideau.

Je n'ose pas regarder Kris de peur qu'elle ne lise le trouble sur mon visage, moi qu'elle considère être Celle-Qui-Ne-Doute-Jamais.

Le directeur Lock se tourne vers le côté du rideau qui nous demeure invisible en se penchant sur son micro :

« Tao, dix-huit ans, citoyen de la République populaire de Chine, sponsorisé par le constructeur automobile Huoma, responsable Ingénierie : acceptez-vous de représenter l'Humanité sur Mars à partir de ce jour, et jusqu'au dernier de votre vie ? »

Un « J'accepte » retentissant résonne depuis derrière la bâche. Aussitôt mon cerveau s'emballe, essaye de se figurer celui qui a pu émettre un tel cri de guerre.

Grand... Voix grave... Aucune hésitation... Aucun regret...

Mais le maître de cérémonie se retourne déjà vers la première fille de notre rangée.

« Fangfang, vingt ans, citoyenne de la République de Singapour, sponsorisée par la banque d'affaires Cresus, responsable Planétologie : acceptez-vous de représenter l'Humanité sur Mars à partir de ce jour, et jusqu'au dernier de votre vie ?

— J'accepte ! » s'écrie Fangfang en rajustant ses lunettes carrées sur ses sourcils parfaitement épilés.

Elle bombe le torse, comme pour mieux exhiber le logo Cresus sur sa combinaison, cousu en lettres latines doublées d'idéogrammes chinois. Toujours au top, Fangfang, notre aînée, la voix de la raison dont j'admire la constance et le sérieux.

J'aimerais bien avoir son calme à présent, mais les battements de mon cœur ne cessent d'accélérer dans ma poitrine.

« Alexeï, dix-huit ans, citoyen de la Fédération de Russie, sponsorisé par la compagnie gazière Ural, responsable Médecine : acceptez-vous de représenter l'Humanité sur Mars à partir de ce jour, et jusqu'au dernier de votre vie ?
— J'accepte ! »

Les pensées les plus débiles, dignes d'une gamine de douze ans, fusent dans mon esprit comme des météores – est-ce qu'il aime la vodka ? est-ce qu'il porte la chapka ? La Russie a souvent été alliée de la France, si je me rappelle bien mes lointains cours d'Histoire, ça peut peut-être justifier un rapprochement bilatéral ?

« Kirsten, dix-huit ans, citoyenne de la République Fédérale d'Allemagne, sponsorisée par les laboratoires Apotech, responsable Biologie : acceptez-vous de représenter l'Humanité sur Mars à partir de ce jour, et jusqu'au dernier de votre vie ? »

Le « J'accepte » de Kris me réveille comme un coup de fusil – net, percutant, sans aucune arrière-pensée ni aucun autre écho que le crépitement des flashs et le tremblement des roses rouges dans les grands vases disposés au pied de la tribune.

Le directeur pivote à nouveau, pareil à un inexorable métronome. Il appelle les benjamins de l'équipage, âgés de dix-sept ans tous les deux : Kenji, le représentant du Japon financé par les jeux vidéo Dojo, puis Safia, la pupille de l'Inde soutenue par l'équipementier téléphonique Karmafone. Cette dernière prononce son vœu avec la même douceur qu'elle met en toute chose. Je scrute son visage serein, y cherchant en vain le reflet de ma propre agitation. Mon regard s'arrête sur le point rouge qui orne son front, un troisième œil en rapport avec sa religion – ce matin, il m'évoque irrésistiblement la planète Mars, l'œil sans paupière qui me scrute depuis les profondeurs de l'espace en attendant que vienne mon tour.

(*Tu ne dois pas y aller, Léonor...*, bruisse la petite voix, comme un courant d'air sous une porte mal calfeutrée. *Ce serait la pire décision de toute ton existence, tu te doutes bien pourquoi...*)

ACTE I

J'entends à peine le directeur appeler le quatrième prétendant, Mozart du Brésil, dix-huit ans, sponsorisé par la société de construction Brazimo ; il n'y a plus que cette voix en moi, qui parle de plus en plus fort.

(Le parfum des roses dans tes narines, c'est la dernière fois que tu le respires... la caresse du vent chaud sur ton front, c'est la dernière fois que tu la sens...)

« Elizabeth, dix-huit ans, citoyenne du Royaume-Uni, sponsorisée par les assurances Walter & Seel, responsable Ingénierie... »

Liz accepte à son tour en dévoilant une rangée de dents étincelantes, dignes d'une pub pour dentifrice, aussi parfaites que son nez droit, ses pommettes hautes, sa nuque interminable dégagée par un chignon de danseuse. La classe, quoi, et toujours pas une once de doute.

Pendant ce temps, la rengaine infernale n'en finit pas de résonner derrière ma tête, comme un disque rayé.

(Le scintillement de la mer, là-bas au bout de la piste de cap Canaveral, c'est la dernière fois que tu le vois... Mais les gens de la Terre, eux, te verront sous toutes tes coutures jusqu'au dernier jour de ta vie !)

Je me mords l'intérieur des joues pour faire taire cette voix qui me remplit de doute quand je devrais être un roc d'assurance, cette voix que les tests psychologiques n'ont pas réussi à détecter, sans quoi je n'aurais jamais été sélectionnée. Elle vient de loin, de mon passé... Elle vient de tout près, juste dans mon dos... Elle a toujours été là, tapie derrière ma nuque, attendant qu'il soit trop tard – car il est trop tard, pas vrai, trop tard pour faire marche arrière ?...

Et le défilement des chiffres qui ne cesse d'accélérer sur l'horloge digitale !

D – 24 min

« Samson, dix-huit ans, citoyen de la République Fédérale du Nigeria, sponsorisé par la compagnie pétrolière Petrolus, responsable Biologie... »

La douleur des dents s'enfonçant dans mes joues assourdit tout...

D – 23 min
« Kelly, dix-neuf ans, citoyenne du Canada, sponsorisée par le constructeur de matériel de transport Croiseur, responsable Navigation... »

Le sang tiède s'écoule sur ma langue. Je sais que le goût métallique de l'hémoglobine est dû au fer qu'elle contient ; après tout, je suis l'infirmière en chef de l'équipe des filles. Mais en même temps, je ne peux me sortir du crâne l'idée poisseuse que ce goût est aussi celui de la terre ferrugineuse de Mars, cette foutue terre morte où rien ne pousse ni ne vit.

D – 22 min
« Marcus, dix-neuf ans, citoyen des États-Unis, sponsorisé par le groupe agro-alimentaire Eden Food International, responsable Planétologie... »

À la mention d'Eden Food, les souvenirs de l'usine me reviennent d'un seul coup, surtout ceux de mes collègues ouvrières parmi lesquelles j'avais quelques amies que je ne reverrai jamais plus – si un jour on m'avait dit que le nom de mon ancien employeur attiserait en moi des regrets !...

D – 21 min
« Léonor, dix-huit ans, citoyenne de la République française, sponsorisée par la maison de luxe Rosier & Merceaugnac, cosmétiques, alcools fins, mode et joaillerie, responsable Médecine : acceptez-vous de représenter l'Humanité sur Mars à partir de ce jour, et jusqu'au dernier de votre vie ? »

Au moment précis où le directeur Lock prononce ce dernier mot, *vie,* je sens un déclic se faire en moi.

Il n'est *pas* trop tard.

ACTE I

Il est encore temps de refuser. C'est mon choix, mon ultime liberté, et rien ni personne ne peut me l'enlever – ni l'année de formation, ni les dizaines de contrats que j'ai signés, ni les légions de spectateurs embusqués comme des murènes derrière leurs écrans pour les vingt-trois semaines à venir.

(*Refuse...*, siffle doucement la petite voix au creux de mon oreille. *Tu sais que tu n'es pas faite pour cette mission, avec ce que tu as à cacher. Tu sais que si tu pars, tu souffriras comme personne n'a jamais souffert. Refuse maintenant...*)

Elle se fait douce comme une caresse.

Sucrée comme une promesse.

Presque amicale.

(*On te descendra de la plateforme. Tu perdras la lumière, la gloire, l'infini de l'espace, pour retourner à l'ombre, à l'anonymat, aux boîtes de pâtée pour chien à la chaîne, à ce petit monde étroit de la Terre sans aventure, sans caméras... sans douleur.*)

Je peux dire « non ».

Ce serait dingue, à la limite de la folie furieuse, mais c'est possible, c'est carrément possible !

Il faut juste un courage de malade pour le sortir, ce petit mot de rien du tout, cette syllabe minuscule, quand l'Humanité entière attend que je dise « oui ». Quant à Serena qui croyait si fort en moi, qui a fait le pari de choisir une orpheline dont personne ne voulait... Elle comprendra. Elle m'a toujours comprise et accompagnée, depuis le début, quels que soient mes choix.

« Eh bien, Léonor, grésille la voix du directeur Lock. J'attends votre réponse... Les garçons attendent votre réponse... La Terre est suspendue à vos lèvres... »

Je relève lentement la tête.

Toutes les caméras sont braquées sur moi.

Sur les quatre écrans géants, mon visage est reproduit en quatre exemplaires, quatre faces mutines criblées de taches de rousseur, encadrées de boucles indomptables couleur de feu. En si gros plan je peux voir chaque grain de la poudre Rosier dont les maquilleuses m'ont couverte pour essayer de masquer le son qui dévore ma peau de rousse, en vain.

« Je refuse, je lâche dans un souffle.

— Léo ! »

La main de Kris, qui était là dans la mienne pendant tout ce temps, se referme comme un étau.

Je tourne les yeux vers elle. Son visage, à la peau si parfaite qu'il n'a besoin ni de poudre ni d'aucun maquillage, a perdu sa beauté angélique. Sous la coiffure de tresses blondes délicatement enroulées, qu'on a toutes les deux mis des heures à préparer en vue de la cérémonie de lancement, ce n'est plus qu'un champ de bataille dévasté, agité de tremblements.

« Tu ne peux pas me faire ça, chuchote-t-elle du bout des lèvres, les yeux brillants de larmes. Tu ne peux pas m'abandonner, pas maintenant ! »

Tout là-haut sur la tribune, le directeur Lock toussote à travers son micro :

« Mesdemoiselles, ce n'est pas le moment de faire des messes basses. Je vous rappelle que le lanceur décolle dans exactement vingt minutes ! »

« Ils ne t'ont pas entendue ! continue de m'implorer Kris dans un filet de voix étranglé par l'émotion. Personne ne t'a entendue à part moi. Ne gâche pas tout, tu as toujours dit que tu serais la première à dessiner les paysages de Mars ! Dis-leur que tu acceptes. Oh, Léo, dis-le-leur, je t'en supplie ! Dis-le pour toi... pour moi. »

Je ravale ma salive.

Il n'y a plus de petite voix derrière ma tête, plus de flageolement dans mes jambes.

Le moment où j'aurais pu changer ma destinée est passé. La Machine à Certitudes a eu un petit raté temporaire, mais maintenant elle fonctionne à nouveau à plein régime.

Parce que s'il y a un truc dont je suis *certaine*, c'est que Kris, pour moi, est ce qui se rapproche le plus d'une famille. Pas celle qui m'a jetée à la poubelle comme si j'étais une ordure, non, mais celle qui m'a accueillie les bras ouverts dès le premier jour où l'on s'est rencontrées.

« J'accepte, bien sûr !... je m'écrie en crachant mes postillons mêlés de sang à la face du monde entier. J'ai dit que j'acceptais ! »

4. Contrechamp
PLATEFORME D'EMBARQUEMENT, BASE DE CAP CANAVERAL
DIMANCHE 2 JUILLET, 13 H 05

« LA PHASE DE TRANSIT DU PROGRAMME GENESIS PEUT OFFICIELLEMENT COMMENCER ! » annonce Gordon Lock.

À peine a-t-il prononcé ces paroles que les membres de l'assistance bondissent vers les escaliers, se lancent à l'assaut de la plateforme.

Le jingle du programme Genesis se met à tourner en boucle dans les enceintes et se mêle aux vociférations des journalistes qui hurlent les noms des astronautes à s'en écorcher la gorge. Tandis que les agents de sécurité escortent les prétendants et les prétendantes au pas de course vers le lanceur, la main du directeur se referme sur la manche du tailleur de la psychiatre, en dessous du pupitre.

Discrètement.
Fermement.

« Elle a hésité, lui glisse-t-il à l'oreille d'une voix qui n'a plus rien de chaleureux. La dernière prétendante. Elle a hésité, là, sur la plateforme d'embarquement, j'en suis sûr. J'ai eu l'impression qu'elle allait faire demi-tour... ou pire.

Serena, je vous préviens : si jamais cette fille se doute de quelque chose...

— Elle ne se doute de rien, répond sèchement Serena McBee en dégageant sa manche. Ils n'ont aucune idée de ce qui les attend, aucun d'entre eux, pas plus que les dizaines de journalistes qui les assaillent, les centaines d'ingénieurs qui les entourent ou les millions de spectateurs qui les regardent. »

5. Champ
D – 19 MIN

« **P**AR ICI, MESDEMOISELLES ! » crient les agents de sécurité.

La musique est assourdissante.

Confusion.

Bousculade.

Chaos de membres, de têtes, au-dessus duquel rayonne l'horloge numérique, imperturbable : *D – 19 min...*

Je me sens précipitée vers la masse gigantesque du lanceur, cathédrale de métal flanquée par les tours des propulseurs d'appoint, au sommet de laquelle scintillent les deux minuscules cônes des capsules jumelles : filles à gauche, garçons à droite.

« Kris ! »

Je tente d'attraper le bras de Kris, aspirée par la cohue devant moi – elle est assez maladroite, et j'ai peur qu'elle trébuche sans personne pour la soutenir. Mais des mains s'agrippent à ma combinaison, tentent de me retenir pour me poser une dernière question, pour capturer un dernier cliché.

ACTE I

Je me retourne, prête à envoyer paître le journaleux qui me retient, à coups de poing s'il le faut. C'est un grand latino ténébreux vêtu d'une chemisette hawaïenne bleue à imprimé fond marin, le visage mangé par une barbe de trois jours, les yeux sombres et brillants. Plutôt beau gosse, en fait, si on aime les mecs de trente ans. Sa mise dépenaillée, sa chemisette de surfeur peuplée d'espadons et de dauphins, sa tignasse mal peignée : tout ça tranche avec les costumes de marque et les brushings impeccables des autres journalistes. Une dent de requin suspendue à un cordon de cuir ras du cou tressaute à travers son col entrouvert, ça change des cravates interchangeables de ses confrères. J'imagine que c'est un journaliste de seconde zone qui n'appartient pas à un grand titre de la presse internationale, voire peut-être même un pigiste qui tente sa chance en free-lance. À en juger par ses cernes, il a dû dormir devant l'aire de lancement, et pas très bien, pour être sûr d'avoir une place à la conférence de presse. Ça me donne presque envie de répondre à ses questions, à lui et à lui seul, par solidarité. Et aussi parce qu'il a un petit côté pirate qui ne me déplaît pas – capitaine Dent-de-Requin, le corsaire du scoop !

Mais la manière dont il m'agrippe le poignet, comme s'il voulait le dévisser, m'en dissuade vite : je me rends compte que c'est un charognard tout autant que les autres, peut-être même encore plus affamé.

« Attendez !... m'ordonne-t-il d'une voix rauque, qui a du mal à couvrir les cris de ses collègues tout autour de lui. Vous ne pouvez pas... »

Il n'a pas le temps d'en dire davantage. Deux agents de sécurité aussi larges que des armoires à glace abattent leurs mains sur sa chemisette, et le tirent à eux si brutalement qu'ils font sauter un bouton. Mais il ne veut pas me lâcher, ce type, il s'accroche à moi comme un naufragé à son radeau, comme un rapace à sa proie !

Je me sens violemment attirée en avant.

Mes pieds s'emmêlent.
Mes doigts glissent.
Passent sur la ceinture de Dent-de-Requin.
Se referment sur l'objet qui y est accroché.

Je ramène instinctivement ma main vers moi, je baisse les yeux : dans ma paume se trouve un téléphone portable, le genre d'objet qu'il nous est interdit de posséder depuis que nous avons signé pour le programme Genesis, remettant à la production l'exclusivité de toutes nos communications avec la Terre... Je relève la tête : les agents de sécurité ont enfin réussi à arracher ce taré, l'entraînant avec eux dans la cohue. Rattrapé par la vague, Dent-de-Requin, pas trop tôt ! Il hurle une dernière parole que je ne comprends pas, puis la tache blafarde de son visage disparaît, happée par la mer de corps qui se referme sur lui.

Je me redresse en glissant machinalement le téléphone dans la poche fourre-tout de ma combinaison, celle qui est normalement destinée à accueillir les outils et les prélèvements de minerai martien. Parce qu'il faut bien que j'en fasse quelque chose, de ce truc, et que je ne vais quand même pas me mettre à courir derrière Dent-de-Requin pour le lui rendre !

Un mouvement de foule me projette à nouveau contre Kris.

« Merci, Léo, me souffle-t-elle. Merci d'avoir dit oui. Merci, merci, merci ! Je te promets que tu ne le regretteras pas. Et puis, je suis sûre que tu vas avoir tous les garçons à tes pieds, ma belle léoparde ! »

Je m'efforce de sourire. Léoparde, c'est mon autre surnom, à côté de Machine à Certitudes. Un jeu de mots imaginé par Serena, référence à mes taches de rousseur si marquées. Elle est vraiment trop gentille, Serena. Elle a le chic pour transformer les défauts de chacun en qualité.

On nous pousse dans l'ascenseur stationné contre le flanc droit du lanceur, qui doit nous mener jusqu'à la capsule des filles. Ce n'est qu'un simple socle d'aluminium, monté sur une grue qui s'effondrera au décollage ; là encore, une caméra nous guette, une grosse boule noire accrochée à la rambarde.

« Essuie tes yeux, dis-je à Kris du bout des lèvres, tout en ligotant mon épaisse crinière rousse dans un élastique. Les spectateurs nous regardent. Et puis, les autres filles n'ont pas besoin de savoir que j'ai eu un petit flottement, pas vrai ? »

Celles qui ont été à nos côtés depuis le début de la formation, celles avec qui nous nous sommes serré les coudes pendant les douze derniers mois, ne sont plus seulement des amies : ce sont aussi des *prétendantes*, à la fois des adversaires redoutables et des coéquipières indispensables. Chacune a suivi l'apprentissage nécessaire au bon déroulement de la mission. À présent elles sont là toutes les quatre, accoudées à la rambarde. On peut dire que Serena n'a pas choisi les plus moches, la concurrence va être rude : Fangfang la Singapourienne, encyclopédie vivante toujours tirée à quatre épingles, notre responsable Planétologie ; Kelly la Canadienne, pilote sexy en mode aventurière de l'espace, notre responsable Navigation ; Liz l'Anglaise, mécano taille mannequin, notre responsable Ingénierie ; Safia l'Indienne, poupée aux yeux incendiaires cernés de khôl, notre responsable Communication. Est-ce qu'elles savent déjà vers quel garçon elles vont se tourner, rien qu'aux voix que nous avons entendues derrière le rideau ?... Moi, je n'en ai pas la moindre idée. Le trou noir. Alors je me concentre sur Kris, qui est bien réelle, elle.

Elle essuie ses joues du revers de la main. Puis elle s'accroupit pour enfouir son visage dans la fourrure blanche et frisée de Louve, la chienne dont elle a la charge en tant que responsable Biologie, destinée à représenter sur Mars le règne animal. C'est une bâtarde que je situerais du côté du caniche royal, d'après mes connaissances canines acquises en étudiant les races représentées sur les boîtes de pâtée Eden Food. J'imagine que c'est à cause de ses origines qu'ils lui ont donné ce nom français un brin ironique – après tout, le caniche est le chien emblématique de la France, aux States ils disent même « *French poodle* ». Pour trouver la moindre ressemblance avec un loup, il faut s'accrocher : avec son pompon de poils sur la tête et sur la queue, notre Louve n'a pas l'air bien sauvage... Les garçons embarquent avec eux un mâle auquel je n'ai pas encore eu l'honneur d'être présentée, du nom de Warden. Le programme Genesis joue les agences matrimoniales jusqu'au bout.

D – 18 min
Le socle d'aluminium se met en mouvement.
Les journalistes et les agents de sécurité rétrécissent à vue d'œil tandis que nous nous élevons le long de la surface lisse du lanceur. Ils se transforment en insectes, jusqu'à Serena dont la magnifique chevelure argentée brille comme la carapace métallique d'un scarabée.
« Regardez, là-bas ! s'écrie Safia de sa voix fluette. Tous ces gens sont là... pour nous ! »
Elle pointe du doigt les limites de la base, les hautes barrières grillagées qui en ferment l'accès. Une véritable marée humaine se presse contre ces barrières, des centaines de milliers de personnes venues assister à distance au flamboiement du décollage, pour pouvoir dire : « J'y étais ! » Certains sont juchés sur des escabeaux pour mieux voir, d'autres sur le toit de leurs voitures, aussi loin que porte le regard jusqu'aux bords de la presqu'île de cap Canaveral. Vraiment très impressionnant, surtout après une année d'isolement dans la vallée de la Mort.
« C'est magique... », souffle Kris, les yeux complètement secs à présent, émerveillée.

D – 17 min
« Brrr !... C'est qu'il fait frisquet là-haut..., souffle Liz au moment où nous dépassons la crête des propulseurs d'appoint. J'aurais dû mettre deux sous-combis. »

ACTE I

Elle est frileuse, Liz, toujours emmitouflée dans des pulls pâles et des écharpes remontées jusqu'au chignon. Sous la combinaison massive qui lui donne une allure de joueur de football américain, son corps de top model n'a pas une once de graisse pour lui tenir chaud...

« Tu l'as dit ! s'exclame Kelly. Ça souffle aussi fort que sur Mars ! »

Les longs cheveux décolorés de la Canadienne volent dans tous les sens.

Est-ce que c'est un effet de style destiné à la caméra accrochée à la rambarde de l'ascenseur ?

Est-elle en train de tester ses techniques de séduction sur les spectateurs, en prévision des séances au Parloir avec les garçons ?

À moins qu'elle ne soit déjà en course pour récolter un max d'argent dans son Trousseau, et acheter les meilleures installations de New Eden ?

« Tu te trompes, la corrige Fangfang en rajustant ses lunettes carrées comme elle le fait chaque fois qu'elle prend la parole, façon institutrice. Sur Mars, la densité atmosphérique est si faible que les vents doivent souffler cent fois plus vite que sur Terre pour déplacer la moindre particule. »

Il me semble que Fangfang parle trop fort, comme si son exposé ne visait pas seulement Kelly, mais aussi le public qui nous écoute en ce moment à travers la caméra.

« Bref, il faudrait un véritable ouragan pour te défriser, continue la Singapourienne. D'ailleurs, ma grande, je te rappelle que le protocole nous interdit de lâcher nos cheveux pendant les manœuvres. »

Kelly fait gonfler sa bulle de chewing-gum, bleu menthol comme son gloss, jusqu'à ce qu'elle éclate.

« Ça aussi, c'est interdit par le protocole, je sais », dit-elle avant que Fangfang puisse émettre la moindre remarque.

Elle crache son chewing-gum par-dessus la rambarde. Puis elle passe un bandeau dans ses cheveux et enfonce les écouteurs de son baladeur digital dans ses oreilles en lançant un clin d'œil complice à la caméra, l'air de dire : *mieux vaut être sourde que d'écouter un boulet pareil...*

D – *16 min*

L'ascenseur se stabilise à une centaine de mètres au-dessus du sol, face au trou noir du sas, ouvert comme une bouche de poisson mort dans le flanc de la capsule conique.

Je laisse passer Fangfang, Kelly, Safia, Liz et Kris, suivie de Louve qui ne la lâche pas d'une semelle.

Moi, je demeure un instant en arrière.

Ici, personne ne peut plus me poser de question vache pour me faire craquer ni s'agripper à moi comme si je lui appartenais.

Ici, on n'entend plus les cris des journalistes ni les violons du jingle. Il n'y a plus que le souffle du vent. Je contemple une dernière fois les bleus jumeaux du ciel et de la mer ; la réflexion du soleil sur la carlingue du lanceur ; l'horloge devenue minuscule, qui annonce gravement *D – 15 min.*

Ça fait des mois que j'attends ce moment – ou plutôt non, ça fait une vie entière. Maintenant que j'y suis, tout va trop vite. Alors, je m'accorde encore quelques secondes volées sur le timing réglé comme du papier à musique, à savourer le calme. J'en ai envie. J'en ai besoin.

La caméra me fixe en silence.

On dirait un œil unique. Un œil de cyclope sans cornée ni iris, juste une pupille noire, énorme. Je le fixe moi aussi, en m'imaginant les légions de spectateurs qui se cachent derrière. *Je vous préviens : ne vous attendez pas à des numéros de cirque de ma part,* leur dis-je mentalement. *Ne vous attendez pas à des cheveux lâchés, à des clins d'œil aguicheurs, à des leçons récitées par cœur. Tout ça, je ne sais pas faire. Mais je vous promets que vous aurez toute ma rage d'arriver sur Mars en un seul morceau, avec ou sans amoureux !*

6. Contrechamp
PLATEFORME D'EMBARQUEMENT, BASE DE CAP CANAVERAL
DIMANCHE 2 JUILLET, 13 H 10

« Encore elle ! Mais qu'est-ce qu'elle fabrique ? Pourquoi est-ce qu'elle n'entre pas dans la capsule ? »

Gordon Lock s'accroche à deux mains aux bords du pupitre, comme s'il voulait arracher le moniteur qui y est incrusté. Il transpire de plus en plus abondamment. De grosses gouttes perlent de son front. Elles s'écrasent sur la surface lisse de l'écran, où s'affiche en gros plan le visage de Léonor – chevelure luxuriante que l'élastique parvient difficilement à contenir ; ovale parfait moucheté de taches fauves ; somptueux yeux mordorés, luisant comme un feu qui couve : léoparde jusqu'au bout des cils.

« Je... j'ai l'impression qu'elle me regarde, balbutie Gordon Lock. J'ai l'impression que cette peste peut me voir et qu'elle sait tout, qu'elle est au courant du rapport Noé...

— Ne soyez pas ridicule, assène froidement Serena McBee. C'est elle qui est filmée, pas vous. Et vous avez vous-même détruit le fichier du rapport Noé : il n'en reste plus aucune trace.

— Dites-lui de rentrer dans la capsule ! Parlez-lui à travers les haut-parleurs ! C'est vous la productrice exécutive, c'est vous qui avez choisi les candidats, c'est vous qui êtes censée les maîtriser !

— Parlez-lui vous-même, si vous y tenez tant. Au risque de tout faire rater. »

Gordon Lock s'empare rageusement du micro, enfonce un bouton dans le pupitre.

Aussitôt, les flonflons du jingle s'arrêtent, remplacés par sa respiration furieuse qui fait ronfler les enceintes comme le bruit d'un orage qui approche.

Sur l'écran du moniteur, Léonor détourne les yeux. Elle observe le ciel bleu tout autour d'elle en haussant les sourcils, à la recherche d'un nuage qu'elle ne voit nulle part.

Incapable de trouver les mots, effrayé par le bruit de son propre souffle, Gordon Lock retire son doigt du bouton de transmission avec autant de vivacité que s'il s'était brûlé. Son visage est blanc comme un linge, baigné de sueur.

Soudain, un son étouffé sort du moniteur, en provenance du sas derrière Léonor : « Léo, dépêche-toi ! On va décoller ! » – ce sont les autres passagères qui appellent la retardataire.

« Allez, vas-y... Écoute-les... » murmure Gordon Lock entre ses dents, dans un filet de voix que personne ne peut entendre, pas même Serena McBee.

Mais l'écran du moniteur continue de renvoyer l'image de la jeune fille debout sur le plateau de l'ascenseur. Elle regarde la capsule derrière elle, puis plonge à nouveau son regard dans la caméra.

« Entre..., implore encore Gordon Lock. S'il-te-plaît... »

Léonor tourne enfin les talons, et s'enfonce dans la bouche de la capsule.

À l'instant précis où le sas se referme, les enceintes se taisent pour de bon.

Tous les projecteurs s'éteignent.

Le visage livide du gigantesque directeur Lock digital s'efface des quatre écrans. Ils virent au noir, couleur de l'espace.

Debout derrière son pupitre, le directeur Lock en chair et en os essuie la sueur qui lui poisse les tempes. Il enfonce à nouveau le bouton de transmission, sans une seconde d'hésitation cette fois-ci. Un instant plus tôt il était un homme qui doutait de tout et d'abord de lui-même, mais à présent il est redevenu le directeur technique du programme Genesis.

« Faites évacuer la plateforme, ordonne-t-il à travers les enceintes. Tous les ingénieurs à leur poste dans la salle de contrôle ! Décollage dans dix minutes ! »

Avant de s'engager dans l'escalier qui descend de la tribune, tous micros éteints, Serena McBee glisse quelques mots à l'oreille de son collègue :

« Vous me ferez penser à vous enseigner une ou deux techniques de relaxation, un de ces jours, Gordon, lance-t-elle calmement. Ça vous évitera de vous faire des frayeurs pareilles. Après tout, ce sont les prétendants et les prétendantes qui vont mourir dans quelques mois, pas vous ! »

7. Champ
D – 5 MIN

« **P**RESSURISATION ? DEMANDE KELLY.
— 100 % » répond Liz, en notant soigneusement le chiffre dans le dossier de bord.

Kelly, Liz et Safia sont assises toutes les trois à la première rangée de l'étroite capsule, ou plus exactement elles sont couchées à l'horizontale, dans des sièges moulés sur mesure pour nous aider à résister à l'accélération du décollage. Normal qu'elles soient côte à côte, car les responsables Navigation, Ingénierie et Communication doivent travailler de concert dans les phases critiques du vol. Qui est-ce qui remplit ces fonctions dans la capsule des garçons, déjà ? Je ne me souviens plus des noms – moi il me faut des visages, j'ai une mémoire visuelle à laquelle je dois mon talent de dessinatrice, le seul que je me connaisse... certes pas le plus évident à mettre en avant dans un concours de séduction.

« Taux d'oxygène ambiant ?
— Optimal.
— Ventilation ?
— Activée. »

Kelly se retourne brusquement sur son siège, vers la deuxième rangée où nous sommes couchées, Fangfang, Kris et moi :

« Fangfang, toi qui connais si bien le protocole, est-ce que tu peux empêcher cette chienne de ronger le fil de transmission ? Je te rappelle que le protocole interdit de laisser vagabonder les animaux pendant les manœuvres. »

Fangfang a un instant d'hésitation, rien qu'une seconde – une seconde où je m'attends à l'entendre rembarrer Kelly, comme je le ferais certainement à sa place. Elle se contente de toucher ses lunettes comme elle le fait à chaque fois que quelque chose l'agace, avant de passer la muselière à Kris pour qu'elle la boucle sur la gueule de Louve. Ça a toujours été électrique entre Kelly et Fangfang, depuis le premier jour de formation dans la vallée de la Mort ; mais jusqu'à présent, la Singapourienne a pris sur elle. J'imagine que les séances de relaxation sous hypnose l'ont bien aidée à se constituer des nerfs d'acier, comme les autres prétendantes – une fois par semaine, pendant un an, Serena les a reçues chacune dans son bureau pour un tête-à-tête dont elles ressortaient libérées de toute tension, parfaitement apaisées, prêtes pour une nuit réparatrice. Moi, j'étais la seule sur qui ça ne marchait pas. Impossible de me laisser aller. « Tu es tellement tendue, non hypnotisable ! me disait Serena en riant. Mes talents thérapeutiques ne peuvent rien faire pour toi, désolée. Mais en revanche, je peux te préparer une bonne camomille avec du miel récolté dans ma propriété : c'est le remède souverain pour trouver le sommeil ! »

ACTE I

Je souris en repensant aux litres de camomille que j'ai ingurgités au fil des mois. C'était délicieux, mais ça ne m'a jamais empêchée de me réveiller à 4 h 00 du matin presque chaque nuit, après un cauchemar plein de feu comme ceux que je fais depuis que je suis toute petite.

« Prête ? » me demande Kris, m'arrachant à mes pensées.
Son visage est resplendissant. Sa coiffure de tresses ressemble à une couronne de princesse. Elle est en train de réaliser son rêve, notre rêve.
Je prends une profonde inspiration.
L'air qui entre dans ma poitrine n'est déjà plus l'air terrestre. C'est une composition savamment dosée, qui sera renouvelée perpétuellement au cours des vingt-trois semaines de voyage. Le lanceur n'a pas encore décollé, mais en quelque sorte nous sommes déjà parties. Je sens l'excitation monter en moi de seconde en seconde :
« Prête ! » dis-je avant de visser mon casque sur ma tête.

« Vous me recevez, mesdemoiselles et messieurs ?
— Parfaitement, du côté des filles, Serena », répond Safia de sa voix enfantine en tournant un bouton sur le tableau de bord.
Le visage de la productrice exécutive apparaît sur le moniteur de transmission. Son carré argenté se détache nettement sur le dossier d'un fauteuil de cuir noir capitonné. En bas de l'écran, les dernières secondes avant le décollage s'emballent : *D – 30 sec... D – 29 sec... D – 28 sec...*
« Je peux encore vous appeler mesdemoiselles, n'est-ce pas, car vous n'êtes pas mariées ! dit Serena dans le micro qu'elle tient à la main. Vous ne le serez qu'une fois arrivées sur le sol de Mars. C'est très romantique, de nos jours, l'attente. C'est très beau, de se faire la cour. Je suis sûre que vous allez inspirer des milliers de jeunes gens à travers le monde. »
Serena n'a jamais cessé de nous mettre sur un piédestal, depuis qu'elle nous a sélectionnées – *vous êtes les meilleures,*

les plus belles, les plus merveilleuses. Je suppose qu'elle a fait de même avec les garçons, au cours des douze derniers mois, qu'elle les a gonflés à bloc pour en faire des héros de l'espace. En ce moment même ils doivent être en train de l'écouter eux aussi dans leur capsule leur donner ses ultimes conseils en duplex avant le décollage.

« Je profite aussi du fait que je puisse encore vous parler sans décalage, car plus vous vous éloignerez de la Terre, plus le temps de transmission sera long. Vous vous souvenez pourquoi ?

— Parce que le transmetteur laser du *Cupido* ne peut pas envoyer les infos plus rapidement que la vitesse de la lumière, qui est de trois cent mille kilomètres par seconde, rappelle Safia, prouvant qu'elle maîtrise le dossier Communication sur le bout des doigts. Or, cinquante-cinq millions de kilomètres nous séparent de la position de Mars à l'arrivée du *Cupido*. Ce qui signifie qu'une fois là-bas, il faudra trois minutes pour que notre signal parvienne jusqu'à la Terre, et trois minutes pour recevoir le signal retour. C'est ce qu'on appelle la latence de communication.

— Voilà qui est parfaitement expliqué ! la félicite Serena. Le programme Genesis repose sur la transmission optique par laser, beaucoup plus efficace que la transmission électromagnétique par radio, dont les missions spatiales précédentes ont dû se contenter – mais la vitesse de la lumière demeure une frontière physique indépassable. Chaque jour de voyage vous éloignera d'une seconde-lumière supplémentaire – une seconde et quatorze centisecondes, pour être exacte –, jusqu'à atteindre trois minutes-lumière à destination. Il faudra juste être patient pendant nos échanges, bien attendre la réponse à chaque question avant de poser la suivante, en respirant avec le ventre comme je vous l'ai appris. Vous vous souvenez, n'est-ce pas ? Tenez, faisons une petite séance de relaxation, là maintenant, avant le décollage... »

ACTE I

La voix de Serena se fait plus profonde, incantatoire, car désormais c'est la psychiatre spécialisée en hypnose qui s'exprime :

« Un, je vide mes poumons bien à fond et je ferme les yeux...

« Deux, je creuse mon ventre et je vois un grand océan calme où nagent des dauphins...

« Trois... »

Je me déconnecte mentalement de l'écran, et je fixe à travers la visière de mon casque les dizaines de diodes qui brillent sur le tableau de bord. Laissons l'hypnose à ceux qui ont la chance d'y être réceptifs. Moi, ma manière de me recentrer, c'est le dessin. Et quand je n'ai pas de crayon ou de stylet sous la main, je dessine avec mes yeux, je me concentre sur ce qui est en face de moi – regarder la réalité dans ses moindres détails ralentit mes pensées.

Je fixe les diodes et je me mets à les compter, à comparer leurs tailles et leurs couleurs, à emmagasiner un max d'infos dans ma tête pour ne pas penser à tout le reste.

« *Neuf !...* »
« *Huit !...* »
« *Sept !...* »

Une voix scande le compte à rebours dans mon casque.

Sur le moniteur de transmission, Serena continue de nous couver du regard, mais ses encouragements sont engloutis par le décompte ; juste au-dessus d'elle, sous le dôme de verre qui l'abrite, la caméra embarquée nous regarde elle aussi, et à travers elle les millions de spectateurs.

« *Six !...* »
« *Cinq !...* »
« *Quatre !...* »

Une secousse sismique remonte depuis le tréfonds de la fusée. Les moteurs sont en train de s'allumer. Là, sous mes pieds, je sais que c'est l'enfer : le réservoir gavé de propergol a pris feu... Mieux vaut ne pas y penser.

Je ferme enfin les yeux.
« Trois !... »
« Deux !... »
« Un !... »
Derrière mes paupières closes, il n'y a pas d'océan, pas de dauphin.
Il y a juste une nuit noire, cosmique.
« Top ! »

D +5 sec
Attachée à la proue d'un train dont les freins ont lâché.
C'est l'image démente qui me vient à l'esprit : les vibrations qui se propagent jusque dans mes os ; le rugissement d'acier qui me broie les oreilles ; l'accélération qui me plaque l'estomac contre la colonne vertébrale.
C'est différent des séances de simulation en centrifugeuse.
C'est plus flippant.
C'est plus magique.
C'est plus réel.
À travers l'étroit pare-brise blindé, le ciel fuse à toute allure. Sur l'altimètre du tableau de bord, les chiffres défilent plus vite encore.
Quelque part dans le lointain, la voix de Serena continue de résonner par intermittence, à moitié dévorée par la stridence des moteurs en fusion :
« Un, je vide mes poumon-mon-mons... »
« Deux, je creuse mon ven-ven-ventre... »
« Trois, je me remplis d'air à nouveau en commençant par le nombri-bri-bril... »
Les sièges, les parois de métal, les instruments du tableau de bord tremblent comme si la capsule tout entière était prise d'une terrible crise d'épilepsie ; il n'y a que le dôme de la caméra qui reste fixe, braqué sur nous.
La fusée continue d'accélérer à mesure que nous nous élevons dans l'atmosphère. En une minute, la vitesse a

ACTE I

été multipliée par dix – je le sais parce que je l'ai appris, mais pour la première fois, mon corps comprend ce que ça veut dire.

Deux mille kilomètres-heure... Ce chiffre ne signifie rien tant que vous n'avez pas été couché dans le siège d'une fusée, écrasé par la force gravitationnelle qui fait tout pour vous retenir sur Terre.

Je sens une pression sur le revers de mon gant, différente de l'accélération.

Je baisse les yeux : c'est la main de Kris, cramponnée à la mienne.

D +2 min

L'altimètre annonce *quarante-cinq kilomètres*, la somme de cinq monts Everest empilés les uns sur les autres.

Le rugissement des moteurs semble moins assourdissant. Les propulseurs d'appoint ont déjà tout donné, mille tonnes de propergol parties en fumée en quelques minutes.

« Première phase d'ascension réussie ! » grésille la voix de Kelly dans mon casque.

J'entends les propulseurs se détacher de la fusée dans un grand déchirement métallique : ils retombent sur Terre, énormes coques vides prêtes à couler dans les eaux de l'océan Atlantique.

Nous, nous continuons vers Mars.

D +6 min

De seconde en seconde, mon corps se fait plus lourd.
J'essaye de voir si Kris va bien.
Pas moyen.
Je suis incapable de bouger.
Ma tête est en béton, ma nuque en fonte.
La fusée continue de prendre de la vitesse dans son effort ultime pour s'arracher à l'attraction terrestre.

« Accélération ? demande Kelly d'une voix tremblante.

— Nous venons de dépasser les 2,5 g... », répond Liz avec peine.

S'il y a le moindre problème à présent avec le moteur principal du lanceur, le protocole prévoit que nous retombions à Dakar, de l'autre côté de l'Atlantique. Toutes les pannes et avaries ont été méticuleusement prévues dans les premières minutes du décollage, les scientifiques se fondant sur la longue histoire de la conquête spatiale. Mais plus nous nous éloignerons de la Terre, dans des régions interplanétaires où l'homme ne s'est jamais aventuré, moins le protocole sera précis...

L'altimètre atteint le chiffre tout rond : cent kilomètres au-dessus du niveau de la mer.

« Accélération ?

— Nous... avons... atteint... les 3 g... »

Trois fois la gravité terrestre.

À 3 g, le dossier de votre siège s'enfonce dans vos côtes et votre dos jusqu'à ne faire plus qu'un avec vous.

À 3 g, chaque inspiration demande un effort douloureux, l'air n'est plus qu'un fluide visqueux qui englue vos poumons.

À 3 g, les rayons du soleil deviennent aussi lourds que de l'or liquide, ils s'écoulent lentement depuis le trou noir du ciel jusque sur le tableau de bord.

À 3 g, votre cervelle elle-même se change en mélasse.

À 3 g, vous ne pensez plus.

D +10 min

D'un seul coup, la main invisible qui m'écrasait le corps se relâche.

D'un seul coup, les lanières accrochées à ma combinaison s'envolent, en même temps que toutes les feuilles du dossier de bord posé sur les genoux de Safia.

Il y a un grand tremblement, là, sous mes pieds, puis le silence absolu. Derrière le pare-brise enténébré, l'espace est semé d'étoiles.

« Réservoir inférieur largué ! annonce la voix de Kelly. Ascension finale réussie ! Vous pouvez ouvrir vos écoutilles, les filles ! »

La main de Kris est toujours cramponnée à mon gant.

« Je crois que tu peux me lâcher, dis-je en soulevant ma visière. Je ne vais pas m'envoler, tu sais. »

C'est pourtant l'impression que j'ai. Après m'avoir semblé lourds de plusieurs tonnes, mes bras ne pèsent presque plus rien, comme dans les séances d'apesanteur en vol parabolique. Mais il n'y a pas que mes bras qui s'envolent – mon cœur aussi, il bat dans ma poitrine aussi fort que les ailes d'un oiseau prêt à prendre son essor : *Ça y est, Léo ! Tu l'as fait ! Tu y es ! Tu es dans l'espace !...*

« Les deux capsules sont en orbite ! annonce Serena. Tout va bien de votre côté, mesdemoiselles ? »

Elle est toujours là, souriante dans la petite lucarne du moniteur de transmission, sans que le chaos du décollage l'ait fait frémir. Seuls ses yeux bougent, alternativement de droite à gauche, suivant les deux écrans qui lui renvoient les images des deux capsules lancées dans le vide de l'espace.

« De notre côté, tout est nickel ! » annonce Kelly en remettant ses écouteurs.

Les notes de *Rebel Without A Cause*, le dernier album de Jimmy Giant, le compatriote et l'idole de Kelly, celui que la presse présente comme « le nouveau James Dean », s'échappent à travers les écouteurs et se répandent dans la capsule.

« Parées pour le rendez-vous orbital avec le *Cupido*, dans exactement sept heures et vingt-cinq minutes ! »

8. Hors-Champ
ROUTE DE CAP CANAVERAL
DIMANCHE 2 JUILLET, 19 H 45

UN PETIT CAMPING-CAR NOIR AUX VITRES TEINTÉES et jantes chromées circule sur la route qui traverse cap Canaveral, bordée de part et d'autre par une végétation rase que l'été a brunie. Il file vers l'est, vers la mer enflammée par la lumière de la toute fin d'après-midi. Quelques voitures roulent en sens inverse, vers l'ouest – ce sont les derniers spectateurs qui regagnent le continent après le décollage, fenêtres ouvertes à travers lesquelles s'échappe la mélodie de « Cosmic Love ». Le camping-car noir les dépasse, et bientôt il n'y a plus aucun autre véhicule sur la bande de bitume. Seuls témoins de la foule immense qui quelques heures plus tôt s'est amassée ici : les canettes de bière qui jonchent le bas-côté et les paquets de chips éventrés que le vent du soir promène de buisson en buisson. Çà et là, des haut-parleurs montés sur des pylônes métalliques diffusent en boucle une voix féminine, à la fois courtoise et ferme : « Nous informons les visiteurs que l'accès à la presqu'île de cap Canaveral ferme à 20 h 00. Merci à tous les véhicules de se diriger vers la sortie. »

Mais le camping-car noir fuse le long des pylônes sans ralentir.

Il ne s'arrête qu'au bout de la route, au pied de la haute grille hérissée de fil barbelé qui ferme l'accès à l'aire de lancement. Des cartes de vœux par milliers sont collées aux barreaux, couvertes de petits mots souhaitant bonne chance à ceux qui se sont envolés, leur confiant des souhaits et des prières à emporter avec eux dans le ciel. Il y a même des gerbes de fleurs, des peluches, et des centaines d'autres cadeaux déposés par ceux qui sont restés à terre. Entre

ACTE I

toutes ces offrandes, on peut apercevoir l'aire de lancement, deux cents mètres plus loin derrière les barreaux : une plateforme de métal surmontée de grues et flanquée de grands hangars cubiques ceinturés de routes luisantes. Les lieux sont complètement déserts.

La portière du camping-car s'ouvre.

Un élégant jeune homme en sort, look preppy : chino beige, blazer bleu navy à la coupe impeccable, polo rouge. Ses cheveux bruns sont soigneusement peignés, raie sur le côté, son visage barré par une paire de lunettes à monture noire. Il tient un petit boîtier de plastique noir à la main, sur lequel il appuie d'un mouvement du pouce – *clic !* – avant de le porter à sa bouche : c'est un dictaphone.

« *Lettre à mon père*. Dimanche 2 juillet, base de cap Canaveral », enregistre-t-il.

Il regarde sa montre :

« Il est 19 h 45. Je suis devant la grille de ce qui est censé être l'un des endroits les mieux gardés des États-Unis. Je m'apprête à prouver le contraire. J'espère que la démonstration vous plaira, Père. De toute façon, quand vous recevrez cet enregistrement, il sera trop tard pour m'arrêter. »

Il relâche la pression sur le bouton, range le dictaphone dans la poche de son pantalon. Puis il s'approche de la grille, écarte du pied un énorme coussin de velours synthétique rouge en forme de cœur. Enfin, il ouvre la paume de sa main. Il y a là un gros scarabée aux reflets argentés.

« À toi de jouer, mon petit bug… », murmure le jeune homme en examinant une dernière fois l'insecte.

À y regarder de près, ce n'est pas vraiment un scarabée. Ses élytres argentés sont d'aluminium, ses pattes sont des fibres métalliques et ses yeux protubérants ressemblent à deux minuscules lentilles de caméra.

Le jeune homme s'accroupit, passe la main entre les barreaux et dépose le faux insecte de l'autre côté, sur le sol caillouteux de la base.

« Hé ! Qu'est-ce que vous faites ici ? »

Le jeune homme se relève au moment où un garde jaillit du petit abri où il se terrait, vêtu de l'uniforme du programme Genesis – chemisette et pantalon gris assortis, casquette frappée d'une planète renfermant un fœtus.

« Vous n'avez pas le droit d'être ici, monsi... », commence-t-il.

Il s'interrompt au milieu de sa phrase pour jauger le visiteur des pieds à la tête. Il s'aperçoit que, derrière le blazer et les lunettes à monture noire, ce dernier est plus jeune qu'il ne l'avait estimé de prime abord, dix-huit, vingt ans à tout casser, et que par conséquent il n'a pas droit à du *monsieur*.

« Tu n'as pas entendu les annonces, mon gars ? reprend-il en portant la main au revolver accroché à sa ceinture. La presqu'île ferme à 20 h 00, comme tous les soirs. Cap Canaveral est une propriété privée depuis son rachat par Atlas, pas un jardin public. Allez, ouste, ou je relève ta plaque d'immatriculation ! »

Le jeune homme aux lunettes à monture noire glisse la main dans le revers de sa veste et en sort ce qui ressemble à un téléphone portable ancienne génération, une sorte de grosse télécommande munie d'une courte antenne.

« Ah mince ! lance-t-il en jetant un coup d'œil à l'écran. Vous voulez dire que j'arrive trop tard pour le lancement ? »

Il renifle bruyamment. Une odeur de kérosène flotte encore dans l'air, mêlée à celle des bruyères de la côte.

Le garde cligne des yeux sous la visière de sa casquette ; le soleil couchant l'aveugle un peu.

« Évidemment que tu arrives trop tard ! répond-il d'un ton exaspéré. Tu n'as pas regardé la télé, écouté la radio, lu les journaux, consulté les news sur ton mobile ?

— Eh bien non... Et en plus là, je ne capte pas...

— Normal, les signaux de téléphonie mobile sont brouillés sur toute la presqu'île, question de confidentialité. Il n'y a que les talkies-walkies Genesis qui fonctionnent, ici.

ACTE I

Tu ne risques pas de capter, surtout avec ce téléphone qui m'a l'air d'être une sacrée antiquité. Même ma fille de dix ans a un modèle plus sophistiqué ! Toi et la technologie, ça fait deux, pas vrai ? »

Le jeune homme hausse les épaules. La brise qui vient de l'océan gonfle sa veste, décoiffe ses cheveux.

« Si j'avais su, je serais venu plus tôt pour assister au décollage. Quelle malchance quand même, moi qui viens de Beverly Hills... Pas que pour ça, remarquez : papa m'a acheté ce camping-car pour que je puisse faire le tour de notre beau pays pendant les vacances d'été, avant d'entrer à l'université de Berkeley l'année prochaine. Dites, vous croyez que vous pourriez m'arranger un petit tour privé de la base, ça me ferait des souvenirs ? »

Le garde reste interdit l'espace d'une seconde, sourcils froncés, bouche entrouverte.

« Attends une minute, dit-il finalement, d'une voix mielleuse. Je vais demander à la direction... »

Joignant le geste à la parole, il décroche son talkie-walkie d'une main et s'éloigne de quelques pas, tout un gardant l'autre main sur la poignée de son revolver.

Le jeune homme en profite pour pianoter sur son énorme téléphone. Un message en lettres digitales apparaît à l'écran :

CONNEXION SATELLITE EN COURS...

Mais tout cela, le garde ne le voit pas. Il est trop occupé à parler dans le creux de son talkie-walkie, le dos tourné pour que le visiteur n'entende pas la conversation :

« Allô Bob ? Ici Derek. Y a un blanc-bec qui s'est pointé devant l'aire de lancement malgré le couvre-feu, le genre fils à papa qui ne doute de rien. Véhicule immatriculé dans l'État de Californie. Tu m'envoies les gars de la sécurité ? »

Le garde rengaine son talkie-walkie, un sourire aux lèvres.

« Pas de bol, mon gars, dit-il en se retournant. Ton petit tour privé, on va te le faire faire au poste de... »

Un rugissement de moteur engloutit la fin de sa phrase, les pneus soulèvent un grand nuage ocre qui retombe en pluie sur son uniforme. Lorsque la poussière se dissipe, le camping-car est déjà loin sur la route qui mène au continent.

9. CHAMP
D + 7 H 28 MIN
[1ʳᵉ SEMAINE]

« CIBLE MOINS CENT MÈTRES... », grésille la voix de Kelly.

Cela fait plus de sept heures que nous sommes moulées dans le creux de nos sièges, casques enfoncés sur la tête, poitrines écrasées par les ceintures de sécurité.

Mais je ne sens pas les courbatures ni les crampes. Je suis trop concentrée pour ça, occupée à reproduire, sur l'écran de ma petite tablette à croquis, le fascinant spectacle du vaisseau qui se profile à travers le pare-brise de la capsule.

Le *Cupido*.

J'ai souvent vu son image, j'en ai souvent rêvé, il y avait même une maquette à l'échelle dans le hall du camp d'entraînement. Mais la réalité dépasse tout ce que j'avais imaginé, et je veux absolument la graver dans la mémoire de ma tablette, pour m'en souvenir à jamais.

Ce bijou, c'est le nec plus ultra de la technologie spatiale, le projet dans lequel la Nasa a engouffré des centaines de millions de dollars pendant plus de vingt ans sous le nom de *Vasco de Gama*. Et juste au moment où cette Rolls de l'espace était en orbite, enfin prête à servir pour l'exploration de Mars, *pam !*, le nouveau président américain décide de liquider les joyaux de la couronne... Pas de bol pour les ingénieurs qui ont consacré leur existence au projet. Pas de bol non plus pour les vrais astronautes bardés de diplômes, qui se sont entraînés pendant des années dans l'espoir d'être les premiers à partir pour la planète rouge. Maintenant, la plupart de ces gens sont au chômage. Pour faire le show et récolter le plus d'argent possible, les décideurs d'Atlas ont préféré ouvrir le programme à des amateurs, des inconnus à qui tout le monde peut s'identifier. Ils ont changé le nom du vaisseau – un explorateur mort depuis des siècles, ils ne trouvaient pas ça assez vendeur. Ils voulaient un nom latin avec pas trop de syllabes, facile à retenir dans toutes les langues, comme celui du vaisseau *Apollo* qui avait été le premier à se poser sur la Lune. Ils ont trouvé *Cupido*, rapport au dieu de l'amour, l'angelot Cupidon censé nous décocher ses flèches pendant le programme... Je dois dire que c'est plutôt bien trouvé. Vu de si près, le *Cupido* ressemble *vraiment* à un ange. Un ange terrible, un ange de près de trente mètres de hauteur, qui flotte en silence dans la pénombre de l'espace et sur l'écran de ma tablette à croquis.

De la pointe de mon stylet bien calé dans mon gant d'astronaute, j'ai reproduit les quatre parties du vaisseau, emboîtées les unes sur les autres au fil des lancements qui nous ont précédés, car aucun lanceur n'est assez puissant pour mettre un tel vaisseau en orbite d'un seul coup (de même, ce mastodonte est bien trop gros pour entrer dans l'atmosphère martienne sans s'écraser, et c'est aussi pour ça que nous y descendrons dans nos capsules légères). Le propulseur est le plus gros module, un énorme cylindre abritant la mini-centrale nucléaire qui nous poussera jusqu'à Mars – c'est le corps de l'ange. Les deux tubes qui forment les compartiments de vie sont connectés perpendiculairement au-dessus du tronc comme les deux branches d'un T

– ce sont les ailes de l'ange. Au point de jonction des ailes, au sommet du vaisseau, se trouve le plus petit module, une sphère de verre sombre auréolée d'une parabole circulaire d'où émane un faisceau lumineux – c'est la tête de l'ange, le saint des saints, qui accueille le mystérieux Parloir...

« Cible moins quarante mètres... »

Je lève les yeux de ma tablette. Sur le moniteur de transmission, Serena a laissé la place à Roberto Salvatore, l'instructeur en Navigation qui a formé Kelly. Roberto porte l'uniforme gris du programme Genesis. La casquette logotypée, enfoncée sur sa tête joufflue, lui donne l'air d'un serveur de fast-food qui aurait abusé de la marchandise. On ne dirait pas comme ça, mais c'est un ancien de la Nasa pratiquement aussi gradé que le directeur Lock, l'un de ceux qui ont trouvé grâce aux yeux d'Atlas ; sans doute l'un des meilleurs pilotes de ce côté-ci du cosmos – respect !

« *Un peu plus à droite...*, indique-t-il, son double menton tremblant à chaque fois qu'il lâche une consigne. *Rectifie l'angle d'approche de deux degrés... Maintenant, appuie sur le champignon et accélère un bon coup. La capsule des garçons vous suit de près, je compte sur vous pour aborder le* Cupido *en premier, les filles !* »

À la mention des garçons, mes yeux tombent sur l'écran rétroviseur qui filme l'espace dans notre dos. Un minuscule cône se trouve là, derrière nous, perdu au milieu des étoiles. C'est la deuxième capsule. Elle semble immobile, mais en réalité elle tourne autour de la planète à la même vitesse que nous, huit kilomètres par seconde. Ça me fait tout drôle de penser que dans ce bout de métal pas plus gros qu'une tête d'épingle se trouve celui avec qui je vais vivre le reste de mes jours.

« Cible moins vingt mètres... »

La capsule s'illumine tout d'un coup, attirant à nouveau mon attention vers le pare-brise. Un coup de projecteur éblouissant tombe sur le *Cupido*. Les tuiles de céramique blanche dont il est entièrement couvert s'enflamment comme des plumes de lumière.

C'est le lever de soleil sur la Terre.

Le cinquième auquel nous assistons depuis notre départ.

Nous avons déjà fait cinq tours complets de la planète, une fois toutes les heures et demie, nous rapprochant un peu plus à chaque tour de l'orbite du vaisseau.

Cette fois-ci, c'est la bonne. Nous sommes pile dans l'axe de l'aile gauche, le compartiment de vie des filles. Encore quelques coups de stylet, pour capturer le reflet du soleil sur la tête du *Cupido*...

« Cible moins dix mètres... »

Le sas d'amarrage au bout de l'aile gauche se rapproche...

se rapproche...

se rapproche...

« Cible moins deux mètres... préparez-vous à l'amarrage ! »

Un tremblement secoue la capsule.

Le voyant du système de pressurisation s'allume sur le tableau de bord.

Le double menton de Roberto cesse de trembler sur le moniteur de transmission :

« Amarrage réussi !

— Bof ! crâne Kelly. Un jeu d'enfant, pour une pro du curling comme moi... Je tâcherai de faire aussi bien dans cinq mois, quand il faudra faire atterrir notre capsule pile-poil à New Eden, depuis l'orbite de Phobos.

— Je vous laisse. Il faut que je guide les garçons pour leur propre amarrage sur l'aile droite. S'ils ratent leur coup, c'est reparti pour un tour de manège de quatre-vingt-dix minutes autour de la Terre... »

Safia est la première à détacher sa ceinture. Elle se met aussitôt à flotter, essayant de rattraper les feuilles du dossier de bord qui s'étirent le long du plafond comme des nuages.

« Je ne crois pas qu'on nous ait donné l'autorisation de déboucler..., avertit Fangfang la rabat-joie, fidèle à elle-même.

— Autorisation accordée, ma chère Fangfang ! » s'exclame Serena, qui vient de remplacer Roberto à l'écran.

Les ceintures de sécurité sautent les unes après les autres. Les filles s'élèvent dans les airs en riant comme doivent rire les enfants le jour de Noël, du moins c'est ainsi que je l'imagine vu que je n'ai jamais connu ça. Quel soulagement de faire sauter l'élastique qui m'emprisonne les cheveux et de laisser mes longues boucles de feu se déployer tout autour de moi, j'ai l'impression de revivre !

« Viens, Léo ! » s'écrie Kris.

Elle me prend par les bras et me soulève de mon siège avec autant de facilité que si j'étais une poupée de chiffon.

Le voyant de pressurisation vire au vert.

Le sas de la capsule amarrée au vaisseau s'ouvre dans un déclic sonore. Derrière, un étroit tunnel apparaît. Il nous aspire toutes les six dans les profondeurs du *Cupido*, nous les premiers êtres humains à y pénétrer depuis qu'il a été assemblé en orbite.

« Bienvenue à la maison, les filles ! »

La voix de Serena est si nette que je m'attends presque à la trouver en chair et en os au bout du tunnel, dans le compartiment de vie.

Elle n'est pas là, bien sûr, mais ce que je découvre me coupe le souffle tout autant.

« Génial ! hurle Kelly. On se croirait dans une cabane de bûcheron canadien – en version pour riches ! »

Le comble, c'est qu'elle a raison. Le tunnel perce le plancher d'une pièce circulaire d'une quarantaine de mètres carrés, entièrement lambrissée de bois de pin naturel – rien à voir avec le plastique blanc de la cellule de confinement où nous avons passé notre dernier mois de formation, dans la vallée de la Mort. Trois lits superposés en métal brossé sont chevillés au sol de cette chambre, tout autour de la trappe par laquelle nous sommes arrivées. Des couvertures de cachemire fines et chaudes sont fixées aux draps par des bandes de velcro, pour résister à l'apesanteur. Chaque lit est surmonté d'un dôme de caméra et d'un écran haute résolution affichant diverses scènes terriennes : coucher de soleil sur une montagne enneigée... troupeau de biches broutant dans une clairière semée de pâquerettes... et, bien sûr, mer calme au clair de lune où nagent des dauphins. Pas difficile de deviner qui a programmé les images sur les écrans !

« La Nasa a conçu l'aménagement intérieur du vaisseau avec des matériaux bien terrestres pour qu'il dépayse le moins possible les astronautes, pour qu'il leur offre une transition en douceur vers leur vie martienne... »

Le visage de Serena nous sourit à travers un quatrième écran, incrusté à côté de l'échelle qui monte au deuxième étage du compartiment. Le système dolby stéréo retransmet sa voix avec une clarté cristalline.

« Alors, mesdemoiselles, votre chambre vous plaît ? »

Un rugissement de joie lui répond.

Nous nous extirpons de nos encombrantes combinaisons blanches, pour ne garder que les sous-combinaisons noires qui nous collent à la peau, bien plus confortables et bien plus seyantes. Une fois libérées, certaines filles s'envolent avec grâce, comme Liz et Safia, d'autres plus laborieusement, comme Kris qui n'a jamais été complètement à l'aise avec l'apesanteur. Louve elle-même jappe comme un jeune chiot, ses pattes battant dans les airs tel un moulin à vent.

« Léo et moi, on prend celui-là ! s'exclame Kris en se contorsionnant pour atteindre le lit aux biches. Dis, Léo, tu me laisses la couchette du haut ? »

Je hoche la tête.

« Pas de problème, Kris, lancé-je. Même si pour l'instant, les concepts de *haut* et de *bas* ne veulent pas dire grand-chose ! »

Comme si elle participait à la conversation avec nous dans la pièce, alors qu'en fait elle est à des milliers de kilomètres, Serena reprend ma remarque au vol :

« Bien vu, Léo. Tant que vous êtes en apesanteur, il n'y a pas de haut ni de bas. Il faudra attendre que le *Cupido* soit lancé sur la trajectoire Terre-Mars pour que ses deux ailes entrent en rotation autour du pivot central, utilisant la force centrifuge pour recréer une gravité artificielle pendant les vingt-trois semaines de voyage, comme les spectateurs peuvent le voir maintenant à l'écran... »

Le visage de Serena est remplacé par une vue 3D en coupe du *Cupido* sur fond de ciel étoilé. Ses deux ailes jumelles tournent lentement autour de la tête auréolée par la parabole de transmission, qui marie une bonne vieille antenne radioélectrique et un terminal laser dernière génération.

Mais nous sommes toutes bien trop excitées pour assister à un cours de physique spatiale.

Déjà, Kris m'entraîne vers l'échelle au fond de la chambre ; elle pousse la trappe en haut des barreaux, et c'est ainsi que nous nous envolons vers le deuxième étage.

« Voici la salle de séjour ! » annonce triomphalement Serena.

Son visage apparaît sur un écran panoramique, juste en dessous d'une caméra habilement camouflée dans la façade d'une horloge digitale qui affiche les heures de Tokyo, Pékin, Singapour, New Delhi, Moscou, Abuja, Berlin, Paris, Londres, Ottawa, Washington, Brasilia : d'est en ouest, toutes les capitales des pays dont les passagers sont ressortissants.

« Un coin détente pour bouquiner ! » s'écrie Safia en faisant le poirier sur un canapé de cuir noir, garni de coussins tenus en place avec du velcro.

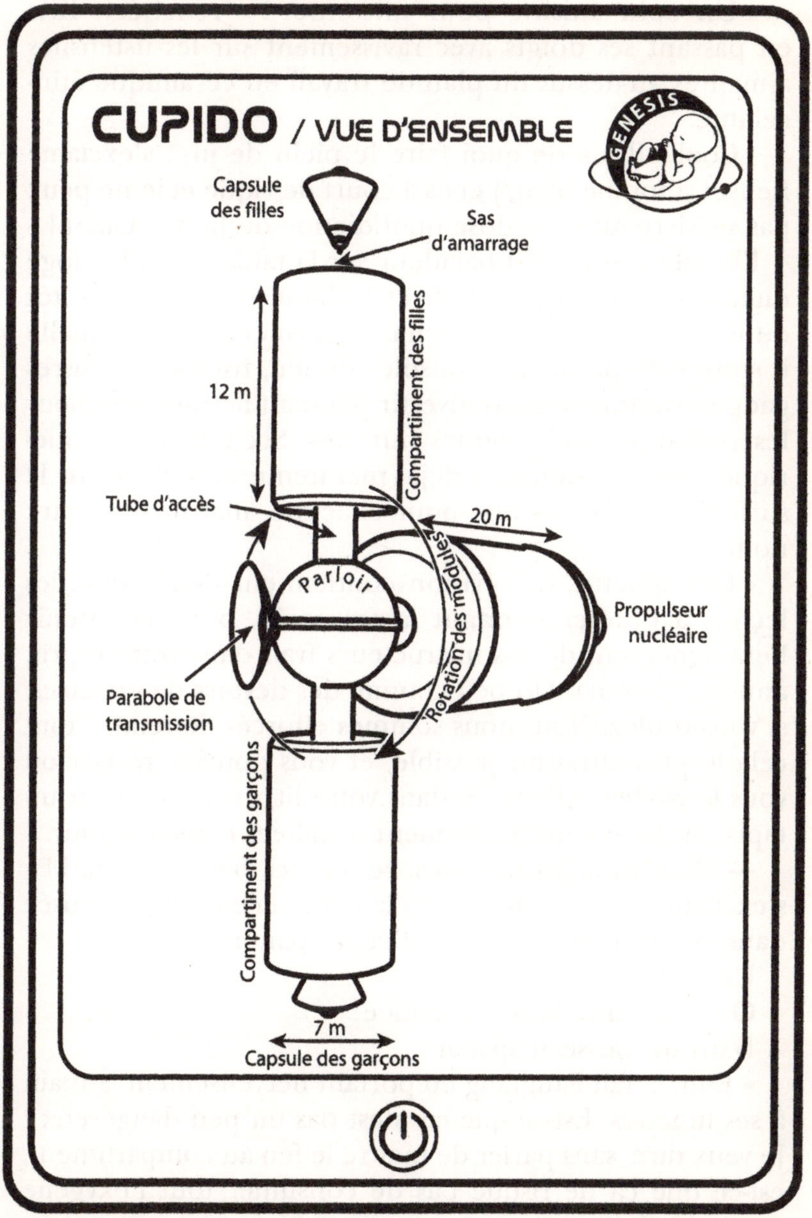
CUPIDO / VUE D'ENSEMBLE
GENESIS
Capsule des filles
Sas d'amarrage
Compartiment des filles
12 m
Tube d'accès
20 m
Rotation des modules
Parloir
Propulseur nucléaire
Parabole de transmission
Compartiment des garçons
7 m
Capsule des garçons

« Un coin cuisine pour mitonner ! » renchérit Kris en passant ses doigts avec ravissement sur les ustensiles aimantés au-dessus du plan de travail en céramique étincelante.

« Cool ! Il y a de quoi faire le plein de jus ! s'exclame Kelly. Ça tombe bien, j'étais à court de zique et je ne peux pas survivre sans ma dose quotidienne de Jimmy Giant ! »

Elle place son petit baladeur sur la table sous l'horloge digitale – à son aspect noir et brillant, je devine aussitôt qu'il s'agit d'une table de charge dernier cri, sur laquelle il suffira de poser nos consoles de jeu, liseuses et autres gadgets destinés à nous divertir pendant la traversée, pour les recharger en quelques minutes. Six tablettes numériques nous y attendent déjà, maintenues en place sur la surface aimantée – une pour chacune, marquée à notre nom.

« Ces tablettes de révision contiennent l'ensemble des leçons à étudier pendant la traversée, pour maintenir l'enseignement de vos instructeurs frais dans votre esprit, annonce Serena. Un peu comme des devoirs de vacances, si vous voulez. Nous nous sommes efforcés de rendre tout cela le plus attrayant possible, et vous pourrez réviser où vous le voulez : allongées dans votre lit, en courant sur un tapis, ou bien confortablement installées dans le séjour.

— Pour moi, les révisions, ce sera ici, bien au chaud ! » s'exclame Liz en glissant vers la cheminée design, creusée dans la paroi qui fait face à l'écran panoramique.

Une cheminée.

Où brûle une bonne flambée.

Dans un vaisseau spatial !

« Euh…, fait Fangfang en portant nerveusement la main à ses lunettes. Est-ce que ce n'est pas un peu dangereux ? Je veux dire, sans parler de mettre le feu au compartiment, est-ce que ça ne risque pas de consumer tout l'oxygène respirable ?

ACTE I

— Du tout, répond Serena. Ce feu n'est qu'une projection holographique, avec chauffage intégré et crépitements préenregistrés. Plutôt réaliste, non ? »

Nouvelle explosion de joie.

Et cette impression de comprendre enfin ce que ça veut dire, « chez soi », après toute une vie à se sentir partout étrangère !

« ... vous avez encore deux étages que je vous laisserai le soin d'explorer, continue Serena. La salle de bains au troisième – qui sert aussi de salle de stockage et de buanderie –, et la salle de gym au quatrième. Le tout formant un charmant quadruplex, cent cinquante mètres carrés de surface habitable.

— Et ça ? je demande en me projetant vers une niche encastrée à côté du coin cuisine, protégée par une vitre.

— Ça, c'est le monte-charge qui puise dans les réserves de nourriture que nous avons stockées dans les containers du troisième étage – assez pour les cinq mois de voyage, rassurez-vous. L'eau ne manquera pas non plus, pourvu que vous en fassiez un usage parcimonieux et que vous contribuiez à alimenter la source : vos urines, mesdemoiselles, seront recyclées tout au long du voyage avec un système de filtration de pointe ! Mais trêve de considérations techniques, et somme toute peu glamour : je crois qu'il y a une livraison qui arrive dans le monte-charge... »

À ces mots, un ronronnement monte des profondeurs du compartiment de vie, laissant deviner les rouages sophistiqués qui se cachent derrière l'apparente simplicité des murs de bois. Une bouteille apparaît derrière la vitre, qui s'ouvre en coulissant.

Je m'en empare tandis que des « oh ! » et des « ah ! » retentissent autour de moi.

Elle est glacée, bouchée par une valve de plastique avec paille intégrée. Des lettres élégantes s'étalent sur la belle étiquette dorée : *Champagne Merceaugnac, Cuvée Impériale, Grand Cru millésimé 1969 – Année de la Lune.*

« Dites merci à Léonor, c'est son sponsor *platinum* qui régale ! annonce Serena en haussant la voix pour couvrir les cris des filles. Vous ne pourrez malheureusement pas faire sauter le bouchon pour des raisons de sécurité tant que nous sommes en apesanteur, mais je vous assure que le goût est le même à travers la paille. C'est le millésime de l'année où l'homme a marché sur la Lune : j'ai pensé que ça vous porterait chance. J'espère que vous aimerez, car six autres bouteilles vous attendent, à déboucher pour fêter vos six mariages une fois arrivés sur Mars.

« Pour l'heure, en attendant l'amarrage imminent de la capsule des garçons, je vous invite à trinquer avec vos fans, mesdemoiselles. Vous avez déplacé les foules ! »

Le visage de Serena s'efface pour céder la place à une vidéo en direct live, représentant un parc ensoleillé où sont assemblés des milliers de gens, tellement serrés qu'on ne voit plus le vert du gazon. Au bout du parc se dresse un écran géant qui nous représente toutes les six autour de la table à manger, telles que les caméras du *Cupido* nous filment en ce moment même.

« Cent mille personnes ont passé la nuit à vous regarder à Singapour où il est 9 h 00 du matin, depuis le parc Hong Lim, l'endroit dédié aux manifestations publiques dans la cité-État, commente la voix de Serena. Les autorités singapouriennes me confirment qu'il n'a jamais accueilli autant de personnes depuis sa création ! »

À ces mots, une clameur s'élève du parc, qui semble monter jusqu'à nous à travers l'espace : « Fangfang ! Fangfang ! Fangfang ! »

Rougissant jusqu'aux oreilles, la Singapourienne fait deux V de la victoire avec ses mains, aussitôt reproduits sur l'écran géant du parc Hong Lim.

La vidéo de Singapour disparaît, laissant place à un large fleuve embrasé par le soleil qui se lève, bordé de temples et d'habitations aux ombres démesurément étirées. Une

immense foule de pèlerins en pantalons blancs et en saris se presse sur la rive en chantant des prières où reviennent toujours les deux mêmes syllabes : « Sa-fia ».
« La ville sacrée de Bénarès, sur la rive du Gange, 6 h 30 du matin, explique Serena. Impossible de compter les innombrables Indiens qui sont venus souhaiter bonne chance à celle qui porte leurs couleurs, lui dédiant des offrandes aux teintes de Mars. »
En effet, chaque pèlerin dépose dans le fleuve une petite embarcation en feuilles de palme, chargée d'œillets rouges, qui part voguer parmi une constellation d'autres.

Cette vision mystique qui semble tout droit sortie de la nuit des temps s'estompe comme un rêve, remplacée par son contrepoint : une artère hypermoderne, bordée de buildings où brillent de gigantesques panneaux publicitaires lumineux. La circulation a été coupée, des hélicoptères patrouillent dans le ciel nocturne, une foule bigarrée brandit des drapeaux canadiens frappés de la feuille d'érable rouge.
« Dundas Square à Toronto, 21 h 00, dit Serena. C'est le soir en Amérique du Nord. On estime à près de deux millions les Canadiens qui ont envahi la plus célèbre place de la ville et les rues environnantes pour participer à une fête qui va durer toute la nuit... en ton honneur, Kelly ! »
À cet instant, tous les écrans de Dundas Square cessent de diffuser leurs pubs respectives pour afficher le visage de Kelly, reproduit des centaines de fois, surmonté d'une déclaration d'amour en lettres rouge érable : *Canada loves you Kelly !*
Dans le vaisseau où nous assistons à la scène, médusées, Kelly laisse échapper quelques mots qui résument ce que nous ressentons toutes :
« Alors là, je suis bluffée... »

Mais l'écran panoramique est déjà passé à une autre ville. Après les buildings de verre et d'acier, voici d'élégantes façades anciennes sur les quais d'une rivière noire. Une grande roue monumentale tourne lentement, illuminée de milliers d'ampoules qui clignotent joyeusement. Dans chaque nacelle, des dizaines de gens agitent des Union Jack en chantant à tue-tête.

« En Europe, la fête bat son plein depuis longtemps déjà, dit Serena. Comme à Londres par exemple, sur les bords de la Tamise, où il est 2 h 00 du matin… »

Les ampoules cessent de clignoter pour s'allumer toutes en même temps, et dessiner un nom gigantesque en lettres lumineuses sur toute la largeur de la roue : ELIZABETH.

« … comme à Berlin, au pied de la porte Brandebourg… », continue Serena tandis que se dessine une arche monumentale soutenue par six pieds, surmontée de statues de chevaux au galop.

D'imposantes enceintes diffusent une version techno remixée de *Cosmic Love*, tandis que des projecteurs de toutes les couleurs balayent une mer de danseurs déchaînés. La caméra zoome sur un groupe de filles qui s'amusent comme des folles, se trémoussant sur un podium au milieu de la place – elles ont toutes coiffé leurs cheveux en couronne de tresses à la manière de Kris, et c'est à Kris qu'elles adressent les cœurs qu'elles forment avec leurs mains jointes en mimant des baisers.

« … ou enfin comme à Paris, sur les Champs-Élysées. »

La porte à six pieds laisse la place à une autre arche que je connais bien : l'Arc de Triomphe ! En dessous, la plus belle avenue du monde est envahie d'un fleuve de fêtards qui se déverse jusqu'à la place de la Concorde. Mon cœur fait un grand *boum !* dans ma poitrine – en fait, pas seulement mon cœur, mais aussi la patrouille de France qui perce le mur du son dans le ciel enténébré, dessinant mon nom en lettres de fumée illuminées par les projecteurs. Les accords de *La Marseillaise* envahissent l'espace, tandis qu'une immense bannière se déplie sous l'Arc de Triomphe. C'est mon portrait en combinaison d'astronaute, sans doute pris pendant la conférence de presse, cheveux rayonnant autour de mon visage tel un soleil, regard dirigé vers les étoiles qui peuplent le ciel de Paris.

Je n'ai pas le temps de reprendre mon souffle, ni d'essuyer les larmes d'émotion qui se sont formées au coin de mes yeux.

Serena est déjà de retour à l'écran, une coupe de champagne à la main.

« À notre tour de vous souhaiter bon voyage, mesdemoiselles, dit-elle. Permettez-moi de porter un toast en votre honneur, au nom de tous les habitants de la Terre qui vous regardent en ce moment même dans les lieux où ils se sont rassemblés, ou bien chez eux sur la chaîne Genesis. Nous buvons à votre succès – et surtout, à vos amours ! »

L'écran panoramique dézoome brusquement, nous offrant le portrait de groupe de l'équipe d'instruction du programme réunie au grand complet dans la salle de contrôle de cap Canaveral. Ils sont tous là, vêtus de l'uniforme Genesis : les hommes et les femmes qui nous ont formées pendant un an, qui quelque part ont remplacé nos parents absents pour faire de nous celles que nous sommes aujourd'hui. Serena McBee, le directeur Gordon Lock et Roberto Salvatore, bien sûr ;

mais aussi Geronimo Blackbull, l'instructeur en Ingénierie trop stylé, avec son long catogan de cheveux teints en noir aile de corbeau et sa peau aussi fripée que celle d'un iguane, entre chef indien et papi rock star ;

Odette Stuart-Smith, l'instructrice en Planétologie pleine de bon sens et de bons principes, arborant ses fameuses lunettes à triple foyer qui ressemblent à deux télescopes montés sur branches ;

Archibald Dragovic, l'instructeur en Biologie aussi génial que farfelu, entièrement dévoué à la science, qui refuse obstinément d'ôter sa blouse blanche de par-dessus son uniforme Genesis et dont la tignasse grisâtre imprégnée d'électricité statique semble avoir souffert des mystérieuses expériences sur les radiations qu'il mène nuit et jour dans son laboratoire ;

et mon propre instructeur, ma star à moi, le docteur Arthur Montgomery, comme à son habitude impeccable avec sa cravate, sa fine moustache blanche taillée au cordeau et sa raie sur le côté sans un cheveu qui dépasse (même s'il n'en a plus beaucoup).

Il ne manque que Sherman Fisher, l'instructeur en communication – Serena nous a dit qu'il était absent pour la cérémonie, sans doute malade. Mais tous les autres sont là : la fine fleur de la Nasa, les vétérans récupérés par Atlas pour qu'ils nous servent de mentors, à nous qui il y a encore un an ne savions rien de Mars. Ce sont des gens vraiment bien, des exemples de générosité qui ont consacré leur vie à l'espace et qui nous ont transmis leur savoir pour nous laisser nous envoler, nous qui n'avons pas un centième de leur expérience. Chacun tient une coupe de champagne tendue dans notre direction. Et chacun reprend en chœur le toast porté par Serena, d'une seule voix qui envoie des ondes de fierté et de gratitude jusqu'au creux de mes os :

« À vos amours ! »

ACTE I

10. Contrechamp
SALLE DE CONTRÔLE, BASE DE CAP CANAVERAL
DIMANCHE 2 JUILLET, 21 H 15

« MERCEAUGNAC CUVÉE IMPÉRIALE ? s'étrangle Roberto Salvatore, recrachant sa gorgée de vin dans sa coupe. Et pendant ce temps, vous nous servez du vulgaire mousseux !

— Calmez-vous, mon cher Roberto, murmure Serena McBee. Nous savons tous que vous êtes un fin gourmet, mais prenez votre mal en patience. Nous aurons bien le temps de sabler le champagne, nous autres, quand les bénéfices de la diffusion commenceront à rentrer dans les caisses. On annonce déjà plus d'un milliard de spectateurs pour le décollage, et c'est uniquement le prime time, sans compter les rediffusions qui devraient au moins doubler la mise. »

Elle repose sa coupe sans même y avoir trempé ses lèvres, et fait signe au directeur technique et aux cinq instructeurs de se rapprocher d'elle pour échapper à l'attention des ingénieurs qui continuent de trinquer dans la salle de contrôle dans une ambiance de kermesse.

« Pour vous dire la vérité, les prétendants n'emportent que du mousseux, eux aussi, chuchote-t-elle d'un air complice. Comment pourraient-ils faire la différence, des laissés-pour-compte qui n'ont jamais bu de champagne de leur vie ? J'ai simplement fait décoller les étiquettes millésimées pour les coller sur des bouteilles quelconques – les vrais grands crus reposent en ce moment dans la cave de ma demeure de Long Island, près de New York. Nous pourrons les vider ensemble, quand Atlas nous versera notre bonus à la fin du voyage.

— Vous êtes impitoyable…, lâche le directeur Gordon. Quand je pense que ces jeunes gens n'en ont plus que pour quelques mois à vivre, vous auriez au moins pu leur offrir du vrai champagne.

— Je suis pragmatique. Je ne vous permets pas de me juger ni de jouer les saintes-nitouches, Gordon, car vous êtes trempé dans cette affaire jusqu'au cou. Nous avons tous les sept autant à y gagner. Et autant à y perdre. Alors, prenez sur vous, buvez votre mousseux, et souriez. D'ailleurs, il me semble que le moment est venu de faire votre petit discours à l'intention de votre staff – il est impératif qu'ils ne se doutent de rien, eux qui ignorent tout du rapport Noé. Il faut juste qu'ils accomplissent sagement leurs tâches jusqu'au bout. Mon assistante de production va vous conduire à l'estrade. »

Sans attendre de réponse, Serena McBee appuie de son doigt manucuré sur la broche en argent qui orne le col de son tailleur – un micro y est dissimulé. Elle murmure quelques mots :

« *Serena à Samantha.* Venez ici. »

Au bout de quelques secondes, une jeune femme en veste grise apparaît comme par magie, écusson Genesis cousu sur la poitrine, badge indiquant *Samantha* épinglé en dessous, oreillette argentée vissée sur la tempe.

« Oui, madame ? Vous m'avez appelée ?

— Monsieur le directeur technique souhaite faire une allocution. Veuillez l'accompagner, je vous prie. »

Gordon Lock desserre les lèvres pour répliquer quelque chose, mais les mots ne viennent pas. Alors, il tourne les talons avec rage. Il se dirige vers l'estrade à la suite de l'assistante, descendant l'allée bordée d'écrans derrière lesquels se tiennent les hommes et les femmes de l'ancienne Nasa, affublés de l'uniforme gris du programme Genesis. Partout, ce ne sont que tapes dans le dos, congratulations, et rires de joie : « On l'a fait ! » ; « On a mis nos passagers

ACTE I

en orbite ! » ; « C'était long, c'était dur, mais ça valait le coup : Mars est enfin à portée de main humaine ! »

Lorsque Gordon Lock monte sur l'estrade, il est accueilli par un tonnerre d'applaudissements qu'il tente de balayer d'un revers de la main, comme un nuage de moucherons. En vain. L'assistance est trop heureuse pour se rendre compte à quel point le directeur est mal à l'aise ; ils ne voient que le héros, celui qui a su négocier avec Atlas, qui a sauvé le programme martien de la Nasa.

La jeune femme à l'oreillette lui tend un micro avec insistance. Il finit par le prendre, et s'efforce de recomposer le sourire qu'il affichait quelques heures plus tôt face aux caméras sur la plateforme d'embarquement.

« Mesdames, messieurs, chers collègues, annonce-t-il d'une voix artificiellement enjouée. Ce jour restera dans l'Histoire. Dans moins d'une heure le *Cupido* sera injecté vers Mars, achevant la phase de lancement du programme Genesis... »

Il n'a pas le temps de terminer sa phrase qu'il est à nouveau enseveli sous les applaudissements. Il lui faut attendre une longue minute avant de pouvoir continuer son discours.

« La phase de lancement du programme Genesis s'achève, reprend-il, mais notre travail continue. Notre nouvel employeur Atlas Capital a fermé le centre de contrôle historique de Houston pour tout rassembler ici, à cap Canaveral. Pendant les prochains mois, nous allons vivre dans cette base, veillant nuit et jour à ce que tout se passe bien à bord du vaisseau, jusqu'à l'alignement sur l'orbite de Phobos. Nos collègues de la société McBee Productions logeront aussi dans ces murs, pour monter les images des caméras embarquées en temps réel, de manière à ce qu'elles soient diffusées 24 heures sur 24 sur la chaîne Genesis. Atlas Capital compte sur nous tous, scientifiques et professionnels des médias, pour faire de ce programme un immense succès. Je sais que vous avez tous choisi ce métier non pas pour l'argent – ce programme ne nous enrichira guère –, mais par passion, pour la conviction de servir une noble cause. Je sais aussi que certains d'entre vous n'étaient pas très à l'aise avec l'idée d'un show spectaculaire, avec le jeu de séduction, avec le fait d'envoyer des jeunes gens dans l'espace et non des astronautes dûment qualifiés. Mais aujourd'hui, devant la réussite du décollage et l'engouement planétaire, je crois pouvoir affirmer que les doutes de chacun sont balayés. Vive Mars ! Vive l'espace ! »

La foule reprend les derniers mots de Gordon Lock dans un cri tonitruant et unanime : « Vive Mars ! Vive l'espace ! »

« À travers notre collaboration avec McBee Productions, les populations de la Terre, qui se sont trop longtemps désintéressées de l'exploration spatiale, sont à nouveau fascinées comme à l'époque où le premier homme a marché sur la Lune, ajoute le directeur Lock. Il fallait en passer par un peu de mise en scène pour relancer l'intérêt général, ce qui ne nuit en rien à l'ambition scientifique du programme, au contraire. Les droits de diffusion mondiaux, l'apport des sponsors et des annonceurs, les dons des spectateurs : tout cela va générer des revenus permettant à Atlas de rembourser l'achat du *Cupido* et de la base de New Eden déjà larguée sur Mars, et plus encore, de continuer à financer la colonisation de la planète rouge dans les années à venir. L'avenir n'a jamais été aussi radieux pour nous autres fervents défenseurs de l'espace. C'est l'aube d'une nouvelle ère de la grande aventure humaine, le début de la civilisation martienne. Notre rêve est en train de se réaliser, mes amis, et grâce à Atlas – que dis-je, grâce à vous ! – ce rêve est devenu celui de l'Humanité tout entière ! »

Cette fois-ci, c'est l'apothéose. Acclamations, vivats, sifflements : la salle de contrôle résonne comme une salle de théâtre au moment des rappels. Le rictus du directeur Lock est tellement figé qu'il semble cousu sur son visage. Sa sueur est si abondante qu'elle auréole les aisselles de sa veste de costume.

Il desserre le col de sa chemise d'un geste brutal.

Un bouton saute, tombe sur l'estrade où il se met à rouler.

Samantha, l'assistante à l'oreillette, abat son escarpin sur le bouton pour l'immobiliser. Elle tend un verre à l'orateur, qui en aspire le contenu à longs traits comme s'il n'avait pas bu depuis des jours, comme si sa vie en dépendait. Puis il descend de l'estrade où on l'accueille comme le messie. On lui porte des toasts, on lui remet des bouquets de fleurs, on l'entoure de regards brillants de reconnaissance. Tant bien que mal, il s'arrache à ces félicitations qui le crucifient et rejoint le petit groupe des instructeurs assemblés autour de Serena au fond de la salle de contrôle.

« Vous avez su trouver les mots, mon cher, dit la productrice exécutive. Mais ce n'est pas tout à fait fini. Nous avons encore notre petite réunion de débrief, juste entre nous, vous vous souvenez ?...

— Ah, je l'avais oubliée celle-là..., murmure Gordon Lock, visiblement exténué et pressé d'en finir avec cette journée infernale. Ça ne peut pas attendre demain ?

— Je crains que non. Voyez-vous, le docteur Montgomery a reçu un message du service de sécurité pendant votre speech...

— Un message ? Quel message ? »

Serena McBee sourit, comme toujours. À ses côtés se tient Arthur Montgomery, bien droit dans sa veste Genesis ; lui ne sourit pas, fidèle à son tempérament d'homme austère.

« Ruben Rodriguez nous attend dans le bunker, dit-il d'une voix sèche. Il a craqué. »

11. Champ
D + 10 H 35 MIN
[1ʳᵉ SEMAINE]

« Ils ne se sont pas foutus de nous, pas vrai, Léonor ?
— Je suppose, Kelly. Mais tu sais, je ne suis pas une fine connaisseuse.
— Pas une fine connaisseuse ? Je croyais qu'ils vous mettaient du champagne dans les biberons, en France ?
— Ah oui ? Et au Canada, ils vous biberonnent à la bière, c'est ça ? »

Kelly éclate de rire :
« J'aurais adoré ! »

Nous flottons toutes les six en sous-combi, au centre de la salle de séjour, nous tenant par la main pour nous stabiliser dans les airs. Seules Kris et Liz ont gardé leurs cheveux attachés, couronne de tresses pour l'une et chignon pour l'autre. Ceux de Fangfang et de Safia s'étoilent autour de leur visage comme des corolles de fleurs noires. Ceux de Kelly évoquent un soleil, les rayons des mèches blondes pointant dans toutes les directions. Je me dis que ça donnerait un superbe résultat, avec la fonction *aquarelle* de ma tablette portfolio – je n'y peux rien, je suis née avec des pinceaux numériques à la place des yeux. J'ai hâte que la gravité artificielle se mette en marche, pour déballer mon matériel et me mettre au travail pour de bon !

« Ça a juste le goût de trop peu, dit Kelly en absorbant une petite gorgée à travers la paille, avant de passer la bouteille à Kris pour la deuxième tournée. Une bouteille pour six, c'est pas beaucoup. Quand je pense qu'on a failli être sept…

— Sept ? dit Kris en prenant délicatement la bouteille.

— Ben oui. Il y a bien sept Nids d'amour, dans leur base, là, New Eden... »

Fangfang émet le petit toussotement typique, qui indique qu'elle a une précision à apporter :

« Je te rappelle que le septième habitat est uniquement là pour servir de secours en cas de défaillance technique de l'un des six autres. Si tout se passe bien, nous n'y mettrons jamais les pieds. »

Mais Kelly est trop occupée à suivre le niveau du champagne dans la bouteille pour prêter attention à la Singapourienne.

« Hé, doucement sur la bibine ! s'écrie-t-elle à l'adresse de Safia. Tu n'auras dix-huit ans que dans cinq mois, toi, tu n'es pas encore majeure. Ça ne sert à rien de te rendre saoule juste pour être sûre de boire la dernière gorgée. Après tout, on sait bien qu'on sera toutes mariées dans l'année, pas vrai les filles ? »

Fou rire.
Plénitude.
Confiance.

Je ne sais pas si c'est le champagne ou l'apesanteur, mais je ne me suis jamais sentie aussi proche de mes coéquipières.

« Vous êtes toutes magnifiques, tellement belles..., murmure Liz lorsque chacune a repris son souffle. Écoutez, il faut qu'on se rappelle cette ronde, qu'on la grave dans nos mémoires. On a une chance formidable, inouïe. Quoi qu'il arrive, quelles que soient les épreuves qui nous attendent, il faut qu'on continue de se soutenir comme on se soutient en ce moment. Jusqu'au bout. Jusqu'à l'orbite de Phobos. Jusqu'au sol de Mars. »

Liz a toujours été celle qui joue le plus collectif. Moi, la solitaire, j'admire cet esprit d'équipe à toute épreuve, qui lui vient peut-être de ses années de danse classique, quand elle faisait partie d'une compagnie. Depuis le premier jour de formation, elle arrondit les angles et soude le groupe. Aujourd'hui j'ai l'impression qu'elle exprime tout haut l'espoir que nous partageons toutes, celui de rester soudées malgré la compétition. Et en cet instant ça semble possible, oui, vraiment possible si chacune y met du sien.

« Les garçons, le jeu, tout ça, quelque part c'est fait pour nous diviser, ajoute Liz sans se soucier des caméras. Mais ce qui nous unit aujourd'hui est plus fort que ce qui tentera de nous séparer demain. Ce ne sont pas les numéros de solistes qui font la qualité d'un spectacle, c'est la cohésion du corps de ballet. Nous sommes des sœurs. Les sœurs de Mars. Ne l'oublions jamais. *Une pour toutes…* »

Je serre la main de Kris à ma droite, la main de Safia à ma gauche. Chacune se sourit, même Kelly et Fangfang. Et chacune reprend en chœur, dans un anglais où chantent les accents de six pays :

« … *toutes pour une !* »

À cet instant, le visage bouffi de Roberto Salvatore apparaît sur l'écran panoramique :

« Avis aux filles et aux garçons, annonce-t-il. Le *Cupido* est aligné pour l'injection vers Mars en pilote automatique. Regagnez vos chambres immédiatement et remettez vos combinaisons.

— Oh non, Robbie, soyez sympa ! soupire Kelly. Ne nous obligez pas à remettre ces horreurs !

— C'est le protocole, Kelly. Ça vous aidera à supporter l'accélération du propulseur nucléaire, en position couchée, le temps d'atteindre la vitesse de croisière. Ensuite, vous pourrez oublier les combinaisons pendant cinq mois – jusqu'au moment de redescendre dans la capsule pour le largage sur Mars. »

Je suis bien.
Détendue dans ma combinaison maintenue au lit par des bandes velcro.

ACTE I

Les doutes, les tensions, les questions, je laisse tout ça derrière moi. La chambre est passée en éclairage nocturne, tamisé. Mes cheveux flottent au-dessus de l'oreiller, tout autour de mon visage, comme un nuage rouge qui me protège. Entre les boucles ondoyantes, je distingue à peine le dôme de la caméra fixée à la tête de mon lit, juste sous le matelas où Kris est allongée. Il ne me gêne pas. Il fait partie des meubles, voilà tout. Il suffit de ne pas trop penser à tout ce qu'il y a derrière, le tourbillon des plateaux télé, des présentateurs, des publicités, des spectateurs par familles, par pays, par continents entiers – ce show incroyable que nous serons les seuls à ne pas regarder parmi tous les humains, nous les douze prétendants, parce que nous en sommes les vedettes.

Je prends une inspiration profonde, et je ferme les yeux.

Le moelleux de la combinaison qui pousse doucement contre mon dos est la seule indication de l'accélération progressive, beaucoup plus agréable que celle du lanceur.

Dans l'espace, il n'y a pas d'atmosphère pour entrer en friction avec le vaisseau.

Dans l'espace, il n'y a pas d'air pour retransmettre les vibrations du propulseur nucléaire.

C'est ainsi que je m'enfonce dans les profondeurs du cosmos et du sommeil,

discrètement,

silencieusement,

avec la délicieuse illusion que personne, sur Terre, ne peut me voir.

12. Contrechamp
BUNKER ANTIATOMIQUE, BASE DE CAP CANAVERAL
DIMANCHE 2 JUILLET, 23 H 05

L'HOMME À LA DENT DE REQUIN est assis sur une chaise métallique, contre le mur de béton d'une pièce circulaire sans fenêtre, éclairée par des spots halogènes sur intensité maximale.

La lumière tombante, blanche et chirurgicale, marque les ombres qui creusent ses joues mal rasées ; elle fait scintiller les menottes qui maintiennent ses mains attachées sur ses genoux, et ses chevilles aux pieds de la chaise.

Devant lui s'étend une table ronde autour de laquelle sont assises sept personnes : les cinq instructeurs du programme Genesis et Gordon Lock, présidés par Serena McBee dans un grand fauteuil de cuir noir au dossier capitonné. Un mur digital leur fait face, un écran géant qui s'étend du sol au plafond, quadrillé de multiples fenêtres qui diffusent les images émanant des caméras du *Cupido*. En cet instant, chaque pièce est fixe et silencieuse, y compris les deux chambres où les prétendantes et les prétendants se sont assoupis. Seule la fenêtre centrale montre un spectacle différent : l'enregistrement de la cérémonie de décollage. Les séquences défilent – le discours du directeur technique, la confirmation solennelle des prétendants et des prétendantes, la cohue indescriptible précédant la mise à feu.

La fenêtre centrale zoome sur cette dernière séquence. Parmi les journalistes tentant de retenir les filles pour leur poser une dernière question, une silhouette se détache : il n'y a pas de doute possible, c'est la même chemisette hawaïenne bleue que porte le prisonnier assis sur la chaise, col largement ouvert, et le visage déformé dans un cri muet, c'est le sien.

« Arrêt sur image ! » dit Serena McBee en appuyant sur un bouton du petit tableau de commande incrusté dans la table ronde, devant son fauteuil.

La fenêtre centrale se fige aussitôt sur la bouche grande ouverte de l'homme à la dent de requin, à deux pas de la dernière prétendante, l'astronaute aux cheveux roux.

« Il est tard, Ruben, la journée a été longue, et nous sommes tous fatigués, dit Serena en articulant bien chaque syllabe, comme si elle s'adressait à un enfant. Nous n'avons qu'une envie : quitter ce bunker humide et aller nous coucher. Alors, pour la dernière fois, qu'est-ce que vous avez dit à cette fille ? Est-ce que vous lui avez parlé du rapport Noé ?

— Je n'ai rien dit, je vous le jure, Serena ! Les agents de sécurité m'ont emmené avant que je puisse aligner deux mots, ils m'ont pris pour un forcené. J'ai passé la journée au cachot, jusqu'à ce que je réussisse à les convaincre de prévenir le docteur Montgomery. Je leur ai dit que j'avais besoin d'un calmant. Et me voici dans le bunker, à l'heure pour notre réunion de débrief. Allez-vous enfin me détacher ?

— Pas si vite, mon cher Ruben. Je ne comprends toujours pas ce qui vous est passé par la tête. Vous étiez juste censé préparer les deux corniauds, Louve et Warden, en leur administrant justement un sédatif pour qu'ils ne se mettent pas à hurler pendant le décollage, puis rester bien sagement dans votre animalerie à attendre la suite des événements. Vous n'êtes pas fait pour la scène comme nous : vous, vous êtes un homme de coulisse. Est-ce que vous pouvez nous expliquer ce que vous fabriquiez sur la plateforme d'embarquement ? Vous vouliez un autographe, peut-être ? Encore heureux que vous ne soyez pas monté parmi les journalistes avec votre veste Genesis sur le dos ! »

Le prisonnier tressaille sur sa chaise. Ses yeux balayent le plancher de la salle, évitant le regard de ses sept juges.

« Je... Je ne sais pas ce qui m'a pris... , balbutie-t-il. C'est en voyant ces jeunes prêts à monter dans la fusée, sur mon petit poste de télé dans l'animalerie. Ça m'a fait un choc. Il a fallu que je vienne les voir en vrai. Et là, c'était encore pire. Ils avaient l'air si heureux de partir, sans savoir qu'ils s'embarquaient pour la mort ! Il y avait de tels espoirs dans leurs yeux, de telles attentes ! »

Serena pousse un long soupir.

Elle rajuste la petite chevalière en or qui orne son auriculaire gauche ; des armoiries sont gravées sur le chaton : un blason hexagonal comme une alvéole, renfermant une abeille.

« Nous aussi, nous avons de grandes attentes, Ruben, dit-elle. Nous aussi, nous nourrissons de grands espoirs. Mais vous avez failli les décevoir. Vous avez failli tout faire rater. Moi qui pensais que nous pouvions vous faire confiance...

— Vous le pouvez ! » s'écrie Ruben en relevant brusquement la tête.

Pour la première fois, il regarde son interlocutrice en face, un tic nerveux faisant trembler ses paupières.

« Ce n'était qu'un coup de mou, qui ne se reproduira plus ! promet-il. Je n'ai rien dit de ce que je sais aux agents de sécurité, rien du tout. Je n'en ai pas parlé à ma femme, elle ne sait rien de tout cela, vous ne risquez rien avec moi. »

Mais Serena secoue tristement la tête :

« J'aimerais pouvoir vous croire, mon pauvre ami. Mais mon expérience de psychiatre m'a appris que les hommes commettaient les mêmes erreurs, encore et toujours. Si vous avez craqué une fois, je crains que vous ne craquiez à nouveau, comme ce malheureux Sherman Fisher. »

À ces mots, Ruben s'effondre littéralement sur sa chaise. Il n'est plus un grand gaillard, mais un petit garçon. Un garnement qui a fait une grosse bêtise, et qui tente d'échapper à la punition qu'il sait pourtant inéluctable :

« Ce n'est pas juste…, sanglote-t-il. Tout ce que je voulais, c'était continuer à faire mon boulot tranquillement… Continuer à m'occuper des bêtes… Je n'ai jamais demandé à être mis dans la confidence…

— Aucun de nous ne l'a demandé, répond calmement Serena. Mais c'est ainsi. Le sort a voulu que neuf personnes partagent ce secret : Gordon Lock, le directeur technique ; moi-même, la productrice exécutive ; les instructeurs, Roberto Salvatore, Geronimo Blackbull, Odette Stuart-Smith, Archibald Dragovic, Arthur Montgomery, Sherman Fisher ; et vous enfin, Ruben Rodriguez, qui étiez responsable de l'animalerie de la Nasa avant le rachat, et qui maintenant travaillez pour Atlas comme nous autres. Nous sommes les uniques opérationnels à être au courant du rapport Noé, l'étude de viabilité qui a démontré les défaillances des habitats martiens. Il n'y a que nous dans toute la base de cap Canaveral pour savoir que les six couples de lézards, de rats et de blattes envoyés secrètement sur Mars par la Nasa dans le septième habitat, lors du dernier transfert, sont tous morts subitement au bout de neuf mois. Les Nids d'amour sont en réalité des Nids de mort, incapables de maintenir durablement la vie. C'est un fait que nous sommes les seuls à connaître, nous et les responsables d'Atlas qui ont décidé de lancer le programme malgré tout compte tenu des milliards déjà investis. Ni les ingénieurs aux ordres du directeur Lock, ni les monteurs de ma propre société de production ne soupçonnent la vérité. En ce moment même, les premiers travaillent dans la salle de contrôle et les seconds dans la salle de montage, sans se douter que les prétendants et les prétendantes volent vers une mort certaine.

« Bien sûr, il n'est pas question de les laisser agoniser dans du matériel défectueux pendant des jours, pendant des mois peut-être, sous l'œil des caméras – ce serait mauvais pour le moral des spectateurs, et certains pourraient même avoir l'idée de demander à Atlas de rendre l'argent pour l'investir dans une cause quelconque ; au contraire, nous avons scénarisé un *tragique événement* propre et net, dégageant Atlas de toute responsabilité, qui éliminera les douze prétendants d'un coup peu après leur atterrissage sur Mars. L'argent récolté au cours du voyage suffira amplement à rembourser les frais et à dégager un formidable profit pour les actionnaires. Sans parler du très joli bonus que notre employeur a promis de nous verser : la moitié à l'arrivée sur Mars, en échange de notre discrétion ; l'autre moitié après le *tragique événement,* en échange de nos larmes de crocodile. Souvenez-vous du serment que nous avons prêté, nous autres les alliés du silence, ici même dans ce bunker il y a plus d'un an : la parole est d'argent...

— ... mais le silence est d'or ! » reprennent en chœur les cinq instructeurs, comme un mantra.

Serena McBee joint les mains au-dessus de la table et prend un air soucieux, qui chez elle se traduit par un plissement infime de son front botoxé.

« Ce silence, vous l'avez brisé, Ruben – ou en tout cas vous avez essayé, comme Sherman Fisher avant vous. Imaginez, si le monde apprend qu'Atlas a lancé une mission vers Mars avec la certitude que tous les passagers mourront à l'arrivée ! Un accident, ça peut arriver, l'histoire de la conquête spatiale en est jalonnée et nul n'en tiendra rigueur à Atlas : la Nasa a bien survécu à l'explosion de la navette spatiale *Challenger* en 1986, puis *Columbia* en 2003. Mais un meurtre prémédité... l'opinion ne le pardonnerait jamais. Figurez-vous le scandale médiatique, le procès pour homicide volontaire, le reste de notre vie passé derrière les barreaux ! Allons, allons, vous nous décevez profondément, mon brave. Vous *me* décevez profondément. Quand je pense que je me suis personnellement portée garante de vous auprès d'Atlas, que je leur ai dit que vous tiendriez le coup même si vous étiez plus jeune et moins aguerri que les autres alliés du silence... Aujourd'hui, votre seule existence nous met tous en danger. »

ACTE I

Ruben commence à trembler de tout son corps ; ses menottes cliquettent l'une contre l'autre, telles des castagnettes.

« Je n'ai jamais voulu rompre le serment…, gémit-il. Depuis des mois, je le porte contre ma peau… Regardez ! »

Il bombe le torse en direction des spots. À travers son col à demi déchiré, sous le cordon de cuir noir à la dent de requin, brille une chaîne qui lui arrive au milieu des pectoraux. Un pendentif doré y est suspendu, en forme de plaque d'identité militaire. Sept lettres capitales sont gravées sur la surface de métal, formant le mot *SILENCE*.

« Je me suis fait faire cette plaque pour me rappeler ma promesse à chaque fois que je me rase le matin, devant la glace de ma salle de bains, dit-il. Pour me souvenir que *le silence est d'or*. Pendant plus d'un an, ça a été ma seule, mon unique obsession : *me taire*. Est-ce qu'une toute petite seconde de faiblesse va effacer tous ces efforts ? Ne me faites pas subir le même sort qu'à Sherman, je vous en supplie… Je suis père d'une petite fille… Et puis, qui prendra soin de mes pensionnaires, si je ne suis plus là pour faire tourner l'animalerie ? »

La sueur coule abondamment contre les joues de Ruben, perle au bout des poils de son menton, glisse le long de la dent de requin et de la plaque militaire. Ses yeux humides clignent frénétiquement dans la lumière des spots qui l'aveugle à moitié.

« Tût-tût, pas d'enfantillages, le tance Serena. Vos cafards, vos cobayes et vos rats de laboratoire se débrouilleront très bien sans vous, je vous assure. Votre femme et son marmot aussi. Quant à vos bijoux clinquants, d'un goût douteux, vous pouvez remballer la quincaillerie. Tâchons de régler cela en adultes responsables. Vous nous avez causé du tort à tous les sept. Il me semble juste que nous votions tous les sept pour décider de votre sort. Pour ma part, je crois avoir été assez claire sur ce que je pense. Vous auriez pu changer votre destin de petit immigré cubain de deuxième génération, Ruben Rodriguez. Vous auriez pu devenir immensément riche, au lieu de décrépir dans votre animalerie minable. Vous auriez pu faire le bonheur de votre famille en un coup de baguette magique, si seulement vous aviez tenu votre place. Mais vous n'avez pas été à la hauteur. C'est avec une grande tristesse que je vote votre mort, soyez-en assuré. À vous, Roberto. »

L'instructeur en Navigation s'éclaircit la voix, envoyant une onde de choc dans son double menton :

« Il a rompu le serment. C'est un traître. Il mérite la mort. »

Ruben ouvre la bouche pour répliquer, mais la parole est déjà à Geronimo Blackbull, l'instructeur en Ingénierie.

« La mort », assène-t-il de sa voix rocailleuse, abrasée par le tabac.

« La mort », renchérit aussitôt Archibald Dragovic.

Les yeux de l'instructeur en Biologie semblent partir dans deux directions opposées, ses cheveux frémissent sous les vagues de rire à peine contenues qui agitent sa blouse blanche, comme si tout cela l'excitait au plus haut point :

« Regardez-le…, murmure-t-il. On dirait qu'il est sur la chaise électrique ! »

En effet, Ruben tremble si fort que les vibrations de son corps se transmettent à sa chaise, dont les pieds tressautent sur le sol de béton. Il tourne son regard désespéré vers Odette Stuart-Smith, l'instructrice en Planétologie, vêtue d'un col roulé beige qui lui remonte jusqu'au menton, sur lequel luit un petit crucifix d'argent.

« Odette ! implore-t-il. Vous qui étiez la voisine et l'amie de Sherman Fisher. Vous êtes une vraie femme avec un vrai cœur, je le sais, une femme de foi. Pas un robot froid comme Serena, ni une psychopathe comme le vieux Dragovic qui a décimé la moitié de mon animalerie avec ses expériences radioactives – sauvez-moi, pour l'amour de Dieu ! »

Peine perdue. Ruben a beau chercher les yeux d'Odette pour tenter d'y déceler une lueur de compassion, il n'y parvient pas : les verres des lunettes sont trop épais, noyant l'iris et la pupille sous une pellicule glauque, impénétrable.

« On n'invoque pas le nom du Seigneur en vain, ça ne se fait pas, dit-elle de sa voix aiguë. Et puis, il faut assumer ses actions. Je vote la mort. Mais soyez sûr que je prierai pour vous, Ruben, comme j'ai prié pour Sherman. »

Tâchant d'ignorer le ricanement de Dragovic, le malheureux Ruben s'adresse au docteur Montgomery d'une voix déchirante :

« Ayez pitié, docteur ! Vous soignez les hommes, je soigne les bêtes. Vous et moi, nous connaissons la valeur de la vie ! »

Arthur Montgomery le regarde sans ciller, de son regard bleu acier qui n'exprime aucune émotion. C'est à peine si sa moustache neigeuse se soulève lorsqu'il émet sa sentence :

« La mort. »

Ruben craque.

Il se met à hurler à tue-tête, à s'en déchirer la gorge, à s'en faire éclater les poumons :

« Au secours ! À l'aide ! À l'aide ! »

Les mains délicatement posées sur les oreilles de manière à se protéger des cris sans décoiffer son carré, Serena se contente d'attendre que le prisonnier s'épuise.

« Ménagez nos tympans et vos cordes vocales, dit-elle finalement. Les alliés du silence ont choisi comme QG l'endroit le plus silencieux de cap Canaveral. Vous savez aussi bien que moi qu'ici, dans ce bunker antiatomique enfoui à douze mètres sous la base de lancement, nul ne vous entendra crier. »

Elle frotte ses longues mains manucurées, faisant tinter ses bracelets :

« Bien. Il semble qu'une majorité absolue se dessine très clairement. Au risque de décevoir ce grand enfant qu'Archibald a su rester, je crains que la chaise électrique ne soit pas une option. Il va falloir choisir une méthode moins spectaculaire. Le docteur Montgomery pourrait par exemple forcer la dose du calmant que vous avez réclamé, Ruben. Il pourrait vous faire une petite injection – vous savez, comme celles que vous destinez à vos animaux malades ou en fin de vie, ça ne fait pas mal du tout. Cependant, pour une décision aussi importante, il nous faut l'unanimité – n'est-ce pas ? »

En guise de réponse, le prisonnier laisse échapper un vagissement pathétique – la voix brisée, il est incapable d'articuler la moindre parole.

Serena se tourne alors à demi vers Gordon Lock, plus luisant de sueur que jamais :

« Eh bien, mon cher, vous êtes le dernier à ne pas avoir voté. Quel est votre verdict ? N'était-ce pas moi que vous qualifiiez d'impitoyable il y a quelques heures seulement ? Le moment est venu de montrer votre grandeur d'âme. Il ne tient qu'à vous de laisser aller notre ami Ruben ici présent. Si vous êtes prêt à en assumer le risque, bien sûr. »

Gordon Lock fait jouer les muscles de sa mâchoire carrée, comme s'il essayait de broyer ses propres dents. Un chuintement à peine audible finit par s'échapper de ses lèvres.

« Pardon ? dit Serena avec son grand sourire. Nous n'avons pas bien entendu.

— La mort », répète Gordon Lock en grimaçant.

13. Champ
D + 18 H 05 MIN
[1ʳᵉ SEMAINE]

Silence absolu.
Je flotte.
Dans l'espace.

Je suis recroquevillée sur moi-même comme le fœtus du logo Genesis, sans casque ni combinaison, simplement vêtue de la sous-combi noire aussi fine qu'une deuxième peau.

Il n'y a plus de capsule ni de vaisseau, il n'y a plus de jeu ni de programme.

Il n'y a que les étoiles qui tournent lentement tout autour de moi.

Ou plus exactement, c'est moi qui tourne sur moi-même, aspirée par l'espace. Devant moi, cette petite boule bleue qui cache le soleil, est-ce que c'est la Terre ? Je plisse les yeux derrière mes cheveux animés par l'apesanteur, essayant de distinguer les contours des continents, la forme des océans.

C'est trop loin...

C'est trop court...

Déjà, mes pieds passent par-dessus ma tête et je me retrouve à l'envers, face à une deuxième boule diamétralement opposée à la première, aussi petite et isolée au milieu du vide.

Une boule rouge.

Mars.

Ici, pas de continents, pas d'océans. Juste les aplats rouges des plaines, les ombres rouges des montagnes, les failles rouges des canyons qui déchirent la planète comme des balafres mal cicatrisées.

Je tourne.
La Terre. Un peu plus petite. Un peu plus lointaine.
Je tourne.
Mars. Un peu plus grosse. Un peu plus proche.
Je tourne.
La Terre.
Je tourne.
Mars.
Je tourne.
Un océan de feu ! Là, derrière la Terre, le soleil s'est levé. Ses rayons fusent comme des flèches à travers le vide, me transpercent de part en part. Ma sous-combinaison s'enflamme aussi facilement que du papier à cigarette. La fumée s'immisce dans mes narines et dans mes poumons, suffocante. Je sens ma peau rôtir, se couvrir de cloques qui éclatent les unes après les autres en grésillant !...

J'ouvre brusquement les paupières, mais je ne vois rien...
— le flamboiement du soleil est encore dans mes yeux !
Je sens ma poitrine se soulever, mais je suis incapable de bouger...
— l'odeur de brûlé est encore dans mes narines !
Ce n'était qu'un cauchemar, un de plus : un cauchemar de fumée et de flammes comme ceux que je faisais chaque nuit sur Terre...
— le grésillement des cloques est encore sur ma peau !
Je me redresse d'un seul coup.
Les contours de la chambre spatiale surgissent dans la pénombre ; l'odeur de l'air recyclé, qui ressemble vaguement à celle du plastique comme dans une voiture neuve, avale la fumée ; la sensation de mes longs cheveux pesant lourdement sur mes épaules m'indique que la gravité est revenue dans le vaisseau ; mais ma peau grésille toujours contre ma sous-combinaison. Prise de panique, je me mets à arracher les bandes de velcro qui me maintiennent au lit, à dézipper les fermetures de ma combinaison, avant

de me rendre compte que le grésillement ne provient pas de ma peau, mais d'un point précis sur ma cuisse droite.

Qu'est-ce que c'est ?

Je glisse la main dans la poche fourre-tout de la combinaison. Mes doigts rencontrent un objet qui vibre par intermittence, transmettant ses ondes sourdes à tout mon corps.

C'est le téléphone portable de Dent-de-Requin, le journaliste sans-gêne qui m'a alpaguée sur la plateforme d'embarquement juste avant le départ. Il buzze avec obstination, en mode silencieux, sans quoi il aurait réveillé les autres filles qui dorment toujours à poings fermés sur leurs couchettes.

J'amorce un geste pour l'extirper de la combinaison.

Je m'arrête au dernier moment, la main encore dans la poche, le coude replié – les yeux fixés sur la caméra à la tête de ma couchette, qui filme 24 heures sur 24.

Je n'ai pas envie que le monde entier me prenne pour une voleuse, même si c'est vrai. Ça ne cadre pas avec l'image d'héroïne de l'espace que je voudrais que l'on retienne de moi. Et puis, les moyens de communication personnels sont strictement interdits par le règlement.

Je me rallonge lentement, je bâille à m'en décrocher la mâchoire et je me débrouille pour tirer la couverture sur ma tête en émettant un grognement, faisant mine de me rendormir.

Bien pelotonnée sous la couverture, je sors enfin le téléphone de la poche fourre-tout. C'est un modèle de marque Karmafone, à première vue tout ce qu'il y a de plus classique. L'écran illumine ma petite grotte de cachemire. *Buzz !* Un message apparaît en lettres digitales :

C'est l'heure ! – Répéter l'alarme dans 2 minutes ou annuler ?

C'est le matin en Amérique, 7 h 35 d'après la petite horloge en haut de l'écran du téléphone portable. Le début d'une nouvelle journée. Un vague sentiment de culpabilité me gagne. Ce pauvre Dent-de-Requin va-t-il faire une grasse matinée non prévue, à cause de moi ? Est-ce qu'il va se faire enguirlander par son boss en se pointant en retard à la rédaction, par ma faute ? Bah, il s'est sans doute déjà aperçu qu'il avait perdu le téléphone qui lui sert de réveille-matin... Et puis d'abord, c'est un pirate, il n'a de comptes à rendre à personne !

J'appuie sur le bouton « Annuler ».

Le téléphone cesse de vibrer. Le message d'alarme s'efface, remplacé par l'écran d'accueil du téléphone.

Je passe machinalement mon index sur l'icône de déverrouillage.

MOT DE PASSE ? me demande le téléphone.

Je tape du bout des doigts : *À L'ABORDAGE*.

Buzz ! – l'écran vire au rouge et m'annonce : *MAUVAIS MOT DE PASSE – ENCORE TROIS ESSAIS AVANT LE VERROUILLAGE DE L'APPAREIL*.

Ben voyons.

Je tape un nouveau mot de passe, juste pour rire : *PAS DE QUARTIER*.

Buzz ! – *MAUVAIS MOT DE PASSE – ENCORE DEUX ESSAIS AVANT LE VERROUILLAGE DE L'APPAREIL*.

Dent-de-Requin, qu'est-ce que tu as bien pu choisir comme mot de passe ? Je retourne le téléphone entre mes mains. Au revers, il est protégé par une coque en plastique représentant un énorme requin blanc à la gueule grande ouverte, remontant vers la surface de la mer où nage une minuscule baigneuse inconsciente du danger. Je reconnais l'affiche des *Dents de la mer,* un vieux film que j'ai visionné au foyer pour jeunes ouvrières et qui m'a bien filé les jetons.

Pendentif et coque de portable assortie : mon corsaire a comme qui dirait une obsession pour les requins...

Allez, je tente le coup : *REQUIN*.

Buzz ! – *MAUVAIS MOT DE PASSE – DERNIER ESSAI AVANT LE VERROUILLAGE DE L'APPAREIL*.

Je suis totalement prise par le jeu maintenant.

C'est comme une chasse au trésor – moi, la redoutable flibustière Léo-la-Rouge, qui vit cachée dans sa grotte marine, dont la silhouette vêtue de peaux de léopard fait trembler les marins des sept mers, je *dois* retrouver le butin que Dent-de-Requin et son équipage de gueules cassées ont enterré sur une île mystérieuse.

Je *dois* trouver le mot de passe !

Excitée par ce scénario rocambolesque, je ferme les yeux et je me concentre sur les données emmagasinées dans mon cerveau.

La scène de l'embarquement se reconstitue dans mon esprit, comme lorsque je me mets à dessiner. Tout me revient : la horde de journalistes, les perches de prise de son hérissées comme des lances, les micros tendus comme des poings – et, au milieu de tout ça, l'homme qui s'est jeté sur moi.

Je m'efforce de zoomer davantage dans mes souvenirs. Je revois le visage fatigué du latino, ses yeux rougis comme des braises, la dent de requin suspendue à son cou, sa chemisette hawaïenne toute froissée. Qu'est-ce qu'il m'a hurlé dans les oreilles, déjà, lorsqu'il s'est jeté sur moi ? – « *Attendez !...* » – oui, c'est bien ça, c'est tout ce qu'il a eu le temps de me dire, sans doute pour m'extorquer une confession de dernière minute avant que les agents de sécurité ne le détachent de moi en déchirant sa chemisette.

Flash sur le bouton qui saute, sur le col qui s'ouvre jusqu'au milieu du torse.

Il y avait quelque chose qui brillait dans le creux de son sternum, entre ses pectoraux – quelque chose de doré... une fausse plaque d'identité militaire, oui... un *dog tag* comme en portent certains hommes, pour se donner un style baroudeur... Je n'avais pas pris conscience de ce bijou un peu kitsch jusqu'à présent, il y avait tellement d'autres choses qui accaparaient mon attention, entre les cris des journalistes, ceux des agents de sécurité, et Kris qui m'appelait pour que je la rejoigne au pied de l'ascenseur ; mais je le revois parfaitement à présent, dans le calme de mon for intérieur : une plaque en or, gravée de sept lettres formant le mot SILENCE. Ma mémoire fonctionne ainsi, comme un appareil photographique qui capture tout sur le moment, même si je ne me souviens des détails qu'après.

SILENCE... drôle de mot pour un *dog tag*, d'habitude ça sert plutôt pour mettre son nom et son groupe sanguin, ces machins-là. Mais c'est assez poétique, quand j'y pense. Ça vient nourrir le film que je me fais autour de Dent-de-Requin, l'aventurier solitaire qui a fait vœu de silence, dont la silhouette ténébreuse fend les océans à la proue de son vaisseau battant pavillon noir. Moi aussi, j'ai toujours apprécié le silence, cet ami fidèle qui accompagne mes pensées quand je me réveille avant l'aube, cette ombre qui suit la pointe furtive de mon stylet lorsque je dessine seule sur ma grande tablette portfolio (un vieux modèle que j'ai acheté en solde avec mes salaires de l'usine ; mon bien le plus précieux). Le silence ne ment pas, il est plus pur et plus vrai que la plupart des paroles. *Et si c'était ça, le mot de passe, la clé pour atteindre le trésor du téléphone ?* J'aime assez l'idée : ce serait ironique, de réclamer le silence pour faire parler un appareil destiné à porter la voix !

J'utilise ma dernière chance, du bout des doigts : SILENCE.

L'écran vire au vert en émettant un petit *bip* d'approbation.

Wouah ! Bien joué ! Entre le capitaine Dent-de-Requin et Léo-la-Rouge, ça tient de la télépathie ! Si ça se trouve, c'est lui mon âme sœur, et pas l'un des six marins d'eau douce qui roupillent en ce moment dans l'autre aile du *Cupido*...

Comme je le pensais, la jauge de réseau est à zéro.

Les icônes s'alignent sur l'écran :

MÉTÉO – non, pas besoin de ça pour savoir que ce n'est pas un temps à sortir du vaisseau sans combinaison pressurisée...

ACTE I

Musique – non, ce n'est pas encore le moment de réveiller les filles ; même s'il n'y a pas de jour et de nuit dans l'espace, le réveil du vaisseau est calé sur le fuseau horaire de la côte Est, pour se déclencher à 8 h 00, l'heure de fort audimat où les Américains regardent la télé en avalant un café avant d'aller travailler…

Galerie – tiens, pourquoi pas ? Je suis curieuse de voir à quoi ressemble la vie de mon âme sœur. *Vous permettez, mon capitaine ? Après tout, si la terrible Léo-la-Rouge et le non moins terrible Dent-de-Requin sont faits pour être ensemble, ils ne doivent pas avoir de secrets l'un pour l'autre, pas vrai ?…*

Je presse l'icône.

Une mosaïque de photos miniatures se déroule sur l'écran. Je touche la première.

L'homme qui apparaît est bien différent de celui que j'ai rencontré sur la plateforme d'embarquement, qui m'a arraché le poignet en essayant de me retenir : rasé de près, souriant, détendu, bras bronzés sous la même chemisette hawaïenne bleu lagon, mais bien repassée cette fois. *Si tu m'avais souri comme ça au lieu de me dévisser le bras, peut-être que je t'aurais écouté, Dent-de-Requin ! Peut-être même que je t'aurais répondu !*

Je glisse mon doigt sur l'écran pour passer à la photo suivante.

Dent-de-Requin le beau gosse est à présent attablé dans un restaurant en bord de mer, sourire charmeur, à côté d'une jeune femme blonde plantureuse. Derrière eux, un splendide coucher de soleil rosit la plage. *Hum… c'est qui celle-là, Dent-de-Requin ? Une simple connaissance ? Tu ne m'en as jamais parlé… Quand on dit que les pirates ont une femme dans chaque port !…*

Photo suivante : Dent-de-Requin et la « simple connaissance » à nouveau, mais ils ne sont plus au restaurant. Elle tient un biberon dans la main et lui serre un bébé entre ses bras. Un bébé tout rose. Un bébé à croquer. Pas le genre de bébé qu'on jette dans la première poubelle venue. Ils ont l'air tellement heureux, tous les trois, que c'en est écœurant. *Dent-de-Requin, forban ! Tu m'as fait un moussaillon dans le dos ! Tout est fini entre nous !*

Allez, à dégager ! J'éteins le téléphone portable en enfonçant brutalement le bouton *on/off*. Tout ça a beau n'être qu'un jeu, je préfère me souvenir de Dent-de-Requin comme d'un pirate ténébreux, et non comme d'un père comblé. Le spectacle de cette famille épanouie me fait mal. Pourquoi ? Parce que c'est le contraire de ce que j'ai connu sur Terre ?... Ou parce que je ne suis pas sûre que je connaîtrai jamais un tel bonheur sur Mars ?...

Un air de musique classique retentit tout d'un coup dans la chambre. Prise de court, je glisse en vitesse le téléphone sous mon matelas en faisant le vœu de ne pas l'en sortir de sitôt, et je rabats la couverture sur ma combinaison. Le volume de la musique sortant des enceintes logées au plafond s'intensifie, tandis que la lumière augmente progressivement. Tout autour de moi, les filles s'étirent en soupirant.

Les écrans incrustés au-dessus de chaque lit s'allument tous en même temps sur Serena, adossée à son fauteuil de cuir noir capitonné. Aujourd'hui, elle porte un chemisier mauve sous sa veste de tailleur grise Genesis, avec boucles d'oreilles d'améthyste assorties – et toujours sa broche d'argent en forme d'abeille, sa marque de fabrique.

« Bonjour aux prétendants et aux prétendantes, bonjour aux spectateurs qui nous rejoignent sur la chaîne Genesis ! dit-elle dans son micro. J'espère que vous avez bien dormi !

— Comme des princesses ! » s'exclame Fangfang avec son zèle habituel, depuis l'étage supérieur du deuxième lit superposé.

Avec son masque en velours sur le front et ses cheveux soigneusement passés dans un bandeau de nuit, elle ressemble vraiment à une princesse au réveil. À peu près l'opposé de Kelly, qui soulève péniblement son corps alourdi

ACTE I

par la combinaison spatiale, en poussant des grognements d'ourse mal léchée, les cheveux en pétard et le chewing-gum aux lèvres – impossible de dire si elle s'est endormie avec celui de la veille, ou si c'est un nouveau.

« On peut enfin les enlever, ces instruments de torture ? maugrée-t-elle en baissant des yeux dégoûtés sur son accoutrement. J'ai de ces courbatures !

— Oui, Kelly, confirme Serena. Le *Cupido* est lancé dans la trajectoire Terre-Mars en vitesse de croisière. Vous allez pouvoir ôter vos combinaisons et passer quelque chose de plus élégant, sans risque de voir vos habits s'envoler au plafond. Dès à présent et pour les vingt-trois semaines à venir, la centrifugeuse fait tourner les ailes du vaisseau à deux rotations par minute, recréant dans la chambre une gravité artificielle équivalente à celle qui vous attend sur Mars – soit un bon tiers de la gravité terrestre. »

Je détache les bandes de velcro, devenues inutiles, et je retire ma combinaison. Même si mon corps me semble bien plus léger que sur Terre, il y a maintenant un haut et un bas, un sol et un plafond.

« Extra, cette sensation ! s'exclame Liz en posant le pied à terre, depuis la couchette inférieure du lit qu'elle partage avec Fangfang. J'ai l'impression d'avoir perdu tous mes kilos en trop !

— Arrête de charrier, bâille Kelly en cherchant son baladeur à tâtons pour se réveiller avec la voix de Jimmy Giant. Tu n'as *aucun* kilo en trop.

— Si, là, regarde… », fait Liz en s'extirpant à son tour de sa combinaison.

Elle se contorsionne pour tenter de pincer un peu de graisse à travers sa sous-combi noire, sans y arriver bien sûr, puisqu'il n'y a rien à pincer.

« Trêve de bavardages, mesdemoiselles ! dit Serena. On m'annonce que le petit déjeuner vous attend au deuxième étage. Et dans quelques heures commencera le premier speed-dating. Cette semaine, ce sont les filles qui invitent, honneur aux dames. Il va falloir toutes vous préparer, car nous tirerons au sort au dernier moment le nom de la prétendante qui aura l'honneur d'ouvrir le jeu, dans le secret du Parloir ! »

« Vous savez qui vous allez inviter, vous, si votre nom est tiré au sort ? »

C'est Safia, la benjamine, qui pose la question qui nous brûle toutes les lèvres, avant de replonger le nez dans son bol de café orné du logo Coffeo. Elle ne fêtera ses dix-huit ans qu'à la veille d'atterrir sur Mars et de convoler en juste noces – à peine majeure, déjà mariée, avec devant elle de longues années de procréation pour peupler son nouveau monde... Mais c'est notre lot à toutes les six, n'est-ce pas ?

Nous sommes rassemblées autour de la table à manger en acier brossé, perchées sur de hauts tabourets vissés au sol. Les rations du petit déjeuner, toutes fournies par Eden Food, s'étalent sur le bar, chacune dans son emballage sous vide frappé du logo de l'une des marques du groupe agroalimentaire : muesli Happy Bear, biscottes Krunchy Bit, pâte à tartiner Mummy's Secret. Il y a deux carafes d'eau pour diluer les boissons en poudre, une chaude pour le lait Daisy Farm et une froide pour le jus d'orange Liquid Sunshine. Au pied du bar, Louve a la truffe enfouie dans sa propre gamelle peinte aux couleurs des pâtées Best Friend Forever. Goût *blanquette de veau façon Grand-Mère*, une des variétés de la gamme gastronomique française pour toutous de luxe, que je moulais à la louche à l'usine Eden Food France jusqu'à en avoir la nausée...

« Honnêtement, je ne sais pas qui je choisirai si c'est moi qui suis désignée pour passer la première, dit Fangfang en triturant la branche de ses lunettes. Aucune idée.

— Moi non plus, confie Safia. C'est pour ça que je vous pose la question...

ACTE I

— En ce qui me concerne, je dois avouer que la voix d'Alexeï, le Russe, m'a fait vibrer…, confie Kris d'un ton rêveur. Il me rappelle le héros d'une romance que j'ai lue, *Le Prince des glaces*, ça se passait au temps des tsars et j'en ai encore des frissons…

— Attention à ne pas laisser ton imagination s'emballer, sourit Liz. Nous n'avons même pas vu les visages des garçons. La production aurait quand même pu nous donner un peu plus d'informations. Je ne sais pas, moi, une petite fiche descriptive avec photo d'identité, quelque chose comme ça. Là, on navigue à l'aveugle, on n'a que des noms.

— Et quels noms ! s'exclame Kelly. Il y en a carrément un qui s'appelle Mozart ! Non mais je vous jure : *Mozart*, quoi, qui est-ce qui appelle son gamin comme ça ! Tiens, ça me donne envie de l'inviter, juste pour voir s'il a une perruque poudrée sur la tête et une mouche sur le coin de la tronche. En plus, c'est le responsable Nav des mecs, c'est lui qui pilotera leur capsule pour l'atterrissage sur Mars. »

Elle s'empare d'un flacon de sirop d'érable Maple Gold et noie sa biscotte sous un déluge gluant, avant de se tourner vers moi :

« Et toi, Léo, tu es bien silencieuse. Il y en a un que tu voudrais voir en priorité ? »

Je repose mon verre de jus d'orange. L'image douloureuse de Dent-de-Requin et de sa petite famille me revient à l'esprit. Quel que soit le garçon que je choisirai, il n'y aura jamais de dîner en bord de mer, jamais de soleil couchant sur l'océan. Les seules plages que nous contemplerons seront celles de Mars – des plages poussiéreuses, rougeâtres, qu'aucune vague n'a caressées depuis que la planète s'est asséchée il y a des millions d'années.

Je chasse ces idées inutiles de mon esprit. Ce n'est pas le moment de me laisser aller à la nostalgie, mais de dévoiler à mes coéquipières et aux spectateurs qui nous regardent la manière dont j'envisage de mener le jeu, plutôt que de me laisser mener par lui. Une stratégie que je mûris depuis des mois.

« Serena a dit que la production allait tirer au sort le nom de la première prétendante, n'est-ce pas ? je rappelle. Quand viendra mon tour, je ferai la même chose : je tirerai au sort le nom du garçon à inviter. Je ferai de même pour mes six premières invitations, afin d'éviter tout préjugé. Et puis ensuite, je réinviterai chaque prétendant à tour de rôle, une fois sur six. Jusqu'au bout du voyage.

— Tu ne m'en as jamais parlé…, dit Kris avec une pointe de reproche. Et puis, je ne comprends pas bien le principe. Ça veut dire que tu vas inviter chaque prétendant exactement le même nombre de fois ?

— Oui. Pas de favoritisme. Même temps de parole à chacun, comme pour les candidats à l'élection présidentielle pendant une campagne. Et à la fin, quand on s'alignera sur l'orbite de Phobos avant le grand saut, j'établirai ma dernière Liste de cœur en connaissance de cause.

— Pfff ! Tu déconnes ou quoi ? s'esclaffe Kelly. C'est pour te la jouer équitable face aux spectateurs qui nous regardent que tu dis ça, ou tu y crois vraiment à ton système ? La Machine à Certitudes nous avait habituées à mieux. Même Fangfang n'aurait pas été capable de nous pondre un truc aussi psychorigide !

— Pas psychorigide : *rationnel*, je rectifie en souriant. On a toutes une façon différente d'aborder le speed-dating. Ce que je viens de vous expliquer, c'est ma façon à moi. C'est ma manière de garder le contrôle : c'est ma règle du jeu. »

Nous passons les heures suivantes à prendre possession des lieux. Nous commençons par aménager la chambre. De chaque côté des lits superposés se trouve un placard encastré, divisé en deux : un compartiment pour remiser notre massive combinaison blanche, l'autre où ranger les effets personnels que nous avons apportés avec nous depuis la Terre, dans la soute de la capsule. En ce qui me concerne, outre ma petite tablette à croquis et ma grande tablette portfolio, cela consiste en quelques paires de jeans élimés et des T-shirts délavés où je décèle encore une subtile odeur de pâtée pour chien, prélevés dans ma penderie du foyer pour jeunes ouvrières. Un drôle de contraste avec les vêtements Rosier flambant neufs qu'on m'a refilés pour servir de portemanteau vivant : des merveilles en soie, en taffetas, et en satin dans toute la gamme des noirs, et même une robe fendue en mousseline rouge digne de la cérémonie des oscars, que les stylistes de Rosier ont teintée exactement dans la même couleur que mes cheveux – bref, le genre de truc que je ne porterai jamais, même sous menace de mort. J'emporte aussi une trousse à maquillage complète, aux nuances encore plus sophistiquées que celles contenues dans la mémoire de mes tablettes – il faut sans doute un doctorat pour savoir l'utiliser. Et le clou : une rivière de diamants dans un écrin de velours. Les autres filles en baveraient sans doute si elles voyaient ça, mais moi qui ne porte jamais de bijoux, ça m'intimide plus qu'autre chose... Je crois bien que les diamants resteront dans leur boîte, et tant pis pour la pub de Rosier & Merceaugnac.

« La touche finale ! » dit Kris, de l'autre côté du lit.

Avec une bande de velcro, elle fixe une jolie reproduction de peinture ancienne au revers de la porte de son placard. C'est une Vierge aux longs cheveux blonds et aux yeux clairs, dont la douce expression un peu rêveuse n'est pas sans rappeler celle de Kris. Elle tient sur ses genoux un enfant auréolé, qui lui sourit.

« Elle te ressemble..., dis-je.

— Oh non, je ne crois pas, se défend modestement Kris. Je n'ai rien d'un modèle de Botticelli. Mais j'aime beaucoup cette image. Elle m'apaise. Elle m'inspire. »

Je hoche la tête. Je ne suis pas croyante comme Kris – enfin, je n'ai pas d'idée arrêtée sur la question. Mais je pense que je comprends ce qu'elle veut dire. Ce tableau est une belle représentation, pleine de sens et d'espoir pour nous qui serons demain les premières mères de Mars.

Une fois nos affaires rangées, nous prenons nos tours pour utiliser la salle de bains deux par deux – une dans la douche, l'autre assise sur le banc vissé au sol face au miroir. Fangfang et Liz passent en premier, tandis que les autres filles attendent en profitant de la salle de gym. Cette dernière est entièrement équipée avec les machines les plus modernes, disposées en cercle tout autour de la pièce. Kris et moi, nous enfourchons chacune un des vélos vissés au sol, tandis que Safia entreprend de pratiquer des étirements de yoga sur un tapis de sol.

« Hé les filles, matez un peu ça ! » s'écrie Kelly, ses écouteurs dans les oreilles.

Elle tire sur un câble attaché à un poids de cent kilos, aussi facilement que si c'était un poids plume :

« Superwoman n'a qu'à bien se tenir !

— Pas mal du tout, sourit Serena à travers les écrans encastrés au-dessus de chaque machine de fitness, et dans le cadran de chaque vélo. Mais je dois rappeler aux spectateurs qui nous regardent que ce poids affichant cent kilos n'en pèse que dix en réalité. En effet, la gravité générée par la centrifugeuse diminue à chaque fois que l'on franchit une trappe pour passer à l'étage supérieur. Plus l'on s'approche du pivot central et du Parloir, plus on se sent léger, comme les spectateurs peuvent le voir en même temps que vous sur le diagramme qui s'affiche à l'écran… »

Le *Cupido* en 3D apparaît à l'écran, comme hier.

La vue zoome sur l'un des compartiments, qui pivote à quatre-vingt-dix degrés pour montrer l'effet de la gravité artificielle aux spectateurs : l'extrémité de l'aile devient le bas, sa jonction avec le rotor devient le haut.

« *L'agencement des pièces a été prévu pour optimiser votre confort, mesdemoiselles,* commente Serena en voix off. *La gravité atteint 40 % dans la pièce la plus éloignée de l'axe de rotation, la chambre au premier étage ; c'est l'endroit le plus agréable, le plus*

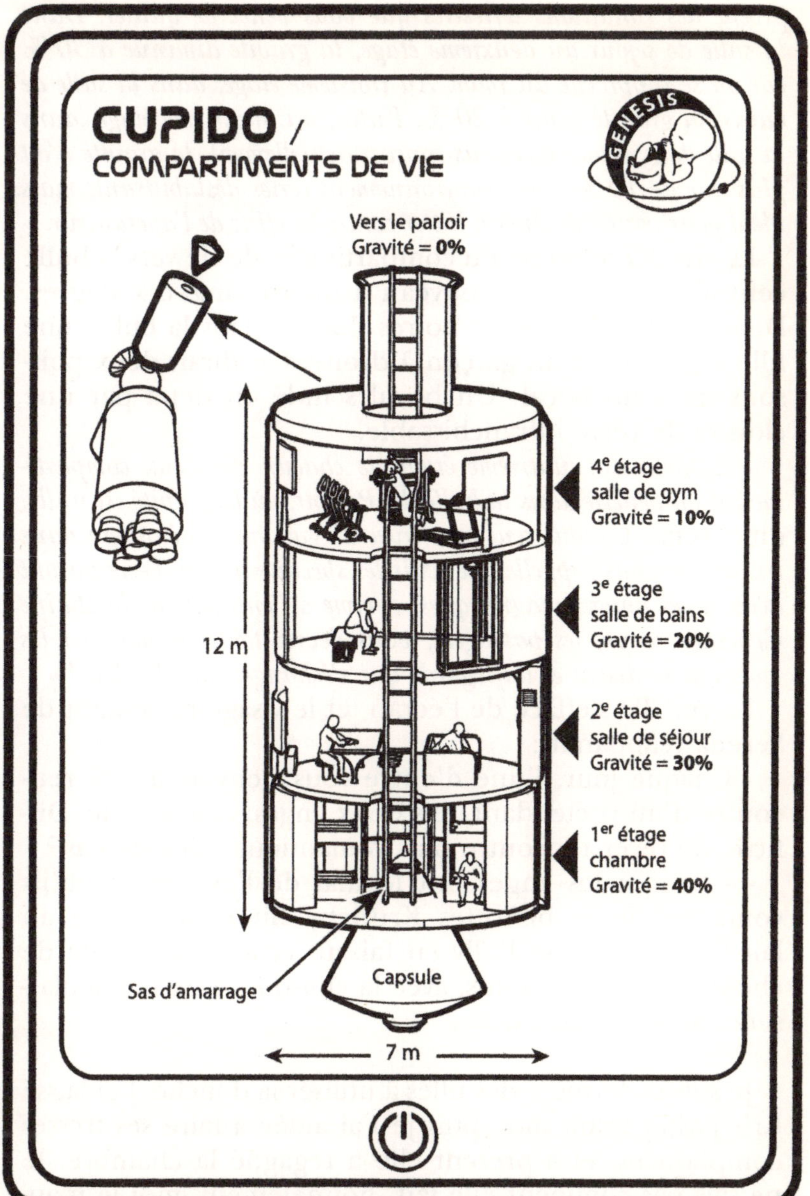

CUPIDO /
COMPARTIMENTS DE VIE
GENESIS
Vers le parloir
Gravité = 0%
4e étage
salle de gym
Gravité = 10%
3e étage
salle de bains
Gravité = 20%
12 m
2e étage
salle de séjour
Gravité = 30%
1er étage
chambre
Gravité = 40%
Capsule
Sas d'amarrage
7 m

proche des conditions terrestres que vous venez de quitter. Dans la salle de séjour au deuxième étage, la gravité diminue à 30 % car on se rapproche du rotor. Au troisième étage, dans la salle de bains, la gravité chute à 20 %. Enfin, au quatrième étage, dans la salle de gym où vous vous trouvez actuellement, la gravité n'est plus que de 10 % – un environnement certes déstabilisant, mais idéal pour vous entraîner à lutter contre les effets de l'apesanteur. »

La vue 3D remonte du compartiment de vie vers la bulle centrale, et pivote à nouveau à quatre-vingt-dix degrés. Deux petites silhouettes noires flottent dans la bulle, une fille à gauche et un garçon à droite. On dirait deux poissons dans un bocal. Un bocal scindé en deux par une cloison de verre infranchissable.

« *Au-delà du quatrième étage de chacun des deux compartiments, on pénètre dans la bulle du Parloir, où la gravité est nulle,* dit Serena. *Chaque rencontre avec les garçons se déroulera dans les airs. Je vous rappelle que seuls les spectateurs sur Terre auront accès à ces images magnifiques, comme à l'ensemble de la chaîne Genesis – vous, les passagers, vous devrez tenter d'imaginer les mots qui se disent et les regards qui s'échangent au Parloir !* »

La vue 3D s'efface de l'écran, et le visage rayonnant de Serena réapparaît :

« Chaque jour, l'une d'entre vous s'envolera à la rencontre d'un prétendant, tels deux anges, conclut-elle. Difficile de rêver rencontre plus romantique, n'est-ce pas ?

— Sauf si les anges ont le mal de l'espace et qu'ils vomissent leurs biscottes Krunchy Bit et leur café au lait Coffeo, précise Kelly en faisant éclater une bulle de chewing-gum. Au moins, avec la cloison, ça ne dégueulassera pas leur rencard... »

Je suis la dernière des filles à utiliser la douche. J'ai laissé Kris passer avant moi, puis je l'ai aidée à faire ses tresses compliquées, et à présent elle a regagné la chambre. Je ne sais pas comment elle fait, honnêtement, moi je n'aurais jamais la patience. Un shampooing vite expédié, une

CUPIDO / LE PARLOIR

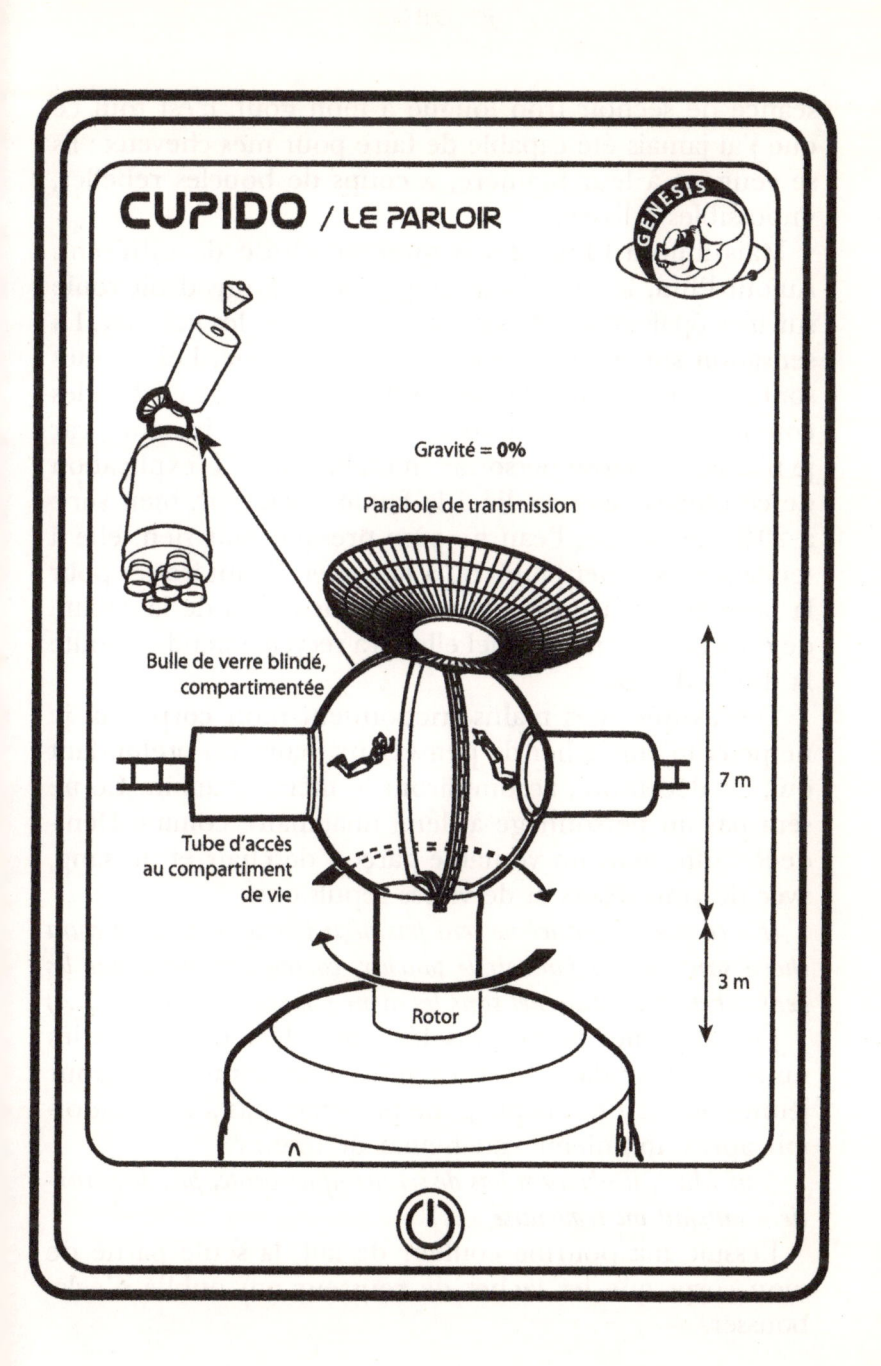

Gravité = **0%**

Parabole de transmission

Bulle de verre blindé, compartimentée

Tube d'accès au compartiment de vie

Rotor

7 m

3 m

séance de séchoir trop longue à mon goût, c'est tout ce que j'ai jamais été capable de faire pour mes cheveux ; ils se vengent à leur manière, à coups de boucles rebelles, impossibles à lisser.

Mais aujourd'hui, il y a quelque chose de différent. Aujourd'hui, le peu d'eau auquel nous avons droit roule sur mes épaisses mèches rousses au lieu de les imbiber. La sensation sur ma peau est tout aussi étrange. Les gouttes sont à la fois légères comme des flocons de neige et chaudes comme des baisers – du moins tels que je les imagine, car je n'ai jamais laissé personne m'embrasser… L'explication de ce phénomène est lié à la faible pesanteur, bien sûr : à 20 % de gravité, l'eau ne pèse presque plus rien, elle a tendance à stagner plutôt qu'à s'écouler. Il faut frotter pour la faire glisser à travers le trou d'évacuation de la cabine de douche, derrière lequel elle sera recyclée pendant toute la durée du vol.

Tandis que mes mains frictionnent mon corps nu, je ne peux m'empêcher de penser aux mains du prétendant qui, en décembre, accompliront le même chemin. Ce ne sera pas un personnage à demi imaginaire comme Dent-de-Requin, mais un véritable garçon de chair et de sang, avec de vrais désirs et de vraies répulsions.

(Est-ce que ton fiancé ne sera pas déçu par ce corps qu'il aura choisi sans jamais pouvoir le toucher, comme ces choses que les gens achètent sur Internet sans les avoir jamais vues en vrai ?…)

J'éponge mes jambes fuselées, musclées par toutes les nuits à courir dans les rues vides autour du foyer pour jeunes ouvrières, lorsque je ne parvenais pas à me rendormir après un énième cauchemar de brasier.

(Sur Mars, il n'y aura pas de service après-vente, pas de garantie « satisfait ou remboursé »…)

J'essuie ma poitrine couleur de lait, la seule partie de mon corps que les taches de rousseur ont oublié d'éclabousser.

ACTE I

(Sur Mars, il n'y aura pas de possibilité de retour, même si l'article choisi présente un vice caché…)

Je frémis à l'instant fatidique où mes doigts passent la frontière de mon épaule droite. D'un seul coup, sans prévenir, la douceur cède la place à l'horreur absolue. Un centimètre avant : peau lisse comme un galet poli ; un centimètre après : texture rugueuse et difforme, depuis le haut de mes omoplates jusqu'à la chute de mes reins. Ma peau se souvient de l'incendie dont moi je n'ai aucun souvenir, et qui pourtant a changé ma vie à jamais. Si je n'avais pas été brûlée au troisième degré, peut-être que mes parents ne m'auraient pas laissée pour morte dans cette benne à ordures… Peut-être que j'aurais vécu mon enfance et mon adolescence avec eux… Peut-être même que je les aurais aimés… Je n'aurais jamais envoyé ma candidature au programme Genesis, et j'aurais…

(Il est trop tard pour réécrire le passé, Léonor.)

Je prends soudain conscience de la petite voix qui siffle à mon oreille depuis que je suis entrée dans la douche – la même voix qui m'a ébranlée sur la plateforme d'embarquement, qui a failli me faire renoncer à la mission, qui guette le moindre instant de doute pour essayer de prendre le dessus.

Elle vient de cette région dans mon dos, à l'endroit où j'ai posé mes doigts. J'ai l'impression de sentir sa langue fourchue caresser mon lobe :

(Il est trop tard pour penser à qui étaient tes parents : tu ne les connaîtras jamais.)

(Il est trop tard pour peser les conséquences de ta candidature : tu ne pourras jamais faire demi-tour.)

(Tu as choisi de partir, Léonor, et maintenant il est trop tard pour regretter.)

(Il est trop tard !)

(Il est trop tard !)

(Il est trop tard !)

Je donne un coup de pied dans la porte de la douche et je déboule dans la salle de bains, la seule pièce du compartiment de vie épargnée par les caméras et par le regard des spectateurs.

Mais pas par les miroirs.

Mon reflet m'apparaît brutalement dans la glace circulaire qui entoure la pièce. Impossible d'échapper à l'image de mon dos, captée par la portion du miroir qui tapisse le placard-container derrière moi, et réfléchie dans celle qui me fait face au-dessus du lavabo.

La Salamandre.

C'est comme ça que j'appelle la brûlure qui a failli me tuer quand j'avais trois ans, emportant l'épiderme, le derme et les terminaisons nerveuses. C'est toute une partie de moi qui m'est devenue étrangère. Parasitaire. Elle a la forme d'un long lézard écailleux constitué au cours des greffes de peau successives, qui s'étale à droite de ma colonne vertébrale, les griffes accrochées à l'épaule et au flanc. Sa couleur légèrement violacée semble artificielle, surnaturelle. Comme la salamandre des légendes, elle est capable de vivre dans le feu sans y mourir. Elle est increvable, elle ne me quittera jamais, elle continuera de siffler dans ma nuque jusqu'à mon dernier souffle, elle...

« Léo ! Léo ! Ils viennent d'annoncer le résultat du tirage au sort, c'est... »

La trappe dans le sol de la salle de bains s'est brusquement soulevée sur la tête de Kris, sur la chevelure d'or que je l'ai aidée à tresser.

« ... Fangfang qui a été désignée. »

Un masque de stupeur fige le visage de Kris, une expression d'épouvante dilate ses beaux yeux bleus. Je m'y vois reflétée plus cruellement que dans n'importe quel miroir, telle que je suis vraiment : une abomination.

Kris n'aurait jamais dû me voir nue.

Elle n'en avait pas le droit.

Elle m'a trahie.

« Léonor... ton... ton dos... »

Mais je ne suis plus Léonor. Je suis cet autre moi qui s'est créé dans mon monde intérieur : Léo-la-Rouge, la sauvage, la sanguinaire. Incapable de se contrôler, elle bondit sur la trappe tandis que les mots giclent de sa bouche comme une vomissure que rien ne peut retenir :

« Dégage ! Si tu parles de ça à quiconque, je te jure que je te tue ! »

14. CONTRECHAMP
BUNKER ANTIATOMIQUE, BASE DE CAP CANAVERAL
LUNDI 3 JUILLET, 10 H 45

« Vous avez vu cette chose dans son dos ? C'est dommage, pour une si belle plante ! »
Roberto Salvatore fait une moue dégoûtée.

Il est assis à la table ronde plongée dans la pénombre, aux côtés des instructeurs du programme et du directeur Lock. Les spots halogènes du bunker sont éteints. L'unique source de lumière provient du mur digital au fond de la pièce, et de sa grille d'images capturées par les caméras à chaque étage du *Cupido* : à gauche, les prétendantes ; à droite, les prétendants ; au centre, dans la fenêtre principale, la chaîne Genesis telle qu'elle apparaît aux spectateurs, avec un léger différé lié à la latence de communication et au temps de montage – pour le moment, elle diffuse un plan fixe de la salle de séjour où sont rassemblées les filles.

Mais, dans le bunker, c'est sur la fenêtre représentant la salle de bains que tous les regards sont concentrés.

Le miroir sans tain filme tout ce qui s'y passe.

Il filme la nudité de Léonor.

Il filme la brûlure qui s'étend sur son dos.

Il filme sa réaction de panique lorsqu'elle bondit sur la trappe conduisant à la salle de séjour et l'abat d'un coup de talon sur la tête de Kris.

Enfin, il la filme qui s'effondre sur la trappe close, brisée.

« Pouah ! fait Odette Stuart-Smith, les lèvres pincées. Heureusement que la chaîne Genesis ne diffuse pas les images de la salle de bains, pour rester tous publics !

— Moi je trouve que ce serait une bonne idée, une version adulte non censurée disponible sur abonnement..., renchérit Roberto d'un air égrillard, sa large face éclairée par la lumière du mur digital. Je suis sûr qu'il y en aurait beaucoup qui seraient prêts à payer pour voir ça ! »

Gordon Lock coupe court à l'échange avant qu'Odette Stuart-Smith ait le temps de s'indigner davantage, et se tourne vers le docteur Arthur Montgomery :

« Qu'est-ce que cette fille a sur le dos ? demande-t-il. Une forme de lèpre ? Une tache de vin géante ?

— Je ne sais pas..., répond le docteur en lissant sa fine moustache.

— Comment ça, vous ne savez pas ? Vous êtes médecin, et cette fille était votre élève !

— Justement. On m'a chargé de lui inculquer des rudiments de médecine, pas de l'ausculter. Je ne suis pas le sélectionneur du programme. »

La lourde porte blindée au fond de la salle s'ouvre, laissant pénétrer un rai de lumière blanche, électrique.

« Serena McBee ? appelle Gordon Lock en clignant des yeux, ébloui. C'est vous ?

— Bien sûr que c'est moi, répond la psychiatre. Avec vous autres, je suis la seule à avoir accès à ce bunker antiatomique datant de l'époque de la Nasa. J'ai donné mes instructions à mon équipe pour le montage, là-haut. De toute façon, la plupart des mouvements de caméras sont programmés à l'avance, compte tenu de la latence de communication qui va aller croissante tout au long du voyage :

grâce à un logiciel de reconnaissance faciale, nos machines sont capables de zoomer automatiquement sur les visages, pour capturer les émotions des prétendants en gros plan. Je peux donc me joindre à vous en toute sérénité, pour assister à la première séance de speed-dating qui va débuter dans quelques minutes. J'accompagnerai les tourtereaux en voix off, depuis le bunker. »

Elle referme la porte et s'assoit dans son grand fauteuil de cuir capitonné, face au petit tableau de commande à côté duquel est posé son micro.

« Je veux dire : c'est vous qui êtes derrière ça, n'est-ce pas ? reprend le directeur Lock. C'est vous qui avez validé la sélection finale des prétendantes ? Vous les avez forcément vues nues, ne prétendez pas le contraire ! Vous avez organisé la présence de cette fille à la cicatrice monstrueuse dans le vaisseau, en connaissance de cause ! »

Serena McBee lève les yeux vers la fenêtre de la salle de bains des filles, où gît le corps élancé de Léonor. Les magnifiques cheveux roux de la jeune fille, encore humides, serpentent sur le carrelage comme des algues. Son visage est invisible, écrasé contre le sol. Son corps n'est plus un corps, c'est un rocher qui pèse de tout son poids sur la trappe. Rondeurs de la hanche écrasant la jambe, de l'épaule écrasant le bras, piquetées l'une et l'autre de taches de rousseur. La brûlure quant à elle ressemble à une plaque de lichen pourpre, comme celles qui colonisent souvent les pierres en bord de mer.

« Monstrueuse ? dit Serena McBee d'une voix songeuse. La monstruosité est dans l'œil de celui qui regarde...

— Épargnez-nous vos salades psychologiques, la coupe Gordon Lock. Je suis prêt à parier qu'une sacrée dose de monstruosité se reflétera dans l'œil des prétendants, quand ils découvriront ce qui se cache sous la robe de cette prétendante. Vous êtes donc sadique à ce point ? Je plains cette pauvre fille, et je plains le pauvre gars qui la choisira. Les passagers sont destinés à mourir bientôt, je le sais, vous le savez, nous le savons tous. Mais pourquoi s'acharner à pourrir le peu de vie qu'il leur reste ? C'est inhumain. C'est contre-productif. Vous allez écœurer les spectateurs, et quand ils arrêteront de regarder le programme, vous aurez tout gagné !

— Une fois de plus vous n'avez rien compris, mon pauvre Gordon.

— Pardon ? s'étrangle le directeur Lock.

— C'est l'inverse qui va se produire. Les spectateurs ne vont pas être écœurés. Ils vont au contraire être touchés en plein cœur. Voyez-vous, l'être humain est un animal grégaire, la compassion est enracinée dans son code génétique. C'est une donnée psychologique de base – j'appelle cela l'instinct de troupeau. Bien sûr, les hommes n'hésitent pas à sacrifier leurs semblables quand leur propre intérêt est en jeu. Nos pauvres Sherman et Ruben en ont fait les frais, eux qui se dressaient entre nous et la fortune, eux qui menaçaient de nous mener droit en prison. L'instinct de troupeau ne les a pas sauvés... »

Archibald Dragovic ne peut s'empêcher de sourire, tandis que Roberto Salvatore se rencogne dans sa graisse, que Geronimo Blackbull tripote nerveusement son briquet entre ses doigts aux ongles jaunis par le tabac et qu'Odette Stuart-Smith triture le petit crucifix accroché à son cou. Arthur Montgomery, lui, se contente de fixer le centre de la table de son regard bleu, sans rien dire.

« Haut les cœurs ! reprend Serena en frappant dans les mains comme une maîtresse d'école qui tente de réveiller sa classe. Il n'y a vraiment pas de quoi se mettre la rate au court bouillon. Je peux vous dire que, dans notre situation, la plupart des gens auraient réagi comme nous l'avons fait. Mais bien au chaud dans leur salon ou dans leur chambre, derrière leur écran ? Ils ne peuvent que s'attendrir du sort de pauvres déshérités qui ne sont pas en compétition avec eux, qui ne les menacent en rien. Et ils ne peuvent qu'envoyer plus d'argent pour les Trousseaux, dont Atlas nous reversera bien sûr un coquet pourcentage dans notre bonus à la fin du voyage. »

Cette considération détend aussitôt l'atmosphère. Geronimo Blackbull range son briquet et Odette Stuart-Smith laisse son crucifix retomber sur son col roulé.

« Vous avez raison, Serena, dit-elle. Ce n'est pas parce qu'on se défend quand on est attaqué qu'on est forcément une mauvaise personne. Si tous les gens de bien tendaient la joue gauche à chaque fois qu'on les frappe sur la joue droite, où irait le monde ?

— Nulle part, ma chère Odette ! répond Serena. Il n'irait nulle part ! Nous sommes dotés de l'instinct de conservation, qui vient fort légitimement contrebalancer l'instinct de troupeau. Il n'y a aucune honte à avoir.

— Et puis, même nous, nous pouvons nous attendrir sur les passagers du *Cupido* ! renchérit Roberto Salvatore. À bien y réfléchir, nous leur avons même fait une fleur, à ces paumés, en les envoyant dans l'espace. L'expérience sera courte, certes, mais tellement exceptionnelle par rapport aux existences minables et ennuyeuses qu'ils auraient vécues sur Terre.

— Bravo, Roberto ! l'encourage Serena. Vous comprenez vite, vous au moins, ça fait plaisir ! Dès que nous avons pris connaissance du rapport Noé, j'ai délibérément orienté mon choix sur des paumés, comme vous dites. Et ce pour trois raisons.

« La première raison, je viens de vous l'expliquer : je compte faire pleurer dans les chaumières, comme on n'a jamais pleuré, si fort qu'il faudra déclencher un plan Orsec pour éviter l'inondation. Les candidats que j'ai sélectionnés ont tous un secret semblable à celui de Léonor. Un secret douloureux, qu'ils feront tout pour cacher aux autres, mais sur lequel les spectateurs s'apitoieront.

« La deuxième raison, c'est qu'avec des inadaptés sociaux sans attaches nous n'aurons à redouter aucun procès des familles ou autre bêtise de ce genre quand ils disparaîtront au bout du voyage – et donc, nous n'aurons aucune indemnité à verser.

« Enfin, la troisième raison, vous la connaissez déjà... Le *tragique événement* qui mettra fin au programme paraîtra d'autant plus naturel qu'il sera causé par un marginal instable. Les séances de relaxation sous hypnose dans la vallée de la Mort m'ont permis d'identifier, sur les douze sélectionnés, l'esprit le plus malléable. J'en ai profité pour le formater mentalement, afin qu'il dépressurise les Nids d'amour une fois sur Mars. Ce sera tellement plus élégant qu'une pénible agonie dans des habitats défectueux ! Il suffira d'un mot de ma part pour que ma créature bascule en état somnambulique, et exécute inconsciemment le plan prévu avec la précision d'une machine. Aux yeux des spectateurs, son geste ressemblera à la crise de folie froide d'un forcené, comme ces tueries dans les lycées qui défraient régulièrement la chronique. Personne ne saura que tout a été soigneusement répété pendant l'année d'entraînement, pas même le futur meurtrier qui n'a gardé aucune mémoire de ce conditionnement sous hypnose ! »

15. CHAMP
D + 21 H 20 MIN
[1re SEMAINE]

JE ME RELÈVE LENTEMENT.
Je finis toujours par me relever.
Chaque fois que je tombe.
Chaque fois qu'on me blesse.
Chaque fois que la Salamandre est sur le point d'avoir ma peau.

ACTE I

J'enfile ma culotte, mon jean, mon T-shirt.
La fille dans le miroir fait la même chose.
Ce n'est pas ce matin qu'elle lissera ses cheveux, qu'elle maquillera ses yeux, qu'elle jouera la séductrice qu'elle n'est pas. Ce n'est pas elle que le sort a désignée aujourd'hui. Mais elle ne peut pas rester là, dans la salle de bains. Dans quelques instants, Fangfang devra y passer pour accéder au Parloir. Mieux vaut prendre les devants.
Je prends une inspiration, et je soulève la trappe.

« La voilà ! »
Je pose mes pieds sur les barreaux de l'échelle, l'un après l'autre, avec la sensation des regards braqués sur moi, y compris celui de Louve.
Toutes les filles se sont préparées, habillées, maquillées, je me sens encore plus minable que jamais dans mon vieux T-shirt informe.
« Mais t'es complètement tarée ou quoi, ma pauvre fille ? » s'étrangle Kelly en manquant de recracher son chewing-gum.
Elle est gainée dans un jean tellement moulant qu'il semble cousu sur ses longues jambes ; sa poitrine avantageuse est galbée dans une minuscule chemisette à carreaux rouges nouée sur le ventre ; un piercing brille sur son ventre archi-plat, et de gigantesques créoles dorées, assorties à son nouveau gloss, tremblent de chaque côté de son visage chaque fois qu'elle prononce une parole :
« T'as vu ce que tu as fait à Kris en lui rabattant la trappe sur la tête ? Non mais t'as vu ? Faut te faire soigner ! »
Mon regard part en vrille vers le canapé.
Kris y est allongée, soutenue par Safia et Liz. Sous sa belle coiffure tressée, son front pâle est étoilé d'une bosse enflée, luisante, gorgée de sang violet. *Un œuf...* C'est la première pensée qui me passe dans l'esprit, absurde : *la Salamandre a pondu un œuf...*
Un gémissement s'échappe de mes lèvres :

« Oh, Kris, Kris !...

— On lui a donné de l'aspirine, un anti-inflammatoire, ce qu'on a pu trouver dans l'armoire à pharmacie, dit Safia, enveloppée dans un sari safran qui lui donne plus que jamais l'allure d'une poupée précieuse. Elle ne tient pas debout. On a frappé au moins cent fois contre la trappe pour venir te chercher, mais tu ne répondais pas. Léonor, c'est toi notre responsable Médecine. Qu'est-ce qu'il faut faire ? »

Adorable Safia, la seule à ne pas me regarder comme une pestiférée, à me demander conseil...

Que lui répondre ?

Les cours de secourisme du docteur Montgomery défilent dans ma tête à toute allure, mais pas dans le bon ordre. *Électrocution, arrêt cardiaque, hémorragie*... je me souviens de tout, sauf de ce qu'il faut faire en cas de coup à la tête. Il faut des années pour faire un médecin, et moi j'ai cru que je m'en sortirais en douze petits mois de formation, tout ça parce que j'ai potassé les manuels nuit et jour, tout ça parce qu'ils m'ont collé ce titre ronflant de *responsable Médecine* que je ne mérite pas du tout... En réalité ce qui compte, ce ne sont pas les manuels, ce ne sont pas les titres. C'est la pratique, l'expérience, toutes ces choses que je n'ai pas, et qui seules permettent de se rappeler les bons gestes quand l'urgence vous tombe dessus sans prévenir.

Peut-être que si je touche Kris, ça va me revenir ?

Je me dirige vers le lit.

« N'approche pas ! »

Les yeux de Kris me foudroient. Je ne leur ai jamais vu cette couleur. Le bleu ciel a viré au bleu nuit. Les pupilles se sont dilatées comme celles d'une chouette.

« Je te jure que je ne voulais pas..., dis-je dans un souffle. Si tu savais comme je m'en veux... »

Kris relève ses jambes pour les interposer entre elle et moi. La robe de soie bleu ciel qu'elle a revêtue au cas où elle serait désignée pour le Parloir glisse sur ses mollets fins :

« Je t'ai dit de ne pas approcher, espèce de malade ! Je n'ai pas besoin de ton aide. Imagine, si demain c'est mon tour de passer et qu'Alexeï me voit dans cet état ? »

Ces mots, dans la bouche de Kris, me déchirent le cœur. *Espèce de malade.* Est-ce que c'est ça qu'elle pense : que je suis malade, contagieuse ? Est-ce que c'est ça qu'elle a dit aux autres prétendantes et, à travers les caméras, aux milliards de spectateurs qui nous regardent en ce moment : « Ne vous approchez pas de Léonor, elle porte la maladie la plus ignoble sur son dos, un truc franchement dégueulasse » ?

Un fracas ébranle la carlingue du vaisseau.

Je crois à un roulement de tonnerre – ce n'est qu'un roulement de tambours. La voix de Serena sort des enceintes :

« Qu'est-ce que tu fais encore dans la salle de séjour, Fangfang ? Le speed-dating commence dans cinq minutes ! »

La Singapourienne frémit d'indignation dans la robe bandage vert sombre qui souligne les courbes de son corps svelte. Elle cligne des paupières, peut-être par nervosité, peut-être parce qu'elle y voit moins bien depuis qu'elle a ôté ses lunettes pour dévoiler ses faux cils spécialement collés pour l'occasion.

« Mais ça fait des heures que je suis prête ! s'exclame-t-elle. C'est Léonor qui bloquait l'accès aux étages supérieurs !

— Ta-ta-ta, pas de chamailleries ! Dépêche-toi de rejoindre le Parloir, à moins que tu ne veuilles perdre de précieuses minutes de speed-dating. Les spectateurs n'attendent pas. Le générique va démarrer : un… deux… trois – *top !* »

Tandis que Fangfang se rue sur l'échelle, l'écran panoramique de la salle de séjour vire au noir.

L'espace. Le cosmos semé d'étoiles, sans début et sans fin, vertigineux.

La musique du « *Cosmic Love* » démarre en instrumental, violons et synthés au volume maximum sur fond de voie lactée tourbillonnante. Une voix préenregistrée, rauque et ronflante comme celle des bandes-annonces de films hollywoodiens, se superpose à la musique : « Six prétendantes d'un côté.... »

L'écran se resserre sur une image de synthèse représentant le Cupido *lancé à pleine vitesse au milieu du vide spatial. La caméra passe à travers la paroi de métal et dévoile une vue du compartiment des filles – notre compartiment. Il est peuplé de silhouettes en deux dimensions – nos silhouettes –, comme des personnages de papier découpés et collés là au milieu du décor. Je reconnais les photos qu'on a prises de nous lors de la formation dans la vallée de la Mort. Je ne savais pas qu'elles serviraient au générique, qu'on ne nous a jamais montré jusqu'à présent. Le nom de chaque prétendante apparaît brièvement en titrage surimprimé sur l'écran.*

Titrage : Fangfang, Singapour (Planétologie)
Titrage : Kelly, Canada (Navigation)
Titrage : Safia, Inde (Communication)
Titrage : Elizabeth, Royaume-Uni (Ingénierie)
Titrage : Kirsten, Allemagne (Biologie)
Titrage : Léonor, France (Médecine)

Les autres filles semblent hypnotisées par leur propre image sur l'écran. Leurs yeux brillent sous le fard à paupières. Y compris Kris. Moi ça me fait froid dans le dos, ces silhouettes aplaties, figées dans leurs survêtements Genesis. C'est comme si on était des fantômes. C'est comme si on était mortes.

Incapable de rester dans la salle de séjour une seconde de plus, je soulève la trappe au plancher, sans que nulle ne prête la moindre attention à moi, de toute façon Kris est

ACTE I

tellement furax que je ne pourrai pas l'approcher. Je saute sur l'échelle qui descend dans la chambre. J'ai besoin de me pelotonner sous ma couverture. De me recroqueviller en boule, loin de tout ça.

Mais en bas de l'échelle, les enceintes diffusent la même musique assourdissante.

Au-dessus des trois lits, plus de biches, ni de dauphins, ni de montagnes : les écrans renvoient la même image de synthèse.

Impossible d'échapper au générique.

Impossible de détourner les yeux au moment où ils vont enfin montrer les visages des prétendants.

Voix off : « Six prétendants de l'autre côté... »
Dézoom rapide. La caméra ressort du vaisseau, en fait le tour, et rentre dans le compartiment des garçons, identique au nôtre. Là encore, la caméra passe en travelling sur six silhouettes immobiles tandis que le titrage annonce les noms en surimpression :
Titrage : TAO, CHINE (INGÉNIERIE) *– mâchoire carrée ; large cou aux muscles saillants ; une puissance de minotaure, jusqu'à la pointe des cheveux noirs hérissés en brosse courte.*
Titrage : ALEXEÏ, RUSSIE (MÉDECINE) *– yeux bleus à faire tourner la tête ; blondeur lisse, aristocratique ; un sourire de prince charmant, éclatant, plein de contrôle et d'assurance.*
Titrage : KENJI, JAPON (COMMUNICATION) *– chevelure sculptée au gel coiffant, qui barre le front, qui explose dans toutes les directions comme celle d'un héros de manga ; derrière le treillage de mèches acérées, qui retombe sur le front comme un masque, le regard semble perdu.*
Titrage : MOZART, BRÉSIL (NAVIGATION) *– joues hâlées et lèvres pleines ; les cheveux noirs, lustrés et bouclés, ont un mouvement terriblement romantique ; mais en dessous, les yeux sont percutants comme des balles.*
Titrage : SAMSON, NIGERIA (BIOLOGIE) *– la tête au crâne rasé ressemble à une statue sculptée dans l'ébène, une tête de sphinx ou de pharaon dont les yeux verts ont quelque chose de surnaturel.*

Titrage : MARCUS, ÉTATS-UNIS (PLANÉTOLOGIE) – cheveux châtains, un peu décoiffés ; une ligne d'encre serpente à la base du cou et s'enfonce dans le col du T-shirt noir, enflammant aussitôt mon imagination d'artiste : que représente ce tatouage ? un animal ? un visage ? un mot ? ; les yeux gris clair, couleur d'argent sous les sourcils épais, plongent droit dans les miens et semblent me mettre au défi : « Il ne tient qu'à toi d'aller voir... »

Ça y est, c'est fini.
Pas moyen de faire pause sur l'un des visages.
Pas moyen de revenir en arrière pour les revoir.
Ils sont déjà partis, et le générique continue.

Voix off : « Six minutes pour se rencontrer... »
Fondu au noir. Apparition du Parloir en plan fixe : une pièce parfaitement sphérique, aux murs transparents, séparée en son centre par une vitre de verre blindé qui va du sol au plafond.
Voix off : « L'éternité pour s'aimer !... »
Zoom sur les étoiles à travers les parois de verre. La planète Mars surgit du fond de l'espace et grossit peu à peu.

Je me jette sur mon lit, terrorisée par cette chose rouge, palpitante, qui fonce vers moi depuis les trois écrans aux trois coins de la chambre.
Je voudrais fermer les yeux.
Je n'y arrive pas.

Montée dramatique de la musique, avec paroles :
Lui : You skyrocketed my life
Elle : You taught me how to fly
Lui : Higher than the clouds
Elle : Higher than the stars
Eux : Nothing can stop our cosmic love
Our cosmic love
Our cooosmic looove !

ACTE I

Voix off : « Programme Genesis. Quand le programme scientifique le plus ambitieux rencontre le jeu de speed-dating le plus excitant... »

Morphing : trois fœtus se forment au sein des trois planètes Mars, reconstituant trois logos Genesis.

Point d'orgue instrumental.

Voix off : « ... vous vivez en direct la plus belle histoire d'amour de tous les temps ! »

Fondu au noir.

Les écrans s'éteignent tous en même temps.

Serena l'a bien rappelé : seuls les spectateurs sur Terre peuvent voir les images qui vont suivre. Aussi, les six prochaines minutes appartiennent-elles à Fangfang, à son invité – et à l'Humanité tout entière, à l'exception des dix autres passagers du *Cupido*, les seuls êtres humains qui n'ont pas accès à la chaîne Genesis.

Acte II

Acte II

16. Chaîne Genesis
LUNDI 3 JUILLET, 11 H 00

OUVERTURE AU NOIR.
Plan fixe à l'intérieur d'une vaste bulle de verre de sept mètres de diamètre ; derrière les murs sphériques, les étoiles dérivent silencieusement ; au sommet de la bulle, on aperçoit l'auréole formée par la parabole de transmission, et son faisceau laser qui envoie les informations vers la Terre.

Titrage : *1ʳᵉ SÉANCE AU PARLOIR. HÔTESSE : FANGFANG, 19 ANS, SINGAPOUR, RESPONSABLE PLANÉTOLOGIE (LATENCE DE COMMUNICATION – 2 SECONDES)*

La trappe de gauche s'ouvre avec un roulement de tambours.

Fangfang se hisse dans le Parloir. Pour soustraire ses cheveux à l'apesanteur, elle les a liés en un élégant chignon agrémenté d'une pince argentée, assortie à la ceinture qui souligne sa taille fine. Elle cligne des yeux – elle porte des lentilles de contact, elle n'y est pas habituée.

Une voix résonne tout d'un coup : « *Fangfang, bienvenue dans le Parloir !* »

La jeune fille sursaute. Elle regarde autour d'elle, tentant d'identifier d'où vient la voix.

Serena (off) : « *C'est moi, Serena, qui te parle. Tu as l'honneur d'ouvrir le jeu, Fangfang. Referme bien la trappe derrière toi, pour être sûre qu'aucune oreille indiscrète ne viendra écouter ce qui se dit dans le Parloir pendant les six prochaines minutes. »*

Fangfang acquiesce. Elle tourne le levier condamnant la trappe de l'intérieur.

Puis elle s'envole lentement.

Le tissu élastique de la robe bandage verte met en valeur l'ondoiement de son corps, tandis qu'elle nage vers la cloison transparente qui partage le Parloir en deux hémisphères.

Ses doigts finissent par rencontrer la paroi de verre lisse. Elle y pose ses deux mains. Délicatement, comme si elle avait peur de la briser.

Serena (off) : « *Tu ne sais presque rien des prétendants. Pourtant, aujourd'hui, il faut que tu invites le garçon de ton choix dans le Parloir. Alors, dis-nous, Fangfang, qui souhaites-tu inviter ?* »

Fangfang : « Je souhaite inviter Tao. »

Serena répond avec un léger décalé de deux secondes : « *Voilà une décision ferme et sans hésitation ! Peux-tu nous expliquer, aux spectateurs et à moi-même, pourquoi tu es si sûre de toi, et comment tu as fait ton choix ?* »

Fangfang : « La Chine est culturellement le pays le plus proche de Singapour. Or la proximité culturelle est l'un des facteurs prédictifs les plus importants pour la réussite d'un couple. Je parle couramment le chinois, je sais cuisiner la nourriture chinoise, j'ai tous les atouts pour rendre un homme chinois heureux. Statistiquement, c'est avec Tao que ça a le plus de chances de marcher. »

Serena (off) : « *Bravo, Fangfang ! Je vois que tu as bien étudié la question ! C'est un choix très réfléchi. Mais en amour, est-ce que tout peut être réfléchi ? La réponse en images, tout de suite, avec Tao !* »

Roulement de tambours

La trappe de droite s'ouvre à son tour. Les cheveux en brosse de Tao apparaissent en premier, puis sa tête massive et ses épaules dignes d'un joueur de football

ACTE II

américain. Les pectoraux qui tendent la chemise blanche, le cou trop musculeux pour pouvoir fermer le bouton du col, les jambes interminables dans leur pantalon noir : le corps qui émerge de la trappe mesure près de deux mètres.

Gros plan sur le large visage de Tao, qui s'illumine d'un sourire lorsqu'il découvre Fangfang. Il paraît soudain plus jeune, moins dur, plein de candeur derrière la carrure impressionnante de l'athlète.

Serena (off) : « Fangfang, responsable Planétologie ; Tao, responsable Ingénierie ; vous avez six minutes pour vous présenter l'un à l'autre, et par la même occasion aux spectateurs qui vous regardent en simultané et qui brûlent d'impatience de connaître votre histoire. Maintenant je me tais, c'est à vous de jouer. Top chrono ! »

Le cadran d'un chronomètre apparaît en surimpression à l'écran, gradué de 1 à 6. Le compte à rebours se lance, la trotteuse commençant à faire le tour du cadran.

Tao s'élève dans les airs. Son corps de géant, qui ne pèse plus rien, évolue avec la grâce étrange d'un cachalot à travers les grands fonds marins.

« Bonjour… », murmure-t-il – sa voix est étonnamment douce pour son physique, presque timide. Son anglais est marqué par un fort accent chinois.

Fangfang : « Bonjour… »
Tao : « Merci de m'avoir invité. »
Fangfang : « Je t'en prie. »
Silence.

Gros plans alternatifs sur les sourires de Fangfang et de Tao, visiblement aussi gênés l'un que l'autre.

Fangfang prend brutalement la parole, débitant soudain un discours qui de toute évidence ne doit rien à l'improvisation : « Je t'ai choisi parce que je suis la plus à même de te rendre heureux. Je sais parler chinois. Et je sais cuisiner chinois aussi. »

Tao : « C'est super, ça ! – il se ravise. – Mais tu sais, on n'a pas le droit de parler une autre langue que l'anglais pendant tout le programme, c'est stipulé dans notre contrat, pour que les spectateurs puissent suivre tout ce qu'on se dit. Et pour la nourriture chinoise, je ne crois pas qu'on trouve les ingrédients ici dans le vaisseau, ni sur Mars plus tard... »

Fangfang répond du tac au tac, elle s'est visiblement préparée à toutes les objections : « C'est un détail bassement matériel. Le plus important, ce n'est pas que je parle et que je cuisine chinois *effectivement*. Le plus important, c'est que je parle et que je cuisine chinois *potentiellement*. »

Gros plan sur le visage perplexe de Tao : « Euh... Excuse-moi, mais je ne suis pas sûr de comprendre... »

Fangfang : « Ce qui compte, c'est la proximité culturelle, tu vois ? C'est le bagage, c'est tout ce qu'on partage tous les deux sans avoir besoin de l'exprimer. »

Tao : « Ah bon ?... »

Fangfang : « Oui. C'est statistique. »

Tao : « Statistique ?... »

Fangfang : « C'est prouvé, si tu préfères. Et puis... tu me plais. »

La Singapourienne souligne ces derniers mots d'un battement de faux cils savamment étudié, qui semble faire mouche puisque les joues de Tao s'empourprent légèrement.

Fangfang : « Nous sommes faits pour être ensemble, tous les deux. Au fait, tu veux combien d'enfants ? Je pense que huit, c'est un bon nombre. C'est un chiffre porte-bonheur pour vous autres Chinois, n'est-ce pas ? Huit, c'est bien le chiffre de la prospérité ? »

Tao ouvre la bouche, la referme. Il croise et décroise les bras, comme si son corps l'embarrassait tout d'un coup. Seules ses jambes ne bougent pas : elles flottent sous lui, immobiles.

ACTE II

Fangfang en profite pour exécuter une nouvelle œillade, et achever son numéro de séductrice : « Tu as un physique remarquable, si je peux me permettre. Dis-moi, comment est-ce que tu t'es musclé comme ça ? »

Tao : « Je travaillais dans un cirque itinérant. Le cirque où mes parents m'avaient placé quand j'étais un petit garçon, parce qu'ils n'avaient pas les moyens de me nourrir ni de m'élever là-haut au village. Je suis devenu acrobate. J'étais celui qui se tient en équilibre en haut des échelles sur une main. J'étais celui qui soutient le poids des pyramides humaines sur ses épaules. Oui, j'étais tout cela et bien plus encore, avant... »

Fangfang : « Avant le programme Genesis, tu veux dire ? »

Tao ne répond pas, mais Fangfang est trop excitée pour le remarquer. Elle continue sur sa lancée :

« Moi aussi, j'ai grandi sans mes parents. Ils sont morts dans un crash aérien quand j'étais toute petite. C'est l'État de Singapour qui m'a élevée en tant que pupille de la nation. Ils ont tout de suite repéré mon potentiel intellectuel, et ils m'ont placée dans une école pour surdoués. Juste avant de postuler pour le programme Genesis, j'étais doctorante en mathématiques pures. Avec quatre ans d'avance sur les autres étudiants, parce que j'ai sauté quatre classes... Bref, avec tes gènes pour le physique et les miens pour le mental, nous allons produire des bébés formidables, les plus beaux bébés de Mars !... »

Fangfang semble partie pour ne jamais s'arrêter, mais soudain la sonnerie annonçant la fin de l'entrevue retentit.

Serena (off) : « *Time out ! Fangfang, Tao, avez-vous été séduits par le charme de votre interlocuteur ? Chut ! Ne dites rien pour l'instant ! Le moment est venu de regagner vos compartiments respectifs. Je rappelle aux spectateurs qu'ils peuvent dès maintenant envoyer leurs dons pour alimenter le Trousseau de ces deux jeunes gens épatants, et leur permettre ainsi d'accéder demain au meilleur de New Eden.* »

Fangfang et Tao reculent de chaque côté de l'écran, rouvrent leurs trappes respectives et disparaissent à travers les tubes d'accès qui conduisent à leurs compartiments.
Fondu au noir.
Générique.

17. Contrechamp
BUNKER ANTIATOMIQUE, BASE DE CAP CANAVERAL
LUNDI 3 JUILLET, 11 H 10

Les spots halogènes du bunker se rallument brusquement, tandis que le générique du programme Genesis continue de défiler sur la fenêtre centrale du mur digital.

Assis à la table ronde avec les autres instructeurs, Roberto Salvatore pousse un sifflement entre ses lèvres charnues :
« Mamma mia ! La surdouée a peut-être un doctorat en mathématiques pures, mais elle a le niveau d'une huître en matière de séduction ! Elle s'est grillée avec le Chinois, et je parie que les spectateurs ne lui enverront pas un centime ! »

De l'autre côté de la table, Serena McBee repose le micro avec lequel elle faisait ses annonces dans le vaisseau, tout au long du speed-dating.

« Nous verrons bien ce que Tao et les spectateurs ont pensé, dit-elle en se lovant confortablement dans son fauteuil. Nous pourrions avoir des surprises. Voyez-vous, Roberto, les choses de l'amour sont aussi complexes que vos histoires de fusées, de lanceurs et de balistique spatiale.

ACTE II

— Mais vous avouerez, parler de faire huit bébés lors d'un premier rendez-vous, c'est une recette imparable pour faire fuir n'importe quel homme, même un saltimbanque sorti de sa campagne ! Sans compter qu'elle est plate comme une planche à pain, la Singapourienne. Pas comme la Canadienne ou la rouquine, qui sont de vraies femmes avec tout ce qu'il faut, elles ! N'est-ce pas, messieurs ? »

Geronimo Blackbull hoche vigoureusement la tête, ses longs cheveux lâchés s'agitant comme des lianes de chaque côté de son visage d'iguane :

« Je confirme. Pas rock'n roll du tout, cette nana...
— Pas sexy pour deux sous, renchérit Gordon Lock en jetant un regard de défi à Serena McBee. On se demande vraiment pourquoi elle a été sélectionnée... Espérons que les spectateurs ne décrochent pas ! »

Comme à son habitude, Archibald Dragovic se contente de ricaner de manière inquiétante, ses yeux au strabisme divergent s'arrondissant comme des soucoupes, les cheveux plus électrisés que jamais.

« Voyons, ça suffit ! » coupe sèchement Odette Stuart-Smith.

Elle fusille ses collègues masculins du regard à travers ses lunettes à triple foyer.

« Vous êtes des scientifiques en exercice, pas des piliers de bar devant la télévision au café du commerce : je vous en prie, épargnez-nous vos réflexions scabreuses, un peu de décence ! Prenez exemple sur Arthur Montgomery ; lui au moins, c'est un gentleman, il sait se tenir. »

Roberto Salvatore hausse ses épaules voûtées.

« Gentleman, mon œil ! Je suis sûr que le toubib n'en pense pas moins. C'est un homme, comme nous. »

Le docteur Arthur Montgomery cesse de lisser sa moustache pour la première fois depuis le début du visionnage.

« Oui, je suis un homme, dit-il. Mais je suis d'abord un médecin. Et ce médecin était trop concentré sur la manière dont le prétendant évoluait en apesanteur pour prêter attention aux mensurations de la prétendante. La contraction de la sangle abdominale pour contrôler le poids mort du bas du corps... La manière dont les bras prennent le relais des jambes pour assurer l'équilibre... Très intéressant, tout cela. Et le plus drôle, c'est que cette fille ne s'est même pas rendu compte qu'elle était en face d'un paralytique ! »

18. CHAMP
D + 21 H 42 MIN
[1re SEMAINE]

Autour de moi, les écrans se sont tus depuis de longues minutes.
Les violons et les voix se sont arrêtés, laissant la place au silence des caméras qui continuent d'épier et de filmer.
Ils nous balancent le générique pour nous exciter, pour nous mettre en haleine, mais ils gardent le secret sur ce qui se dit dans le Parloir, comme sur toutes les images de la chaîne Genesis. Nous sommes censés être les acteurs du programme, pas les spectateurs. C'est le principe du jeu. *Le secret. La compétition.* En ce moment, dans le Parloir, Fangfang doit déployer tous ses efforts pour séduire le prétendant de son choix. En ce moment, dans la salle de séjour, les autres filles doivent discuter fiévreusement en essayant d'imaginer le garçon dont il s'agit. À moins qu'elles ne soient encore en train de

ACTE II

discuter de mon cas, divulguant aux spectateurs du monde entier l'horreur que je porte sur l'échine... À travers la trappe close, impossible de percevoir leur conversation, même en tendant l'oreille. Je ne peux qu'imaginer ce qu'elles se disent, imaginer tous les gens qui m'acclamaient hier sur les Champs-Élysées se mettre à grimacer en entendant ces révélations, les sourires se muer en moues dégoûtées. Je les entends d'ici : « Quoi ? On nous a menti ? En fait c'est ça, Léonor : belle de face, mais un cauchemar de dos ! »

Ces pensées me remplissent de terreur, me donnent envie de pleurer.

À la place, je me lève et je saisis fébrilement ma tablette à croquis dans mon placard.

Dessiner.

Ça a toujours été la solution, quand tout va de travers. Fuir le monde réel qui fait trop mal pour me réfugier dans mon monde à moi, celui où j'ai l'impression de tout contrôler.

La pointe du stylet se met à glisser sur la surface de verre lisse, un peu tremblante au début, puis de plus en plus assurée à mesure que je me déconnecte du vaisseau pour me concentrer sur le petit rectangle blanc de l'écran – ma fenêtre sur l'ailleurs, mon échappatoire. Une jeune fille qui me ressemble commence à apparaître. La jupe de haillons dessine la courbe de ses hanches. Un corsage en peau de léopard est lacé sur sa poitrine. Un bandeau noir ligote ses cheveux épais. Elle serre dans son poing un pistolet à silex, pointé sur moi.

Léo-la-Rouge vient de naître sous mes doigts.

19. Hors-champ
UNE PLAGE À TRENTE MILES DE CAP CANAVERAL
LUNDI 3 JUILLET, 16 H 30

L E PARKING AU-DESSUS DE LA PETITE PLAGE EST DÉSERT, à l'exception d'un unique véhicule.
C'est le camping-car aux vitres teintées.

Le jeune homme aux lunettes à monture noire a enlevé son blazer. Le revers de son polo rouge est humide de sueur, les muscles de son dos jouent à travers le tissu tandis qu'il se contorsionne pour installer une antenne parabolique sur le toit du camping-car. Il vérifie les branchements, réoriente la parabole, jette un dernier regard à la presqu'île de cap Canaveral qui se dessine dans le lointain. À cette distance, depuis le continent, les hangars cubiques de l'aire de lancement ressemblent à de minuscules briques de Lego.

Le jeune homme sort son dictaphone de sa poche – *clic !*

« *Lettre à mon père.* Lundi 3 juillet, 16 h 30. Après une nuit de réglages, mon installation semble opérationnelle. Dans quelques instants, ce sera la minute de vérité. Le point de non-retour. J'aurais voulu éviter tout ça, Père, mais vous ne m'avez pas laissé le choix... »

Clic ! – il range le dictaphone et rentre dans le camping-car.

Derrière les vitres teintées, le tableau de bord ressemble davantage à celui d'un cockpit d'avion qu'à celui d'un simple mobile-home : des dizaines de diodes, boutons et molettes ont été bricolées à côté des traditionnels compteurs de vitesse et d'essence. Le jeune homme s'enfonce dans le siège conducteur et s'empare d'un clavier sur lequel il se met à taper fiévreusement. Le siège du passager, quant

ACTE II

à lui, est encombré d'une unité centrale connectée au curieux téléphone aux allures de télécommande hypertrophiée, et à un moniteur rempli des lignes de code que le jeune homme est en train de taper. Un ordinateur portable, écran éteint, est posé à côté.

Le jeune homme enfonce la touche *Entrée* en poussant un soupir.

Le moniteur vire au blanc pendant quelques secondes, puis cinq barres de réception apparaissent les unes après les autres à l'écran, assorties d'un message de triomphe :

CONNEXION SATELLITE ÉTABLIE
— MINI-DRONE OPÉRATIONNEL
— RETOUR IMAGE DANS 5 SECONDES
4 SECONDES
3 SECONDES
2 SECONDES
1 SECONDE

L'écran clignote, se zèbre de bandes lumineuses... puis se stabilise sur une image fixe : celle de la base de lancement vue au ras du sol, avec dans un coin les coordonnées GPS de cap Canaveral : *28° 29' 20" Nord 80° 34' 40" Ouest.* C'est l'emplacement même où le jeune homme a déposé son étrange scarabée argenté la veille.

« Yesss ! » s'écrie-t-il en se projetant de tout son poids sur le dossier de son siège.

Son regard attrape son propre reflet dans le rétroviseur : son visage est froissé par la fatigue sous ses cheveux bruns ; ses joues se sont creusées, après une nuit blanche passée à établir la connexion ; mais ses yeux marron, intelligents, brillent d'excitation derrière ses lunettes à monture noire.

Il saisit fébrilement son dictaphone – *clic !*

« *Lettre à mon père.* Ça y est, j'ai réussi à contourner le système de brouillage de Genesis. Mon mini-drone est opérationnel, prêt à se balader dans la base, à filmer les dessous de cette pompe à fric abjecte organisée par un fonds d'investissement qui ne connaît rien à l'espace. Je ne sais pas ce que je trouverai, sans doute rien d'autre qu'un lupanar où la science se prostitue au nom du showbiz, mais ça n'a pas d'importance. Ce qui compte, c'est que je vais prouver au monde que le système de protection de Genesis peut être piraté, que toute cette entreprise relève de l'amateurisme, que les gens d'Atlas Capital sont des clowns qui ne savent pas ce qu'ils font. Le public est toujours avide de découvrir l'envers du décor, de fouiller les failles du système, de voir les grosses ficelles qu'on voudrait lui cacher. »

Le jeune homme prend une inspiration profonde, avant de continuer :

« Je vous imagine en train d'écouter cet enregistrement, Père, et il me semble que je vous vois pâlir. Vous vous demandez pourquoi je fais ça ? Vous vous demandez pourquoi je prends autant de risques, pourquoi je mets en jeu mon avenir et votre carrière ? Vous le savez très bien. Mars a toujours été mon rêve depuis que je suis tout petit. En primaire déjà, je passais toutes mes vacances scolaires dans des centres de préparation spatiale, je dépensais tout mon argent de poche pour collectionner les vignettes autocollantes des albums *Les Héros de l'espace* – je les avais toutes en au moins trois exemplaires ! J'aurais dû être choisi pour cette mission. Sur le papier, j'étais le candidat idéal : major de mon lycée, capitaine du club d'aviron, médaillé meilleur jeune scientifique de Californie à seize ans, fils d'un haut cadre de la Nasa travaillant pour Genesis. Vous vous rappelez dans quel état ça m'a mis, quand j'ai appris il y a un an que je ne faisais pas partie des douze sélectionnés pour partir dans la vallée de la Mort ? Mais j'ai pris sur moi. Je me suis dit que vous deviez *forcément* avoir de bonnes raisons, vos collègues et vous. Je me suis convaincu que ceux que vous aviez retenus devaient être encore plus surentraînés que moi. Et puis hier, à la télé, j'ai appris en même temps que le reste de la planète l'identité des astronautes que vous n'avez jamais voulu me dévoiler, à moi, votre propre fils, sous prétexte de confidentialité. Je n'en revenais pas. C'étaient eux, ces bras cassés, ces cas sociaux sans aucune expérience de l'espace, qui m'avaient volé ma place et tous mes rêves d'enfant ? On se serait cru dans un talk-show racoleur du samedi soir ! J'ai essayé de vous contacter pour exiger des explications. Vous n'avez pas répondu. Vous m'avez laissé tomber. Pourquoi ? Pourquoi ! Vous serez bien obligé de répondre à cet enregistrement. Quand vous le recevrez, le monde entier aura été témoin du piratage de Genesis, mais vous seul saurez que c'est votre fils Andrew qui en est l'auteur. Imaginez le scandale, si je révèle qui je suis publiquement ! Imaginez comment vos employeurs d'Atlas Capital réagiront, s'ils apprennent que j'ai réussi à infiltrer le programme grâce à un téléphone satellite et à tout ce que vous m'avez enseigné ! Je ne me tairai qu'en échange d'une promesse que vous serez bien obligé de respecter, cette fois-ci : celle que je fasse partie du prochain voyage du *Cupido* pour Mars, dans deux ans. »

Clic ! – Andrew repose le dictaphone.

Du revers de la main, il repousse ses cheveux et essuie la sueur qui couvre son front.

Puis il enfonce quelques touches sur son clavier et s'empare d'une manette semblable à celles que l'on utilise pour les jeux vidéo. L'image sur le moniteur se met à trembloter ; ce n'est pas la connexion qui tressaute, mais le mini-drone qui se met en branle, là-bas sur le sol caillouteux de la base.

Un léger vrombissement s'élève des enceintes du moniteur, tandis que les petits élytres de métal commencent à vibrer et que le mini-drone prend de l'altitude au-dessus de cap Canaveral.

D'un mouvement du pouce, Andrew pousse le joystick à fond vers le haut.

Le sol s'éloigne à toute vitesse. La grille encombrée de peluches et de cartes de vœux rétrécit à vue d'œil, ainsi que la casquette du garde qui fait toujours le guet au bout de la route, sans se douter que c'est au-dessus de sa tête que ça se passe.

Le mini-drone fend les airs en direction du plus grand des hangars, frappé d'un logo-planète géant, au toit hérissé d'antennes paraboliques tournées vers le ciel. Il longe le gigantesque mur de béton blanc, plonge vers une porte entrouverte à quelques pas de laquelle des employés en tenue grise Genesis s'accordent une pause cigarette en bavardant.

Ni vu, ni connu, le mini-drone guère plus gros qu'un insecte se glisse dans l'embrasure. L'écran du moniteur s'assombrit pendant un instant, le temps pour la caméra embarquée de s'ajuster à la lumière artificielle après le grand jour. L'image d'un long couloir blanc éclairé au néon ne tarde pas à apparaître. Le mini-drone passe devant plusieurs portes fermées, toutes identiques.

Soudain, l'une d'entre elles s'ouvre à droite, sur une femme pressée aux bras chargés de dossiers.

« Attention ! » fait Andrew en donnant un coup de joystick pour redresser le mini-drone déstabilisé par le courant d'air. L'image sur le moniteur frôle dangereusement le mur de gauche, mais le mini-drone évite la collision de justesse et repart de plus belle vers l'extrémité du couloir, sur les pas de la femme pressée. Une inscription lumineuse luit au-dessus de la double porte qui ferme la perspective : *Salle de contrôle.*

La femme pressée saisit le badge qui pend à son cou et le présente devant le boîtier électromagnétique qui régule l'accès à la salle de contrôle.

Un bip sonore retentit, la lumière rouge du boîtier passe au vert.

Les battants s'écartent dans un léger chuintement, dévoilant une vaste pièce circulaire plongée dans une pénombre percée de dizaines d'écrans d'ordinateur derrière lesquels s'affairent les ingénieurs du programme.

ACTE II

« Nous y voilà ! jubile Andrew. Et maintenant, que le spectacle commence ! »

Tout en maintenant le mini-drone en vol stationnaire avec la manette, il tape un code sur son clavier de sa deuxième main, puis allume l'ordinateur portable posé à côté du moniteur.

Un site Internet apparaît à l'écran, dont le titre s'étale en grosses lettres rouges, agressives :

GENESIS PIRACY
*Les coulisses du programme Genesis
comme vous ne les avez jamais vues !*

« Go ! »

Andrew appuie sur une dernière touche, et la vidéo capturée par le mini-drone se retrouve diffusée en streaming sur le site Genesis Piracy, synchro avec le moniteur.

Il reprend alors la manette à deux mains, et envoie son espion voler au-dessus des rangées d'ingénieurs. Parfois, il plonge dans le dos de l'un d'entre eux et capture une image de son écran d'ordinateur, représentant tantôt la trajectoire balistique du *Cupido* à travers l'espace, tantôt les mesures de carburant et d'oxygène du vaisseau, ou d'autres informations techniques que le public n'est pas censé connaître.

Chaque fois qu'un ingénieur s'étire sur sa chaise ou se retourne, Andrew donne un coup de joystick vers le haut et fait s'élever le mini-drone, dont le léger vrombissement est couvert par le bruit des ventilateurs qui refroidissent les machines de la salle de contrôle.

De temps en temps, Andrew jette un coup d'œil à l'ordinateur portable. Un compteur défile à toute allure sous la vidéo en streaming, indiquant en temps réel le nombre d'internautes qui visitent le site Genesis Piracy.

12.039...
12.082...
12.141...

Ça n'arrête pas ! Le sourire sur les lèvres d'Andrew s'agrandit de seconde en seconde.

Il pousse le joystick vers l'avant, direction l'estrade au bout de la salle de contrôle, sur laquelle se tient un homme chauve aux larges épaules, occupé à donner des instructions à plusieurs employés.

« Le directeur Lock ! » murmure Andrew.

Le mini-drone se stabilise en vol stationnaire au-dessus du crâne luisant de Gordon Lock.

Andrew tourne une molette sur le bord de sa manette pour ajuster la prise de son, jusqu'à ce que la voix du directeur technique du programme Genesis résonne clairement dans les enceintes du moniteur... et dans la vidéo en streaming accessible au monde entier.

« ... *imprimez-moi le rapport complet des statistiques vitales dans les deux compartiments du Cupido, pour le contrôle quotidien de routine.*

— *Tout de suite, monsieur le directeur.*

— *N'oubliez pas d'inclure la mesure des radiations.*

— *Bien entendu, monsieur le directeur.* »

Tout d'un coup, une sonnerie digitale résonne dans le camping-car. C'est la marche impériale de *L'Empire contre-attaque*.

« Ce n'est vraiment pas le moment ! » s'exclame Andrew.

Sans lâcher la manette, il se met à farfouiller dans le fatras de fils électriques qui jonchent le plancher du véhicule, finit par retrouver son téléphone portable – un modèle normal, compact, pas un téléphone satellite massif comme celui qui contrôle le mini-drone.

Le nom de la personne qui appelle s'inscrit sur l'écran, assorti d'une image représentant le lugubre casque noir de Dark Vador :

APPEL ENTRANT : MOTHER SHIP

Andrew pousse un soupir. Il pose le joystick à contre-cœur, éloignant le mini-drone du directeur Lock pour l'envoyer se poser en haut d'un mur de la salle de contrôle.

ACTE II

Il appuie sur une touche, et la vidéo se met en veille sur les deux moniteurs.

Alors seulement, il repose la manette et s'empare du téléphone :

« Allô, Mère ? Si vous appelez pour me demander des nouvelles, je peux vous dire que tout va bien, je suis actuellement... euh... en Louisiane. Trop sympa ce tour du pays avant Berkeley, j'en oublierais presque ma déception de ne pas faire partie du voyage pour Mars. *Presque.* Mais là, voyez-vous, je suis en train de conduire, alors s'il vous plaît, rappelons-nous plus tard, OK ? »

Andrew s'apprête déjà à raccrocher, mais la voix dans le combiné l'en dissuade aussitôt.

« Andrew Ethan Fisher ! Gare-toi tout de suite. »

Le jeune homme se fige. Une ride passe sur son front lisse – se pourrait-il que sa mère ait deviné qu'il n'était pas en Louisiane, mais en Floride, en train d'infiltrer tout à fait illégalement l'un des endroits les mieux gardés du pays ?

« Oui bon, d'accord..., marmonne-t-il. Je me gare... Voilà... Je suis garé. Que se passe-t-il ?

— Ton père...

— Ah, l'expert en communication s'est enfin décidé à donner signe de vie, après trois semaines sans nouvelles ? Il s'est soudain souvenu qu'il avait une famille et un fils ? Si j'étais sur Mars, depuis mon habitat, je vous assure que je communiquerais plus fréquemment que lui.

— Andrew, tais-toi, arrête avec cette obsession de Mars ! Ton père... Sherman est mort. Son corps vient d'être retrouvé dans la vallée de la Mort. »

20. Champ
D + 1 JOUR 19 H 55 MIN
[1re SEMAINE]

« Tu es vraiment très douée, Léo ! »

Je lève les yeux de la tablette à croquis reposant sur mes genoux, sur laquelle je suis en train de dessiner. Je me suis réfugiée dans mon lit avec mon petit déjeuner et mon stylet dès que la symphonie de réveil a retenti, au seuil de notre deuxième journée en direction de Mars. Il n'était pas question pour moi d'affronter le regard des autres filles, encore moins d'essuyer leurs insultes. Je préfère encore macérer dans mes miettes de biscottes Krunchy Bit – même si elles me grattent furieusement, entre mon matelas et mon pyjama...

Là cependant, je ne peux pas y couper : le regard cerné de khôl de Safia me scrute, à moins d'un mètre de moi. Elle est impeccable comme à son habitude, déjà pomponnée et habillée de pied en cap. Elle a remplacé le point rouge sur son front par une petite goutte bleue, assortie à son nouveau sari.

« C'est superbe ! dit-elle en se penchant au-dessus de mon épaule pour mieux voir. C'est toi, n'est-ce pas ? »

Je regarde le dessin que j'étais en train de faire, celui que j'ai commencé la veille : Léo-la-Rouge et son pistolet menaçant. Un galion est apparu, à la proue duquel elle se tient. En guise d'océan, il navigue sur une mer d'étoiles.

« C'est Léo-la-Rouge qui part à l'assaut de Mars, dis-je. Méfie-toi d'elle, on dit qu'elle a la gâchette facile... »

Safia me sourit d'un air entendu.

« Bien compris, je ferai attention. Tu permets ? »

Elle prend délicatement la tablette, et glisse son doigt sur l'écran pour passer à une autre image. Un homme en pantalon corsaire apparaît, gilet de cuir porté à même la peau, poitrine couverte de colliers de dents acérées. Il ne déparerait pas en couverture d'une des romances de Kris.

« Et lui ? demande Safia. C'est qui, ce beau ténébreux ? Il ne ressemble à aucun des prétendants.

— C'est le capitaine Dent-de-Requin, l'homme qui combat les squales à mains nues, dis-je. C'est à la fois l'ennemi juré de Léo-la-Rouge et son amant éperdu. Il a fait vœu de silence, jurant qu'il ne prononcerait pas un seul mot avant de la retrouver. Alors seulement, quand il sera face à elle, il parlera à nouveau. Pour la provoquer en duel ou pour demander sa main.

— Quelle imagination ! Je me demande vraiment où tu vas chercher tout ça... »

Je me contente de reprendre la tablette pour l'éteindre. Pas question de dire que Dent-de-Requin m'a été inspiré par un vrai type qui est déjà casé avec une vraie femme et un vrai bébé. Tout ça, je préfère l'oublier. Le personnage que j'ai créé est bien plus mystérieux.

« Est-ce que Kris va mieux ? dis-je.

— Bien mieux. Sa bosse est deux fois moins grosse qu'hier. Une nuit de sommeil lui a fait beaucoup de bien. »

Safia s'assied sur le bord de mon lit.

« Tu sais, me dit-elle, ils vont bientôt tirer au sort la prétendante qui aura la chance de participer au speed-dating aujourd'hui. Imagine que ce soit toi ! Tu devrais monter te préparer avec les autres.

— Pour me faire insulter et traiter de psychopathe ? Non merci, sans façon.

— Ne te flagelle pas. Je suis sûre que c'était un accident, ce qui est arrivé à Kris avec la trappe...

— Eh bien tu as tort. Ce n'était pas un accident. Cette fichue trappe, je l'ai rabattue en sautant dessus à pieds joints ! »

Je m'en veux aussitôt d'être aussi sèche. Je me mords la langue, dans l'idée que si je me la coupais une fois pour toutes ce ne serait pas plus mal. Pourquoi faut-il toujours que j'en rajoute dans la provoc ? Pourquoi est-ce qu'il faut que j'envoie Safia bouler, alors que de toute évidence elle essaye juste d'être sympa ?

« Excuse-moi, je murmure. Je suis juste un peu… sur les nerfs.

— Nous le sommes toutes, dit Safia en me prenant doucement la main. Et c'est normal. Le stress du départ, l'excitation de cette formidable aventure que nous sommes en train de vivre, l'idée des millions de kilomètres de vide qui nous entourent… sans parler de la pression du jeu ! Figure-toi que Fangfang est aux anges. Elle nous a dit que Tao était fantastique, un physique à tomber, et qu'elle était sûre d'avoir marqué des points avec lui. »

La pression du jeu ! Si Safia savait… Ce qui me met vraiment la pression, c'est l'idée que Kris a peut-être raconté ce qu'elle a vu dans la salle de bains aux autres filles, dont Fangfang, qui s'est empressée de le répéter à Tao. Bien sûr, il aurait tôt ou tard fallu que je dévoile mon secret aux garçons, ou au moins à l'un d'entre eux. Mais pas si vite. Pas comme ça. Si ça se trouve, en ce moment, les prétendants me voient tous comme un monstre, et personne ne m'invitera jamais dans le Parloir…

Ça, niveau pression, ça me transforme en cocotte-minute vivante. Je donnerais cher pour pouvoir ouvrir le bouchon, ne serait-ce que cinq secondes, en parler à quelqu'un. Safia, qui me regarde avec ses grands yeux de biche pleins de compréhension, est sans doute la personne la plus indiquée.

« Il faut que je te demande quelque chose, dis-je. Mais à toi, Safia, et à toi seule. »

Je souligne ces dernières paroles, *à toi seule*, d'un regard appuyé à la caméra au-dessus du lit, et je formule quelques mots d'excuse à l'intention des spectateurs :

ACTE II

« Excusez-moi, mesdames et messieurs, mais c'est assez intime... »

Puis je tire la couverture au-dessus de ma tête.

« Viens là, je souffle à Safia.

— Sous ta couverture ? Tu crois qu'on a le droit de s'isoler des caméras ?

— Ben oui, sinon ils en auraient mis aussi dans la salle de bains. On pourrait y monter, mais je n'ai pas envie de passer devant les autres filles pour l'instant... »

Safia glisse la tête et les épaules sous le fin morceau de cachemire, où je me suis moi aussi enfouie. Je ménage juste une petite ouverture laissant filtrer assez de lumière pour nous éclairer l'une et l'autre.

« Bienvenue dans la grotte marine qui sert de repaire à Léo-la-Rouge. Ne fais pas gaffe aux miettes, j'ai pique-niqué, je secouerai tout ça tout à l'heure...

— C'est drôle ! s'exclame Safia. Là-dessous, on a vraiment l'impression d'être ailleurs ! »

Elle baisse instinctivement la voix :

« Alors, Léo, que veux-tu me demander ?

— Est-ce que... est-ce que Kris vous a dit ce qu'elle a vu dans la salle de bains, quand elle est montée me chercher hier ?

— Ce qu'elle a vu ? Non, elle n'a rien mentionné de spécial, qu'est-ce qu'elle aurait bien pu voir... à part toi ?

— Justement.

— Excuse-moi, mais je ne comprends pas... »

Je sens un nœud se défaire au plus profond de moi.

Kris n'a pas parlé !

J'ai l'impression de recommencer à respirer.

Kris n'a pas parlé !

« Ce n'est rien, dis-je, le sourire aux lèvres. J'ai juste une petite... tache de naissance un peu marquée en bas des reins. »

Ça me gêne de mentir à Safia, qui est si gentille avec moi. Mais toute ma vie se résume à ce mensonge : faire comme si j'étais une fille normale, cacher la Salamandre. Je ne me sens pas la force de la dévoiler à Safia, pas maintenant.

« Oui, je sais, c'est ridicule ! j'ajoute, histoire d'enterrer le sujet une fois pour toutes. C'est un complexe absurde. Mais que veux-tu, on en a toutes un, pas vrai ? »

Safia acquiesce gravement.

« Je comprends, affirme-t-elle. Comme tu le dis, on a toutes nos petits défauts et on s'arrange comme on peut avec. Je suis sûre que ta tache de naissance, ce n'est rien du tout, et même qu'elle est mignonne. Mais je comprends que tu veuilles la cacher. C'est ton choix. Si ça peut te décomplexer, je crois que j'ai bien pire en magasin, de mon côté... »

À ces mots, elle soulève un peu plus la couverture au-dessus de sa tête et écarte ses épais cheveux noirs, aussi lisses et brillants que de la soie, pour entrouvrir le col de son sari et me montrer son décolleté. Malgré la pénombre, je peux voir distinctement des parcelles de peau boursouflée et plus sombre, sur le côté droit entre le sternum et la naissance de la poitrine. Ces parcelles ne sont pas plus grosses que les empreintes laissées par des gouttelettes, rien à voir avec la Salamandre qui s'étend sur la moitié de mon dos. Pourtant, je reconnais l'aspect rugueux de la peau brûlée, martyrisée, morte.

« Le feu... t'a brûlée..., je murmure, saisie à la gorge par l'émotion.

— Le feu, non. C'est un homme qui m'a fait ça. »

Safia est si proche de moi à présent que je sens son souffle passer sur mon visage, à chacune de ses paroles.

« Un homme ? je répète.

— Celui que mes parents avaient choisi pour moi et que j'ai refusé d'épouser. J'avais seize ans, il en avait trente-cinq. Il n'a pas supporté mon refus. Il a essayé de me défigurer avec un jet d'acide, comme les amoureux éconduits le font parfois dans mon pays.

— Mais c'est horrible !

— Pas aussi horrible que le visage de mon agresseur, quand j'ai dévié le jet pour le retourner contre lui. Seules quelques gouttes sont tombées sur mon décolleté. Imagine à quoi ressemble sa face *à lui*, qui s'est pris les trois quarts de l'acide qui m'était destiné... »

L'histoire de Safia m'impressionne. Elle m'a raconté tout cela sans que sa voix tremble, sans laisser l'émotion troubler son beau visage lisse à quelques centimètres du mien – pourtant, il a bien failli devenir un champ de ruines. Et dire que je la considérais comme une petite fille fragile, bien trop fragile pour partir sur Mars ! Elle a eu le courage de me dévoiler sa peau, alors que moi je n'aurai jamais le cran de lui montrer la mienne. J'ai un peu honte, je dois l'avouer.

« Le plus ironique, c'est que cet homme m'a attaquée en justice, continue-t-elle. J'ai évité la prison à un cheveu. Mais je n'ai pas évité la colère de ma famille, qui a considéré que je la déshonorais et qu'aucun parti ne voudrait plus jamais se marier avec moi. Le lendemain du jour où mes parents m'ont reniée, j'ai posté ma candidature pour partir sur Mars. Serena m'a sélectionnée malgré l'opprobre qui pesait sur moi. Grâce à elle, grâce au jeu, je vais pouvoir vivre ce que les miens m'ont refusé : je vais pouvoir choisir mon époux. »

Safia referme le col de son sari, laisse retomber le rideau noir de ses cheveux.

« Alors tu vois, je ne crois pas qu'il faille t'en faire pour ta petite tache de naissance, conclut-elle de sa voix douce. Maintenant, tu ferais mieux de monter te préparer. Si c'est à ton tour de passer, tu ne vas quand même pas aller au Parloir en pyjama ! »

Je hoche la tête, agitant doucement la couverture qui repose sur mes boucles rousses, comme un voile.

« Merci, Safia. Ça me touche. Beaucoup. Tu peux compter sur moi pour ne parler à personne de ta blessure.

— Pareil pour ta tache de naissance. »

Ma tache de naissance... Bonjour l'euphémisme. Bonjour la honte. Mais Safia ne le remarque pas :
« On y va ? me demande-t-elle.
— On y va. »

21. Contrechamp
BUNKER ANTIATOMIQUE, BASE DE CAP CANAVERAL
MARDI 4 JUILLET, 10 H 30

« Nous sommes foutus ! »

Roberto Salvatore fait irruption dans le bunker, masquant de sa silhouette empâtée le mur digital où les prétendants et les prétendantes sont occupés à se préparer pour leur speed-dating du jour.

Il jette un journal au centre de la table encombrée de tasses de café et de restes de petit déjeuner, autour de laquelle sont assis les six autres alliés du silence. Sur la première page s'étale une photographie représentant une boule ronde, blanche et luisante.

« C'est quoi ce truc ? » bâille Geronimo Blackbull, l'instructeur en Ingénierie.

Il décolle ses santiags de la table où elles reposaient et penche sa tête ridée au-dessus du journal. Ses longs cheveux noirs et rêches balayent les miettes de donuts jonchant la table comme un chalut ratisse les fonds marins.

« C'est une nouvelle exoplanète découverte en dehors du système solaire ?

— Ne dites pas des sottises, le coupe Odette Stuart-Smith, l'instructrice en Planétologie. Vous pensez bien que si c'était le cas, je serais la première au courant.

ACTE II

— Myope comme vous êtes, je doute que vous puissiez voir au-delà du système solaire. Vous avez déjà du mal à voir plus loin que le bout de votre nez. »

Gordon Lock coupe court à l'échange :

« Assez ! L'heure n'est pas aux enfantillages. Pour votre information, cette photo représente mon propre crâne, vu du dessus. »

Le directeur technique s'empare du journal et lit le titre à la une d'une voix rageuse :

« Le programme Genesis piraté : la diffusion clandestine des images de la salle de contrôle reçoit autant de visites que le site officiel de Genesis lui-même. »

Gordon Lock balance le journal comme si le simple contact du papier le dégoûtait.

« Depuis que nous avons repéré le site Genesis Piracy hier soir, nous savons qu'il y a un mouchard dans ces murs, concède-t-il. Mais ce n'est pas une raison pour perdre notre sang-froid. Nous avons déjà demandé au gouvernement américain de bloquer l'adresse genesis-piracy.com. Et pour l'instant, le mouchard n'a eu accès qu'à la salle de contrôle, où personne n'est au courant de notre secret. Il n'y a pas d'alerte rouge.

— Vous voulez dire qu'il n'y a pas *encore* d'alerte rouge, s'insurge Roberto Salvatore, les joues tremblantes, encore sous le coup de l'émotion. Qui peut dire ce que ce satané mouchard sait vraiment, et quelles révélations il s'apprête à faire ? Et s'il venait à apprendre l'existence du rapport Noé ? Et s'il révélait au monde entier que les affreuses bestioles envoyées secrètement dans le septième Nid d'amour ont toutes passé l'arme à gauche ? Tout ça est de votre faute, Gordon. Il y a un espion que vous n'avez pas été capable de repérer dans votre équipe d'ingénieurs. Bon sang, ce type vous a filmé à moins de deux mètres et vous ne vous en êtes même pas rendu compte ! »

Gordon Lock abat son poing sur la table avec toute la force de son bras de catcheur, renversant une tasse de café sur la blouse blanche d'Archibald Dragovic.

« Ces insinuations sont inadmissibles ! Il n'y a aucun moyen que le staff de la salle de contrôle se doute de notre petite entente, entendez-vous : *aucun* ! De plus, nul salarié n'a intérêt à s'amuser à diffuser des images confidentielles, au risque de perdre son emploi. Étant donné les angles de prise de vue, il est évident que ce n'était pas un être humain qui manipulait la caméra.

— Qui alors ? dit Geronimo Blackbull en enroulant ses mèches noires au bout de ses doigts couverts de bagues à têtes de mort, d'un air dubitatif. Le fantôme d'un passager de la navette *Challenger* ou d'un autre accidenté de l'espace, revenu sur Terre pour se venger des méchants organisateurs qui envoient de jeunes astronautes au casse-pipe ? »

Odette Stuart-Smith pâlit.

« Taisez-vous, mécréant, espèce de vieux hippie satanique ! On ne plaisante pas avec les choses de l'au-delà. »

Elle touche instinctivement le petit crucifix qui pend sur son col roulé.

« Moi, je ne crois pas aux fantômes, dit le directeur Lock. En revanche, je crois à la technologie. Je pense que nous avons affaire à un robot aéroporté. Un drone commandé à distance.

— Impossible ! objecte Geronimo Blackbull. Cet endroit est une véritable forteresse électromagnétique. Les communications terrestres sont brouillées dans l'ensemble du site de cap Canaveral, à l'exception du réseau interne sécurisé, qui ne fonctionne qu'avec les caméras de surveillance filaires, les talkies-walkies du staff, et la broche-micro de Serena. Quant au monde extérieur, il n'y a que trois signaux possibles, et nous les contrôlons tous. Le premier signal entre dans la base : c'est celui du flux de données descendant, en provenance du *Cupido*, que nous captons avec nos récepteurs. Les deux autres signaux en sortent : d'une part, le retour de données ascendant qui monte vers le vaisseau, permettant à Serena d'interagir avec les passagers ; d'autre part, la chaîne Genesis elle-même, une fois les séquences montées, diffusée à travers le monde. C'est tout. N'en déplaise à notre grenouille de bénitier, ce prétendu drone ne peut tout de même pas fonctionner par la simple opération du Saint-Esprit ! »

N'y tenant plus, Odette Stuart-Smith esquisse un signe de croix et balbutie un début de prière :

« Que Dieu nous protège...

— Ne comptons pas sur Dieu pour nous protéger, mais sur nous-mêmes. »

Tous les regards se tournent vers celle qui a parlé. C'est Serena McBee, enfoncée dans son grand fauteuil de cuir noir capitonné, d'où elle a écouté silencieusement la conversation depuis le début. Elle se redresse, son carré argent accrochant la lumière des spots.

« Pour une fois, Gordon Lock a raison, il ne sert à rien de paniquer, continue-t-elle. Atlas s'attend à un minimum de sang-froid de notre part, mes amis. C'est pour cela qu'ils nous font confiance, à nous autres les alliés du silence. Il nous faut juste redoubler de prudence. Quant au rapport Noé, je ne sais pas en quelle langue il faut que je vous le répète : le fichier électronique crypté a été supprimé, et aux yeux des spectateurs de la chaîne Genesis le septième Nid d'amour est aussi vide que les six autres.

« Ce bunker, notre QG, a été passé au peigne fin pour s'assurer qu'il ne contenait ni micro d'écoute, ni caméra cachée. De plus, on ne peut y accéder que par identification rétinienne réglée sur nos yeux à tous les sept. Ici, nous ne craignons rien. J'ai également fait sécuriser la salle de montage : tous ceux qui y pénètrent doivent franchir un sas de contrôle. Aucune chance que le drone puisse s'y glisser en passant inaperçu. Reste à trouver l'endroit où il se cache actuellement. Est-il encore dans la salle de contrôle ?

Nous ignorons sa forme, sa taille, et les réelles intentions de celui qui le manipule. Il ne fait certainement pas cela pour de l'argent, car le site Genesis-Piracy ne comporte aucune publicité grâce à laquelle nous aurions pu tracer l'annonceur. Pourquoi le pirate agit-il, alors ? Par goût du risque, soif de gloire, idéal politique quelconque ou esprit de vengeance ? Je suis sûre qu'il ne tardera pas à se trahir. La prochaine fois qu'il passera à l'action, je serai à l'affût. La psychologie humaine n'a pas de secret pour quelqu'un comme moi qui en détient les clés… »

À peine Serena McBee a-t-elle fini de parler qu'une nouvelle fenêtre s'ouvre sur le mur digital au fond du bunker, rapetissant toutes les autres.

Le visage de la jeune assistante de Serena y apparaît en direct de la salle de montage, connectée à l'oreillette argentée qui semble faire partie d'elle-même.

« Qu'y a-t-il, Samantha ? demande la productrice exécutive.

— Je voulais vous avertir que le tirage au sort sous contrôle d'huissier a désigné Elizabeth, la Britannique, pour le speed-dating d'aujourd'hui. La séance commencera dans dix minutes.

— Très bien. Je dois avouer que j'aime beaucoup cette fille. Elle sait ce qu'elle veut, et elle ne recule devant rien pour l'obtenir. Tout en étant d'une exquise attention aux autres, en surface tout du moins. Cette petite ira loin, pas comme celles qui s'écroulent en pleurs à la moindre petite bosse, ou qui boudent dans leur lit à la moindre petite contrariété. Je ferai la voix off depuis le bunker, comme hier. Vous pouvez disposer, Samantha. »

ACTE II

22. Chaîne Genesis
MARDI 4 JUILLET, 11 H 00

OUVERTURE AU NOIR.
Plan fixe sur la bulle du Parloir vide, envahie d'étoiles.
Titrage : *2ᵉ SÉANCE AU PARLOIR. HÔTESSE : ELIZABETH, 18 ANS, ROYAUME-UNI, RESPONSABLE INGÉNIERIE (LATENCE DE COMMUNICATION – 5 SECONDES)*
Roulement de tambours.
Zoom sur le chignon d'Elizabeth qui apparaît à la gauche du champ, émergeant à travers la trappe, depuis le tube d'accès qui conduit au compartiment de vie des filles. Elle est habillée sobrement, comme à son habitude, pantalon beige qui flotte autour de ses chevilles, petit pull écru à manches longues et col sagement remonté jusqu'au cou, cheveux emprisonnés dans un haut chignon de danseuse.
Serena (off) : « *Bonjour, Elizabeth ! La douce, la calme Elizabeth, dont la modestie et le fair play ont, j'en suis sûre, déjà convaincu les spectateurs... Convaincront-ils aussi les prétendants ? Ma chère Elizabeth, comment tu te sens en ce moment. Pas trop le trac ?* »
Elizabeth, avec un sourire mystérieux : « Merci, Serena, ça va. Je crois que je suis prête. – Elle referme soigneusement la trappe insonorisée derrière elle, avant d'ajouter : Notre petit arrangement tient toujours ? »
Serena, cinq secondes plus tard : « *Bien sûr qu'il tient toujours ! Tu n'auras qu'à faire un signe de la main aux caméras. Mais n'en révélons pas plus aux spectateurs, pour garder la surprise... Dis-nous plutôt : quel est le garçon que tu souhaites inviter aujourd'hui ?* »
Elizabeth : « Je vais choisir Alexeï, le responsable Médecine... »

Serena (off) : « *Ah ! La Russie ! Le grand pays du ballet ! Je suis certaine que cela a pesé dans ton choix. Nous allons prévenir l'heureux élu. À tout de suite, Elizabeth.* »
La voix off se tait.
Aussitôt, Elizabeth déboutonne son pantalon, qui s'envole derrière elle comme une feuille morte emportée par le vent, dévoilant d'interminables jambes gainées dans des collants en résille noire. Puis elle ôte son pull écru. En dessous, ses épaules sont nues. La naissance de sa poitrine aussi, moulée dans un somptueux corset de velours noir brodé, incrusté de pampilles qui scintillent comme les étoiles de l'espace à travers la bulle. Elle détache l'élastique qui maintient ses cheveux ; ces derniers se déploient tout autour d'elle, en un étendard noir et soyeux. Dernière touche : elle sort un bâton de rouge à lèvres de son corsage et, d'une main experte, enduit sa bouche d'une couche de rouge sombre qui la transforme instantanément en femme fatale.
Roulement de tambours.
Plan d'ensemble.
Le chronomètre minutant l'entretien apparaît en surimpression à l'écran, tandis que la tête blonde d'Alexeï surgit à la droite du Parloir.
La caméra zoome : cheveux platine à la coupe tout droit sortie d'un film hollywoodien, yeux bleu acier, mâchoire dessinée, le prétendant du jour a tout d'une gravure de mode, jusqu'à son costume blanc au col doublé d'un élégant liseré gris, qui souligne son corps aux mensurations idéales.
Alexeï, découvrant Elizabeth : « Wouah ! »
Elizabeth, souriant de ses lèvres laquées : « Je peux en dire autant de toi : wouah ! Bonne pioche ! »
Alexeï, d'une voix grave marquée par un léger accent slave : « Tu es juste… sublime ! Rassure-moi : les autres filles ne sont pas aussi canon que toi ? Une, ça me donne

ACTE II

déjà des palpitations, mais six, je crois que je vais faire une crise cardiaque ! »

Elizabeth fait un clin d'œil complice : « Ton cœur ne craint rien, si tu survis à cet entretien. Les autres sont mignonnettes, dans leur genre, mais ça s'arrête là si tu vois ce que je veux dire. Ce jeu est une compétition, et je ne suis pas sûre qu'elles soient taillées pour. Après, je dis ça, chacun ses goûts et je ne voudrais surtout pas avoir l'air de me vanter. »

Alexeï : « Pourtant, tu aurais de quoi. »

Il sourit de toutes ses dents, éclatantes et parfaitement alignées. De petites fossettes se dessinent au creux de ses joues, qui n'échappent pas à la caméra.

Elizabeth, baissant la voix : « Ton sourire est trop craquant. »

Alexeï, un ton en dessous, lui aussi : « C'est toi qui es en train de me faire craquer. »

Elizabeth : « Ouh là là ! Entre nous c'est chaud bouillant ! Il faut qu'on baisse la température, sinon on va tout faire exploser ! Et si on se racontait un peu nos vies ? – Elle regarde sa montre. – Il ne nous reste plus que quatre minutes : deux chacun ? »

Alexeï : « OK. Je commence. Mais si tu permets, j'enlève ma veste parce que c'est vrai que tu me donnes chaud, tout d'un coup… – En un tour de main il ôte sa veste, dénoue sa cravate, déboutonne le col de sa chemise et roule ses manches sur ses avant-bras musclés. –… et je vais aussi fermer les yeux parce que tu m'éblouis. Si je continue à te regarder j'ai peur de ne pas être capable d'aligner deux mots, et je n'ai pas envie de passer pour un crétin face à une fille comme toi ! »

Les deux jeunes gens sont pris d'un fou rire.

Gros plan sur les paupières d'Alexeï au moment où elles se referment. De petites larmes se forment au coin de ses yeux, se détachent comme des perles et se dispersent à travers le Parloir.

Alexeï, laissant son corps aveugle dériver dans l'espace : « Alors voilà, je suis né dans une ville de la banlieue de Moscou, dans une famille sans histoire de la classe moyenne. Nous n'étions pas riches, mais mes parents subsistaient grâce à leur petite épicerie. Mon père me voyait déjà reprendre le business quand il serait à la retraite. Mais moi, j'avais envie d'autre chose. De quelque chose de plus haut, de plus exaltant, de plus noble. Depuis tout petit, je rêve de chevalerie, d'exploits plus grands que les hommes, de la Russie éternelle – celle des légendes, qui n'existe plus aujourd'hui. J'ai arrêté d'aller au lycée pour fréquenter d'autres jeunes qui, comme moi, avaient soif d'idéal. »

Les yeux toujours fermés, Alexeï se laisse tourner sur lui-même dans les airs, dépliant son grand corps souple.

La trotteuse du chronomètre en surimpression à l'écran achève un demi-cercle : la moitié du temps est écoulée.

« Je suis resté deux années à vivre avec mes nouveaux amis. J'ai eu de grandes discussions, j'ai fait des choses que je n'aurais jamais imaginé faire, j'ai affronté la jungle urbaine qui au fond est peut-être l'équivalent des forêts profondes où les anciens chevaliers allaient chercher l'aventure et les épreuves pour prouver leur valeur. Et puis un jour, je me suis rendu compte que même cela, ça ne me suffisait pas. Il m'en fallait encore plus. J'ai postulé pour le programme Genesis. »

Alexeï rouvre brusquement ses yeux bleus : « Voilà, telle est mon histoire. Me voici aujourd'hui, poursuivant mon rêve d'enfant, essayant désormais de devenir un chevalier de l'espace. »

Elizabeth : « C'est une belle histoire. Romanesque. Mais tous les chevaliers ne sont-ils pas censés se mourir d'amour pour une gente dame, à qui ils offrent leur cœur ? Du moins, il en est ainsi dans les opéras et les ballets. »

Alexeï pose ses mains sur la paroi de verre qui le sépare de la prétendante : « Sur Terre, tu étais danseuse, Elizabeth, n'est-ce pas ? »

ACTE II

En guise de réponse, Elizabeth consulte sa montre pour vérifier le temps qui lui reste – plus que deux minutes – puis elle adresse un signe de la main à la caméra, pouce levé.

Aussitôt, une symphonie orchestrale d'une grande beauté envahit le Parloir. Toutes les étoiles du ciel semblent se mettre à valser.

Alexeï écarquille grand les yeux, très ému : « Je... je connais cet air ! C'est un ballet russe, pas vrai ? Tchaïkovski ? *Le Lac des cygnes !* »

Elizabeth écarte les bras avec grâce, mimant le vol d'un grand cygne noir, de plus en plus ample à mesure que gonfle la musique. Elle s'élève lentement au-dessus d'Alexeï, subjugué.

Elizabeth : « J'étais danseuse, je le suis encore, et je le serai toujours, car on l'est pour la vie. Moi aussi, comme toi, j'aspire à m'élever plus haut que la banalité du quotidien. Mes parents ne l'ont jamais compris, pour eux ce n'était qu'une perte de temps, pas un vrai métier. Ils ont voulu m'interdire la danse pour que je me concentre sur les études. Mais moi, je passais tout mon temps à m'entraîner avec un rêve, un seul : entrer au Royal Ballet, la plus prestigieuse compagnie d'Angleterre. »

Envolée musicale dramatique.

Parfaitement synchronisée avec les violons, maîtrisant l'apesanteur comme si c'était son élément naturel, Elizabeth vrille sur elle-même à travers la bulle, tourbillon de cheveux semblable à un tourbillon de plumes noires. Élégante élévation du bras pour jeter un nouveau coup d'œil à sa montre : plus qu'une minute.

Elizabeth, parlant très vite maintenant : « Fugues à répétition. Conflits sans fin. Émancipation à seize ans. J'ai aussitôt intégré une petite troupe. Puis une autre un peu plus grande. Avec un objectif : tenter le concours d'entrée au Royal Ballet. J'ai travaillé jour et nuit. Sans répit. Jusqu'à ne plus sentir la souffrance. Jusqu'à transformer mon corps en œuvre d'art. »

La musique s'assombrit.

La trotteuse du chronomètre a presque achevé sa course : il ne reste plus qu'une poignée de secondes... Elizabeth effectue un entrechat qui se transforme en saut de plusieurs mètres. Son corps déployé fend la Voie lactée en direction de la parabole de transmission qui coiffe le Parloir, les pampilles cousues sur son corset accrochant la lumière des étoiles. Elle se pose contre la cloison de verre, à l'endroit précis où s'appuie Alexeï. Là, avec une facilité déconcertante, elle effectue un grand écart à la verticale sur la paroi et plonge ses yeux dans ceux du jeune homme médusé.

Elizabeth, d'une traite, sans reprendre son souffle : « Cette œuvre d'art pourrait être à toi, chevalier, puisque le Royal Ballet n'en a pas voulu. Ils ne m'ont pas acceptée. Le soir même, j'ai posté ma candidature pour le programme. J'ai décidé d'être une danseuse étoile envers et contre tous. Et toi, Alexeï, tu pourrais être mon prince. »

Elizabeth effleure la paroi de verre de ses lèvres peintes, y déposant l'empreinte d'un baiser à quelques centimètres du visage d'Alexeï. Au même instant, la sonnerie retentit, mettant brutalement fin à la musique du *Lac des cygnes*.

L'entretien est fini.

Elizabeth replie ses jambes et prend appui sur la paroi pour se projeter au fond du Parloir, où elle récupère délicatement son pantalon et son pull pour les enfiler à nouveau.

Serena (off) : « *Bravo ! Bravissimo ! Quel numéro ! Et surtout, quelle surprise venant de la douce Elizabeth, un cygne blanc qui cache un cygne noir sous son plumage. Alexeï va-t-il siffler le rappel ? La réponse la semaine prochaine, quand ce sera au tour des garçons d'inviter les filles.* »

Elizabeth rhabillée sort un mouchoir de sa poche pour essuyer son rouge à lèvres, rattache ses cheveux à la va-vite

avec un nouvel élastique. Puis elle s'incline pour saluer comme au théâtre, avant de rouvrir la trappe et de s'engouffrer dans le tube d'accès.
Fondu au noir.
Générique.

23. CHAMP
D + 1 JOUR 21 H 45 MIN
[1ʳᵉ SEMAINE]

LIZ RÉAPPARAÎT DANS LA SALLE DE SÉJOUR, un léger sourire sur ses lèvres pâles, elle ne porte jamais de maquillage ou si peu.
Son pull est un peu froissé, quelques mèches s'échappent de son chignon qui semble moins impeccable que d'habitude – sans doute est-ce là l'effet de l'apesanteur qui règne dans le Parloir.
Les autres filles se précipitent sur elle et l'inondent de questions, tandis que Louve tourne tout autour en poussant de petits jappements pour participer à la conversation. Moi, je préfère rester assise sur le canapé, en retrait – même si ma présence semble tolérée depuis que Safia m'a ramenée de la chambre, aucune autre fille qu'elle ne m'a encore adressé la parole. On me fait bien sentir que je suis toujours en quarantaine.
« Raconte ! s'écrie Kris, qui depuis le début semble avoir vraiment flashé sur Alexeï. Est-ce qu'il est aussi mignon que sur la photo du générique ?
— Moui…, badine Liz, attisant l'excitation des filles.
— Des détails ! exige Kelly. On veut des détails ! »
N'y tenant plus, Liz laisse éclater son enthousiasme :

« En fait, il est magnifique ! Très naturel, un sourire d'ange. Et romantique, avec ça, ce qui ne gâche rien : un vrai prince charmant.

— Je le savais ! s'exclame Kris, triomphante. Comme le *Prince des glaces* ! »

Elle ajoute aussitôt avec un peu d'appréhension :

« Tu crois que tu lui as plu ?

— Moi ? Oh, non ! Je suis si… quelconque. Il ne voudra jamais me revoir. Ces six minutes sont sans doute les seules que je passerai jamais avec lui. »

Un concert d'encouragements accueille la déclaration de Liz. Difficile de savoir s'ils sont sincères, mais c'est le jeu qui veut ça, n'est-ce pas ? La seule qui ne semble pas partager l'excitation générale, c'est Louve. Elle fait le guet devant sa gamelle vide, au fond du coin cuisine.

Je m'éloigne du groupe pour lui caresser la tête :

« Le sourire d'Alexeï et les muscles de Tao, toi, j'ai l'impression que tu n'en as rien à faire, pas vrai ? La seule chose qui t'intéresse, c'est ton déjeuner. Attends, je vais t'ouvrir une boîte Eden. *Couscous royal*, ça te dit ? »

J'interprète le bref aboiement de Louve comme un *oui* enthousiaste.

Quelques instants plus tard, elle a le nez dans une mixture jaunâtre et odorante qui me rappelle le meilleur de l'usine Eden Food France.

« Léo ?… »

Je me relève d'un bond.

Kris est là, debout derrière moi – pas la Kris blessante aux yeux bleu nuit que j'ai découverte récemment, non, mais celle que je considère comme ma sœur : la Kris aux yeux bleu ciel, qui n'est que douceur et gentillesse.

« Je peux te demander pardon, Léo ?… »

Sa voix tremble un peu. Son corps aussi. Sans doute a-t-elle peur que je lui écrase à nouveau quelque chose sur le nez, mon poing ou l'ouvre-boîtes que je tiens toujours à la main. Le fait qu'elle pense que je puisse encore lui faire du mal me déchire le cœur.

« Tu plaisantes, Kris ! dis-je – je jette un coup d'œil aux autres filles, mais elles sont trop concentrées sur Liz pour nous prêter attention –, c'est plutôt à moi de te demander pardon, après ce qui s'est passé... »

J'ajoute dans un murmure :

« J'aurais dû te parler beaucoup plus tôt de mon... *défaut*, au lieu de te laisser le découvrir dans ces conditions. J'avais tellement peur que ça te dégoûte. Merci de n'avoir rien dit aux autres – je l'aurais pourtant mérité. »

Kris esquisse un sourire timide.

« Tu ne me dégoûtes pas, dit-elle. Au contraire, tu es très jolie aujourd'hui. »

Très jolie ? J'aperçois mon reflet dans le petit miroir suspendu au-dessus du plan de travail de la cuisine. Si j'ai refusé d'enlever mon éternel jean destroy pour mettre une robe, je me suis risquée à revêtir l'un des tops de chez Rosier, ce que j'ai trouvé de plus sobre : un petit haut en jersey gris, qui me serre la taille et la poitrine (j'ai exigé que tous mes habits couvrent mes épaules, les gens de Rosier ont dû penser que j'étais aussi frileuse que Liz). Ça me change des T-shirts sans forme que je porte habituellement. J'ai troqué mon élastique, pratique mais ennuyeux, pour un large ruban de satin noir qui, habilement noué à la manière que les gens de Rosier m'ont apprise, permet de tenir ma chevelure tout en lui donnant une touche de chic indéniable. Enfin, j'ai mis un peu de maquillage – oh, pas grand-chose, mais pour moi qui n'en porte jamais, c'est une révolution. Le gloss souligne mes lèvres que je découvre pulpeuses, le mascara allonge mes cils et fait ressortir mes yeux ; je n'avais jamais remarqué qu'ils étaient si dorés.

« Merci... », dis-je.

Kris sourit plus franchement.

Son visage s'illumine.

La bosse sur son front est presque effacée.

« Je me suis débrouillée pour préparer un dessert avec les ingrédients du bord, dit-elle. Jaune d'œuf en tube et crème en poudre : je ne sais pas trop ce que ça vaut. En plus, avec la faible pesanteur, le mélange n'est pas évident. J'espère que ce sera mangeable. J'ai fait une crème brûlée, léoparde : ton dessert préféré. »

24. Contrechamp
BUNKER ANTIATOMIQUE, BASE DE CAP CANAVERAL
MARDI 4 JUILLET, 11 H 55

« Ça y est, la boudeuse a rejoint le Club des cinq ! raille Serena McBee en pointant l'une des fenêtres sur la gauche du mur digital, du côté des filles. Les voilà qui s'entendent à nouveau comme larrons en foire... jusqu'à la prochaine crise. Profitons-en. »

Elle appuie sur sa broche-micro argentée et donne rapidement quelques instructions : « *Serena à salle de montage. Branchez la chaîne sur la caméra G2R – Girls, 2nd floor, Right view. Restez là-dessus au moins un quart d'heure, avant de repasser du côté des garçons. Les belles retrouvailles et les grandes effusions, le public a toujours aimé ça.* »

La fenêtre centrale du mur digital, celle qui diffuse la chaîne Genesis, cadre sur un plan d'ensemble des six prétendantes qui se mettent à table pour le déjeuner. Kelly lance un round d'applaudissements pour saluer le retour de Léonor parmi elles. Kelly : « Ça y est, le fauve est calmé ? » ; Fangfang : « Ton nouveau look te va super bien, Léo ! » ; Liz : « Je suis tellement heureuse que nous soyons toutes réunies comme avant ! »

ACTE II

Mais au bout de quelques instants, une nouvelle fenêtre s'ouvre sur le mur digital pour afficher le visage de Samantha, l'assistante de Serena McBee.

« Madame ?...

— Oui, Samantha, répond Serena avec quelque agacement. Que se passe-t-il ? J'ai demandé un quart d'heure sur la G2R, pas deux minutes. Va-t-il falloir que je bascule les commandes de montage dans le bunker, comme le protocole le prévoit en cas de crise, pour exécuter moi-même mes instructions ?

— Non, madame, vos instructions sont très claires. Mais il y a là des messieurs de la police qui veulent vous parler. »

La fenêtre dézoome légèrement, révélant deux hommes aux mines graves, en costume-cravate. Ils se tiennent dans la salle de montage, aux côtés de l'assistante.

« Serena McBee peut nous voir ? demande le plus âgé.

— Oui, répond Samantha. Madame McBee est actuellement en réunion au sous-sol, mais elle peut vous voir, vous entendre et vous répondre. Parlez bien en face de la caméra de surveillance.

— Ah bon... Euh... Bonjour, madame. Ici l'inspecteur Larry Garcia, FBI.

— Bonjour, monsieur l'inspecteur, répond Serena depuis le bunker. Je suis désolée de ne pouvoir venir tout de suite, nous terminons une réunion importante avec mes collègues – vous savez, les joies du direct... »

Regard appuyé de Serena aux collègues en question, assis autour de la table ronde, comme pour leur signifier que tout est sous contrôle. La lumière blanche et crue des spots halogènes éclaire des faces soucieuses : Roberto Salvatore tapote nerveusement la surface de la table ; Geronimo Blackbull examine les bagues à têtes de mort qui couvrent ses doigts ; Odette Stuart-Smith s'accroche à son petit crucifix ; Archibald Dragovic et le docteur Arthur Montgomery se contentent de serrer les dents ; quant à

Gordon Lock, il luit de sueur comme chaque fois que l'angoisse le gagne.

« Les joies du direct ?... reprend l'inspecteur Garcia dans la fenêtre de l'écran digital. Ah oui, bien sûr... Vous devez être très occupée. Ma femme et moi, nous sommes fans de votre talk-show, *The Professor Serena McBee Consultation*. Les conseils que vous donnez dans cette émission unique nous ont bien aidés pour notre mariage. Le bouquet de fleurs chaque semaine, c'est un truc magique ! »

Un sourire passe sur la face austère de l'inspecteur Garcia, reflet de petites victoires conjugales, de bonheurs intimes.

« Merci, inspecteur, dit Serena. Mais je me doute que ce n'est pas pour m'offrir des fleurs que vous venez me voir ici, à cap Canaveral. Que puis-je pour vous ? Je peux monter dans quelques minutes, si vous le souhaitez.

— Non, non, terminez votre travail, madame McBee, dit l'inspecteur en retrouvant son air professionnel. Il n'y a rien d'urgent. Je voulais juste vous avertir... nous avons retrouvé votre collaborateur, Sherman Fisher.

— Sherman ? s'écrie Serena, jouant la surprise à la perfection. Dieu soit loué... enfin ! Il va bien, j'espère ?

— Il a été victime d'un accident sur la route qui traverse la vallée de la Mort. Sa voiture a percuté un rocher. Le décès remonte sans doute à plusieurs semaines – mais le temps de retrouver le corps, dans cet endroit si désolé... L'enterrement aura lieu dimanche, près de Beverly Hills. Je suis désolé, madame McBee. »

ACTE II

25. Champ
D + 2 JOURS 18 H 30 MIN
[1re SEMAINE]

La symphonie marquant le début de notre troisième journée à bord du *Cupido* retentit dans la chambre. Les écrans au-dessus des lits s'allument sur le visage de Serena ; elle porte aujourd'hui des boucles d'oreilles serties d'émeraudes, parfaitement assorties à son ombre à paupières.

« Bonjour à toutes et à tous ! Nous sommes mercredi, il est 8 h 00 en Amérique ! Alors, prêtes et prêts pour une nouvelle journée… et une nouvelle rencontre ? »

Un concert d'acquiescements et de bâillements répond à Serena.

Les filles se lèvent les unes après les autres.

Lorsque mes pieds nus touchent le sol, ça me fait tout drôle. Mon corps me semble trop léger. Je ne me suis pas encore habituée aux 40 % de gravité. Kris non plus, apparemment, à en juger par la manière dont elle bascule de l'étage supérieur du lit superposé.

« Attention à toi ! dis-je en la rattrapant de justesse.

— Oups ! Merci, Léo. Je suis tellement maladroite. J'ai la tête qui tourne…

— Ta bosse ? je demande, inquiète.

— Non, je ne la sens même plus. Mais chaque fois que je passe de la position horizontale à la position verticale, depuis que je suis à bord, je suis prise de vertiges et de nausées… Comme pendant les séances d'entraînement en centrifugeuse, tu te rappelles ?

— Je suis sûre que ça s'arrangera avec le temps, Kris. Après tout, on vient de partir, il faut laisser à ton corps le temps de s'habituer. Si tu veux, je te ferai une piqûre d'antihistaminiques pour aider, c'est efficace contre le mal de l'espace. »

Serena interrompt notre échange – son visage, répliqué en trois exemplaires au-dessus des trois lits superposés, a une annonce importante à faire.

« Puis-je avoir votre attention, jeunes gens ? » demande-t-elle.

Un grand *« oui ! »* unanime lui répond, mais elle demeure quelques instants immobile sur les écrans, comme si elle n'avait pas entendu. Cela fait près de trois jours que nous avons décollé, ce qui signifie que trois secondes-lumière nous séparent de la Terre : il faut ces trois secondes pour que notre *« oui ! »* parvienne aux oreilles de Serena, et il faut trois secondes encore pour que nous entendions sa réaction.

« Très bien ! finit-elle par dire, en décalé. Chères prétendantes, chers prétendants, et vous tous chers spectateurs, le moment est venu de faire un premier point sur les Trousseaux. Depuis le départ du *Cupido*, les dons n'ont cessé d'affluer depuis les quatre coins du monde ! Voyons un peu où nous en sommes… »

Le visage de Serena s'efface pour laisser la place à un tableau en deux colonnes : d'un côté les filles, de l'autre les garçons, chacun avec leur photo en buste, classés comme les chevaux au tiercé en fonction de leurs gains.

DOTATION DES TROUSSEAUX			
Les prétendantes		Les prétendants	
Kirsten (DEU)	2.580.234 $	Alexeï (RUS)	3.000.560 $
Elizabeth (GBR)	2.470.260 $	Tao (CHN)	1.905.345 $
Fangfang (SGP)	1.905.256 $	Mozart (BRA)	1.305.333 $
Kelly (CAN)	1.290.556 $	Marcus (USA)	1.103.510 $
Safia (IND)	845.567 $	Samson (NGA)	785.903 $
Léonor (FRA)	306.567 $	Kenji (JPN)	702.455 $

ACTE II

« *Du côté des filles, le charme de Kirsten a marqué des points. Peut-être aussi que vous avez voulu la consoler de son petit accident, chers spectateurs ?...* »

Moi, je suis la dernière du classement et de loin, le contraire m'eût étonnée. Ce qui est surprenant, c'est qu'il y a quand même des gens qui ont versé trois cent mille dollars à une psychopathe qui assomme ses amies et passe les trois quarts de son temps à dessiner en autiste sur son lit. Ils se sont sans doute trompés de bouton en envoyant leur don. En tout cas, je n'ai pas l'impression de mériter cet argent...

« *Du côté des garçons, le grand vainqueur est incontestablement Alexeï*, continue Serena, en voix off. *Son sourire vaut déjà plus de trois millions de dollars ! Mais tout peut encore changer, car nous n'en sommes qu'au troisième jour d'un voyage qui en compte cent soixante et un. Alors n'hésitez pas, chers spectateurs, continuez d'envoyer vos dons ! Nous ferons le point tous les mercredis. Je vous rappelle que l'argent attribué à chaque candidat lui servira à acheter aux enchères les installations de New Eden larguées sur Mars, que nous vous présenterons à mi-parcours dans une émission spéciale de votre chaîne préférée : la chaîne Genesis, bien sûr !* »

L'écran reste figé sur le tableau des Trousseaux pendant de longues minutes – de quoi nous laisser le temps de nous extasier sur les portraits photo des prétendants, que nous avions seulement entraperçus dans le générique.

« Alexeï est vraiment *trop* beau..., soupire Kris. Ses yeux couleur glacier me donnent le vertige...

— Et ils sont encore plus vertigineux en live », confirme Liz.

Kelly émet un sifflement :

« Attendez, les filles, en parlant d'yeux, vous avez vu ceux du Black ? Non mais franchement, un vert pareil, *waouh* ! Ce Samson devait être mannequin dans une autre vie, c'est pas possible... Il a l'air super bien foutu en plus... Mozart aussi, remarquez, avec ses pectoraux qui bombent son T-shirt blanc... Et Marcus, l'Américain : matez un peu ses bras trop sexy, quelle fille n'aurait pas envie de s'y glisser ? Mon Dieu, je crois que je vais m'évanouir !

— Aucun n'est aussi bien foutu que Tao, tranche Fangfang, qui semble s'être définitivement approprié son grand Chinois. Et puis, la couleur des yeux, on s'en fiche un peu – si ça se trouve, il y a des prétendants qui portent des lentilles colorées... »

Un *bouh !* réprobateur et unanime renvoie aussitôt Fangfang dans ses cordes.

« N'importe quoi ! la rabroue Kelly. C'est comme si je disais que les biceps de Tao sont en silicone !

— On voit bien que les yeux d'Alexeï sont *vrais* ! renchérit Kris, prête à tout pour défendre son Prince des glaces.

— Et puis, il n'y a pas que les muscles qui comptent, suggère Safia. Personnellement, je trouve Kenji très mignon dans son genre...

— Ce n'est pas faux, il a vraiment quelque chose avec son air sauvage et mystérieux, confirme Liz. Ça va être dur de choisir, les filles ! Serena a vraiment bien bossé la sélection ! Je commence à me demander si Léo n'a pas raison, avec sa règle de voir un prétendant différent chaque semaine. Mais tout le monde n'a pas la discipline, et la patience... »

À cet instant, l'écran finit par s'éteindre, provoquant une vague de protestations indignées qui m'évite d'avoir à m'exprimer sur le sujet de ma fameuse règle – j'aime autant ça.

« En tout cas il y a un truc qui n'attendra pas, les copines, fait Kelly. Les trois crèmes brûlées qui restent d'hier soir dans le réfrigérateur. Moi je dis : première arrivée, première servie ! »

Hurlements hystériques, ruée vers l'échelle qui conduit à la salle de séjour, et je ne suis pas la dernière à m'y précipiter.

ACTE II

« Je suis tellement contente qu'on se soit réconciliées », dit Kris en appliquant une couche de vernis pastel sur ses ongles.

Debout derrière le canapé, j'achève d'entortiller ses tresses blondes en couronne autour de sa tête. Moi, j'ai définitivement adopté le ruban de satin noir, dont les nœuds amples « se mêlent harmonieusement à mes boucles » (dixit Kris).

« Je suis contente moi aussi, dis-je. Ne serait-ce que pour la crème brûlée. »

Kris lève vers moi ses yeux bleu clair, inquiète :

« Pas que pour ça quand même, j'espère…

— Non, bien sûr. Aussi pour le strudel aux pommes et le fondant au chocolat. J'espère seulement qu'il y a les ingrédients à bord. »

Elle éclate de rire :

« T'es pas possible !

— Peut-être, dis-je en souriant à mon tour, incapable de garder mon sérieux une seconde de plus. Mais avoue que notre amitié a des avantages pratiques. Sans moi, ta fameuse couronne n'est que l'ombre d'elle-même. Franchement, qui est-ce qui t'a aidée à la faire hier ? On aurait dit des épis de blé… »

Une ombre passe sur le visage de Kris, une angoisse rétrospective.

« Vraiment ? Tu as raison, c'est vrai que ce n'était pas comme d'habitude… Fangfang n'est pas aussi douée que toi. Des épis de blé ! Heureusement que ce n'était pas mon tour de passer au Parloir, hier !

— Remarque, le style belle des champs, c'est frais, ça peut plaire…

— Léonor !

— Si, si, je t'assure. Liz nous a dit que ton Russe était très naturel. Peut-être qu'il aime la campagne, les paysannes qui sentent bon la moisson et les câlins dans les bottes de foin. »

Je prends la voix et les manières d'une coiffeuse de salon chic :

« Alors, chère madâââme, je vous ébouriffe tout ça en finition, pour un effet canaille ? »

N'y tenant plus, Kris bondit sur le canapé et me saute dessus.

« Gare à toi, léoparde ! C'est toi que je vais ébouriffer ! »

Course-poursuite à travers le séjour.

« Attention ! s'indigne Fangfang en relevant ses pieds aux orteils séparés par des boules de coton. Vous êtes vraiment des gamines ! Essayez d'être un peu matures, pour une fois. Vous allez me faire rater mon vernis ! »

Mais rien ne peut nous calmer. Nous nous poursuivons comme des folles. On descend les barreaux de l'échelle quatre par quatre, et Louve aussi – les caniches sont les meilleurs chiens de cirque, c'est bien connu ! Aboiements, cris de joie, dérapages plus ou moins contrôlés, bataille d'oreillers. Pas le temps de souffler, qu'on déboule à nouveau dans le séjour sous le regard outré de Fangfang. Elle a raison, on est des gamines, ça fait un bien fou !

« Eh bien, eh bien ! fait une voix sortie de nulle part. Quelle effervescence, mesdemoiselles, ça fait plaisir à voir. »

Serena vient de réapparaître, sur l'écran panoramique face à la cheminée.

Je m'arrête enfin, les mains sur les genoux, essoufflée d'avoir tant ri et tant couru, tandis que Louve gravit les derniers barreaux de l'échelle en haletant – elle a toujours un peu plus de mal à monter qu'à descendre.

« C'est presque l'heure de notre rendez-vous quotidien, annonce Serena. La prétendante du jour vient d'être tirée au sort, quelques minutes avant le début de la séance comme d'habitude... »

L'atmosphère dans la salle de séjour semble se densifier d'un seul coup, chacune des filles retenant son souffle – sauf Kris et moi, qui haletons comme des bêtes. Qui

ACTE II

va monter au Parloir aujourd'hui ? Peut-être Kelly, qui arbore un brushing digne d'une pop star ?... Ou Safia, qui a décoré ses petites mains d'élégants motifs au henné, comme des gants de dentelle brune ?...
« ... c'est Léonor qui a été désignée. »

26. Chaîne Genesis
MERCREDI 5 JUILLET, 11 H 00

Ouverture au noir.
Plan sur le Parloir vide.
Titrage : *3ᵉ séance au Parloir. Hôtesse : Léonor, 18 ans, France, responsable Médecine (latence de communication – 7 secondes)*
Roulement de tambours
Une flamme apparaît à la gauche du champ : la chevelure de Léonor, emprisonnée dans son ruban. Elle porte le petit haut en jersey gris de la veille et son éternel jean destroy. La caméra zoome progressivement sur son visage. Elle a les joues encore rouges d'avoir couru. Ses grands yeux dorés, soulignés d'un simple trait d'eyeliner noir comme le ruban de satin, reflètent les étoiles qui dérivent lentement à travers l'infini de l'espace.
Serena (off) : « *C'est ce qu'on appelle une vue imprenable, n'est-ce pas ma chère Léonor ? Je suis certaine que tu es en train d'enregistrer tout ce que tu vois dans ton esprit d'artiste, pour nous faire une belle œuvre.* »
Léonor, émerveillée : « C'est juste... magnifique. Plus beau, plus vaste, plus impressionnant que tout ce que j'ai pu imaginer. Et ce silence, Serena !... je crois que je pourrais rester ici, à écouter le vide, pendant des heures... »

Le silence s'étire pendant sept secondes, le temps pour Serena d'entendre la voix de Léonor, puis de faire parvenir la sienne jusqu'au *Cupido* : « *Pendant des heures, vraiment ? Mais tu n'as que six minutes devant toi, je te le rappelle ! Alors, dis-nous tout : qui as-tu décidé d'inviter aujourd'hui ? Es-tu curieuse de voir Alexeï et son sourire qui vaut de l'or ? Tao et son physique de Superman ? Ou est-ce que tu préfères tenter ta chance avec un autre prétendant ?* »

En guise de réponse, Léonor glisse la main dans la poche de son jean et en sort une poignée de petits papiers.

Léonor : « Serena, dites un chiffre entre un et six. »

Quelques secondes s'écoulent à nouveau, avant que la voix de Serena résonne en off : « *Pardon ?... Je ne suis pas certaine de t'avoir bien comprise. Est-ce que la transmission est passée correctement ?...* »

Zoom sur la main ouverte de Léonor, au creux de laquelle reposent les petits papiers. Chacun d'entre eux est plié en quatre, et comporte au revers un numéro tracé à l'encre noire.

Léonor : « Vous croyez que je n'étais pas sérieuse, l'autre jour, quand j'ai annoncé ma règle du jeu ? J'ai dit que lorsque viendrait mon tour de monter au Parloir, je tirerais au sort le nom du prétendant. Après tout, dans la vraie vie, c'est le hasard qui crée les rencontres. J'essaye juste de garder les pieds sur terre – enfin, façon de parler. »

Cette fois-ci, l'éclat de rire de Serena rompt le silence : « *Je reconnais bien là ta créativité débordante, Léonor ! Et aussi ton non-conformisme. Ta propre règle du jeu, rien que ça ! Tu as du caractère, et ça me plaît.* »

La productrice exécutive s'éclaircit la voix : « *Un. Je choisis le chiffre* un. *Parce que je pense que dans une mission comme la nôtre, nous devons tous rester unis, à chaque instant : toi, Léonor, et les passagers ; moi, Serena, et les organisateurs ; et vous tous, chers spectateurs qui nous regardez en ce moment. Nous devons ne former qu'*un, *tel un élan irrésistible de l'Humanité tout entière vers la planète Mars !* »

ACTE II

Léonor range cinq des papiers dans la poche de son jean, pour ne conserver que le sixième, celui qui porte le numéro 1.

Gros plan sur les doigts agiles, tandis qu'ils déplient le papier, avec autant de délicatesse que s'ils déballaient un chocolat fin.

Un nom apparaît entre les pliures : *MARCUS*.

Serena (off) : « *Eh bien, eh bien ! Il semble que nous allons découvrir un nouveau prétendant aujourd'hui, Marcus l'Américain, le responsable Planétologie de l'équipe des garçons ! Est-ce que j'ai eu la main heureuse ? La réponse en images, dans quelques instants...* »

La voix off se tait, abandonnant Léonor au silence du Parloir. La jeune fille laisse son corps s'élever lentement dans l'environnement privé de gravité. Elle lève la main à ses cheveux, semble se poser la question de les détacher...

Avant qu'elle ne se décide, roulement de tambours – la tête de Marcus apparaît à travers la trappe à l'extrémité droite de la bulle, puis son corps entier. Il est vêtu de noir, chemise et pantalon qui se confondent avec le fond de l'espace. Ses cheveux châtains, denses et lisses, sont coiffés avec application, soulignant ses traits réguliers, la structure harmonieuse de son visage. La lumière des projecteurs embarqués fait briller ses yeux gris sous ses sourcils droits et épais, donnant à son regard une intensité peu commune.

En bas de l'écran apparaît le petit cadran du chronomètre : l'entretien a commencé.

Marcus : « Bonjour. Merci de m'avoir invité. »

Sa voix est grave, chaude. Un peu cassée.

Léonor : « Techniquement, c'est Serena qui t'a invité. Je n'ai fait qu'écrire six noms sur six morceaux de papier, et elle en a choisi un. »

Plan rapproché sur Marcus, cadré aux épaules. Il esquisse un demi-sourire – la commissure droite de sa bouche se soulève, en même temps que la pointe de son sourcil droit. La partie gauche de son visage reste immobile.

Marcus, un brin provocateur : « Je vois. Tu es une indécise. Le genre de fille qui a besoin que quelqu'un d'autre choisisse à sa place – un homme, par exemple. »

Léonor : « Pour ton information, c'était une décision pleinement assumée de laisser le sort désigner mon invité. »

Marcus : « Pas bête... »

Léonor relève le menton, ses yeux dorés pleins de défi : « Ce n'est pas comme si j'avais eu un coup de foudre pour l'un des six prétendants rien qu'à voir sa photo pendant cinq secondes dans le générique – pas plus pour toi que pour un autre. »

Marcus : « Intéressant, dis-moi, ta manière de draguer ! Dire au gars que tu invites qu'il n'est pas ton genre... »

Léonor : « Ce n'est pas ce que j'ai dit... »

Marcus : « Ah ! »

Léonor : « ... mais peut-être que je le pense. »

Les corps des deux jeunes gens dérivent lentement l'un vers l'autre. Ils se jaugent, s'apprécient, se mesurent du regard.

Leurs mains se posent sur la paroi de verre presque au même instant.

Le sourire de Marcus s'élargit à la partie gauche de sa bouche : « Toi, Léonor, tu es joueuse... »

Léonor ne peut s'empêcher de sourire à son tour. Bien qu'elle fasse tout pour le cacher, on sent qu'elle est touchée. Intriguée. Ou peut-être plus. Ne serait-ce qu'à la manière dont elle s'en défend : « Et toi, Marcus, tu es présomptueux. *Indécise... Joueuse...* C'est quoi, le prochain adjectif que tu vas me sortir, alors que tu ne me connais même pas ? »

Marcus : « Que dirais-tu de *charmante* ? »

Il dévore la jeune fille du regard ; la caméra, elle non plus, n'en perd pas une miette. Le sourire de Léonor est si rare.

ACTE II

Si resplendissant.
Si fugitif.

Déjà, Léonor prend appui sur la vitre et repousse doucement son corps. Elle s'éloigne lentement à travers la bulle, insaisissable. Mais elle ne parvient pas à détacher ses yeux de ceux de Marcus : « Je me suis trompée. *Présomptueux*, c'est trop subtil pour une technique de drague aussi lourdingue. »

Marcus : « Alors, laisse-moi essayer quelque chose de plus léger. »

Sans laisser le temps à Léonor de répondre, il passe la main dans ses cheveux ; un bouton de rose couleur chair apparaît entre ses doigts, sorti de nulle part.

Il lâche la tige, et la rose s'envole parmi les étoiles : « Hum… Trop pâle pour toi, cette fleur… Pas assez de caractère… »

Marcus passe à nouveau la main dans ses cheveux ; cette fois-ci, c'est une rose fuchsia complètement épanouie qui apparaît comme par magie entre son pouce et son index.

Il la laisse s'envoler elle aussi, semant des pétales colorés à travers le Parloir : « Celle-ci est trop ouverte, trop m'as-tu-vue, elle se disperse aux quatre vents… »

Pour la troisième fois, ses doigts sillonnent ses épais cheveux châtains, achevant de les décoiffer ; il en tire une rose rouge parfaitement proportionnée, dont la teinte riche et éclatante semble calquée sur la chevelure de Léonor elle-même.

Marcus s'exclame en français : « *Voilà !* »

Il incline légèrement la tête, ses mèches retombant sur son front, et il tend la rose à Léonor, qui le regarde avec amusement depuis le milieu de la bulle.

Elle sourit à nouveau : « Laisse-moi deviner… Avant de postuler pour le programme Genesis, tu étais fleuriste ? »

Marcus : « J'étais artiste de rue. Mendiant, si tu préfères, du côté de Las Vegas, de Phoenix, de Los Angeles… enfin, plusieurs endroits, quoi. À force de dormir à la belle étoile, je les connaissais toutes par cœur et ça m'a donné envie d'aller les voir – les étoiles. Et toi, tu étais mannequin Rosier, pas vrai ? »

Léonor : « Pas tout à fait. Je travaillais pour ton sponsor *platinum*, Eden Food, et pas comme hôtesse d'accueil : j'étais ouvrière en usine de pâtée pour chiens à Paris. »

Marcus : « Même si je ne suis pas fleuriste, je sais que les plus belles roses poussent dans le fumier. »

Léonor regarde soudain sa montre. Pour voir l'heure ? Ou pour échapper un instant au regard de Marcus, cacher son trouble et trouver la force de reprendre le contrôle ? « Bon, il ne nous reste qu'une minute, dit-elle, les yeux rivés sur son poignet, je crois que le moment est venu de laisser tomber la poésie et de jouer cartes sur table... »

Elle relève brusquement la tête.

Elle ne sourit plus.

« Si tu m'avais vue à l'usine avec ma blouse et mon bonnet hygiénique, je n'avais rien d'une rose. Mon parfum, si tu l'avais senti, c'était plutôt Canigou n° 5. Et de ton côté, je suis sûre que tu as emporté une cargaison de fleurs pour faire ton petit numéro à chacune – des roses jaunes pour les blondes, des roses violettes pour les brunes, et ces roses rouges pour moi, la rousse de service. »

Marcus : « Aïe ! »

Il lâche la dernière rose, qui part rejoindre les deux autres au plafond du Parloir.

Léonor : « Qu'est-ce qu'il y a ? »

Marcus : « Cette rose-là a des épines. Elle m'a piqué. »

Léonor : « Peut-être qu'il te faut une fleur à la tige lisse, qui ne pique pas. Et moi, il me faut un partenaire qui ne me fasse pas perdre la tête. Je te l'ai dit : je ne veux pas d'un coup de foudre. La foudre, ça... ça brûle. »

La voix de la prétendante tremble imperceptiblement en prononçant ce dernier mot – mais le jeune homme en face d'elle, et les spectateurs à des millions de kilomètres, peuvent-ils seulement le percevoir ?

ACTE II

Léonor : « Je ne veux pas me consumer comme un feu de paille. Ce que je veux, c'est durer. C'est pour ça que j'ai tiré au sort le nom de mon invité aujourd'hui : pour donner la même chance à chacun. Je ferai de même pour mes cinq prochaines invitations, pendant les cinq prochaines quinzaines : je tirerai au sort. Et puis je réinviterai chaque prétendant à tour de rôle, le même toutes les douze semaines. Enfin, lorsque nous nous alignerons sur l'orbite de Phobos en décembre, j'établirai ma Liste de cœur définitive, le plus rationnellement possible. »

Marcus laisse ses bras flotter le long de son corps.

Il n'a plus de tours à faire, plus pour aujourd'hui.

Son sourire à lui aussi s'est effacé. Son enthousiasme est retombé. Il ne reste plus qu'une immense déception : « Tu veux me dire que tu ne me réinviteras pas avant *douze semaines*? Pas avant *septembre*? Même si tu en as envie ? »

Léonor hoche gravement la tête : « Oui, tu as compris. Et en ce qui me concerne, tu peux faire la même chose. Tu peux m'inviter une fois sur six. Davantage ne servirait à rien. Je ne viendrais pas. Même si j'en ai envie. Ce sont mes conditions. C'est ma règle du jeu. »

Les épais sourcils de Marcus se froncent subitement : « Et c'est ça que tu appelles un comportement *rationnel*? »

Une sonnerie stridente répond à sa question.

L'entretien est fini.

Serena (off) : « *Time out ! Plus un mot ! Léonor, Marcus : il est temps de regagner vos quartiers respectifs.* »

Mais Léonor ne bouge pas.

Marcus non plus.

Il ouvre la bouche pour crier quelque chose ; nul son ne sort de ses lèvres.

Serena (off) : « *Inutile d'essayer de parler. La communication entre les deux parties du Parloir a été coupée, pour respecter le temps imparti à chaque séance de speed-dating.* »

Marcus se tait, mais son visage est toujours contracté par la colère.

Il soulève rageusement le col de sa chemise, dévoilant l'amorce du tatouage aperçu dans sa photo du générique. La caméra zoome sur le trait d'encre qui prend naissance à la base du cou et qui plonge sinueusement dans le col de la chemise.

Marcus défait le premier bouton. La ligne se prolonge, se hérisse d'épines.

Marcus défait le deuxième bouton. Des feuilles aux nervures délicates comme des veines viennent garnir la tige gravée dans la peau.

Marcus défait le troisième bouton. Une rose éclate sur le muscle pectoral droit – un tourbillon de pétales calligraphiés, qui forment une phrase enroulée sur elle-même : *Cueille le jour.*

Fondu au noir.

Générique.

27. CHAMP
D + 2 JOURS 21 H 45 MIN
[1ʳᵉ SEMAINE]

« Alors ? C'était comment ? Raconte ! »

Dès que j'ai reparu dans la salle de séjour, les cinq autres filles m'ont sauté dessus avec autant d'appétit que Louve sur sa gamelle du matin.

Elles sont toutes là, tremblantes d'excitation – aussi bien Kris, Kelly et Safia qui se sont faites belles à croquer avant le tirage au sort, que Fangfang et Liz qui sont toutes les deux vêtues d'un simple survêtement.

« C'était… étrange. »

C'est le seul mot que je trouve pour décrire ce que je viens de vivre.

ACTE II

Parce que je ne sais vraiment pas quoi penser.

Parce que je suis partagée entre la douceur et l'amertume, un truc que je ne croyais pas possible.

Dès le début de l'entretien, j'ai senti la lave des mots me brûler la bouche, ma fameuse ironie en jaillir comme une éruption que rien ne peut retenir. Mais l'incendie prévu n'a pas eu lieu. Il y avait quelque chose dans les yeux gris de Marcus qui refroidissait mon feu intérieur. Une forme de calme. De gravité. Et peut-être – qui l'eût cru, dans ce vaisseau en proie à une compétition de tous les instants, dans ce spectacle en quête du sensationnel le plus fou ! – oui, peut-être, une forme de sincérité. Ça, c'est pour la douceur.

Mais l'entretien s'est terminé sur un goût amer qui a foutu cette recette en l'air, avec l'explosion de colère de Marcus.

« Il faut que tu nous en dises plus, Léo ! implore Kris en se pendant à mon bras. Juste *étrange*, ce n'est pas assez ! Ah là là, quelle torture de ne pas pouvoir voir ce qui se passe dans les séances de speed-dating des autres ! Dis, tu as vraiment tiré au sort ?

— Ben oui, comme je l'avais annoncé le premier jour. Ça fait partie de ma règle du jeu, rappelez-vous... »

Oui, *ma règle du jeu*, et pas celle de Genesis, qui mise bien sûr sur des grandes envolées lyriques, des passions déchirantes, des drames romantiques et tout ça. Moi, je veux rester maîtresse de mes émotions. Je veux me préserver. Je veux pouvoir sélectionner celui qui sera le plus capable de nous accepter telles que nous sommes, la Salamandre et moi. Et surtout – *surtout !* – je ne veux pas tomber amoureuse du mauvais garçon.

« Bon, d'accord, mais il était comment, ce Marcus ? insiste Kris, m'arrachant à mes pensées.

— Apaisant. Agaçant. Prévisible. Imprévisible. Tout ça à la fois. Donc, je maintiens, *étrange*. »

Kelly croise les bras sur sa mini-chemisette de bûcheronne et me toise d'un air narquois tout en mâchant son chewing-gum du jour.

« Apaisant *ou* agaçant ? Il faudrait que tu te décides ! »

Je balaye ses insinuations du revers de la main :

« J'ai la tête à l'envers, c'est sans doute l'effet de l'apesanteur. »

Mais les filles ne comptent pas me laisser m'en tirer à si bon compte. Je n'ai fait qu'attiser leur curiosité. Il leur faut davantage de détails.

« Enfin, Léo ! implore Liz. Qu'est-ce que vous vous êtes dit ?

— On a parlé d'horticulture.

— Oh ! s'exclame Fangfang. Il t'a expliqué les possibilités d'enrichir le sol de Mars en composés azotés, pour qu'un jour on puisse cultiver des laitues, pas vrai ? Ça faisait partie de la formation en Planétologie, qu'il a dû recevoir comme moi : un sujet passionnant, mais assez technique, et difficile à caser en six minutes seulement... »

Sacrée Fangfang, qui ne peut s'empêcher de toujours tout rapporter à ses bouquins.

« Non, il ne m'a pas parlé de composés azotés ni de laitues, dis-je en m'efforçant de sourire. Mais peut-être qu'il m'a raconté des salades. Seul l'avenir nous le dira. Pour le moment, je ne sais pas vous, mais moi j'ai une faim de loup ! Kris, je peux t'aider en cuisine ? »

Une fois le déjeuner terminé, la table rangée et la vaisselle lavée au chiffon électrostatique (parce qu'il faut économiser l'eau, si précieuse à bord), Liz propose de prendre le café autour d'une partie de cartes.

« J'ai apporté un jeu de tarot, dit-elle. Je me suis dit que c'était une manière conviviale de tuer le temps.

— On ferait mieux de réviser... », intervient Fangfang.

Kelly hausse les épaules.

« Respire deux secondes, miss polarde ! Tu vas avoir cinq mois pour bachoter !

— C'est que j'ai une vraie matière à maîtriser, moi, pas juste le code de la route de l'espace, dit Fangfang en montant sur ses grands chevaux. Toi, tu as connecté la capsule au *Cupido*, ça t'a pris quelques heures et maintenant ton petit job est fini. Le vaisseau est injecté sur la trajectoire Terre-Mars, et rien ni personne ne peut l'en dévier. Mais mon job à moi ne fait que commencer : la Planétologie est une science complexe, qui nous permettra de nous repérer sur notre nouveau monde…

— Mon *petit job* n'est pas fini, rétorque la Canadienne. Je te signale qu'on n'y est pas encore, sur notre nouveau monde. C'est moi qui piloterai notre capsule depuis l'orbite de Phobos, dans cinq mois. Si je nous crashe dans le décor ou si je nous plante à des centaines de kilomètres de New Eden, ça t'avancera à quoi, tes leçons de Planétologie ? »

Safia décide de temporiser, avant que les choses ne s'enveniment :

« On n'a qu'à faire juste quelques parties, avant de nous mettre à réviser, d'accord ? suggère-t-elle. Quelqu'un peut m'expliquer les règles ?

— Bah, ce n'est pas compliqué, dit Liz. Léo, tu me prêtes main-forte pour faire une démo ? Je suis sûre que tu connais le tarot par cœur, comme tous les Français, pas vrai ?

— Je n'ai pas souvent eu l'occasion de jouer, au foyer pour jeunes ouvrières où c'était plutôt "chacune pour sa pomme"… J'ai un peu oublié les règles, c'est rouillé…

— Aucune excuse : il y a une carte qui les rappelle au verso, avec les points et tout ! Allez, on y va ! »

Les unes assises sur le canapé, les autres par terre, nous jouons à tour de rôle, par cinq tandis que la sixième arbitre. Je m'efforce de me concentrer sur le jeu en sirotant mon café instantané Coffeo. Mais les images de mes six minutes dans le Parloir défilent dans ma mémoire photographique, se superposent sur les cartes à jouer. Comme toujours, j'ai l'impression de revivre ce que j'ai vécu avec plus de précision dans mes souvenirs, plan par plan.

« Petite ! »

Les yeux de Marcus...

« Je garde ! »

La voix de Marcus...

« Dame de cœur, à vous l'honneur ! »

Les roses de Marcus...

Je n'ai jamais été très fan des fleurs comme le sont tant de filles. Les fleurs, c'est bien trop fragile. Ça fane et ça pourrit, c'est éphémère comme un serment qu'on ne tient pas. Alors, les roses de Marcus, je crois que je pourrais les oublier assez facilement. Au moins les trois premières qu'il m'a tendues, la fleur rose, la jaune et la rouge. Seulement voilà, il y en avait une quatrième : la rose noire tatouée. Celle-là ne fanera jamais – ou, plus exactement, elle ne se flétrira qu'au gré de la peau de Marcus, si lisse aujourd'hui, mais qui vieillira sur Mars contre la peau de celle avec qui il passera sa vie... Cette rose-là n'est pas faite pour tromper ou parfumer une fausse promesse. Ce qu'elle dit n'est pas un mensonge. C'est une conviction si forte qu'un être de chair et de sang se l'est gravée dans le corps pour toujours. « Cueille le jour ! » me disent Marcus et sa rose, de leur voix un peu cassée ; et moi, qu'est-ce que je leur ai répondu ? « Pas avant douze semaines... »

Au bout d'une dizaine de parties ponctuées d'éclats de rire, une exclamation plus forte que les autres m'arrache à ma rêverie :

« Où est-ce que le roi de cœur est passé ? demande Fangfang, qui s'est tellement prise au jeu qu'elle semble avoir oublié ses sacro-saintes révisions. La partie est finie et personne ne l'a joué. Kelly, c'est toi qui a pris : est-ce que tu as mis le roi de cœur dans ton chien ? Tu sais bien que c'est interdit, Liz nous a expliqué qu'on ne pouvait pas écarter un roi !

ACTE II

— Hé, calmos ! se défend la Canadienne. Je n'y ai pas touché, moi, à ton roi de cœur. »

Le ton remonte aussitôt entre les deux filles.

« Ce n'est pas *mon* roi de cœur, c'est celui du jeu. Il est à tout le monde.

— Ouais, c'est ça. Comme Tao ? Tu partages ? »

Les joues de Fangfang s'empourprent derrière ses lunettes.

« Qu'est-ce que tu veux dire, exactement ? demande-t-elle.

— Je veux dire que depuis ta séance au Parloir, tu fais comme si vous étiez déjà mariés, tous les deux. Mais je te rappelle que rien n'est encore fait. Et si Tao me plaît à moi aussi, par exemple, je ne me gênerai pas pour le faire savoir. Ni pour l'inviter quand ce sera mon tour au Parloir.

— Ne vous disputez pas ! implore Liz. Il y aura assez de rois pour tout le monde dans ce vaisseau. Six : un pour chacune. On n'a qu'à utiliser la carte avec les règles comme roi de cœur en attendant de retrouver le vrai, qui a dû glisser quelque part. Allez, on se refait une petite partie ? »

Mais l'envie n'y est plus.

Parce qu'on a toutes compris que dans ce vaisseau, c'est comme dans un jeu de cartes : tous les rois ne sont pas des rois de cœur, et contrairement à ce que prétend Liz, il n'y en aura pas assez pour chacune.

À cette pensée je sens mon dos me démanger.

(*Ton roi de cœur, tu le tenais entre les mains,* ricane la Salamandre. *Mais tu l'as bêtement perdu, et maintenant les cartes sont rebattues !*)

28. Chaîne Genesis
JEUDI 6 JUILLET, 11 H 00

O**UVERTURE AU NOIR.**
Plan sur le Parloir vide.
Titrage : *4ᵉ SÉANCE AU PARLOIR. HÔTESSE : KIRSTEN, 18 ANS, ALLEMAGNE, RESPONSABLE BIOLOGIE (LATENCE DE COMMUNICATION – 9 SECONDES)*
Roulement de tambours

Kirsten s'élève lentement sur la gauche de l'écran, cherchant à assurer son équilibre. Mais chacun de ses gestes a tendance à la déstabiliser un peu plus. Elle se résigne finalement à garder les bras serrés le long de sa robe de soie bleue, et à sourire aux caméras comme pour s'excuser de sa maladresse.

Gros plan – sous sa couronne de tresses, qui resplendit comme si elle était vraiment faite d'or fin, un maquillage subtil illumine son visage angélique. Tout en pastel : une touche de nacre sur les lèvres, un soupçon de rose sur les joues, et une virgule de crayon blanc au coin des yeux.

Serena (off) : « *Bienvenue à Kirsten, notre quatrième prétendante ! Ta tête va mieux, ma grande ?* »

Kirsten s'empresse de rassurer Serena : « Je ne sens plus rien. C'est complètement guéri. »

Tandis que le faisceau laser de la parabole de transmission achemine sa réponse jusqu'à la Terre, Kirsten se risque à détacher les bras de son corps pour désigner son front du doigt ; seule une très légère ombre rappelle la bosse, presque entièrement résorbée à présent.

Serena (off) : « *Tout de même, quelle histoire ! Je suis sûre que les spectateurs voudraient bien savoir ce qui s'est passé avec Léonor dans la salle de bains...* »

Kirsten : « Léo n'y est pour rien ! Je... j'ai glissé sur les barreaux de l'échelle menant au troisième étage, c'est tout.

J'ai sur-réagi en accusant Léo, mais en fait je ne dois m'en prendre qu'à moi-même. Je suis tellement gauche. »

Elle esquisse un sourire gêné, qui la rend plus jolie encore, tandis que ses paroles s'envolent à travers l'espace.

Serena (off) : « *Dans ce cas, la gaucherie fait partie de ton charme, Kirsten. Tu as déjà conquis les cœurs de millions de spectateurs, à en croire le magnifique Trousseau qu'ils sont en train de te constituer. Mais je crois qu'aujourd'hui, c'est un cœur bien précis que tu vises, et ceux qui suivent notre émission depuis le début se doutent duquel. Kirsten, je te le demande uniquement pour la forme : qui souhaites-tu inviter ?* »

Kirsten : « Je souhaite inviter Alexeï. »

Neuf secondes s'écoulent à nouveau sous la bulle, pendant lesquelles on croit entendre résonner le nom d'*Alexeï*.

Serena (off) : « *À la bonne heure ! Si certaines prétendantes semblent hésiter sur le garçon à inviter, jusqu'à laisser le hasard décider pour elles, toi en revanche tu as les idées bien arrêtées depuis le début. Puis-je te demander pourquoi, Kirsten ? Est-ce son Trousseau si bien garni ? Est-ce l'idée d'assembler vos bonnes fortunes, lui le mieux loti des garçons et toi la mieux lotie des filles ? Ou est-ce, tout simplement, la promesse d'un charme slave ?* »

Kirsten : « Ce n'est pas l'argent, Serena. Quand j'ai entendu la voix d'Alexeï derrière le rideau, sur la plateforme d'embarquement, ça m'a fait quelque chose… Quand j'ai vu sa photo dans le générique, ce quelque chose a grandi en moi, et maintenant ça prend toute la place. »

Kirsten hausse les épaules, un peu embarrassée.

Elle ajoute quelques mots en baissant les yeux : « Je sais que je dois avoir l'air très fleur bleue de raconter tout ça, les gens vont me prendre pour une midinette qui lit des romans à l'eau de rose. Mais j'ai toujours fait confiance à mon instinct. »

Roulement de tambours

Gros plan sur le visage de Kirsten, qui se mord nerveusement la lèvre inférieure.

Alexeï émerge du tube d'accès droit, dans son élégant costume blanc immaculé à liseré gris, tandis que le chronomètre minutant la rencontre apparaît à l'écran : « Bonjour... Kirsten, c'est ça ? »

Il sourit généreusement, ses fossettes se creusent.

Contrechamp – comme dans un effet de miroir, le sourire jusque-là timide de Kirsten s'élargit également : « C'est ça. Je m'appelle Kirsten. Mais tu peux m'appeler Kris. »

Alexeï : « D'accord, Kris. À condition que tu m'appelles Alex. »

Kirsten hoche la tête.

Ses joues rosissent légèrement – et ce n'est pas que l'effet du blush : « Alex... tu es exactement tel que Liz t'a décrit... exactement tel que je t'imaginais. »

Alexeï : « Et toi, tu es plus belle encore que celle que j'ai aperçue dans le générique. »

Kirsten : « Tu dis ça pour me faire marcher... »

Alexeï : « Je n'ai jamais été aussi sérieux de ma vie. »

Le jeune Russe laisse son corps s'élever à travers la bulle, sans détacher ses yeux de Kris, qui de son côté tente tant bien que mal de maintenir une position stationnaire.

Alexeï : « Si Liz vous a parlé de moi, elle vous a sans doute raconté un peu mon histoire – que j'avais quitté mes parents pour chercher l'aventure à Moscou, tout ça. Mais moi, je ne sais rien de toi, Kris. Qui es-tu ? Je veux dire : qui es-tu, à part un ange tombé du ciel ? »

Les joues de Kirsten s'empourprent un peu plus : « Je... je n'ai rien d'un ange. Crois-moi. Je suis juste une fille comme les autres, avec ses qualités et ses défauts. »

Alexeï : « Devant moi, je ne vois que des qualités et zéro défaut. »

Kirsten : « C'est parce que tu ne me connais pas encore. Et que tu me vois de trop loin. Tu sais ce que dit le proverbe : le diable est dans les détails... »

ACTE II

Alexeï se laisse glisser jusqu'à la paroi de verre : « Je dois être myope, parce que je ne vois toujours rien... Aide-moi : quels sont tes défauts ? »

Kirsten se met à compter sur ses doigts : « *Un*, je suis maladroite. Il m'a fallu trois fois plus de séances en centrifugeuse par rapport aux autres filles, pour réussir à me déplacer en apesanteur sans faire des tonneaux sur moi-même.

« *Deux*, je suis étourdie. Mon instructeur, M. Dragovic, a bien du mérite d'avoir essayé de me former pendant un an ; je crois que je n'ai jamais compris plus de la moitié de ce qu'il me racontait.

« *Trois*, je manque singulièrement de confiance en moi. Je n'en reviens toujours pas d'avoir été choisie pour la mission, j'ai l'impression qu'il y a eu une erreur quelque part dans le processus de sélection. Sans mon amie Léo qui m'a soutenue et motivée tout au long de l'entraînement dans la vallée de la Mort, je ne serais pas là aujourd'hui. »

Alexeï rit d'un bon rire franc.

Il se met à compter à son tour sur les doigts de sa main : « *Un*, ce qui compte dans cette mission ce n'est pas de pouvoir planer pendant six minutes dans une bulle de verre, mais c'est de garder les pieds sur Terre – ou plus exactement, sur Mars où nous passerons le restant de notre vie.

« *Deux*, le vieux Dragovic est un savant fou complètement imbitable, d'après ce que nous en a dit Samson, notre responsable Biologie du côté des garçons.

« *Trois*, tu dis *manque de confiance en toi*, moi je dis *modestie*. Une vertu qui semble manquer cruellement à certaines passagères du *Cupido*. »

Kirsten hausse le sourcil : « Certaines passagères ? De qui veux-tu parler ? Non, je t'assure, aucune n'a la grosse tête et nous formons une équipe soudée... »

Alexeï se contente de sourire mystérieusement sans révéler de nom : « Je pense que si tu as un défaut, un seul, c'est la naïveté. Mais ce n'est pas un désavantage à mes yeux. Je suis un idéaliste, et je veux que la mère de mes enfants le soit aussi... »

Les yeux bleus d'Alexeï étincellent.

Derrière lui s'étend le vide de l'espace, abyssal.

Kirsten baisse instinctivement la voix : « Cet idéal dont tu parles... c'est quoi, exactement ? »

Alexeï : « C'est l'idéal d'un couple indestructible. D'un amour dur comme le diamant. D'une famille forgée dans l'acier. »

À l'instant où Alexeï prononce ces mots, sa voix, elle aussi, sonne dure comme le diamant ; ses prunelles, elles aussi, ont des reflets d'acier.

Mais l'instant d'après, son sourire irrésistible réchauffe son visage et ses yeux.

Alexeï : « Alors, Kirsten couronnée d'or, est-ce que tu es prête à relever ce défi-là ? »

La jeune fille soutient son regard, sans ciller ni rougir cette fois-ci : « Je l'ai attendu toute ma vie. »

La sonnerie retentit : l'entretien est terminé.

29. CONTRECHAMP
BUNKER ANTIATOMIQUE, BASE DE CAP CANAVERAL
JEUDI 6 JUILLET, 11 H 12

« Sourire d'or pour lui, couronne d'or pour elle, *trousseaux d'or pour eux – moi je dis tout simplement : un couple en or, et je m'y connais après vingt ans de talk-show matrimonial ! Merci chère Kirsten, merci cher Alexeï, pour ces instants de magie, et à bientôt.* »

Serena McBee éteint le micro à travers lequel elle commentait la séance de speed-dating du jour, et le repose sur la table en attendant sa prochaine intervention.

ACTE II

Sur le mur digital en face d'elle, la fenêtre centrale se fond au noir.

Le générique se met à défiler, orchestré par la musique de « *Cosmic Love* ».

« Et de quatre ! s'exclame la psychiatre en se tournant vers ses collègues, les autres alliés du silence assis autour de la table. Je peux vous dire que ces deux-là vont encore récolter des centaines de milliers de dollars – et nous avec, via notre bonus. Kirsten et Alexeï représentent tout ce qui fait rêver la ménagère de moins de cinquante ans : ils sont jeunes, ils sont sublimes, ils sont stupides. *Un amour indestructible*, quelle belle phrase ronflante ! Rien n'est indestructible ici-bas. Sherman Fisher est bien placé pour le savoir. À ce propos, Odette, je vous ai fait prendre un billet d'avion : vous irez à son enterrement dimanche. »

Odette Stuart-Smith se lève brusquement de sa chaise, tremblante d'indignation dans son col roulé beige.

« Pourquoi moi ? s'écrie-t-elle.

— Mais parce que vous êtes celle d'entre nous qui connaissait le mieux le défunt, voilà pourquoi, répond calmement Serena McBee. Votre maison à Beverly Hills se trouve à deux pas de celle des Fisher. Il faut bien que le programme Genesis envoie un représentant à la cérémonie, c'est la moindre des choses. Le contraire serait pour le moins suspect…

— Mais si la police se doute de quelque chose ? proteste la petite femme à lunettes, en frémissant à cette seule idée.

— La police ne se doute de rien, la rassure Serena. J'ai parlé avec cet inspecteur qui s'est présenté mardi, ce Larry Garcia : les enquêteurs ont conclu à un accident de la route, comme nous l'avions prévu et mis en scène. Il faut dire que le corps de Sherman était méconnaissable après deux semaines dans la vallée de la Mort à côté de sa voiture renversée, sous un soleil de plomb, livré en pâture aux coyotes… Quant à la drogue injectée par le docteur Montgomery, elle était depuis longtemps dissipée, indétectable dans ce qui restait de ses veines. Allez, ma chère

Odette, ne vous faites donc pas prier ! On vous demande juste de montrer votre charmant minois à l'enterrement. Vous n'aurez qu'à faire l'aller-retour Miami-Los Angeles dans la journée. Assumez vos responsabilités qui, permettez-moi de vous le rappeler, ne pèsent rien par rapport aux miennes : en tant que sélectionneuse du programme, ce sera à moi de me justifier quand l'un des prétendants tuera les onze autres, et je n'en fais pas tout un plat ! »

L'instructrice en Planétologie grommelle quelques mots inintelligibles, mais n'ose pas protester ouvertement.

Gordon Lock en profite pour rebondir sur les dernières paroles de la productrice exécutive :

« Justement, Serena, puisque vous en parlez : vous ne voulez toujours pas nous dire qui, parmi les douze, est le mystérieux kamikaze ? Ça nous rassurerait de le savoir...

— *Tût-tût !* fait Serena en secouant la tête, tel un adulte qui refuse une confiserie à un enfant trop gourmand. Je préfère garder le secret. Si vous autres instructeurs connaissiez l'identité de l'astronaute que j'ai hypnotisé, votre comportement risquerait de changer inconsciemment à son égard lors de vos interactions avec lui... créant potentiellement des conséquences imprévisibles. Je préfère vous garder la surprise. Et de toute façon, si les choses tournent mal, nous avons toujours la solution de secours : l'option de dépressuriser nous-mêmes les habitats à distance, grâce à la télécommande que Geronimo nous a bricolée... »

Serena sort un petit boîtier noir de son sac à main en python, l'exhibe un instant à la manière d'une présentatrice de téléachat, puis le range à nouveau soigneusement.

« ... mais rassurez-vous, je ne crois pas qu'une telle extrémité sera nécessaire. Je vous garantis que le meurtrier fera proprement son travail, bien avant que les défaillances techniques des habitats ne soient mises à jour. Je n'aurai jamais à utiliser la télécommande de dépressurisation. Il n'y a aucun souci à se faire. Le programme marche comme sur des roulettes à présent qu'il est lancé. Nous pouvons même nous absenter quelque temps les uns et les autres, du moment que la production suit son cours. Comme vous le savez, j'ai moi-même prévu de superviser les opérations depuis ma villa de Long Island, dans l'État de New York. Le temps y est exquis en cette saison, et j'ai besoin de prendre l'air après l'agitation de ces derniers mois. Je suivrai le programme et je donnerai mes instructions à distance. Je ne reviendrai à cap Canaveral qu'en décembre, pour la fin du jeu, le joyeux atterrissage, les heureux mariages – et le *tragique événement*, bien sûr ! »

Roberto Salvatore se lève de sa chaise, blême.

« Mais enfin, vous n'y pensez pas Serena ! Certes, c'était ce qui était prévu, mais les choses ont changé ! Songez à ce drone dans nos murs, la menace de piratage qui plane au-dessus de nous comme une épée de Damoclès ! »

La productrice exécutive secoue la tête en affichant un air indulgent, tout de composition.

« Calmez-vous, Roberto. Avec votre surpoids, c'est plus prudent, nous ne voudrions pas que vous nous fassiez une crise d'apoplexie : votre cœur non plus n'est pas indestructible. Je vous ai déjà expliqué que la base était sécurisée, il n'y a rien de compromettant que le drone puisse découvrir ni révéler. Et puis nous avons pris des précautions supplémentaires. Expliquez-lui, Geronimo. »

L'instructeur en Ingénierie repose le cure-dent avec lequel il était occupé à se triturer la mâchoire. Il se racle la gorge, agitant ses longs cheveux noirs, dont la consistance ressemble plus que jamais à celle des épinards bouillis.

Enfin, sans se départir de son éternel air blasé, il prend la parole :

« Nous avons mis en place un plan spécial. Le plan Rapax.

— Le plan Rapax ? répète Roberto Salvatore. Qu'est-ce que c'est ? »

Geronimo Blackbull sort de sous la table un objet triangulaire, noir et brillant, une sorte de raie manta de cinquante centimètres de long, muni de deux paires d'hélices.

Il appuie sur un bouton et la machine s'élève au-dessus de la table dans le silence le plus total.

« C'est *ça*, dit-il. Le Rapax 5ᵉ génération. Voyez-vous, il en est des drones comme des volatiles : il y a les proies et les prédateurs. Ce modèle-ci est le chasseur de drones le plus compact et le plus infaillible jamais créé, équipé de capteurs de fréquence ultrasensibles et de tireurs laser ultra précis. Des merveilles de technologie, parfaitement inaudibles – que rêver de mieux pour nous, les alliés du silence ! Nous en avons entreposé une centaine dans tous les points stratégiques de la base. Que le mouchard s'avise de décoller encore une fois, et je vous garantis qu'il sera abattu en quelques secondes. »

En guise de preuve, Geronimo Blackbull lance son cure-dent au plafond.

Un rayon lumineux jaillit instantanément de la pointe du Rapax, et foudroie la mince tige de bois en plein vol, sans émettre le moindre son.

Une poudre de cendres grises retombe sur la table en pluie fine.

Roberto Salvatore se rassoit lentement, comme s'il avait peur qu'un geste trop brusque ne déclenche une nouvelle salve du Rapax.

Serena ne semble pas partager son inquiétude – elle rassemble ses effets personnels dans son sac à main, se lève de son grand fauteuil capitonné et se dirige vers la porte du bunker, qu'elle active en présentant son œil face au petit boîtier qui renferme l'identificateur rétinien.

« Je vous laisse aux bons soins du directeur Lock, lance-t-elle dans l'embrasure de la porte. Au cours des cinq prochains mois, vous pourrez me joindre par l'intermédiaire de mon assistante Samantha. En attendant… *enjoy the show !* »

Serena s'engage dans un couloir aux murs de béton, éclairé par des tubes de néon accrochés au plafond.

Ses talons hauts frappent le sol en cadence, éveillant des échos sourds.

Elle parvient à un ascenseur, dont la porte s'ouvre devant elle sans un bruit.

Elle entre dans la cabine, appuie sur le bouton du haut.

Tandis qu'un jeu de câbles et de poulies silencieux la hisse vers la surface, elle s'examine dans le miroir de l'ascenseur. Son visage sans rides ne trahit aucune émotion. Son perpétuel sourire a disparu pour la première fois, remplacé par un masque lisse, une absence totale d'expression.

« Niveau 0 » annonce une voix synthétique.

Serena se retourne au moment où la porte s'ouvre en coulissant.

Le sourire est réapparu sur son visage, comme s'il ne l'avait jamais quitté.

La fidèle Samantha est là, qui l'attendait devant l'ascenseur avec son oreillette argentée.

« Votre jet vous attend sur la piste, madame, prêt à décoller.

— Parfait, Samantha. Ainsi je serai à la maison avant la soirée. Vous avez prévenu Harmony ?

— Oui, madame. Votre fille vous attend pour le dîner d'anniversaire. »

30. CHAMP
D + 4 JOURS 8 H 30 MIN
[1re SEMAINE]

« SI TU SAVAIS CE QUE ÇA FAIT, LÉO ! Quand il m'a regardée droit dans les yeux... Je n'ai jamais ressenti une chose pareille de toute ma vie, même dans les pages du *Prince des glaces*. »

Assise sur le petit tabouret de la salle de bains, Kris n'en finit pas de revivre sa séance de speed-dating. Elle a été aux anges toute la journée. À présent, il est déjà 22 h 00 en heure terrestre, les lampes du *Cupido* se sont tamisées pour recréer un cycle jour-nuit artificiel. Mais Kris semble bien trop excitée pour aller se coucher.

« Je suis contente pour toi... », dis-je en dénouant la dernière de ses tresses – les autres, déjà défaites, reposent comme une mantille dorée sur ses épaules.

« ... je voudrais juste que tu ne t'emballes pas trop. Après tout, ce n'est que le début du voyage et tu n'as rencontré qu'un seul prétendant.

— Mais je n'ai pas *besoin* d'en rencontrer davantage, Léo ! s'écrie Kris. Je suis *sûre* que c'est le bon : lui, Alexeï, et personne d'autre ! »

Je hoche la tête sans mot dire.

« Toi aussi, tu le sauras instantanément, quand tu rencontreras ton âme sœur », ajoute Kris sans remarquer mon trouble.

(*Mmmm. Tu le sais déjà, n'est-ce pas ?* murmure la Salamandre derrière ma nuque. *Repense à ce qui s'est passé dans le Parloir... Repense à ce que tu as ressenti...*)

Le visage de Marcus apparaît comme un flash dans mon esprit. Je m'efforce de l'en chasser aussi sec.

« *Âme sœur ?* je parviens à articuler, d'une voix qui tremble un peu trop à mon goût. Tu y crois vraiment ? Déjà, je ne sais même pas si ça existe. Si c'est le cas, et que chaque être humain a réellement une âme sœur parmi les milliards d'autres, quelle est la probabilité que six de ces couples parfaits se retrouvent en même temps dans ce vaisseau ? Aucune, si tu veux mon avis ! Statistiquement, on est foutues.

— Attends un peu avant de tirer des conclusions, léoparde, me dit Kris en souriant. Il te reste encore cinq prétendants, cinq possibilités de faire un pied de nez aux statistiques. Il faut juste que tu leur laisses une chance de te toucher... que la Machine à Certitudes se mette en pause six minutes.

— Ce n'est pas si simple...
— Si, Léo. C'est si simple. Six garçons et six filles : c'est même la chose la plus simple du monde. Pourquoi ne veux-tu pas l'admettre ? »

Kris se lève de son tabouret pour me faire face. Avec ses longs cheveux blonds entièrement lâchés, elle ressemble plus que jamais à l'image qui orne la porte de son placard, la madone de Botticelli.

Elle me prend les épaules, approche son front à quelques centimètres du mien, et me regarde droit dans les yeux :

« C'est ce que j'ai vu l'autre jour dans la salle de bains, n'est-ce pas ? murmure-t-elle du bout des lèvres. C'est cette chose dans ton dos ? »

Je prends une longue inspiration. Pas un bruit sous mes pieds, dans le séjour où trois des filles sont en train de mater une comédie sur l'écran panoramique ; pas un bruit au-dessus de ma tête, dans la salle de gym où Kelly vide son trop-plein d'énergie sur le tapis de course avant d'aller dormir. Une fois refermées, les trappes constituent de parfaits isolants sonores : ici, dans le silence de la salle de bains, personne ne peut nous entendre, ni nous voir.

« Cette chose a un nom, finis-je par dire. C'est la Salamandre.
— La Salamandre ?... répète Kris.
— Quand j'étais petite, dans la bibliothèque de l'orphelinat, je suis tombée sur un livre d'images représentant des animaux imaginaires – *Le Bestiaire fantastique*, ça s'appelait. Il y avait une page consacrée à la salamandre, un lézard noir à la peau venimeuse, qui vit dans les flammes sans se consumer. J'ai décidé de donner ce nom à la brûlure qui a failli me tuer quand j'avais trois ans, à cause de laquelle je suis sûre que mes parents m'ont abandonnée, et qui empoisonne chaque jour de mon existence depuis. »

Kris lâche brusquement mes épaules – parce qu'elle a peur de se contaminer au contact de la Salamandre à travers mon top en jersey ?

« C'est douloureux ? demande-t-elle.

— Ça dépend. Parfois la Salamandre me démange à vouloir m'en arracher la peau, et j'imagine ses griffes qui me labourent. Parfois je ne la sens pas du tout. Mais elle est toujours là, cachée dans mon dos, sifflant dans mon oreille. Elle est à l'affût du jour où je baisserai ma garde, où elle pourra enfin gagner notre corps à corps. Elle a déjà essayé quatre fois de me mettre à terre – je me suis toujours relevée, jusqu'à présent. »

Je sens les battements de mon cœur accélérer contre mes tempes.

Ce que je m'apprête à raconter à Kris, je ne l'ai jamais raconté à personne d'autre qu'à Serena McBee, lorsque j'ai passé les entretiens de sélection.

« La première fois, c'était à l'orphelinat, dis-je. Je devais avoir cinq ans, six à tout casser. La Salamandre était toute jeune à l'époque, encore mouvante, encore brûlante. Sa couleur n'était pas violette, mais rosée ; sa texture n'était pas rugueuse, mais élastique. Chaque mois, je devais me rendre à l'hôpital pour contrôler son évolution, recevoir des greffes et des soins. Les assistantes sociales prétendaient que c'était pour la surveillance de mes taches de rousseur, elles préféraient cacher aux autres orphelins une vérité qui m'aurait isolée du groupe. Mais un soir, en rentrant de l'hôpital, trois petits morveux qui se prenaient pour des caïds m'ont coincée dans un recoin du dortoir. Ils voulaient voir si j'avais autant de taches sur le corps que sur le visage. Je me souviendrai toujours de celui qui m'a arraché ma blouse pendant que les deux autres me retenaient. "Peau de crapaud ! Peau de crapaud ! criait-il. Regardez sa peau de crapaud !" Sa main s'est dirigée vers mes collants, sans doute voulait-il voir si j'étais crapaude en bas aussi. Je l'ai attrapée au vol. Entre mes dents, puisque mes bras étaient immobilisés. Et j'ai mordu. Jusqu'à ce que ma langue sente le goût du sang. Son hurlement m'a fait un bien fou ; c'était

ACTE II

comme si c'était moi qui hurlais à travers lui, qui hurlais ma honte. »

Les pupilles de Kris se dilatent légèrement dans la lumière diffuse de la salle de bains. J'ai l'impression de déverser sur elle plus que des souvenirs, un flot de douleur brute. Mais elle incline la tête pour m'inciter à continuer.

« La deuxième fois que la Salamandre a failli me tuer, elle était presque totalement cicatrisée. J'avais huit ans. C'était le jour le plus heureux de ma vie. Après des années à moisir à l'orphelinat, un couple avait enfin accepté de me prendre. Ils étaient parfaits. La femme avait un sourire très doux, des cheveux légers comme un nuage et des bracelets qui chantaient gaiement autour de ses bras à chaque fois qu'elle faisait un mouvement ; l'homme était grand, fort, il sentait bon l'after-shave, et quand il parlait, sa voix grave m'enveloppait d'un sentiment de bien-être et de sécurité. Ils ont signé les papiers, pris les dossiers médicaux, recueilli les compliments des assistantes sociales saluant leur courage de choisir cette orpheline-là "malgré son problème". Le courage n'a pas duré longtemps. Le soir même, au moment d'appliquer dans mon dos l'onguent que je devais mettre chaque jour à l'époque, la femme a eu un instant d'hésitation. Sa main est restée suspendue dans les airs. Ses bracelets ont subitement cessé de chanter. Lorsqu'elle m'a touchée, j'ai senti ses doigts frémir d'horreur. Le lendemain, l'homme m'a reconduite à l'orphelinat sans prononcer un mot, comme s'il ne voulait plus rien partager avec moi, pas même sa belle voix, de peur de la salir. Cette nuit-là, dans le dortoir que j'avais espéré ne plus revoir, j'ai fait un vœu – le vœu de ne plus jamais accorder ma confiance à quiconque. Toutes les familles d'accueil qui ont suivi n'ont jamais été que des étrangères pour moi. »

Quelques mots s'échappent des lèvres de Kris : « Léo… Ma Léo… »

Elle repose ses mains sur mes épaules, et je comprends que ce n'était pas pour m'éviter qu'elle les avait retirées la première fois : c'était pour ne pas me faire mal.

« Quand la Salamandre m'a attaquée pour la troisième fois elle était adulte, figée dans la position qu'elle a encore aujourd'hui, dis-je. Je venais juste de commencer à travailler à l'usine Eden Food France. Je logeais au foyer pour jeunes ouvrières depuis quelques semaines. Il y avait une buanderie avec deux machines à laver dans le sous-sol, à la disposition des pensionnaires. Un dimanche que j'avais descendu mon panier de linge, la directrice du foyer est venue me voir. "Les autres filles se sont plaintes, m'a-t-elle dit. Elles ont peur que ta... ta particularité soit contagieuse. Dorénavant, pour la sérénité de tous, il vaudrait mieux que tu laves ton linge à la main, dans le lavabo de ta chambre. Tu comprends, n'est-ce pas ?" J'ai sorti mon linge de la machine, sans un mot, même si à l'intérieur mon ventre tournait comme une essoreuse. "Oui, madame Cochard." J'ai attendu qu'elle tourne les talons pour laisser couler mes larmes. Je n'ai plus jamais pleuré depuis, même lorsque la Salamandre m'a attaqué pour la quatrième fois...

— ... il y a trois jours, quand j'ai fait irruption dans la salle de bains, devine Kris. Oh, Léo, si j'avais su ! Comme je m'en veux ! Et comme je comprends maintenant pourquoi tu hésitais à embarquer !

— Tu n'as pas à t'en vouloir. Tu n'es pas responsable, pas plus que Serena, la seule autre personne du programme Genesis à connaître l'existence de la Salamandre. Je vous suis infiniment reconnaissante – à elle, de me garder dans le programme ; à toi, de me garder ton amitié ; et à vous deux, de garder mon secret. »

Les battements de mon cœur ralentissent.

J'ai vidé mon sac, ça m'a fait un bien fou, mais maintenant la vague d'émotion est passée : il est temps que je me ressaisisse.

ACTE II

« C'est à moi de gérer la Salamandre, dis-je. Je sais qu'elle m'attaquera une cinquième fois, quand mon futur époux apprendra son existence. Je veux juste que ce soit le plus tard possible, et que je sois la mieux préparée pour encaisser le coup. Voilà pourquoi je me suis fixé cette règle inflexible, inviter chacun des prétendants à tour de rôle, une fois seulement toutes les douze semaines. Juste avant la dernière Liste de cœur, je montrerai la Salamandre à celui que j'aurai choisi, et qui m'aura choisie aussi, pour qu'il s'engage en connaissance de cause. Les autres filles me prennent pour une psychorigide de première, mais toi tu sais pourquoi je fais ça : pour me protéger. Je survivrai, ne t'en fais pas. S'il y a une chose que j'ai apprise après quinze années de cohabitation forcée avec la Salamandre, c'est bien cela – survivre ! »

Acte III

31. Contrechamp
VILLA MCBEE, LONG ISLAND, ÉTAT DE NEW YORK
JEUDI 6 JUILLET, 21 H 00

« Tu n'as pas touché à ton assiette, Harmony. Ça ne peut pas continuer comme ça. Il faut que tu manges quelque chose. Il faut que tu reprennes des forces. »

Serena McBee est assise au bout d'une longue table en bois d'ébène, surplombée par une enfilade de trois magnifiques lustres diffusant une lumière tamisée.

À l'autre extrémité six mètres plus loin, au bout d'un chemin de table en soie brodé d'écussons en forme d'alvéoles, se dresse une seconde chaise. Une jeune fille émaciée y est recroquevillée, vêtue d'une délicate robe de dentelle grise à manches longues. L'assiette de porcelaine disposée devant elle accueille un demi-homard rosé et un fagotin de haricots vert tendre. La nourriture est intacte, pas même entamée.

« Je n'ai pas faim », dit la jeune fille.

Sa voix est fragile comme du verre. Ses yeux clairs ressemblent à des billes de verre eux aussi – en réalité, son visage tout entier a une étrange transparence. Sa peau est si pâle et si fine que l'on devine le fin réseau de veines bleues qui le parcourent. Ses longs cheveux d'un blond diaphane, presque blanc, ont la consistance lisse et brillante des fils sécrétés par les araignées. Malgré sa maigreur, la ressemblance de la jeune fille avec celle qui lui fait face est flagrante : ce sont là mère et fille.

« Ce n'est pas une question d'avoir faim ou pas, assène Serena McBee. Les gens qui n'obéissent qu'à leurs envies et à leurs répulsions finissent par devenir des esclaves. Si facilement manipulables... »

Serena saisit délicatement l'un des nombreux verres de cristal alignés devant son assiette – une flûte remplie de champagne.

Elle la porte à ses lèvres et la savoure avec délectation.

« Mmm... Ce Merceaugnac cuvée Impériale 1969 est vraiment à la hauteur de sa réputation. Le champagne de l'année de la Lune, Harmony, comme celui des prétendants – je me suis ruinée, mais ça vaut le coup ! Il s'accorde à merveille avec le homard. C'est bien dommage que tu ne veuilles pas y goûter. Mais peut-être que tu te réserves pour le gâteau d'anniversaire ? »

Serena frappe dans ses mains, faisant tinter ses bracelets :

« Le dessert ! » ordonne-t-elle.

Deux jeunes hommes en gilets de serveurs, jusque-là parfaitement silencieux et parfaitement fondus dans l'ombre des murs, se dirigent vers la table d'un pas tellement léger qu'ils semblent léviter sur le parquet ciré de frais. Chacun d'entre eux porte une oreillette d'argent fixée sur la tempe droite.

Les assiettes disparaissent sans le moindre bruit de vaisselle entrechoquée. Elles cèdent la place à deux exquises charlottes individuelles, véritables pièces d'orfèvrerie pâtissière faites de meringue sculptée, parsemée d'éclats de fruits rouges confits, brillants comme des rubis. La charlotte placée devant Harmony est piquée de dix-huit bougies blanches, aussi fines que des baguettes de mikado. Celle de Serena en revanche ne comporte qu'une seule bougie.

« Joyeux anniversaire à nous deux, ma chérie ! s'exclame Serena en levant sa flûte. Pour sucrer ces douceurs, le cuisinier a utilisé du miel de la propriété que j'ai moi-même

ACTE III

récolté. Allez, un sourire : on n'a pas tous les jours dix-huit ans !

— Et vous, maman ? Quel âge avez-vous aujourd'hui ? » Serena émet un petit rire argentin.

« Ça, ma chérie, c'est mon petit secret. Il y a des femmes qui disent qu'à partir d'un certain âge, elles préfèrent ne plus compter. Moi, je garde un compte précis au contraire, même si je ne le dévoile pas, et je considère chacun de mes anniversaires comme une victoire personnelle sur le temps. Un jour, tu comprendras. Pour l'instant, souffle tes bougies. »

Mais Harmony n'en a pas encore fini :

« Et mon père ?

— Comment ça, ton père ? demande Serena en reposant brusquement sa flûte sur la table. Je t'ai dit cent fois qu'il était mort peu de temps avant ta naissance.

— Quel âge aurait-il eu aujourd'hui ?

— Cette question est sans objet et sans importance. Souffle tes bougies, mon trésor. »

Le ton de Serena ne souffre pas de réplique.

À l'autre bout de la table, Harmony prend une inspiration profonde. Le dessin de ses veines sur ses tempes et sur son front s'accentue à mesure que ses poumons se gonflent d'air, que son corps se remplit de sang fraîchement oxygéné.

« Souffle ! » insiste Serena.

De là où elle est, dans la pénombre de la vaste salle à manger, elle ne peut pas distinguer la petite goutte rouge qui s'est formée sous le nez d'Harmony.

« Allez ! Toutes d'un coup ! Ne me déçois pas ! »

Mais au moment d'expirer, Harmony est prise d'une violente quinte de toux, qui ébranle son corps frêle. Deux longs filets de sang tombent de chacune de ses narines, se mêlent au coulis de framboise dans lequel baigne la charlotte.

« Harmony ! s'écrie Serena en se levant de sa chaise. Pas aujourd'hui, le jour de notre anniversaire ! »

Mais Harmony n'est plus en mesure de répondre : terrassée, elle se renverse sur la table, brisant les verres de cristal dont les éclats se mêlent à sa chevelure incolore.

32. Chaîne Genesis
VENDREDI 7 JUILLET, 11 H 00

Ouverture au noir.
Plan sur le Parloir vide.
Titrage : *5ᵉ séance au Parloir. Hôtesse : Kelly, 19 ans, Canada, responsable Navigation (latence de communication – 11 secondes)*

Roulement de tambours.

Kelly émerge du tube d'accès relié au compartiment des filles, et referme la trappe derrière elle. Elle a partagé son abondante chevelure blonde en deux couettes qui flottent de chaque côté de son visage ; les deux pans de sa chemisette à carreaux rouges, nouée au-dessus de son nombril, lévitent eux aussi, dévoilant un ventre tonifié par le fitness. Le piercing y brille comme une étoile, parmi toutes celles qui parsèment le ciel.

Serena (off) : « *Bonjour, Kelly...* »

Kelly : « Hello, Serena. Vous avez une petite voix aujourd'hui, si je peux me permettre. Vous avez fait la bringue hier soir ? »

Le silence qui succède à la question de Kelly pourrait laisser penser que la productrice exécutive a mal pris la blague – mais en réalité, ce n'est que la latence de communication entre le vaisseau et la Terre.

ACTE III

Serena (off) : « *La bringue ? Oui, si on veut. C'était mon anniversaire. Je me suis couchée tard. Mais assez parlé de moi. L'héroïne du jour, c'est toi, Kelly ! Ton premier jour au Parloir… Avec qui vas-tu le partager ? Est-ce que toi aussi, tu vas te laisser tenter par Alexeï ?* »

Kelly entortille sa couette gauche autour de ses doigts aux ongles vernis de rose – assortis à son gloss, bien évidemment : « Bof. Les princes charmants sortis tout droit du dernier Disney, ce n'est pas vraiment mon truc. Le seul blond qui trouve grâce à mes yeux, c'est Jimmy Giant, le nouveau James Dean. Moi, j'aime les rebelles, les mecs au sang chaud, pas les glaçons – je me suis assez gelée comme ça au Canada, pendant des années. Le Nigeria, le Brésil, ça me parle plus que la Russie. Et puis ce *Mozart*, là, il m'intrigue. C'est que je suis mélomane, moi, et avec un nom pareil il est peut-être musicien – même si je doute qu'il arrive à la cheville de Jimmy, le dieu de la country-rock. »

Roulement de tambours

Kelly profite de la courte attente pour cracher son chewing-gum dans un mouchoir, qu'elle range dans la poche de son jean.

Puis Mozart apparaît à la droite de l'écran. Lui aussi porte un jean, et un T-shirt blanc à col en V qui révèle sa musculature et fait ressortir la teinte caramel de sa peau.

Mozart, d'une voix profonde où roule un accent langoureux : « Bonjour… »

Gros plan sur son visage hâlé. Ses cheveux de jais, lisses et brillants, se tordent voluptueusement sur sa nuque et sur ses tempes, lui donnant un air de jeune faune. Ses lèvres affichent un sourire irrésistible, ses longs cils noirs ombragent un regard intense.

Kelly : « Salut, l'artiste ! Ou plutôt devrais-je dire : mes hommages, monsieur de Mozart. »

Elle exécute une petite révérence dans l'espace, avant de relever la tête d'un mouvement brusque, qui renvoie ses couettes dans son dos : « Où est la perruque blanche ? Où la poudre de riz ? Où sont les bas de soie ? Tu n'en portes pas dans le générique, mais je pensais que dans le Parloir au moins tu ferais un effort. Je suis déçue... »

Mozart : « Les bas sont sous mon jean. Je te montre ? »

Il soulève son T-shirt, révélant des abdominaux parfaitement dessinés. La bande élastique de son boxer émerge au-dessus de la ceinture du jean taille basse.

Mozart : « C'est un caleçon 50 % soie, très près du corps, archi-confortable. Dommage que tu ne puisses pas toucher pour juger par toi-même... »

Kelly émet un sifflement : « Pfiou ! Toi, on peut dire que tu y vas franco. Tu montres toujours tes tablettes de chocolat au premier rendez-vous ? »

Mozart : « Et toi ? »

Kelly : « Moi ?... »

Mozart : « J'aime beaucoup ton interprétation minimaliste de la chemise de bûcheron canadienne ! »

La jeune fille baisse lentement les yeux sur son propre ventre, sous les pans noués de la chemisette, avant d'éclater de rire en réalisant qu'elle est aussi dénudée que son invité.

Kelly : « Touchée ! Moi qui m'attendais à tomber sur un marquis avec une patate chaude dans la bouche ! Je sens qu'on va bien s'entendre, tous les deux ! Mais dis-moi, est-ce que tes parents t'ont vraiment appelé *Mozart* sans déconner ? »

Le jeune Brésilien rabat son T-shirt : « Mes parents se sont barrés de ma vie genre cinq minutes après m'avoir éjecté sur Terre, alors je ne crois pas qu'ils aient eu le temps de me donner de nom. »

Kelly : « Ah ! Tu es un enfant abandonné, comme Léo ! »

Mozart hausse le sourcil : « Léo ?... »

Kelly : « Une autre nana du *Cupido*. Oublie, tu auras tout le temps de faire sa connaissance. Pour le moment, c'est toi et moi. Et tu ne m'as toujours pas répondu, pour ton nom. »

ACTE III

Mozart : « Ce sont les filles de la favela Inferno qui me l'ont donné, sympa les nanas ! Mais je n'ai que ce nom-là, alors je l'aime bien quand même. »

Kelly : « La favela Inferno ? »

Mozart : « Le bidonville le plus pourri de Rio, la ville d'où je viens. En fait, même le mot *bidonville* est trop luxueux pour décrire ce dépotoir à ciel ouvert, où la favela voisine a fini par s'étendre parce qu'il fallait bien caser tout le monde. Tu vois le tableau ? »

Kelly, grave tout d'un coup : « J'imagine... enfin, j'essaye. »

Mozart : « Dans l'Inferno, c'est un peu chacun pour soi et Dieu pour tous. Encore que Dieu ne m'a jamais trop aidé, pour être honnête. Mais je ne lui en veux pas, le pauvre bougre, j'imagine qu'il fait ce qu'il peut, et je ne suis pas rancunier. »

Pour preuve, Mozart exhibe le crucifix accroché à l'épaisse chaîne en or qui pend à son cou.

« Les gens de la favela, par contre, m'ont accepté parmi eux. Petits truands, faussaires à dix balles et voleurs en tous genres : on voudrait les faire passer pour le rebut de l'humanité, mais la plupart d'entre eux ont le cœur sur la main. C'est un groupe de jeunes femmes de la favela qui m'ont élevé, je les considère un peu comme mes grandes sœurs – enfin, quand je dis *élevé*... Elles s'occupaient de moi quand elles avaient le temps, parce qu'elles ne chômaient pas à séduire les touristes sur les plages de Copacabana et d'Ipanema, ou à s'entraîner à la samba pour devenir les prochaines reines du carnaval. Moi, j'étais agile comme un singe, et tellement petit : j'étais capable de me faufiler dans les quartiers chics de Rio et de vider toutes les poches en un tour de main, pour la redistribution des richesses. D'où mon nom, tu piges ? J'étais un jeune prodige, un virtuose, "le Mozart du vol à la tire" ! Non que je m'en vante, hein, je suis un repenti – j'ai grandi, j'en ai eu ma claque, j'ai voulu tourner la page et rentrer dans le droit chemin. Quand les hélicos ont arrosé la favela avec des flyers du programme Genesis, j'ai décidé d'envoyer ma candidature. On peut dire que j'ai eu de la chance qu'ils me prennent, vu mon CV ! »

Mozart toise Kelly avec dans l'œil un air de défi, l'air de dire : « Avoue que ça te choque ! »

Mais la Canadienne, loin de s'offusquer, affiche un grand sourire : « En ce qui me concerne, tu passes le premier round d'entretien haut la main. Premièrement, tu es expert en Navigation, un vrai boulot bien dans l'action, pas un truc fumeux comme la Planétologie. Deuxièmement, j'ai remarqué que tu portes un caleçon de la même marque que Jimmy Giant, donc tu as bon goût. Troisièmement, je compatis totalement niveau vécu, vu le nombre de fois où l'on m'a traitée de *trailer trash* : ordure de camping, c'est sympa, non ? Tout ça parce que j'habitais dans une caravane avec ma mère et mes trois frères, dans la banlieue de Toronto. Bon, c'est vrai qu'ils étaient tous au chômage, et que la caravane était petite pour cinq, alors j'ai décidé de m'inscrire au programme Genesis pour respirer un peu. »

Mozart rigole : « Alors, voilà ce qu'on est, toi et moi : deux ordures balancées dans le vide de l'espace... »

« Deux *belles* ordures ! » précise Kelly.

« Celle que j'ai en face de moi est magnifique ! Mon rêve, ce serait d'être recyclé avec elle. Fondus l'un dans l'autre pour former un nouvel alliage, quelque chose de très précieux que personne n'aura jamais l'idée de jeter... Regarde, je commence déjà à me recycler ! »

À ces mots, le jeune homme se met à effectuer des roulades dans le vide avec une facilité déconcertante, qui arrache des larmes de rire à Kelly.

« Regarde ! Je cycle... et je re-cycle... et je re-re-cycle ! »

Soudain, Kelly cesse subitement de rire.

Mozart semble le remarquer, se stabilise instantanément dans les airs : « Qu'est-ce qu'il y a ? »

ACTE III

Kelly couvre sa bouche de sa main, une expression d'horreur sur le visage : « Ton... ton cou... »

Rapide comme l'éclair, la caméra zoome sur la nuque de Mozart ; tandis qu'il roulait sur lui-même, ses mèches noires se sont soulevées, dévoilant sa nuque où brille une petite bille de métal argenté qui accroche la lumière des spots.

Mozart : « Quoi, mon cou ?... – Il rabat fébrilement ses cheveux. – Ce n'est qu'un piercing, rien de plus. Comme celui sur ton ventre. »

Mais Kelly ne l'écoute pas.

Elle ne l'écoute plus.

Elle hurle : « Stop ! Arrêtez tout ! Tout de suite ! »

Mozart se projette sur la paroi, front écrasé contre le verre.

Il hurle à son tour : « Mais qu'est-ce qui t'arrive ? Qu'est-ce que j'ai dit ? Qu'est-ce que j'ai fait ? »

Kelly : « Sortez-moi de là, bordel ! Sortez-moi de là ou je fais un malheur ! »

Une sonnerie stridente couvre soudain les cris – en bas de l'écran, le chronomètre a achevé son tour complet : c'est fini.

Serena (off) : « *Voyons, Kelly, pourquoi te mettre dans un tel état ? Est-ce à cause des erreurs de jeunesse de Mozart ? Es-tu à ce point choquée par son passé ?* »

Mais il n'y a plus personne pour répondre aux questions de Serena : le temps qu'elles parviennent au Parloir, Kelly a déjà déverrouillé la trappe pour s'engouffrer dans le tube qui plonge vers le compartiment des filles.

Fondu au noir.

Générique.

33. Champ
D + 4 JOURS 21 H 42 MIN
[1ʳᵉ SEMAINE]

Un fracas métallique retentit dans le séjour, le bruit d'une trappe qui se rabat.

Louve, que j'étais en train de dessiner, se dresse d'un bond sur ses pattes : finie pour aujourd'hui, la séance de pose.

J'éteins ma tablette à croquis et lève les yeux sur Kelly, qui déboule comme un bulldozer depuis les étages supérieurs du compartiment. Au rouge qui empourpre ses joues, on devine tout de suite qu'il y a eu un problème.

« Ça ne s'est pas bien passé ?... demande Fangfang, sans que l'on sache bien quelle réponse la satisferait le plus, entre un *oui* ou un *non*.

— Si on te demande, tu diras que tu sais pas ! »

La Singapourienne émet un sifflement.

Mais Kelly ne l'écoute pas. Elle se rue sur la table à manger, envoie valdinguer les quelques restes du petit déjeuner dans le panier à vaisselle, sauf un verre qu'elle laisse en bout de table. Puis elle saisit la savonnette posée près de l'évier de la cuisine, et la déplace à l'autre extrémité. Elle s'accroupit ; elle prend une inspiration profonde ; elle imprime une pichenette à la savonnette humide, qui se met à glisser sur la table en direction du verre, mais s'arrête à mi-course avant de le toucher.

« Raté... », grogne Kelly entre ses lèvres.

Elle s'empare de la brosse à vaisselle et se met à récurer frénétiquement la surface d'acier brossé, avant de retenter l'expérience du jet de savonnette.

Vu comment elle a rembarré Fangfang, personne n'ose lui demander ce qui se passe.

ACTE III

« Moi aussi, quand je suis stressée, ça me détend de faire le ménage, finit par dire Kris gentiment, pour détendre l'atmosphère.

— Je ne fais pas le ménage ! aboie Kelly. Je curle ! Pour moi, c'est comme prier, alors merci de ne pas me déconcentrer ! »

Et de frotter de plus belle...

« Elle *curle* ? répète Kris à voix basse.

— Je crois que c'est une sorte de pétanque sur glace, dis-je. Tu n'as jamais vu ça, à la télé ? Un type balance une pierre sur le sol d'une patinoire, et les autres frottent devant comme des malades pour qu'elle glisse jusqu'à la cible.

— Ça n'a rien à voir avec la pétanque ! » rugit Kelly, outrée.

Oups... j'ai parlé trop fort...

« Pour ton information, le curling est une discipline olympique ! dit-elle d'un ton péremptoire, en brandissant la savonnette sous mon nez comme si elle voulait me la faire manger. Au Canada, nous prenons ça *très* au sérieux. Oh, et puis merde, pourquoi est-ce que je me fatigue à expliquer tout ça à des filles qui ne sont intéressées que par une chose : se trouver un mec coûte que coûte, même si en face de nous il n'y a que des salauds ! Ciao, je me casse avec Jimmy, et qu'on me foute la paix. »

D'un tir d'une précision remarquable, elle balance la savonnette dans l'évier. Puis elle arrache rageusement son baladeur sur la table de charge et fend la salle de séjour pour aller se réfugier dans la chambre – comme je l'ai moi-même fait quatre jours plus tôt.

34. Contrechamp
VILLA MCBEE, LONG ISLAND, ÉTAT DE NEW YORK
VENDREDI 7 JUILLET, 15 H 30

« Tu m'as fait très peur, Harmony », affirme Serena McBee d'un ton lourd de reproche.

Vêtue d'un élégant tailleur parme, elle est assise au chevet d'un grand lit métallique relève-buste, comme on en voit dans les hôpitaux. Mais la grande pièce aménagée avec de ravissants meubles anciens n'a rien d'une chambre d'hôpital, et la jeune fille allongée dans le lit n'a rien d'une malade en blouse : les pans de sa robe de dentelle grise se répandent parmi des draps blancs, telle une écume précieuse.

« Il faut que tu prennes mieux soin de toi, que tu t'alimentes convenablement, que tu prennes bien tes pilules. Depuis que tu es toute petite, tu as toujours été de faible constitution, à tel point que j'ai fait sceller les fenêtres de ta chambre de peur qu'une bourrasque de vent ne t'emporte. Mais ces derniers temps, les choses ont empiré. Ce malaise hier soir... Est-ce que tu me promets de faire un effort ?

— Je vous le promets, maman », répond Harmony.

Elle est toujours très pâle, ses joues sont toujours creusées. Mais les rayons de soleil qui pleuvent à travers la grande fenêtre striée de barreaux d'acier font briller ses yeux vert d'eau – si semblables à ceux de sa mère.

« Je peux te croire ? insiste cette dernière.

— Vous le pouvez, maman. C'est ma résolution pour ma majorité. Grandir. Devenir une femme accomplie, comme vous. »

Serena prend les mains de sa fille entre les siennes.

« Rien ne pourrait me faire plus plaisir, ma chérie. D'ailleurs, tu me ressembles un peu plus chaque année ! Un

ACTE III

jour, tu prendras ma relève, tu porteras haut les couleurs des McBee, ces nobles armoiries qui nous viennent de nos ancêtres écossais. »

Serena exhibe la chevalière d'or qu'elle porte au petit doigt, frappée de son alvéole et de son abeille.

« Oui, maman », répond Harmony.

Le regard transparent de la jeune fille se perd dans la pièce. Il passe sur la rangée de poupées en porcelaine assises bien sagement au bord d'une cheminée ornée de feuillages de stuc ; sur le mobile de soie en forme de papillon qui flotte au plafond ; sur tous les souvenirs qui parsèment cette chambre d'enfant. Seul signe que l'enfant a grandi : les romans disposés sur la table de chevet, dont les titres en lettres dorées luisent faiblement contre le cuir des reliures. *Orgueil et Préjugés. Raison et Sentiments. Persuasion.*

« Je sais que je n'ai pas été très présente ces derniers mois, continue Serena. L'organisation du programme Genesis, l'entraînement en Californie, tout cela m'a pris beaucoup de temps. Mais les choses vont changer, je te le promets. À compter de ce jour, j'assure mes fonctions à distance. Je n'aurai à quitter Long Island qu'une ou deux fois, pour aller rencontrer les gens d'Atlas à New York – l'affaire de quelques heures. Le reste du temps, nous resterons toutes les deux ensemble, Harmony, ici dans la villa McBee. Tiens, ça me fait penser qu'avec tout ça, j'ai oublié de te donner ton cadeau d'anniversaire ! »

Serena s'incline, pour sortir un objet de sous sa chaise : un écrin noir, qu'elle remet entre les mains effilées de sa fille.

« Oh ! » souffle cette dernière en soulevant le couvercle.

Un magnifique collier de diamants repose dans l'écrin.

« Il y a dix-huit pierres, une pour marquer chacune de tes années sur Terre, précise Serena en accrochant le bijou au cou d'Harmony. Ça te plaît ? »

La jeune fille se redresse davantage contre son oreiller de satin, pour apercevoir son reflet dans la grande psyché qui fait face à la fenêtre.

« Énormément ! s'exclame-t-elle. Merci, maman ! »

Serena se lève et dépose un baiser sur le front d'Harmony.

« J'ai laissé de la brioche et du thé sur ta coiffeuse. Je te ferai monter une décoction de gelée royale issue de nos ruches, un peu plus tard : c'est un excellent revigorant, et ta tension est encore très basse. Repose-toi, maintenant, ma chérie. Respire bien à fond, comme je t'ai appris. Je vais t'allumer la télévision, pour te détendre. »

Serena marche jusqu'au grand écran plat incrusté dans le mur, entre deux toiles impressionnistes aux tons pastel. Elle effleure la surface lisse du doigt ; celle-ci s'allume instantanément sur la chaîne Genesis. La salle de séjour exiguë et sans fenêtres où se massent les prétendantes apparaît comme un prolongement de la vaste chambre inondée de soleil.

« Tu te souviens, quand les six prétendants puis les six prétendantes sont passés à la maison juste après avoir été sélectionnés, avant leur départ pour la vallée de la Mort ? demande Serena.

— Oui, maman. C'était gentil de les inviter, et ça m'a fait plaisir d'avoir une chance de les rencontrer au moins une fois.

— C'est parce qu'ils n'ont pas de famille, ou qu'ils n'en ont plus, tu comprends ? Je voulais leur donner la vision d'une famille soudée avant leur départ, quelque chose qui les inspire une fois sur Mars. Il y a tant de malheur en ce monde... Nous avons de la chance de si bien nous entendre, Harmony. »

Serena se dirige vers la sortie de la chambre, s'arrête juste devant la porte pour sortir un trousseau de clés de la poche de son tailleur.

« Harmony...

ACTE III

— Oui, maman ?
— Tu comprends pourquoi je t'enferme, n'est-ce pas ? Je veux dire, tu comprends pourquoi je te garde à l'abri dans la villa McBee depuis que tu es toute petite ?
— Parce que vous m'aimez, maman. »
Serena sourit.
Elle referme la porte derrière elle, à double tour.
Le bruit de ses talons s'éloigne pour laisser la place au silence, à peine troublé par le babil des prétendantes qui discutent en sourdine sur l'écran, dont le volume est réglé au minimum.
Alors seulement, Harmony se lève de son lit – lentement, en mesurant chacun de ses mouvements, comme si elle avait peur de briser ses membres fins dans un geste trop brusque.
Elle marche jusqu'à la fenêtre, pèse de tout son poids sur la vitre pour la faire coulisser. Une douce brise s'engouffre à travers les barreaux – celle qui accompagne l'été dans les Hamptons, la partie la plus chic de Long Island et sans doute du pays tout entier, où la crème de l'élite new-yorkaise a ses résidences secondaires. En dépit de la chaleur, Harmony frissonne sous la dentelle qui lui couvre les épaules et les bras. Elle saisit un barreau dans chaque main, et approche son visage : dehors s'étendent les magnifiques jardins à l'anglaise de la villa McBee. Extravagantes plates-bandes débordantes de rosiers aux tiges mêlées de clématites, bancs de renoncules aussi éclatantes que de l'or au soleil, plants de lavande qui ondoient dans la brise comme les vagues d'une mer violette : c'est une explosion de couleurs et de senteurs. Là-bas, au-dessus des haies, pointent les toits des dizaines de ruches de la propriété. Et plus loin encore, derrière les arbres, on devine les centaines de fans qui assiègent les grilles de la villa McBee en espérant apercevoir la grande prêtresse du programme Genesis.

Harmony se détourne de tout cela, pour scruter le ciel sans nuage.

Elle fait teinter son ongle contre le métal du barreau : *tin ! tin ! tin !*

... voilà quelque chose qui s'approche, sur la voûte azuréenne...

tin ! tin ! tin !

... une forme grise...

tin ! tin ! tin !

... un pigeon.

Il se pose sur le rebord de la fenêtre, dans un grand battement d'ailes qui fait s'envoler les fins cheveux d'Harmony. Un sourire de soulagement apparaît sur le visage de la jeune fille lorsqu'elle aperçoit le tube rouge attaché à la patte du pigeon.

« Merci..., murmure-t-elle entre ses lèvres. Merci... »

Elle dénoue fébrilement l'attache du tube, sous l'œil rond et indifférent de l'oiseau immobile.

Elle sort un petit poudrier doré de la poche de sa robe, ouvre le boîtier circulaire dans un déclic sonore. À l'intérieur, sous la houppette, il n'y a rien, pas un grain de poudre. Harmony fait sauter le bouchon du tube rouge, et verse son contenu dans la cachette au creux du poudrier : un sable blanc très fin, aux reflets iridescents, scintillant comme de la neige.

Alors seulement, elle relève la tête et reprend conscience de la présence du pigeon, qui la fixe toujours entre les barreaux de la fenêtre.

« Oui, je sais..., dit-elle doucement. Il faut payer... »

Elle ouvre la grande boîte à bijoux sur sa coiffeuse, révélant des étages de velours pourpre couverts de bagues, de boucles d'oreilles, de colliers semblables à celui que sa mère vient de lui offrir. Elle choisit un pendant d'oreille en or serti de rubis : il rentre tout juste dans le petit tube rouge, qu'elle referme soigneusement et rattache à la patte du pigeon.

Ce dernier s'envole dans le ciel, sans un bruit.

ACTE III

Harmony retourne à son lit.

Elle s'assoit sur le bord du matelas, sa robe de dentelle crissant à peine sous le poids de son corps trop léger.

Elle saisit l'un des romans de Jane Austen – *Orgueil et Préjugés* –, l'ouvre sur une page qu'elle détache sans un bruit. De la pointe de cette page arrachée, elle prélève quelques grammes de sable blanc dans son poudrier. Elle les dépose sur sa table de chevet, repousse délicatement les bords du petit tas jusqu'à ce qu'il forme une ligne bien droite. Enfin, elle replace la houppette pour dissimuler son trésor, referme le boîtier, le range dans sa poche, avant de se pencher sur la fine ligne scintillante.

« Le moment est venu de partir en voyage, Jane... », murmure-t-elle en roulant la page entre ses doigts fins, pour former un tube de papier et de mots.

Elle en cale une extrémité au coin de sa narine délicate, l'autre à la naissance de la ligne de poudre. Puis elle remonte le sillon en aspirant aussi fort que ses poumons le lui permettent.

Elle retombe sur le lit, laisse échapper la feuille, qui vole au sol.

Tout son corps se contracte.

Ses pupilles se rétractent.

Ses bras, ses jambes s'élèvent au-dessus du matelas, ses cheveux presque blancs se gonflent, se soulèvent comme s'ils étaient en apesanteur.

35. Chaîne Genesis
SAMEDI 8 JUILLET, 11 H 00

Ouverture au noir.
Plan sur le Parloir vide.
Titrage : *6ᵉ séance au Parloir. Hôtesse : Safia, 17 ans, Inde, responsable Communication (latence de communication – 14 secondes)*
Roulement de tambours

Safia apparaît à la droite du champ. Elle a revêtu son sari safran, dont les pans savamment plissés flottent autour d'elle comme les pétales d'une fleur gigantesque et soyeuse. Ses longs cheveux noirs, soigneusement attachés, brillent comme de l'onyx. En plus du point rouge qui orne son front, elle porte aujourd'hui un anneau d'or dans la narine droite.

Serena (off) : « *Safia ! Quelle sophistication ! Quel exotisme ! Grâce à toi, les milliards de spectateurs qui nous regardent en prennent vraiment plein les yeux ! Mais un seul des six prétendants aura la chance de profiter de la vue. Lequel, Safia ?* »

Safia : « J'hésite entre Samson et Kenji... »

Les secondes s'égrènent dans la bulle de verre, prolongement des points de suspension, le temps que l'hésitation de Safia parvienne jusqu'à la Terre.

La voix de Serena finit par répondre, reprenant les noms des deux prétendants tel un écho lointain : « *Samson ou Kenji ? Intéressant... Et pourquoi donc ?* »

Safia : « Parce que aucun d'entre eux n'a encore été invité. J'imagine qu'ils doivent être un peu tristes... J'aimerais bien les faire venir tous les deux, mais malheureusement c'est impossible. »

Le rire argentin de Serena résonne sous la bulle de verre, avec quatorze secondes de décalage : « *Ah, Safia !*

ACTE III

Quel altruisme digne de mère Teresa ! C'est bien de penser aux sentiments des autres, mais quel est ton désir à toi ? Il y a bien un de ces deux prétendants qui t'attire plus que l'autre ? Alors, Samson ou Kenji ? Kenji ou Samson ? Il faut que tu choisisses ! »

La petite Indienne hésite un instant, avant de se décider : « Samson est vraiment très, très beau. Mais je crois que pour aujourd'hui, je vais choisir Kenji, parce que c'est le plus jeune des garçons. Il a dix-sept ans, comme moi : cela nous fait un point commun. »

Roulement de tambours.

La voix off se tait, et Safia demeure seule au milieu du silence. Elle patiente en respirant calmement, comme Serena le lui a appris. C'est tout juste si elle écarte parfois les pans de son sari d'un geste gracieux de la main, pour les remettre en place.

Les instants passent.

Se transforment en minutes.

Finalement, Serena reprend la parole : « *Je suis désolée, Safia, nous avons un petit problème... Kenji refuse de venir.* »

Gros plan sur le visage jusque-là serein de la benjamine ; à présent, elle ne cache plus son angoisse : « Il... il ne veut pas me voir ? » balbutie-t-elle.

Les quatorze secondes de latence sont une véritable torture pour la jeune Indienne. On peut voir les émotions les plus violentes passer dans ses grands yeux cernés de khôl, tandis qu'elle attend la réponse à sa question.

Mais Serena botte en touche : « *Je ne sais quoi te dire, si ce n'est qu'il va falloir que tu choisisses un autre prétendant. Le bel Alexeï, peut-être ? Comme les autres filles, tu dois mourir d'envie de faire sa connaissance...* »

Safia recompose son expression calme. Résolue : « Non. Pas Alexeï. Samson. Je veux inviter Samson. »

Cette fois-ci, l'attente n'est pas longue. Le crâne rasé de Samson ne tarde pas à apparaître à la droite du champ. La première chose qui frappe, ce sont ses yeux vert émeraude : ils ressortent de manière étonnante sur le noir d'ébène de sa peau. Il est habillé avec simplicité, pantalon de toile beige et chemisette qui souligne son corps svelte. Un fin nœud papillon lui donne une touche d'élégance indéniable.

Samson : « Merci de m'avoir invité, Safia… même si je n'étais pas ton premier choix. »

Safia, un peu gênée, s'empêtre dans ses explications : « J'ai hésité… Je pensais faire jouer la solidarité des juniors… J'aurais dû t'inviter en premier… »

Samson éclate de rire – un rire pur, solaire, qui dévoile ses dents éclatantes de blancheur : « Je te taquine, ma belle ! Tu n'as pas à t'excuser. Je suis déjà très heureux d'être ton deuxième choix, tu sais ? Quant à Kenji… il ne sait pas ce qu'il perd. »

Safia semble un peu rassurée.

Elle esquisse un sourire : « Est-ce que tu sais pourquoi il n'est pas venu ?… – Elle ajoute aussitôt : – … non que je regrette, loin de là, mais c'est un peu vexant. Il m'a trouvée moche dans le générique, c'est ça ? »

Samson : « Il ne faut pas chercher à comprendre. Kenji est un peu bizarre… non, en fait il est carrément barré. Il ne parle à personne. »

Safia : « Il est muet ? »

Samson : « Je dirais plutôt autiste. Terrorisé par le moindre contact social, tu vois le genre ? Je ne te raconte pas l'entraînement dans la vallée de la Mort, pour l'apprivoiser ce n'était pas de la tarte, on n'a pas eu de trop de douze mois. Alors imagine, six minutes en tête à tête avec une fille inconnue… et ravissante ! »

Safia rougit légèrement au compliment : « Je ne comprends pas. Pourquoi la production aurait-elle sélectionné un autiste pour une telle mission ? »

Samson hausse les épaules : « Qu'est-ce que j'en sais ? Kenji a d'autres qualités. C'est un génie de l'électronique. Son cerveau est un véritable ordinateur vivant. Il connaît par cœur les fréquences radio utilisées dans l'espace, il est capable de calculer un temps de transmission les yeux

ACTE III

fermés, à n'importe quel moment il peut te dire quelle est la position relative de Mars, de Phobos, de la Terre et de tout ce qui gravite dans le système solaire. Tout ça, ça compte, pour un responsable Communication ! Et puis, je ne sais pas pour vous du côté des filles, mais chez nous du côté des garçons personne n'est parfait – à part peut-être Alexeï, il a l'air surhumain ce mec-là. »

Safia : « *Personne n'est parfait ?* Que veux-tu dire ? »

Samson secoue la tête : « Désolé. Du côté des mecs, on s'est promis de ne pas critiquer les autres. Et de toute façon, je n'ai pas envie de balancer sur les copains. Il y a un proverbe dans mon pays : *les chameaux ne rient pas de leurs bosses*. C'est aux autres de dire ce qu'ils ont à dire, ici dans le Parloir, aux filles qui leur poseront la question. Je ne peux parler que pour moi. »

Safia : « Alors, je te pose la question à toi, Samson : en quoi consiste ton imperfection ? Je t'avoue que j'ai du mal à l'imaginer en voyant ce garçon au physique de mannequin – regarde un peu tes yeux, ils sont magiques ! –, qui en plus est trop sympa avec ses amis. »

Le grand sourire de Samson s'éteint brusquement.

Il baisse la voix : « *Ces yeux magiques*, comme tu dis, sont ma pire malédiction. Dans le village où je suis né, on dit que certains enfants sont sorciers – ceux qui ont la peau trop blanche ou les yeux trop clairs, comme moi. Ces rejetons-là, personne n'en veut, parce qu'ils portent la poisse : les parents les abandonnent, les anciens les bannissent, et lorsque la disette ou la maladie frappent, c'est sur eux que le peuple se venge. En les tuant pour conjurer le mauvais sort. »

Safia s'écrie : « C'est injuste ! »

Samson répond : « C'est ainsi. Le Nigeria est un pays magnifique, plein de gens formidables. Mais rien n'est plus difficile à déraciner que la tradition… »

À ces mots, le visage de Safia s'empourpre : « *La tradition !* Qu'est-ce que *la tradition* nous a apporté de bon, à part de jolies étoffes ?... – Elle rejette violemment le pan de son sari par-dessus son épaule. – ... des guerres, des meurtres et des orphelins !... de la douleur, du sang et des larmes !... voilà ce que *la tradition* nous a apporté. À cause de *la tradition,* mes parents ont voulu me faire épouser un homme que je n'aimais pas, et j'ai été rejetée par tous les miens ! Si tout ce programme a un sens, s'il y a une chose que l'on doit faire tous les douze, c'est empêcher que *la tradition* prenne racine dans le sol de Mars ! – Elle plante ses yeux dans ceux de Samson : – Je vais te mettre en numéro un sur ma première Liste de cœur, Samson. Et si je t'épouse dans cinq mois, je serai très heureuse. Nos enfants auront tes magnifiques yeux verts. Ils regarderont la Terre depuis une planète où la cruauté des hommes ne pourra jamais les atteindre ; et tous ceux qui, sur Terre, souffrent de l'intolérance, pourront regarder Mars comme un symbole d'espoir que rien ne pourra jamais effacer. »

Samson retrouve le sourire : « Wouah ! Pas mal, pour un premier entretien ! J'étais juste ton deuxième choix, et maintenant tu envisages de m'épouser ! Après tout, je ne suis peut-être pas si malchanceux que ça ?... »

La sonnerie retentit, mettant fin à l'entretien.

Serena (off) : « *Qui l'eût cru ! Une séance de speed-dating qui se transforme en vibrant plaidoyer pour les droits de l'homme... et en possible demande en mariage ! Ça, c'est du spectacle ! Brrr !... Ça m'a fait frissonner, j'en ai encore la chair de poule ! Et je ne doute pas qu'il en va de même pour vous, chers spectateurs, chères spectatrices. Si Safia et Samson vous ont convaincus, n'hésitez pas à le leur faire savoir en alimentant leur Trousseau, pour que leurs enfants aux yeux verts puissent naître et grandir dans le plus beau Nid d'amour de New Eden !* »

Fondu au noir.

Générique.

ACTE III

36. Hors-Champ
CIMETIÈRE CALVARY, COMTÉ DE LOS ANGELES
DIMANCHE 9 JUILLET, 15 H 30

« Sherman Fisher était un époux et un père modèle. Il était également un citoyen exemplaire de la municipalité de Beverly Hills, à la vie de laquelle il participait de manière active. Enfin, il était un membre respecté de la communauté scientifique, comme en témoignent ses positions au sein de la Nasa avant le rachat, puis plus récemment dans le programme Genesis, son dernier employeur. »

Le prêtre lève un instant le nez du micro accroché au pupitre, pour tirer un mouchoir de son aube et s'éponger le front. Le soleil, en cet après-midi de juillet, est éblouissant. Sa lumière rasante étire les ombres des stèles qui jalonnent l'herbe jaunissante du cimetière Calvary, dans l'est du comté de Los Angeles.

Une centaine de personnes vêtues de noir sont assemblées autour d'une tranchée creusée dans la terre sèche. Les hommes desserrent les cols de leurs chemises ; les femmes soulèvent leurs voilettes pour laisser passer un peu d'air, certaines s'éventant même avec le livret de chants ; quelque part dans le fond, un bébé pleure.

« C'est l'ardeur de Sherman au travail qui aura finalement eu raison de lui, continue le prêtre en rangeant son mouchoir. L'envoi de l'homme sur Mars était devenu sa raison d'être. Pour en avoir parlé avec lui, moi qui étais son curé à Beverly Hills, je sais qu'il voyait dans cette mission un moyen d'honorer Dieu, d'aller contempler de plus près la beauté de la Création. Ces derniers temps, Sherman faisait ainsi partie des quelques-uns à qui incombait la très grande responsabilité de former les candidats à la colonisation martienne, dans le camp d'entraînement de la vallée de la Mort. Il s'y consacrait jour et nuit sans ménager sa peine, à tel point qu'il ne pouvait plus retrouver le réconfort des siens qu'un week-end par mois. Or, Sherman, l'homme de l'espace, n'aimait pas prendre l'avion. Aussi faisait-il le trajet jusqu'à Beverly Hills en voiture. Il semble que l'asphalte, brûlant à cette époque de l'année, a fait exploser les pneus de sa Chevrolet. Le Seigneur a rappelé son fils à lui quelques jours seulement avant le départ de la mission pour laquelle il avait tant œuvré. Certains pourraient y voir une cruelle ironie. Pour ma part, je crois que Sherman a pu assister au décollage de la fusée depuis la meilleure place possible, qui est au ciel, aux côtés du Seigneur. Et je suis sûr qu'il continuera de veiller sur ses élèves dans les jours, les mois, les années qui viennent. Je me tais maintenant pour laisser la parole à ceux qui ont connu Sherman encore mieux que moi. J'appelle l'épouse du défunt, Vivian Fisher. »

Le prêtre recule de quelques pas pour laisser sa place au pupitre, au pied duquel se dresse le portrait photographique encadré de celui auquel il a rendu hommage : un homme au visage dur, portant veste et cravate, le front marqué des rides du souci. Le cercueil qui trône devant la fosse béante est soigneusement fermé.

Une femme grande et élancée, élégante malgré le deuil qui l'afflige, sort de la foule en laissant derrière elle deux magnifiques lévriers sages comme des chiens de faïence – l'un entièrement noir, l'autre entièrement blanc. Tandis que la veuve se dirige dignement vers le pupitre, rajustant son voile, une voix enfantine chuchote entre deux sanglots :

« Dis, Drew, on ne va pas revoir Père avant qu'ils… qu'ils… l'enterrent ? »

La petite fille de douze ans qui a parlé lève ses yeux rougis sur son grand frère, debout à côté d'elle au premier rang. Très droit dans son costume noir, les cheveux

ACTE III

plaqués par la cire coiffante, ce dernier ressemble à une statue, aussi immobile que les lévriers dont il tient la laisse. Ses yeux à lui ne sont pas rouges, derrière ses lunettes à monture noire ; mais la tension qui paralyse son visage en dit autant que toutes les larmes.

« Non, Lucy, murmure-t-il d'une voix étranglée. On ne va pas revoir Père. Quand ils l'ont retrouvé dans la vallée de la Mort, l'accident avait eu lieu depuis plusieurs jours. On ne l'aurait... pas reconnu. Mieux vaut garder de lui le souvenir de cette photo, là, à côté de father Daniel.

— Mais il a l'air tellement sévère, sur cette photo...

— Père *était* sévère, Lucy. Surtout depuis qu'il travaillait pour Genesis. Il devait avoir tellement de tracas, de responsabilités... Cette photo est l'une des dernières qui aient été prises de lui. »

Lucy ravale un nouveau sanglot, puis elle se tait.

Là-bas, derrière le pupitre, sa mère s'apprête à parler.

« La première fois que j'ai rencontré Sherman, c'était au country club de Berkeley, commence-t-elle. Il était étudiant en sciences physiques, j'étudiais les langues anciennes. À l'époque déjà, l'espace était sa passion. Je lui ai fait remarquer que nos spécialités n'étaient pas si éloignées, puisque que toutes les planètes avaient des noms latins. Ça a été notre premier échange, notre premier rire... »

Andrew ferme les yeux.

Il inspire profondément.

Sa chemise se soulève et se contracte au rythme de sa respiration, engloutissant le discours tremblant de sa mère, les pleurs étouffés de sa sœur, et le bruissement du vent brûlant dans les branches des séquoias centenaires.

« J'appelle à présent Andrew Fisher, le fils du défunt. »

Andrew rouvre brusquement les yeux.

Il s'arrache au groupe et se dirige vers le pupitre, pareil à un automate.

La mer de têtes tournées vers lui semble floue, comme un mirage.

Andrew glisse la main dans la poche de sa veste pour en tirer le morceau de papier sur lequel il a griffonné son discours. Mais les mots sont flous eux aussi, comme si ses lunettes ne fonctionnaient plus, comme si le monde entier foutait le camp.

Pas grave.

Andrew laisse tomber le papier, qui s'envole au vent.

De toute façon, il sait ce qu'il a à dire.

« Dans un mois, je rentre à Berkeley, murmure-t-il contre le micro. Cet endroit est pour moi tout un symbole. Vous pensez savoir pourquoi, après ce que vous venez d'entendre : c'est là que mon père a rencontré ma mère. Donc, sans Berkeley, je n'existerais pas, CQFD. Mais ce n'est pas vraiment ça, le plus important. Ce qui compte, c'est que Berkeley donne un sens à ma vie. Parce que c'est le chemin que m'a montré Père : celui de la persévérance, du travail, du dévouement. Je l'ai toujours énormément admiré. Il a toujours été mon modèle. Oui, il était sévère, mais il était juste. Depuis tout petit, ma plus grande peur était de le décevoir. Ma plus grande satisfaction, d'entendre un compliment dans sa bouche. »

Andrew marque une courte pause.

Il s'agrippe à deux mains au bord du pupitre.

« Ces derniers temps, Père était très absent. Le programme Genesis l'accaparait tellement, comme l'a rappelé father Daniel. J'ai ressenti de la jalousie, je l'avoue, en pensant à ces inconnus de mon âge à qui il consacrait tant de temps, alors qu'il en avait si peu pour moi, son propre fils. Mais le plus important, c'est qu'avant de mourir, Père était en train de réaliser son rêve – le rêve qu'il avait commencé à nourrir à mon âge, sur les bancs de Berkeley, et sans doute même avant : celui de toucher du doigt les étoiles. Il était trop âgé pour être lui-même astronaute. Mais il faisait tout pour envoyer d'autres êtres humains à sa place. »

ACTE III

Andrew prend une dernière inspiration.

Ses yeux s'envolent loin au-dessus des rangs, vers le ciel aveuglant, vers l'homme à qui il adresse la fin de son discours :

« Aujourd'hui, je vous fais une promesse, Père. Je vous jure que je me montrerai digne de vous. Que moi aussi, un jour, je toucherai les étoiles. Que j'irai sur Mars. Et que vous irez aussi, à travers moi. »

Andrew s'esquive rapidement, juste le temps pour le prêtre de poser une main compatissante sur son épaule : « Bien parlé, Andrew. »

Les témoignages suivants s'enchaînent comme dans un songe, sous une chaleur de plomb. Jusqu'à ce que le prêtre appelle le dernier témoin :

« J'invite enfin Odette Stuart-Smith, qui était à la fois la voisine de Sherman à Beverly Hills, et son estimée collègue au sein du programme Genesis. En dépit de sa charge de travail actuelle, que l'on imagine aisément, elle a fait spécialement l'aller-retour aujourd'hui depuis la base de cap Canaveral, pour un dernier hommage. »

Une femme menue s'extirpe de la foule, ployant sous le poids d'une immense couronne de fleurs qu'elle porte à deux mains. En dépit de la canicule, elle porte un col roulé qui lui remonte jusqu'au menton.

Elle jette quelques coups d'œil à l'assistance par-dessus le bord du pupitre, sans qu'il soit possible de dire si elle y voit vraiment quelque chose, car ses pupilles disparaissent entièrement derrière des lunettes en culs de bouteille.

« Un... Deux..., dit-elle dans le micro. Un... Deux...

— Euh... pas la peine de tester, ma fille, suggère le prêtre, un peu décontenancé. Le microphone est opérationnel, nous l'avons utilisé pendant toute la cérémonie.

— Simple contrôle, répond Odette Stuart-Smith. Dans l'aérospatiale, on préfère toujours vérifier le matériel deux fois, question de professionnalisme.

— Ah ? Eh bien, si vous le dites... »

La petite femme se tourne vers l'auditoire en affichant une mine désolée :

« Mesdames, messieurs, et vous, chère famille Fisher... Sherman était pour moi plus qu'un collègue : un ami très proche, que je regretterai éternellement. Aujourd'hui, mon cœur est lesté d'une immense douleur aussi lourde que... que... – elle cherche ses mots pendant quelques instants, semble être soudain touchée par l'inspiration –... que ce magnifique arrangement floral gracieusement offert par le programme Genesis ! »

Elle laisse tomber la couronne contre le cercueil, manifestement contente de s'en débarrasser. Toutes les fleurs qui la composent sont rouges, rouge également le bandeau qui la traverse de son inscription emphatique : À Sherman Fisher, la future civilisation martienne reconnaissante.

« J'aurais voulu en dire plus, prétend Odette Stuart-Smith, mais je dois être de retour à cap Canaveral ce soir et mon avion part dans moins de deux heures. »

Bruissement dans l'assemblée.

Mais Odette Stuart-Smith s'est déjà enfuie. Elle se dirige au pas de course vers la sortie du cimetière, tandis que le prêtre reprend le micro pour entamer l'ultime prière avant la mise en terre :

« *Il y a un temps pour tout et un moment pour toute chose sous le soleil.*

« *Il y a un temps pour naître et un temps pour mourir,*

« *Un temps pour planter, et un temps pour arracher le plant...* »

Andrew se penche à l'oreille de Lucy, lui remettant la laisse des deux lévriers :

« Reste là avec Yin et Yang, je reviens tout de suite. »

Il se détache discrètement du groupe et se met à courir sur les traces d'Odette Stuart-Smith ; les paroles ancestrales de l'Ecclésiaste se perdent derrière le bruit de ses talons qui martèlent la pelouse :

« *... un temps pour déchirer et un temps pour coudre...* »

ACTE III

« ... *un temps pour se taire... et un temps... pour... parler...* »

Andrew rattrape la petite femme juste devant les grilles du cimetière, derrière lesquelles sont massées des centaines de personnes venues assister à distance aux obsèques, contenues par un cordon de policiers.

« Madame Stuart-Smith ! »

Odette se retourne vivement, l'air ahuri derrière ses lunettes.

« C'est moi, Andrew.

— Ah, Andrew…, dit-elle d'un air pincé. Très touchant, ton petit discours. Je te souhaite le meilleur succès à Berkeley. Mais j'ai un avion à prendre et il me faut affronter la foule pour accéder à mon taxi. »

Elle désigne du menton les inconnus qui se recueillent derrière la grille. Certains brandissent des portraits du défunt rendu célèbre par le programme Genesis, d'autres des pancartes marquées d'inscriptions vibrantes : *Sherman Fisher, héros de l'espace sans qui rien n'aurait été possible ; On ne vous oubliera jamais, Sherman ; Puisse le premier bébé de Mars porter le nom de Sherman !*

« Attendez ! s'écrie Andrew. Je voudrais vous poser quelques questions, à vous qui avez côtoyé mon père dans ses derniers jours. Est-ce qu'il vous a parlé de moi ? Est-ce que… vous savez pourquoi je n'ai pas été choisi pour le programme ?

— Je t'ai dit que je n'avais pas le temps », rétorque sèchement Odette, visiblement pressée de quitter les lieux au plus vite.

Mais la main d'Andrew se referme sur son bras maigre :

« Je vous en supplie, répondez-moi, il faut que je sache. Quand j'ai appris l'identité des astronautes retenus, des phénomènes de foire sélectionnés juste pour amuser la galerie, ça m'a mis hors de moi. J'en voulais tellement à mon père ! Mais avec le recul, j'ai terriblement honte, car je suis sûr qu'il s'est battu comme un chien pour moi. Il a dû subir d'énormes pressions de la part d'Atlas, pour ne pas parvenir à placer ma candidature. N'est-ce pas ?... »

Une grimace passe sur le visage d'Odette Stuart-Smith.

« Lâche-moi immédiatement, tu entends ! ordonne-t-elle d'une voix aigre. Si tu veux vraiment savoir, Sherman n'a pas levé le petit doigt pour défendre ta candidature. Tout au contraire : il s'y est formellement opposé. »

Andrew lâche le bras de la vieille femme aussi brusquement que s'il s'était électrocuté.

« Comment ? balbutie-t-il, pâle comme un spectre. Je ne comprends pas. Mon père a toujours encouragé ma passion pour l'espace, qui était aussi la sienne, qu'il a instillée en moi dès mon plus jeune âge. Il m'a toujours promis que, lorsque l'occasion se présenterait, il me laisserait partir pour Mars, même si c'était en aller simple. Il m'a toujours dit qu'il serait fier de me voir écrire l'Histoire, même si je devais quitter ma famille. C'était pour cela que je l'admirais tant : parce qu'il avait le courage de me dire ces choses. À mes yeux, c'était la plus grande preuve d'amour qu'un père puisse donner à son fils.

— Eh bien, ce n'étaient que des mots, dit Odette avec un sourire mauvais. Ton père n'était pas un surhomme. Il s'est dégonflé. Si ça n'avait tenu qu'à moi et aux autres organisateurs, bien sûr que nous t'aurions donné ta chance, que nous t'aurions envoyé là-bas. Mais Sherman a préféré te garder égoïstement ici, sur Terre, plutôt que de te laisser prendre ton envol. »

Andrew perd pied.

Il se met à trembler.

« Tout ce que je pensais savoir sur mon père était faux..., balbutie-t-il. Tout ce qu'il m'a dit n'était qu'un tissu de mensonges... Je croyais le connaître, mais c'était un inconnu !

— Toutes mes condoléances, Andrew », conclut Odette Stuart-Smith, avant de tourner les talons.

ACTE III

37. Champ
D + 6 JOURS 21 H 30 MIN
[1ʳᵉ SEMAINE]

« ... Et c'est ainsi que nous n'oublierons jamais Sherman Fisher. »
Sur l'écran panoramique, Serena baisse les yeux dans une attitude de profond recueillement. Derrière elle, une fenêtre donne sur les jardins de la villa McBee, depuis laquelle elle fait désormais ses annonces. Le paysage serein et ensoleillé tranche avec la robe de deuil en dentelle noire de notre marraine. Avec tact, employant les mots justes comme elle seule sait le faire, elle vient de nous annoncer le décès de Sherman Fisher, qui s'est tué dans un malheureux accident de voiture, et que l'on enterre aujourd'hui. Voilà pourquoi il était absent de la cérémonie de départ.

Dans la salle de séjour du *Cupido*, c'est le silence et la consternation. À l'exception de Safia, son élève, nous ne connaissions pas vraiment l'instructeur en Communication. De loin, il paraissait assez distant et froid. Je dirais même renfrogné, le visage fermé comme une porte de prison, comme s'il avait peur de trop donner. Mais ça ne change rien : nous sommes toutes sous le choc. Les organisateurs de Genesis ont tant fait pour nous ! – perdre l'un d'entre eux, c'est comme perdre un membre de notre famille.

« La vie continue, dit Serena, pleine de bravoure, en relevant la tête. Le programme Genesis continue. Le moment de publier les premières Listes de cœur est venu. »

Les paroles sortent de ma bouche sans que je puisse les retenir, parce que je suis comme ça, je dis toujours ce que je pense :

« Vous ne pensez pas que nous pourrions décaler légèrement la publication, Serena ? Marquer une journée de silence, en hommage à Sherman Fisher ? »

Sur l'écran panoramique, le visage de Serena reste d'abord impassible ; puis un sourire triste mais néanmoins gracieux s'y dessine, lorsque ma requête lui parvient.

« C'est fort délicat à toi de le proposer, ma chère Léonor, dit-elle. Mais Sherman n'aurait pas voulu d'une telle journée. Le silence, vois-tu, ce n'était pas son truc. N'oublions pas qu'il était expert en Communication. La meilleure façon de rendre hommage à notre cher disparu, c'est d'aller de l'avant. *Show must go on !* »

La dessinatrice en moi ne peut s'empêcher de remarquer à quel point le deuil va bien à Serena, comme toutes ses tenues. Les boucles d'oreilles noires en onyx, l'ombre à paupières assortie, tout ça : cette femme réussit l'exploit d'être à la pointe de la mode jusque dans l'affliction.

Un roulement de tambours préenregistré retentit, déclenchant une rumeur fiévreuse à travers le séjour. Les filles sont électrisées ; l'annonce de l'accident de Sherman Fisher a encore rajouté à la tension qui précède la publication des premières Listes de cœur.

En parlant de cœur, je sens le mien battre à tout rompre dans ma poitrine en ce moment. Pourquoi ? Je me suis pourtant répété que ce premier classement ne valait rien pour moi. C'est la règle que je me suis fixée : garder la tête froide, ne pas me laisser emporter par la folie des classements hebdomadaires.

« Chaque prétendant – et chaque prétendante – a soigneusement rempli sa grille ce matin, rappelle Serena à l'écran. Un exercice difficile que ce classement, surtout la première fois. Je suis certaine qu'il y a eu bien des hésitations... »

Des hésitations ? Pas pour moi. Mais de la méthode. J'ai simplement classé les prétendants par ordre alphabétique, de A à Z (ou à T, plus exactement). Pas de favoritisme. De toute façon, tout ça c'est pour faire monter la sauce, pour attiser le jeu de séduction, pour nourrir les spéculations des spectateurs et des passagers.

ACTE III

Comme si elle avait deviné mes pensées à trois millions de kilomètres de là, depuis sa villa cosy, la Serena tout de noir vêtue rappelle la règle du programme :

« Après la publication de ce premier classement, et de ceux qui suivront chaque semaine, à vingt-deux reprises, rien ne sera joué. Les Listes de cœur intermédiaires servent avant tout à prendre la température, à permettre aux prétendants et aux prétendantes de se situer les uns par rapport aux autres. La seule Liste de cœur qui comptera vraiment, qui scellera les couples définitifs, sera la dernière, la vingt-troisième : celle qui sera publiée lors de l'alignement sur l'orbite de Phobos. Il est permis de considérer toutes celles qui précèdent comme des ébauches préparatoires pour la réalisation d'un chef-d'œuvre d'amour et d'harmonie. »

Je sens la main de Kris se refermer sur la mienne.

Comme sur la plateforme d'embarquement, quand j'ai hésité à accepter la mission.

C'était seulement il y a une semaine, sept tout petits jours, et pourtant j'ai l'impression que c'était dans une autre vie.

« Comme d'habitude, honneur aux dames », dit Serena.

Son visage s'efface pour laisser la place à un tableau à six colonnes.

Fangfang (SGP)	Kelly (CAN)	Elizabeth (GBR)	Safia (IND)	Kirsten (DEU)	Léonor (FRA)
1. Tao	1. Alexeï	1. Alexeï	1. Samson	1. Alexeï	1. Alexeï
2. Kenji	2. Samson	2. Tao	2. Alexeï	2. Tao	2. Kenji
3. Marcus	3. Marcus	3. Samson	3. Marcus	3. Mozart	3. Marcus
4. Alexeï	4. Tao	4. Marcus	4. Tao	4. Samson	4. Mozart
5. Mozart	5. Kenji	5. Mozart	5. Mozart	5. Kenji	5. Samson
6. Samson	6. Mozart	6. Kenji	6. Kenji	6. Marcus	6. Tao

« *Voici le classement des prétendants par les prétendantes*, continue Serena en voix off. *En toute logique, ceux qui ont pu démontrer leur potentiel de séduction lors d'une séance en tête à tête au Parloir avec leur belle se retrouvent en haut de classement. La seule exception qui confirme cette règle, c'est Mozart, à qui Kelly n'a pas fait de cadeau... »*

Kelly cesse momentanément de mâcher son chewing-gum pour lâcher un commentaire :

« Et encore, si j'avais pu, je préfère ne pas vous dire où je l'aurais classé !

— Non, en effet, ne nous dis pas, la prévient Fangfang. C'est une heure de grande écoute et le programme Genesis préfère éviter les gros mots. »

Kris me donne un coup de coude et me glisse quelques mots angoissés à l'oreille :

« Tu te rends compte, on est quatre à avoir mis Alexeï en premier ! Y compris toi, Léo !

— Je t'ai expliqué que j'ai classé les prétendants par ordre alphabétique. La semaine prochaine, je prendrai l'ordre inverse et ton joli cœur se retrouvera dernier de ma Liste.

— Oui, mais quand même... Moi, j'ai mis Marcus en dernier de ma liste, juste pour ne pas te faire de l'ombre, parce que j'ai eu l'impression qu'il t'avait bien plu après ton speed-dating avec lui... »

Serena ne laisse pas le temps à Kris d'en dire davantage :

« *Sans plus attendre, passons maintenant au classement des filles par les garçons !* »

Un nouveau tableau apparaît à l'écran.

Tao (CHN)	Alexeï (RUS)	Mozart (BRA)	Kenji (JPN)	Samson (NGA)	Marcus (USA)
1. Fangfang	1. Kirsten	1. Kelly	1. Kirsten	1. Safia	1. Elizabeth
2. Kirsten	2. Elizabeth	2. Léonor	2. Elizabeth	2. Kirsten	2. Kelly
3. Elizabeth	3. Kelly	3. Kirsten	3. Léonor	3. Elizabeth	3. Safia
4. Safia	4. Léonor	4. Safia	4. Fangfang	4. Kelly	4. Kirsten
5. Kelly	5. Fangfang	5. Elizabeth	5. Safia	5. Fangfang	5. Fangfang
6. Léonor	6. Safia	6. Fangfang	6. Kelly	6. Léonor	6. Léonor

ACTE III

Dernière de trois classements sur six. Je mentirais si je prétendais que ça ne me touche pas. Mais à quoi je m'attendais, au juste ? Je suis clairement le moins bon parti. Mon Trousseau est au ras des pâquerettes par rapport aux autres, et c'est bien normal vu le comportement que j'ai donné à voir aux spectateurs, avec mes sautes d'humeur explosives et mon tempérament d'ours polaire. Cependant... je ne pensais pas que Marcus me classerait en dernier, lui aussi. Je croyais qu'il s'était passé quelque chose entre nous – quelque chose qui valait plus que de l'argent.

« *Selon la même logique, les prétendantes ont tendance à être très bien classées par les garçons qu'elles ont rencontrés – avec, là encore, une exception notable : Léonor, qui ne semble pas avoir convaincu Marcus...* »

Serena ne fait que retourner le couteau dans la plaie.

Et cette plaie me fait très mal.

(*Bien sûr qu'il s'est passé quelque chose entre vous ! C'est bien pour ça qu'il ne te pardonnera jamais. Rappelle-toi sa colère à la fin de votre entretien. Tu t'es grillée pour toujours, avec cette règle stupide de l'inviter une fois toutes les douze semaines. Il t'a rayée de ses partenaires potentielles une fois pour toutes, Léonor, et maintenant il est trop tard !*)

Je déglutis pour faire passer la boule qui s'est formée dans ma gorge, et ravaler l'affreuse voix de la Salamandre au fond de moi.

Si Marcus est trop borné pour accepter ma règle, tant pis. Ce n'est pas lui qui m'exclut de sa sélection, c'est moi qui l'exclus d'office. Je ne pourrais jamais me caser avec un mec aussi impatient. *Cueille le jour*, tu parles ! Ce qu'il me faut, c'est quelqu'un de posé, de réfléchi... de mature. Si Marcus réagit comme ça maintenant, de manière aussi impulsive, comment réagira-t-il le jour où il verra la Salamandre ? La réponse, c'est qu'il ne la verra jamais.

Entre lui et moi, c'est comme ce pauvre Sherman : mort et enterré.

38. Contrechamp
VILLA MCBEE, LONG ISLAND, ÉTAT DE NEW YORK
MERCREDI 12 JUILLET, 15 H 30

« Arthur, mon cher ami, merci d'être venu si vite ! » Serena McBee se lève de la ruche au pied de laquelle elle était accroupie. Sa combinaison d'apicultrice, taillée sur mesure, lui donne des allures de fée blanche entourée d'abeilles. Son chapeau à large bord agrémenté d'un voile protecteur ressemble à ceux que portent les dames le dimanche aux garden-parties huppées. Elle parvient même à rendre chics les gants en latex qui couvrent ses mains pour les préserver des dards.

« J'ai fait aussi vite que j'ai pu, Serena », dit le docteur Montgomery.

Bien droit dans son élégant costume de tweed, il se tient à une distance respectueuse du nuage qui bourdonne autour de la maîtresse des lieux.

« J'ai mis presque autant de temps à me frayer un passage parmi les hordes d'admirateurs et de journalistes qui cernent votre villa, que pour voler depuis Miami à New York ! Est-ce à propos de Ruben Rodriguez que vous m'avez fait venir ? Son corps vient d'être retrouvé en mer par un chalutier, là où nous l'avions laissé couler...

— Je suis au courant. Il aurait certes été plus pratique que cet enquiquineur se fasse manger par les poissons, lui qui aimait tant les animaux, mais ce n'est pas bien grave. Nous enverrons un allié du silence déposer une gerbe, comme pour Sherman. Et vérifier au passage que Ruben n'a rien laissé de compromettant derrière lui. Mais parlons plutôt de la raison pour laquelle je vous ai appelé : Harmony. Elle ne va pas très bien. Je voudrais que vous l'auscultiez, vous en qui j'ai toute confiance.

ACTE III

— Elle a fait un nouveau malaise ?
— Elle s'est évanouie pendant notre dîner d'anniversaire. Quelle calamité, cette constitution si fragile ! Ma santé de fer est bien la seule chose qu'elle n'a pas héritée de moi.
— Elle vous ressemble en effet plus qu'aucune fille n'a jamais ressemblé à sa mère… », commence le docteur Montgomery.

Son front se fronce légèrement.

« … mais dites-moi, elle n'est pas au courant, pour les alliés du silence ?
— Bien sûr que non ! Pour qui me prenez-vous ? Harmony n'est déjà pas capable de se protéger elle-même, je ne vais pas lui demander de protéger un secret ! Mais assez parlé de ma fille. Vous la verrez tout à l'heure, elle ne va pas s'envoler de sa cage. Venez plutôt voir cette merveille, tant que vous êtes là. »

Serena extrait un cadre de la ruche. Entre les montants de bois s'étend un réseau d'alvéoles dorées, auquel s'accrochent des grappes d'insectes noirs par dizaines.

« Approchez ! ordonne Serena.
— C'est que je n'ai pas de protection…
— Voyons, Arthur, vous n'allez pas me dire que vous avez peur des piqûres, un médecin de votre calibre ! Vous ne craignez rien, j'ai enfumé la ruche il y a quelques minutes. C'est une technique d'apiculture imparable : les abeilles affolées par la fumée croient à un incendie et se rassemblent autour de la reine… »

Le docteur Montgomery se lisse nerveusement la moustache, mais ne réplique pas. Il s'avance à pas comptés vers l'apicultrice.

« Regardez toutes ces petites ouvrières qui travaillent pour moi, dit-elle en brandissant le cadre. Toutes différentes et pourtant toutes identiques. Chacune sachant exactement ce qu'elle a à faire, quelle place elle doit tenir, quelle tâche elle doit accomplir pendant le court instant qui constitue la vie d'une abeille. »

Serena pousse un soupir qui agite la résille de son chapeau.

« Ce que vous avez devant les yeux, Arthur, c'est le modèle idéal de toute société. Pas d'états d'âme. Pas d'égoïsme. Aucune de ces frictions psychologiques qui, chez les espèces soi-disant évoluées, dégénèrent en disputes, en conflits, en guerres intestines. La ruche, c'est l'unité parfaite : l'énergie de tout un peuple tendue vers un seul but ! »

Serena range délicatement le cadre dans la ruche et rabat le couvercle qui sert de toiture.

Elle retire ses gants et ôte son chapeau – en dessous, son carré argenté est parfaitement en place, sans un cheveu de travers.

« Grâce à vous et au programme Genesis, les peuples de la Terre n'ont jamais été aussi unis, se risque Arthur Montgomery. Ces milliards de spectateurs qui vibrent au rythme des séances de speed-dating... C'est du jamais vu. Ni les tournées de rock stars contre la faim dans le monde, ni les Jeux olympiques n'ont jamais réussi à créer une telle unanimité. Quand on pense que tout ça va retomber comme un soufflé dans cinq mois. N'avez-vous pas peur que le public vous en tienne rigueur, à vous qui avez sélectionné les prétendants, quand l'un d'entre eux supprimera tous les autres ?... »

Serena saisit le bras du médecin, qui se raidit imperceptiblement.

Elle pose sur lui ses yeux vert d'eau, brillants de froide excitation.

« Le public ne m'en tiendra aucune rigueur, Arthur. Les gens se seront trop attachés aux douze astronautes pendant les vingt-trois semaines de voyage pour critiquer la sélection. La crise meurtrière déclenchera de l'horreur et de la pitié, pas de la colère. Quant à moi, il suffira que je dise les bons mots, que je pleure les bonnes larmes.

ACTE III

Ce ne sera pas un soufflé qui retombe, au contraire : ce sera l'apothéose. Imaginez ! Des obsèques internationales ! Une minute de silence observée dans le monde entier ! Une minute, une seule peut-être, mais pendant laquelle l'Humanité tout entière sera aussi unie que les abeilles que vous venez de voir. Le *tragique événement* sera comme un gigantesque enfumage : la ruche humaine rassemblée autour de sa reine – en l'occurrence, la directrice exécutive du programme Genesis, moi. Vous êtes capables de comprendre cela, mon ami, pas comme les autres alliés du silence qui ne sont motivés que par l'appât du gain. Vous, vous êtes de ma trempe… »

Serena attrape Arthur Montgomery par sa cravate, l'attire à elle et pose sur sa joue une main gantée de latex.

« Vous êtes un visionnaire, Arthur. Un philanthrope. Un poète.

— Serena… », balbutie le médecin.

D'un seul coup, le glacier de son assurance a fondu, l'armure de son flegme s'est fissurée.

Il frémit comme un jeune homme lors de son premier flirt.

« … vous savez que vous me faites tourner la tête. Je suis tombé sous votre charme depuis l'instant où nous nous sommes rencontrés, il y a deux ans, à l'origine du programme Genesis. Depuis, chaque nuit que vous m'accordez m'enflamme le cœur et les sens, chaque jour passé loin de vous me déchire – mais je reste à cap Canaveral pour garder un œil sur les autres alliés du silence, comme vous me l'avez demandé. Je ferai tout ce que vous voudrez, vous le savez bien. Je crois que vos beaux yeux m'ont hypnotisé, moi aussi, comme le prétendant qui provoquera le *tragique événement* ! »

Serena McBee éclate de rire – ce rire argentin qui n'appartient qu'à elle, qui ruisselle comme une pluie de métal.

« Non, mon grand Arthur ! Vous êtes un homme au caractère bien trempé, pas un adolescent déboussolé – en d'autres termes, vous êtes bien trop robuste pour être hypnotisé. C'est d'ailleurs votre aplomb viril qui m'a séduite. Vous avez du cran, pas comme cette chiffe molle de Gordon Lock et les vieux névrosés qui l'entourent. Il ne faut pas qu'ils se doutent de notre belle histoire, ils la saliraient – et puis, vous les surveillerez mieux ainsi, incognito, guettant la moindre défaillance. Mais avant de retourner en Floride, puisque vous êtes là, je vous invite à passer la nuit avec moi à la villa McBee ! »

39. Champ
D + 10 JOURS 21 H 15 MIN
[2ᵉ SEMAINE]

« Aujourd'hui, c'est Marcus que le sort a désigné ! annonce Serena sur l'écran panoramique de la salle de séjour. Dans quelques minutes, nous découvrirons quelle prétendante il invite à le rejoindre dans le Parloir. »

C'est notre deuxième semaine à bord du *Cupido*, la semaine des garçons. Les trois premiers jours, Samson, Tao et Alexeï ont été tirés au sort à tour de rôle ; le premier a invité Liz, et les deux autres ont invité Kris – on peut dire qu'elles ont la cote, toutes les deux...

« Si Marcus m'invite, je n'irai pas, comme Kenji avec Safia ! souffle Kris à mon oreille. Je n'en reviens toujours pas qu'il t'ait classée en dernier, après t'avoir vue. Tu n'as aucun regret à avoir : il n'a vraiment aucun goût ! »

ACTE III

Je m'efforce de sourire à Kris ; elle se tient devant moi, protectrice, adorable comme d'habitude dans l'une des petites robes bleues qui constituent sa penderie.

« Ne t'en fais pas, lui dis-je. Marcus ne signifie rien pour moi. En ce qui me concerne, il est libre d'inviter celle qu'il veut. »

Il est libre d'inviter celle qu'il veut… Est-ce que ça signifie que je m'inclus dans le champ des possibles ? Est-ce qu'une part de moi pense encore que Marcus va respecter ma règle : celle qui dit que l'on peut se voir une fois sur six ? Non, bien sûr. Il m'a bien fait comprendre qu'il ne voulait pas jouer le jeu. Tant pis pour lui.

Un déluge de violons à plein volume jaillit soudain de l'écran panoramique : le générique a commencé.

« *Six prétendantes d'un côté…*
« *Six prétendants de l'autre…* »

Je jette un coup d'œil furtif aux autres filles. Elles sont toutes là, belles comme des cœurs, immobiles comme des statues, hypnotisées par les visages qui fusent à l'écran. Chaque jour, j'ai l'impression que le générique défile plus vite que la veille. J'ai la sensation vertigineuse que tout s'accélère vers l'issue finale. Vers les couples de Mars, forcément idéaux ? Vers le bonheur conjugal, comme le promet le programme ? Pour nous, à bord du *Cupido*, la seule chose qu'il y a au bout du générique, c'est le black-out de l'écran qui s'éteint pendant la séance de speed-dating au Parloir.

« *Marcus vient de nous annoncer son choix !* » annonce soudain la voix de Serena.

Elle semble venir de toutes les directions du séjour à la fois — des murs truffés d'enceintes, de micros, de caméras et de cent autres capteurs qu'on ne soupçonne même pas.

« *… confirmant la folle popularité de nos deux prétendantes de tête, il a décidé d'inviter Elizabeth !* »

Liz se retourne vers nous dans un battement de ses longs cils noirs, qui ne sont même pas faux.

« *Moi* ? dit-elle en roulant des yeux incrédules comme si on venait de lui annoncer qu'elle avait gagné au loto. Je n'arrive pas à y croire ! »

Je contiens difficilement une violente envie de lui faire avaler son chignon de danseuse.

Pourquoi ?

Comme je l'ai dit à Kris, Marcus ne signifie rien pour moi.

Et moi, je ne signifie rien pour lui, comme il vient de me le prouver pour la seconde fois.

« Et vlan, dans les dents ! grommelle Kelly en ouvrant un nouveau paquet de chewing-gums. Une fois de plus, on s'est préparées pour rien ! »

Elle est sur les nerfs depuis son entretien avec Mozart la semaine dernière. Malgré les questions des unes et des autres, elle n'a rien voulu révéler de ce qui s'est passé dans la bulle.

« Deux heures de coiffage, de maquillage, de pomponnage, foutues en l'air, ajoute-t-elle. Ce serait trop leur demander de nous dire le matin au réveil qui va passer, plutôt que de nous laisser mariner ?

— C'est vrai, renchérit Fangfang, pour une fois d'accord avec sa meilleure ennemie. Que de temps gaspillé, qu'on aurait pu passer à réviser ! »

La Singapourienne n'a manifestement pas digéré que Tao ne la convoque pas au Parloir... elle avait certainement plus de raisons que moi d'espérer être réinvitée.

« Mais c'est le principe du jeu, tente d'expliquer Kris. Le suspense...

— *Le suspense ? Quel suspense ?* rugit la Canadienne, atteignant instantanément le niveau huit sur l'échelle de Richter. Il n'y en a que pour Liz et toi, tu parles d'un suspense !

— Non, il n'y en a pas que pour nous, tente de se défendre Kris. Je te rappelle que Mozart t'a classée en premier, même si tu ne le trouves pas à ton goût... »

J'ai l'impression de voir des éclairs jaillir des yeux de Kelly :
« Fous-moi la paix avec Mozart, ou je te jure que tu vas entendre sonner ton propre requiem ! »

Kris va enfouir son visage dans la fourrure blanche de Louve, comme chaque fois qu'elle est vexée. Moi, comme d'hab, mon sang ne fait qu'un tour :

« Hé toi, la reine du disco ! je lance à Kelly. Contente-toi d'écouter ton bellâtre de Jimmy Giant, OK ? Ça nous fera des vacances. »

La Canadienne me fait un doigt d'honneur, avant d'enfoncer ses écouteurs dans ses oreilles.

Fangfang s'empare de sa tablette de révision.

Safia elle-même se tait, fixant obstinément la pointe de ses souliers de poupée.

J'allume ma tablette à croquis, m'apprêtant à reprendre mes esquisses de Louve. Mais les lignes déjà tracées se floutent devant mes yeux, mon stylet reste immobile dans ma main. Dans le complet silence de la salle de séjour, il n'y a plus rien pour me distraire de mes pensées, plus rien pour couvrir la petite voix perfide qui murmure dans mon dos :

(En ce moment, une autre cueille le jour à ta place.)

40. CONTRECHAMP
TOUR ATLAS CAPITAL, NEW YORK CITY
JEUDI 13 JUILLET, 16 H 00

LA PORTE DE L'ASCENSEUR S'OUVRE AU CINQUANTIÈME ÉTAGE DE LA TOUR – le dernier. Serena McBee en émerge, vêtue d'un tailleur-pantalon noir qui allonge sa silhouette déjà élancée. Ses douze centimètres de talons plaqués or s'enfoncent dans la moquette épaisse qui tapisse tout l'étage, étouffant le moindre son. Face à elle, en fait de mur, se déploie une gigantesque baie vitrée circulaire qui offre une vue époustouflante sur la skyline de New York. Au milieu de cette pièce sidérante trône une massive sculpture de bronze : un titan à demi nu, portant sur son dos un globe terrestre. C'est Atlas, le géant de la mythologie qui prête son nom au fonds d'investissement.

Une silhouette se détache derrière la sculpture, à contre-jour sur fond de gratte-ciel. On dirait un homme en costume sombre, mais ses mouvements ont quelque chose d'étrange, d'un peu saccadé... Ses mains sont couvertes de gants noirs et il porte sur la tête ce qui ressemble à un casque de moto équipé d'une visière opaque cachant tout le visage.

« *Madame McBee, bienvenue chez Atlas* », fait une voix s'échappant du casque.

Une voix ? On dirait plutôt un enregistrement.

Cette créature, dont on ne voit pas un centimètre de peau, n'a rien d'un être humain, et tout d'une machine.

C'est un robot.

« *Permettez-vous que je vous scanne, conformément au protocole de sécurité ?* grésille la voix synthétique.

— Faites, mon brave... – Serena se penche pour lire le badge épinglé sur la veste de la chose –... mon brave androïde *Oraculon*. »

Deux points rouges apparaissent derrière la visière noire du casque.

L'androïde incline lentement la nuque, d'un mouvement parfaitement régulier qui laisse deviner le jeu d'engrenages se cachant derrière son costume, une horlogerie suisse bien plus précise que des os et des muscles. Son « regard » laser balaye ainsi la visiteuse de la tête aux pieds, puis des pieds à la tête.

« *Rien à signaler, ni micro ni caméra – juste cinquante-neuf kilos de matière organique vivante, un kilo de tissu, cinq cents*

ACTE III

grammes de cuir et quelques grammes d'or, annonce la voix synthétique.

— Tiens, bonne nouvelle, j'ai perdu un kilo, s'exclame Serena. Vous pouvez aussi me calculer ma masse graisseuse et me faire un programme de fitness personnalisé, androïde Oraculon ? »

Le robot se fige.

« *Masse graisseuse 18 %…*, répond-il très sérieusement au bout de quelques secondes. *Pour le programme de fitness, désolé, ça ne fait pas partie de mon menu…*

— Ces gadgets n'ont vraiment aucun humour…, soupire Serena. Laissez tomber, androïde Oraculon.

— *Information bien reçue : requête annulée. L'entretien avec le board de la société Atlas Capital va pouvoir commencer. Veuillez prendre place, madame McBee.* »

L'androïde désigne l'un des sièges disposés autour de la sculpture du géant Atlas. Il laisse l'invitée s'asseoir, puis il se place en face d'elle.

En quelques instants, la visière noire du casque se transforme en écran – un écran circulaire qui représente une face blanche en 3D, appartenant à un être androgyne sans âge, sans traits particuliers, sans sexe : le visage même de l'anonymat.

Mais ce visage anonyme s'exprime, s'anime à mesure que les paroles sortent du casque :

« *Bonjour, madame McBee.*

— Vous m'avez déjà dit bonjour.

— *Nuance : c'était le programme inscrit dans la mémoire du robot qui vous l'avait dit. À présent, le board d'Atlas au grand complet vous souhaite la bienvenue à travers la bouche de notre oracle cybernétique – cette merveille de technologie, l'androïde Oraculon.* »

Serena croise élégamment les jambes, et plonge ses yeux vert d'eau dans le casque qui lui fait face.

« Combien êtes-vous, derrière ce casque ? Pourquoi ne pas venir me voir en personne ?

— *Vous savez bien pourquoi. De manière générale, le groupe Atlas ne recherche pas la publicité, ni les contacts interpersonnels. Ce n'est pas notre vocation d'être connus du grand public, ni de nos fournisseurs. Nous sommes une structure d'investissement qui rachète des entreprises quand elles sont bien mûres, pour les presser à fond et en tirer tout le jus. Puis nous jetons la pelure. Nous avons investi une somme considérable pour acquérir la Nasa et nous vous avons confié la responsabilité du programme Genesis. Il n'y a rien à dire de plus...*

— ... surtout pas que vous avez décidé de lancer le programme malgré le rapport Noé et la mort des pensionnaires du septième Nid d'amour, n'est-ce pas ? »

Le visage 3D dans la visière du casque ne trahit aucune émotion.

« Voyons, madame McBee, vous savez bien que nous n'avons jamais entendu parler du rapport Noé. Vous savez bien que nous ne sommes pas au courant de la non-viabilité des habitats martiens. Nous ignorons l'existence de la télécommande qui vous permet de dépressuriser les habitats à distance ; tout comme votre plan de manipuler l'un des astronautes pour qu'il fasse ce travail à votre place, avant que les défauts du matériel ne soient découverts. »

Serena décroise les jambes, puis les recroise en sens inverse.

Son visage, à elle non plus, ne laisse transparaître aucune émotion.

« Bien sûr que vous ignorez tout cela, où ai-je la tête ? Mais alors, pourquoi m'avoir convoquée aujourd'hui ? Ce n'est tout de même pas à propos de ce ridicule site pirate, dont on n'a plus de nouvelles depuis des semaines ? Ni pour me reprocher d'avoir introduit un voyou des favelas à bord du *Cupido*, afin d'ajouter un peu de piquant ?

— *Non. Nous vous faisons confiance pour régler ces détails opérationnels et mettre en scène le show comme vous l'entendez. Certes, dans un premier temps, nous avons reçu une plainte du sponsor* platinum *de Mozart, la société de construction*

ACTE III

Brazimo, regrettant que son nom soit associé à celui d'un délinquant. Mais le public a réagi avec compassion au mauvais classement du Brésilien par la Canadienne, comme en témoignent les dons qui ont afflué en masse pour le soutenir – du coup, Brazimo a retiré sa plainte. Près de deux semaines après le lancement, les rentrées d'argent liées à la publicité et aux dons sont deux fois supérieures à nos prévisions les plus ambitieuses. À ce rythme, nous aurons remboursé notre investissement initial avant même la moitié du voyage – et tout le reste sera du bénéfice pur. Vous menez tout cela de main de maître, madame McBee, et la société Atlas se félicite de vous avoir confié les rênes du programme Genesis... »

La psychiatre incline légèrement la tête pour montrer qu'elle apprécie le compliment.

« ... mais le gouvernement américain, lui, se désole chaque jour d'avoir vendu la Nasa, continue l'androïde Oraculon – ou plus exactement, les mystérieux interlocuteurs qui se cachent derrière lui. *Comme vous le savez, le parti hyperlibéral du président Green s'était fait élire il y a près de quatre ans sur la promesse de liquider les institutions appartenant à l'État américain, afin de rembourser la dette publique...*

— Tout le monde se souvient de la campagne, coupe Serena. *With President Green, take America out of the red !* Chapeau aux publicitaires qui ont pondu ce jeu de mots mémorable.

— *Parfaitement. Mais aujourd'hui, devant le succès de la chaîne Genesis, les mêmes électeurs qui ont porté Green au pouvoir lui reprochent d'avoir vendu la Nasa très en dessous de sa valeur réelle. L'opposition l'accuse d'avoir bradé le programme martien. Il faut dire que ce dernier s'avère extrêmement rentable depuis que nous l'avons racheté, et les recettes publicitaires auraient bien aidé le gouvernement... Résultat, la popularité de Green est au plus bas, tous les sondages indiquent qu'il ne sera pas reconduit pour un deuxième mandat lors des élections présidentielles de novembre.*

— C'est dommage pour lui, mais je ne vois pas en quoi cela me concerne, ni vous non plus d'ailleurs, dit Serena. Atlas est un fonds d'investissement privé qui n'a aucun compte à rendre aux bureaucrates de l'État. Nous ne faisons pas de la politique : nous faisons du business. »

Le visage 3D marque une seconde de silence avant de répondre. Ses yeux blancs, sans pupilles, ressemblent à ceux d'une statue de marbre – un oracle, comme ceux au pied desquels les peuples antiques déposaient des offrandes en espérant entrevoir en échange un signe du destin.

« *D'après nos informations, le cabinet du président Green est sur le point de vous contacter pour vous proposer le poste de vice-présidente à la prochaine élection, à vous qui êtes devenue la personnalité la plus populaire des États-Unis. C'est une opportunité à ne pas manquer, et nous sommes même prêts à verser un petit pourcentage des recettes de Genesis pour financer votre campagne. Si vous êtes élue aux côtés de Green, vous deviendrez sa plus proche collaboratrice. Vous pourrez l'encourager à accélérer les ventes, en réservant à Atlas Capital les morceaux de choix. Il y a encore tant de choses que nous pourrions acheter, et rentabiliser à notre manière : les écoles, les hôpitaux publics... Imaginez, des plages de publicité obligatoires pendant les cours, dès la maternelle ! Des émissions de téléréalité sur les malades en phase terminale, avec dernier souffle en direct ! Il y a énormément d'argent à se faire, en mettant à contribution les bambins jusqu'aux vieillards. Et bien sûr, nous saurons vous témoigner notre gratitude pour votre sacrifice à la mère patrie.* »

ACTE III

41. CHAMP
D + 11 JOURS 21 H 00 MIN
[2ᵉ SEMAINE]

« Dis *Ah*. »

« Aaaaaaaah... », fait Liz en se décrochant la mâchoire.

J'allume la petite lampe torche de ma trousse d'apprenti médecin, et je balaye la bouche béante avec le faisceau lumineux.

« Je ne vois rien... Ça n'a pas l'air rouge... Je ne crois pas que ce soit une angine, Liz.

— Tu es *sûre* ?... »

Sûre ? Comment pourrais-je être sûre, vu que je n'ai jamais diagnostiqué d'angine de ma vie. Les seules amygdales que j'ai vues de si près sont dans ma tablette de révision.

« J'ai pourtant l'impression de m'être enrhumée, hier en sortant de la douche, insiste Liz. J'ai un peu mal à la gorge quand je déglutis, tu vois, et puis j'ai la tête lourde. J'aurais dû me sécher les cheveux tout de suite, au lieu d'attendre comme une idiote. Je suis une petite nature, j'attrape si facilement froid ! Et puis aussi, ce système de recyclage des urines, ça ne me rassure pas, je suis sûre qu'il y a des germes qui restent...

— Je peux toujours te prescrire un traitement antibiotique..., dis-je à tout hasard. Mais la plupart des angines sont virales, donc les antibios ne servent à rien.

— Ah ! Tu vois, que c'est une angine ! »

À quoi bon répliquer ? Elle est venue me voir, moi la responsable Médecine, en sachant d'avance ce qu'elle voulait : des antibiotiques pour calmer ses petites angoisses d'hypocondriaque. Mon diagnostic d'apprenti médecin, elle n'en a rien à faire ; et pour ce qu'il vaut, honnêtement, je la comprends.

« Tiens, dis-je en lui remettant un sachet de gélules. Matin et soir pendant sept jours en même temps que les repas. Surtout va bien jusqu'au bout, même si tu ne sens plus les symptômes. On fera le point la semaine prochaine.

— OK, doc ! »

Elle s'empare du sachet et s'apprête à quitter la salle de bains où nous nous sommes isolées le temps de la consultation : c'est déjà la fin de la matinée, et dans quelques instants le prétendant du jour va être annoncé sur l'écran panoramique de la salle de séjour.

« Liz ? » dis-je au moment où elle ouvre la trappe.

Elle se retourne :

« Oui ?

— Il était comment, hier, Marcus ? »

Je m'en veux aussitôt d'avoir posé cette question. Qu'est-ce que j'en ai à faire, de comment il était ? Je hais cette Léo faible, peu sûre d'elle, que Marcus a fait naître en moi. Je hais Marcus, tout simplement !

Liz me regarde sous ses longs cils noirs.

Sous nos pieds, à travers la trappe entrouverte, on entend le début du générique diffusé par les écrans de la salle de séjour. Tandis que monte le son des violons, j'ai l'impression que Liz me toise de très, très haut, comme si elle était au sommet d'une montagne que je ne pourrai jamais gravir. Mais je sais bien que c'est moi et moi seule qui projette cette expression de dédain sur cette brave Liz, elle qui est la modestie incarnée.

« Marcus était comme tu l'as décrit l'autre jour, finit-elle par lâcher. *Étrange*. Je veux dire, dans le bon sens du terme. Il m'a fait un tour de magie...

— Le coup des roses ?... »

Il y a dans ma voix bien plus d'amertume que je ne le voudrais, je m'en rends bien compte.

ACTE III

« *Des roses* ? répète Liz en haussant les sourcils. Non... Il n'a utilisé qu'un jeu de cartes. Il me demandait de penser secrètement à une carte, et chaque fois c'était celle-là qu'il sortait du paquet ! Honnêtement, je ne sais pas comment il fait. Sa voix cassée a quelque chose de très séduisant, tu ne trouves pas ? Et ses yeux... carrément intenses ! Tu dirais qu'ils sont plutôt gris-bleu ou bleu-gris ?

— Je ne dirais rien du tout. Je ne m'en souviens plus. Peut-être caca d'oie ?

— Tu es impitoyable ! rit Liz. Tu te venges à cause de sa Liste de cœur, c'est ça ?

— Pas du tout !

— Pour moi, c'est ça le plus étrange dans le comportement de Marcus, bien plus que ses tours de magie : qu'il ait pu classer en dernier une fille comme toi. Il faut vraiment être aveugle pour ne pas voir à quel point tu es canon... Encore que tu en caches beaucoup. Moi, je n'ai pas grand-chose à montrer. Mais toi, quel dommage de tout dissimuler sous des jeans grunge râpés aux genoux, et des tops à col cheminée ! Et ta crinière, pourquoi vouloir à tout prix l'attacher : ce ruban te va bien, mais tu es encore plus belle avec les cheveux lâchés. »

Je n'ai pas le temps de remercier Liz pour sa gentillesse, ni de la rassurer sur son manque de confiance en elle, et encore moins de lui dire qu'il n'est pas question que je me dénude d'un centimètre de plus ; à cet instant, Kris glisse sa tête à travers l'ouverture de la trappe – prudemment, car « chat échaudé craint l'eau froide »...

« Qu'est-ce que vous faites encore dans la salle de bains, les filles ? s'exclame-t-elle. Surtout toi, Léo : c'est au tour de Mozart de passer au Parloir, et il vient de t'inviter pour la session de ce jour ! »

Le dernier mot – *jour !* – résonne comme une cloche dans ma tête.

Jour !

Cueille le jour !

Mon sang ne fait qu'un tour ; mon corps passe en pilote automatique.

« Juste une minute ! » je m'entends crier en dévalant l'échelle.

Je traverse le séjour, descends dans la chambre, ouvre la porte de mon placard.

Je me dépêtre de mon jean et j'enfile la première jupe qui me tombe sous la main – noire heureusement, c'est la couleur fétiche de l'élégance Rosier, mais brillante, et plus courte que tout ce que j'ai jamais imaginé porter, vu qu'elle remonte bien au-dessus de mes genoux. Puis je glisse mes pieds habitués aux baskets dans deux escarpins vernis au top du chic – ils sont encore un peu raides, mais ça rentre, pile ma pointure.

« Voilà, je suis prête ! » dis-je en dénouant le ruban de satin et en laissant couler mes cheveux sur les épaules.

42. Chaîne Genesis
VENDREDI 14 JUILLET, 11 H 05

Léonor : « Bonjour, Mozart do Brasil... »
La jeune fille s'élève depuis la gauche du Parloir, vers la vitre derrière laquelle l'attend l'hôte du jour. Sa jupe drapée asymétrique en taffetas noir, juste assez moulante pour épouser ses hanches et ses cuisses sans céder à l'apesanteur, complète à merveille son top en jersey gris, et transforme complètement sa silhouette. Ou plutôt, la révèle, comme si une créature à la taille de guêpe était sortie du cocon de denim élimé. À chaque mouvement, les plis brillants de la jupe s'animent, accrochent la lumière des spots. Les longues jambes galbées, dont l

ACTE III

blancheur éclatante ressort contre l'étoffe riche et sombre, se meuvent gracieusement dans le vide. Cambrés dans leurs escarpins vernis, les pieds semblent gravir sans effort les marches d'un escalier invisible. Les somptueux cheveux lâchés autour du visage à la structure parfaite, aux yeux immenses, parachèvent cette silhouette à la fois classique et furieusement moderne, archi-féminine : celle d'un mannequin Rosier dans toute sa splendeur.

Gros plan sur Mozart, bouche bée : « Bonjour, Léonor. Tu es… très belle. Très différente de celle que j'imaginais. »

Il repousse les mèches noires qui lui tombent dans les yeux d'un geste gauche, presque timide. Bien qu'il porte le même T-shirt blanc à col en V que celui qu'il avait lors de sa première séance au Parloir, il n'est plus le même. Il semble embarrassé par son corps qui, la semaine dernière encore, était si agile, se jouant de l'apesanteur. Ce que Léonor a gagné en grâce, Mozart l'a perdu en assurance. Ses yeux noirs et brillants tremblent un peu ; ils sont ombrés de cernes, comme ceux de quelqu'un qui a aligné les nuits blanches.

Léonor : « Différente ? »

Mozart, d'une voix hésitante : « Kelly m'a dit que tu étais une enfant abandonnée, comme moi. J'ai pensé que ça nous faisait un point commun. Je ne m'attendais pas à voir une fille aussi classe que toi. »

Il baisse les yeux, comme si pour lui la partie était déjà finie.

Comme s'il renonçait déjà.

Mais Léonor continue de s'approcher de la vitre blindée, ses longs cheveux ondulant lentement, telles les vagues d'une mer rougie par le soleil couchant : « Oui, je suis une enfant abandonnée, dit-elle sans façon. Jetée dans une poubelle, plus exactement. »

Mozart : « Toi, jetée dans une poubelle ? croasse-t-il. Impossible ! Tu as inventé ça pour me faire marcher ! C'est Kelly qui t'a dit que j'avais grandi dans un dépotoir, et tu te fous de moi pour m'enfoncer. Pour me faire sentir à quel point je suis un pauvre type. Une ordure, un pourri ! »

La mâchoire de Mozart se contracte.

Ses yeux brillent un peu plus – il retient ses larmes, de toute évidence.

Sa voix n'est plus qu'un filet étranglé, comme si une main invisible lui enserrait la gorge : « Kelly vous a tout raconté, pas vrai ? Elle vous a dit qu'elle avait découvert qui je suis vraiment ? Mais pourquoi est-ce que je pose cette question stupide : bien sûr, qu'elle vous a dit qui j'étais, à vous et aux spectateurs du monde entier ! Pas juste un petit voleur à la tire gentillet... Pas un sympathique Robin des Bois des favelas... Mais un des membres du gang le plus meurtrier d'Amérique latine, l'Aranha – *l'Araignée*, en portugais. Moi qui pensais que le jeu pourrait continuer normalement, après ce qui s'est passé la semaine dernière ! Quel abruti ! »

Léonor ouvre la bouche pour répliquer, mais Mozart ne lui en laisse pas le temps. À présent que l'abcès est percé, plus rien ne peut empêcher son épanchement : « Je m'étais convaincu que je pourrais tirer un trait sur mon passé en m'inscrivant au programme Genesis, mais c'est impossible ! Parce qu'on ne peut *pas* oublier, quand on a foutu des dizaines de vies en l'air ! Parce que mon passé, je le porte dans ma putain de carcasse, comme une putain de tumeur, à jamais ! »

Il soulève ses boucles brunes pour dévoiler sa nuque bronzée, sur laquelle luit la petite bille argentée qui a déclenché la fureur de Kelly : « *Un œuf de mort*, dit-il amèrement. Tous les membres de l'Aranha en portent un, moi y compris. Ils me l'ont implanté quand j'avais neuf ans, à l'époque où la réputation du petit Mozart de la rapine les a attirés – c'est leur habitude de faire leur marché dans les favelas les plus pauvres pour recruter des nouveaux membres. Si tu leur dis *oui*, c'est un œuf dans la nuque ; si tu leur dis *non*, c'est une balle dans la tête. Je croyais qu'ici, à bord de ce vaisseau, ça passerait pour un piercing. Mais, pour une raison que j'ignore, Kelly sait que ça n'est pas du tout un piercing : c'est une ampoule de venin d'armadeira, l'araignée la plus venimeuse du Brésil et du monde, directement connectée à la moelle épinière. Voilà pourquoi les membres de l'Aranha sont d'une fidélité légendaire. Ceux qui tentent de fuir ne vont jamais loin : il suffit que le Boss appuie sur un bouton pour ouvrir leur œuf à distance, où qu'ils soient sur la planète, et déclencher une mort instantanée par paralysie du système respiratoire et cardiaque. »

Le visage de Mozart n'est plus qu'un masque de douleur. Deux veines épaisses ressortent au milieu de son front, palpitant comme si elles allaient exploser. Ses pupilles se dilatent.

Léonor se jette contre la vitre et se met à tambouriner avec ses poings fermés, avec la pointe de ses escarpins vernis : « Mozart ! Que se passe-t-il ? Qu'est-ce qui t'arrive ? Est-ce que c'est cette chose, cet... œuf qui s'est ouvert ? »

Elle renverse brusquement la tête vers le haut du dôme étoilé, envoyant une onde de choc dans la masse rouge et flottante de ses cheveux, et hurle à la recherche des caméras invisibles : « Serena ! Arrêtez l'entretien ! Faites quelque chose ! Mozart a été empoisonné ! »

Mais nul ne lui répond. Ses cris se perdent dans le vide, sous le regard indifférent des étoiles. En bas de l'écran, le petit chronomètre continue de tourner inexorablement. Encore une minute d'entretien, que rien ni personne ne viendra interrompre.

Léonor se retourne vivement vers son hôte ; elle s'efforce de maîtriser sa propre panique pour laisser parler la responsable Médecine : « Respire lentement. Cesse de bouger. Il faut à tout prix éviter d'activer la circulation sanguine pour ralentir la diffusion du venin. Dès que ce foutu entretien sera fini, votre responsable Médecine Alexeï va t'injecter une dose de sérum et te faire un massage cardiaque pour... »

Mozart coupe court aux consignes médicales : « Ce n'est pas un empoisonnement. Tu penses bien qu'avec tout ce que je viens de balancer, le Boss aurait déjà appuyé sur le bouton. Je suis bien trop loin de la Terre maintenant pour que l'œuf puisse être activé. C'était mon plan pour échapper à l'Aranha : l'espace ! Mais je n'ai pas réussi à échapper à mes souvenirs. Je les ai emportés avec moi dans ce vaisseau, et ils puent la mort, tellement fort qu'ils m'empêchent de dormir. *Un putain de dealer de zero-G, la drogue la plus dégueulasse du monde :* voilà ce que j'étais avant d'embarquer sur le *Cupido* ! »

Les larmes coulent à présent sur le visage de Mozart – des larmes qui semblent faites d'acide, qui lui enflamment la cornée et qui tracent sur ses joues des sillons brillants. Ses yeux embués fuient ceux de Léonor – mélange de honte et de culpabilité.

Mais Léonor, elle, ne détourne pas le regard : « Le passé ne compte plus », dit-elle.

Mozart relève la tête – lentement, comme s'il avait peur de s'aveugler en croisant les yeux mordorés de son invitée.

Ses lèvres pleines, humectées par les larmes, laissent échapper une question incrédule : « Qu'est-ce que tu as dit ?... »

Léonor : « J'ai dit que le passé ne comptait plus. Quoi qu'on ait fait, qui qu'on ait été avant, on a laissé tout ça derrière. C'est pour ça qu'ils nous ont choisis si jeunes, rappelle-toi : pour qu'on soit tournés uniquement vers l'avenir, vers Mars. Alors ce qui compte, Mozart, ce n'est pas ce que tu as fait de ta vie jusqu'à présent : c'est ce que tu vas en faire à partir de maintenant. Si tu veux me réinviter, tu peux compter sur moi – je viendrai une fois sur six. »

Une sonnerie stridente retentit.

ACTE III

La communication entre les deux moitiés du Parloir cesse instantanément.

Serena (off) : « *Quelles révélations fracassantes, chers spectateurs ! La première fois que vous avez découvert Mozart, vous pensiez avoir affaire à un petit voyou, mais aujourd'hui il a avoué qu'il était un vrai criminel ! Ou plus exactement, qu'il avait été un criminel avant de s'embarquer sur le Cupido... La production est bien sûr au courant du passé de Mozart. Nous avons décidé de le sélectionner malgré tout, et ce pour deux raisons. D'abord, pour ses excellentes qualités de pilote. Ensuite, pour lui donner une seconde chance. Mozart nous a en effet émus aux larmes lorsqu'il nous a suppliés de lui laisser l'occasion de se racheter, tout comme il vient d'émouvoir Léonor. À présent, vous êtes seuls juges, chers spectateurs ! En partant pour Mars, Mozart a échappé à la vendetta de son gang et aux tribunaux de son pays, mais il n'échappera pas à votre jugement. Pensez-vous, comme Léonor, qu'il a droit à une deuxième chance ? Ou bien allez-vous cesser de verser le moindre centime dans son Trousseau, le reléguant en fin de classement, et dans le Nid d'amour le plus exigu de New Eden ? Il ne tient qu'à vous d'en décider, à travers vos dons.* »

Derrière la bulle de verre blindé, les étoiles immobiles brillent d'un éclat froid comme la glace.

Mais le dernier regard que Mozart porte sur Léonor, après avoir essuyé ses larmes du revers de la main, est brûlant comme la braise.

Jingle.
Fondu au noir.

43. Hors-Champ
CALIFORNIA STATE ROUTE 190, VALLÉE DE LA MORT
SAMEDI 15 JUILLET, 7 H 25

Un petit motel se dresse au bord d'une route luisante, seule construction à des lieues à la ronde. Des lettres en métal rouillé, fixées sur la façade, annoncent le nom des lieux : HOTEL ALIFORNIA (en réalité, il faut lire *Hotel California*, mais le C s'est décroché).

Derrière le bâtiment à un étage, couvert de poussière rougeâtre, s'étend un paysage aride, déjà écrasé de soleil en dépit de l'heure matinale. Devant, sur le petit parking dont le bitume fond lentement à mesure que monte la chaleur, sont garés trois véhicules : deux voitures et un camping-car noir aux vitres teintées et jantes chromées.

Dans une chambre, une musique symphonique retentit soudain.

C'est la marche impériale de *L'Empire contre-attaque*.

Une main surgit de sous les draps, sur lesquels pleuvent les rayons brûlants du jour, mal occultés par les rideaux percés. Les doigts cherchent à tâtons le téléphone portable qui émet cette sonnerie martiale, posé sur la table de chevet parmi une demi-douzaine de bouteilles de bière vides. Mais le bras est trop court : il ne parvient qu'à renverser le téléphone qui tombe au sol, hors de portée, tout en continuant de déverser ses cordes, ses tambours et ses trompettes à plein volume.

Un jeune homme se redresse dans le lit, le torse nu développé par la pratique de l'aviron. Sa coupe de cheveux preppy est complètement ébouriffée, les lunettes avec lesquelles il s'est endormi contre l'oreiller ont imprimé la trace de leur monture sur son front et sur ses joues : c'est Andrew Fisher. Avec une sacrée gueule de bois.

ACTE III

Il se lève en grognant, vêtu d'un simple caleçon, emportant derrière lui le drap qui renverse la table de chevet et les cadavres de bouteilles, pour saisir le téléphone :

« Mère ? fait-il d'une voix pâteuse.

— Non, Drew : c'est moi, ta sœurette adorée. J'ai emprunté le portable de Mère en douce, pour t'appeler. »

Andrew Fisher se frotte les yeux.

« Lucy, dit-il doucement. Ça me fait plaisir de t'entendre.

— Moi, ça me ferait plaisir de te voir, répond la fillette d'un ton lourd de reproches. Tu es reparti si vite, après l'enterrement ! La maison est vide sans toi. Tu manques beaucoup à Yin et à Yang.

— Pardon, petite sœur. Je te promets que je reviendrai bientôt. Entre-temps, tu pourras m'appeler aussi souvent que tu veux. Mais pour l'instant, j'ai besoin d'être là où je suis.

— Où ça ?

— Tu me promets de ne pas le dire à Mère ? Elle trouverait ça morbide...

— Mor-quoi ? tique Lucy.

— Déprimant.

— C'est promis.

— Je suis dans la vallée de la Mort.

— Et alors, c'est *morbide* ?

— Non. C'est beau. Ça ressemble à Mars.

— Mars : la planète où tu veux aller vivre plus tard.

— Oui, Lucy. Tu te souviens : c'est ce que je voulais le plus au monde. Mais maintenant, je réalise que ça n'a presque plus d'importance. La chose qui compte vraiment pour moi, ce n'est plus d'y aller : c'est de comprendre pourquoi Père ne m'y a pas envoyé. *C'est de comprendre Père, tout simplement*. Ici, dans la vallée de la Mort, là où il a disparu, je trouverai peut-être un signe, une réponse... Est-ce que tout ça fait le moindre sens pour toi ? »

La voix dans le combiné se tait quelques instants, songeuse.

« Je crois que oui », dit-elle finalement.

« Je vous préviens, à cette heure-ci on est à court d'œufs et de bacon. Il ne nous reste que des toasts et des beans à la sauce tomate. »

Une serveuse imposante, engoncée dans un petit tablier dont les coutures semblent sur le point de craquer, toise Andrew de toute sa hauteur. Ce dernier, qui a trouvé la force d'enfiler le T-shirt de son club d'aviron (à l'envers), est avachi sur la table du dine-in, devant une fenêtre tellement sale que l'on distingue à peine le parking derrière elle. Un air de musique passe en fond sonore, émergeant d'un vieux juke-box coincé sur le même disque – c'est « *Hotel California* », le vieux tube eighties des Eagles, qui semble être l'hymne de cet endroit tombé dans une faille temporelle :

Welcome to the Hotel California
Such a lovely place
Such a lovely face
Plenty of room at the Hotel California
Any time of year
You can find it here.

Andrew se masse le crâne, comme pour en chasser la migraine.

« Ils sont comment, vos beans ?

— Bien lourds et bien farineux ! répond la serveuse, agacée.

— Parfait. Je vais en prendre une double ration. Ça absorbera peut-être le reste d'alcool que j'ai dans le sang… »

La serveuse pousse un soupir – sans agacement cette fois-ci, juste avec compassion.

« Je vais aussi te donner une aspirine, va, dit-elle en secouant la tête d'un air désolé. Et garder ta chambre pour un check-out tardif. Pas question que tu reprennes la route dans cet état – ce n'est pas comme si on affichait

ACTE III

complet, de toute façon... On peut savoir ce qui t'amène par ici, d'abord ?

— C'est mon voyage d'été avant la rentrée.

— Et tu n'as pas trouvé autre part où aller que la vallée de la Mort ? Je ne sais pas, moi, la plage, la montagne, ou même Las Vegas ? J'ai toujours rêvé d'aller à Las Vegas... Qu'est-ce que tu viens chercher dans ce trou paumé ?

— Des souvenirs, murmure Andrew. Des fantômes. L'un d'eux en particulier, celui d'un homme que je croyais au-dessus des autres, mais qui ne l'était pas. Il m'a menti pendant toute sa vie en me faisant miroiter quelque chose qu'il ne pouvait pas me donner. Je ne parviens pas à décider s'il m'a trahi par amour ou par lâcheté, et cette question m'empoisonne...

— Tu perds ton temps. Les fantômes n'écoutent pas les questions des vivants, et leur répondent encore moins. Ici, on n'entend que le sifflement du vent et des crotales. »

Mais Andrew est ailleurs.

Son regard est noyé dans la fenêtre à demi opaque, et dans les relents d'alcool.

Comprenant qu'elle ne pourra rien en tirer de plus, la serveuse tourne les talons. Elle se dirige vers le bar. Un vieil homme en bras de chemise y est accoudé, suivant d'un œil morne les informations télévisées qui passent en sourdine sur un gros poste aux couleurs désaturées.

« Pauvre jeunesse..., murmure-t-elle. Bourré comme un coing dès le matin... Je suis sûre qu'il n'a même pas l'âge légal, il fait moins que vingt et un ans. Dites, monsieur Bill, vous lui avez demandé sa carte d'identité avant de lui servir à boire, hier soir ?

— Ma pauvre Cindy, on ne peut pas se permettre d'être trop regardant sur la clientèle ces temps-ci, avec la crise, répond distraitement le patron. La vallée de la Mort n'a jamais si bien mérité son nom. Il y avait encore un peu de monde jusqu'au mois dernier, des curieux qui tentaient de venir jeter un coup d'œil au camp d'entraînement de

Genesis. Mais depuis le décollage, c'est le calme plat. On n'aura même pas droit à l'allègement fiscal promis, qui nous aurait pourtant bien aidés, nous autres petits commerçants : ces toquards du gouvernement américain ne touchent pas un centime sur les retombées publicitaires du programme, et nous non plus. Tenez justement, regardez mon petit, voilà ce bouffon de Green qui vient faire son numéro ! »

Sur le téléviseur, on voit un homme en veste noire et cravate verte qui gesticule derrière un pupitre – en fond, la fameuse tenture bleue de la salle de presse de la Maison Blanche. M Bill saisit la télécommande et augmente le son.

« ... je continuerai de faire ce que j'ai promis, ce pour quoi j'ai été élu, martèle le président Green à l'écran. En vendant les institutions, non seulement j'éponge la faramineuse dette publique laissée par mes prédécesseurs, mais en plus je débarrasse les Américains de ces vieux mammouths bureaucratiques qui pèsent lourd sur la feuille d'imposition. »

Contrechamp sur la salle de presse bondée de journalistes. Une femme au premier rang saisit le micro qu'on lui tend :

« Monsieur le président, depuis le lancement du programme Genesis, plus personne ne considère l'ex-Nasa comme un mammouth bureaucratique... », le reprend-elle.

Elle regarde ses notes, balance ses chiffres dans le micro avec une cadence de mitrailleuse : « Soixante-quinze pour cent de l'humanité connectée au direct... Cent millions de rentrées publicitaires chaque jour... Quinze milliards de dollars de gain minimum estimés à la fin du voyage... Sans parler des dons des spectateurs... Ni des recettes futures générées par la diffusion de la vie des astronautes une fois sur Mars... Et tout ça atterrira dans les caisses d'un fonds d'investissement privé, au lieu de bénéficier aux citoyens américains ! »

Se cramponnant au pupitre, le président Green encaisse la rafale de chiffres qui sonnent comme des accusations.

ACTE III

« Je continuerai de faire ce que j'ai promis…, répète-t-il comme un disque rayé. Un minimum d'État, un minimum de dépenses, un minimum d'impôts. L'Histoire me jugera… »

À cet instant, une sonnerie retentit dans le dine-in. Elle provient de l'horloge mécanique accrochée au mur, entre un poster glacé de Jimmy Giant et un portrait jauni de James Dean, les deux idoles de deux époques séparées par des décennies, pourtant étrangement ressemblantes avec leur blondeur cendrée, leur sourire rebelle, leur regard ténébreux.

Il est 8 h 00.

Le visage de Cindy s'illumine :

« C'est l'heure, monsieur Bill, 11 h 00 sur la côte Est et dans le *Cupido* ! s'exclame-t-elle. Rabattez-lui le caquet, à ce nullard de Green, et changez de chaîne. Vite, vite ! »

Le vieil homme bondit sur la télécommande, aussi leste que s'il avait soudain rajeuni de vingt ans. Le président Green disparaît de l'écran, remplacé par le générique du programme Genesis lancé à plein volume.

Au fond du dine-in, Andrew se redresse en frissonnant. Mais ni Cindy ni son employeur ne le remarquent, car leurs yeux sont rivés sur l'émission.

« Six prétendantes d'un côté…
« Six prétendants de l'autre…
« Six minutes pour se rencontrer…
« L'éternité pour s'aimer ! »
Le logo Genesis en forme de planète-ventre perce l'écran, laissant la place à un plan du Parloir envahi d'étoiles.
Un titrage apparaît : 12ᵉ SÉANCE AU PARLOIR. HÔTE : KENJI, *17* ANS, JAPON, RESPONSABLE COMMUNICATION.

« Le mystérieux Japonais ! s'écrie Cindy, au comble de l'excitation. Il s'est finalement décidé à sortir de sa tanière... Il est plutôt stylé, dans son genre ! On dirait un personnage de dessin animé ! »

Un jeune homme aux cheveux mi-longs est apparu à l'écran. Ses mèches effilées partent dans toutes les directions, selon une physique qui défie à la fois les lois de la gravité terrestre et celles de l'apesanteur spatiale. Il est vêtu d'un habit gris mat aussi futuriste que sa coiffure, quelque chose entre le survêtement à capuche, la combinaison de motard et le kimono de ninja.
Une voix off jaillit du téléviseur – celle de Serena McBee :
« Je suis ravie de te voir enfin, mon cher Kenji, et les spectateurs aussi j'en suis sûre ! Tu es le dernier prétendant à passer cette semaine. Qui vas-tu appeler ? Safia, dont tu as mystérieusement refusé l'invitation la semaine dernière ? »
Gros plan sur le visage du jeune homme. Les mèches rigides qui passent devant son visage ressemblent à la visière d'un casque de chevalier – comme une protection, derrière laquelle fuient ses yeux noirs.
Kenji : « Je veux inviter Léonor. »
Roulement de tambours.

Dans le dine-in presque déserté de l'Hotel California, à trois millions de kilomètres du vaisseau lancé à travers l'espace, Cindy bat des mains :

« Léonor ! C'est l'une de mes prétendantes préférées ! J'ai même viré quelques dollars dans son Trousseau la semaine dernière – à la hauteur de mes faibles moyens. J'espère bien que sa cote va remonter, qu'elle va trouver l'homme de sa vie et atterrir dans l'un des plus beaux Nids d'amour. Ses cheveux sont juste... incroyables ! Si seulement je réussissais à me faire la même couleur... »

Elle tire sur l'une de ses mèches carotte pour la contempler d'un air dépité, mais pas longtemps – rapidement, son attention est à nouveau capturée par l'écran.

La chevelure rousse de Léonor y apparaît, dansant comme une flamme libre dans l'environnement à gravité

ACTE III

zéro. Elle porte son haut en jersey et sa jupe asymétrique de taffetas noir, qui arrachent un sifflement admiratif à M. Bill :

« Y a pas à dire, c'est quelque chose, le chic à la française... »

« *Chut*, monsieur Bill ! » lui intime Cindy, qui veut être sûre de ne rien perdre de l'entretien.

Léonor : « Je croyais que tu ne voulais pas participer au jeu, Kenji. Tu as changé d'avis ? Ou bien était-ce juste Safia que tu ne voulais pas voir ? Tu as tort, elle est vraiment top cette fille... »

Le regard de Kenji évite soigneusement celui de son interlocutrice : « Ce n'était pas Safia. C'était l'éruption. »

Léonor : « L'éruption ?... »

Kenji se met à parler à toute allure, avalant la fin de ses phrases, comme quelqu'un qui a l'habitude qu'on ne lui laisse pas finir ce qu'il a à dire : « Oui, l'éruption solaire. La probabilité que le soleil envoie un jet de matière ionisée dans l'espace était en hausse la semaine dernière, quand Safia m'a invité. Ça fait partie de mes attributions de prévoir ça, comme responsable Communication. Rapport aux interférences possibles que les éruptions solaires peuvent provoquer avec les transmissions radio. Sans parler des risques d'irradiation aux rayons cosmiques. J'ai préféré rester bien à l'abri dans le compartiment, plutôt que de monter au Parloir. Désolé. »

Cindy met ses poings sur ses hanches :

« Qu'est-ce que c'est que ce charabia ? Je ne comprends rien à ce qu'il raconte, Goldorak ! Et vous, monsieur Bill ? »

Le tenancier hausse les épaules, l'air dubitatif :

« Il a l'air plutôt gratiné... »

À l'autre bout du dine-in, accoudé à la table, Andrew semble complètement dessaoulé. Derrière ses lunettes à monture noire, ses yeux sont rivés sur l'écran et sur Léonor qui dit : « Tu n'as rien à craindre pour ta santé dans le Parloir, Kenji, je te l'assure en tant que responsable

Médecine. Même si la bulle est transparente, nous sommes protégés des rayonnements cancérigènes...

« ... car le bouclier magnétique généré par le propulseur nucléaire englobe tout le vaisseau », termine Andrew en même temps que Léonor – comme s'il était en lien télépathique avec elle, lui qui connaît mieux que n'importe quel prétendant le fonctionnement du *Cupido*.

Sur l'écran, Kenji hoche la tête.
Il n'ose toujours pas croiser le regard de Léonor, et murmure du bout des lèvres : « Je sais bien que le bouclier magnétique est censé nous protéger. Mais qu'est-ce que tu veux, je suis un peu parano... »
Il hésite, se reprend : « ... en fait, je suis même carrément phobique, à en croire le psy qui me suivait avant que je postule au programme Genesis. Phobique, ça vient de phobos*, comme le nom de la lune de Mars – tu savais que ça veut dire* peur*, en grec ? Les astronomes l'ont baptisée ainsi d'après la mythologie : Phobos, dieu de la peur, était le fils de Mars, dieu de la guerre. La guerre engendre la peur, logique. Moi, il paraît que j'ai peur de tout. Que je m'en fais sans raison pour des choses invisibles qui n'existent pas. Mais qu'est-ce qu'il en sait, mon psy, de ce qui existe ou pas ? Les rayons cosmiques, personne ne peut les voir, et pourtant ils sont là, tout autour de nous ! »*
Les yeux de Kenji balayent le Parloir avec inquiétude, comme si les rayons cosmiques allaient le transpercer à tout instant.
« Dis, ça te pose un problème si je mets ma capuche ? » finit-il par demander, un peu gêné.
Léonor sourit : « Non, aucun problème, je sais ce que c'est, la timidité. Mais rassure-toi : je ne vais pas te manger. »
Kenji : « Ce n'est pas de la timidité. C'est juste que mon survêt est doublé en feuille d'aluminium anti-ondes : simple précaution en cas d'orage magnétique. Serena m'a dit d'assumer ma parano. Après tout, elle est psy elle aussi, et bardée de diplômes : elle pense que c'est bien d'avoir un équipier particulièrement vigilant à bord du Cupido *et plus tard sur Mars, pour veiller aux moindres*

ACTE III

détails qui pourraient déconner. Et puis, elle m'a dit qu'aller chatouiller Phobos, pour un phobique, c'est soigner le mal par le mal, que ça me guérira ! – j'espère qu'elle a raison... »
Léonor : « Serena a toujours raison. Nous sommes tous là parce qu'elle croit en nous, parce qu'elle est convaincue que nous avons chacun un rôle à jouer dans le succès du programme Genesis. »
Le visage de Kenji se détend.
Il sourit à son tour : « Merci de me rassurer. Au fait, j'adore ton idée de voir chaque garçon seulement une fois sur six, ça limite le temps d'exposition dans le Parloir. C'est pour ça que je t'ai invitée aujourd'hui, à la base. »
Il rabat sa profonde capuche sur sa tête, jusqu'au ras des yeux. On ne voit plus que ses lèvres, qui murmurent encore quelques mots : « Voilà, ça me protégera au moins d'un des deux soleils... »
Léonor : « Un des deux soleils ? »
Kenji : « Celui qui est en dehors du vaisseau – le jaune, le moins brillant. L'autre, le rouge, est juste en face de moi en ce moment. Marcus avait raison : ce soleil-là est resplendissant ! »
La caméra zoome sur la tête de Léonor, dont les longs cheveux rayonnent à 360 degrés, tel un astre rouge.

« Quelle chevelure magnifique ! souffle Cindy, partagée entre l'émerveillement et l'envie. C'est vrai qu'on dirait un soleil ! »

Sur l'écran, les yeux mordorés de la fille-soleil sont grands ouverts, ourlés de cils que le mascara Rosier allonge infiniment : « Un soleil ?... Marcus a dit ça de moi ?... »
Kenji : « Oui. Il est responsable Planétologie, il sait de quoi il parle. Il a dit que tu étais comme une géante rouge – tu sais, ces étoiles en fin de vie qui s'enflamment, qui rougissent, et qui brûlent tout leur système solaire autour d'elles en mourant ? »

Acte IV

Act IV

44. Champ
D + 73 JOURS 1 H 15 MIN
[11ᵉ SEMAINE]

« Je suis devenue un monstre !
— Mais non, Fangfang..., dis-je. Ça va s'arranger. »
Assise sur le banc vissé au sol de la salle de bains, la Singapourienne éclate en sanglots.

Les larmes coulent le long de ses joues hypertrophiées, gonflées comme des ballons de baudruche.

« Non mais, regarde de quoi j'ai l'air ! hoquette-t-elle. On dirait une horrible marmotte boulimique, aux joues remplies de graines !

— Ce ne sont pas des graines, Fangfang. C'est ton sang qui quitte tes jambes et remonte vers ton visage. À gravité réduite, la pesanteur qui dirige la circulation vers les pieds joue moins bien...

— Mais pourtant, je passe mes journées à réviser dans la chambre, à 40 % de la gravité terrestre ! proteste Fangfang.

— Après trois mois de voyage à travers l'espace, ça ne suffit plus. Il faut que tu éteignes un peu ta tablette de révision et que tu te bouges. Que tu fasses davantage de sport. Pas seulement pour ta circulation, également pour éviter la fonte musculaire. »

Fangfang pousse un cri déchirant :

« Une marmotte boulimique avec des pattes de grenouille, et en plus ramollie comme une vieille nouille trop cuite ! Je m'enlaidis jour après jour, alors que toi, Léo, qui as commencé au plus bas, sur qui on n'aurait pas misé un kopek, tu es de plus en plus belle. Pas étonnant que Tao ne m'invite plus au Parloir ! »

Je décide de laisser passer le « sur qui on n'aurait pas misé un kopek », parce que au fond c'est vrai que moi-même je n'aurais pas misé sur ma propre candidature. Mais contre toute attente, au fil des semaines, je suis progressivement remontée dans l'échelle de dotation des Trousseaux, et dans la Liste de cœur de la plupart des garçons. Léonor, le moteur diesel du speed-dating : longue à démarrer, mais endurante.

« Tu exagères…, dis-je. Tao t'a déjà invitée trois fois…

— Trois fois, c'est rien, pour deux êtres qui sont destinés l'un à l'autre ! »

C'est mieux que *pas du tout*, ai-je soudain envie de lui répondre.

Mais je me retiens.

Ça pourrait laisser penser que je suis vexée d'être l'unique prétendante que Marcus n'a jamais invitée en onze semaines de voyage, ce qui bien sûr est archi-faux. Ça pourrait insinuer que je suis le genre de fille qui se laisse chambouler par un type en six minutes, ce qui bien sûr n'est pas du tout le cas. Au contraire, bon débarras ! Marcus est le seul garçon à ne pas avoir accepté ma règle. Le seul pour qui je suis à cent pour cent certaine qu'on n'a rien à faire ensemble. Les cinq prétendants restants, en ce qui me concerne, ont encore toutes leurs chances. Enfin, certains sans doute davantage… Et un, parmi eux, plus encore que les autres…

« À partir d'aujourd'hui, tu passeras au moins deux heures par jour à la salle de gym, dis-je à Fangfang, coupant court à mes propres pensées. Je te prescris aussi une heure par jour en caisson de décompression, pour activer ta pompe cardiaque et ramener ton sang vers tes jambes. Nous suivrons ton évolution chaque semaine pendant la consultation hebdomadaire ; tu verras, d'ici une vingtaine de jours, tu auras retrouvé ta belle silhouette toute fine !

— Oui, mais si Tao se décide à me réinviter avant ? se lamente Fangfang.

— Pas de panique. Je n'ai pas que des gélules et des seringues dans ma trousse à pharmacie. J'ai aussi *ça*. »

Je prends dans la trousse une boîte de poudre de soleil, que j'applique copieusement sur les joues de Fangfang pour les creuser, à l'aide d'un large pinceau. En trois mois, j'ai eu le temps d'apprendre à me servir des produits de mon sponsor *platinum*, qui m'intimidaient tant au début, de la même manière que j'ai osé sortir quelques habits de ma garde-robe Rosier (tout en évitant soigneusement la robe fendue en mousseline rouge). Au fond, le maquillage, ce n'est pas si différent du dessin : ce sont des lignes et des couleurs qu'il s'agit de combiner harmonieusement. C'est même plus drôle encore que sur ma tablette portfolio, de toucher les palettes d'ombre à paupières, de mettre mes doigts dans les couleurs, d'utiliser des vrais crayons et des vrais pinceaux, plutôt que toujours le même stylet. Je ne pensais pas que j'y prendrais tant de plaisir. J'ai souvent pratiqué sur la page de mon propre visage, seule face au miroir de la salle de bains, m'inventant mille apparences et mille personnages, avant de tout nettoyer pour descendre rejoindre les autres filles dans le séjour. Face aux garçons dans le Parloir, je ne me suis jamais permis qu'un peu de mascara. Mes looks, c'est comme mes dessins : la plupart d'entre eux, je les garde pour moi...

« Voilà ! dis-je en reposant le pinceau. Un peu d'illusion d'optique n'a jamais fait de mal à personne. »

Le sourire revient sur le visage de la Singapourienne.

« Merci, Léo ! Tu es une véritable artiste !

— C'est ce qu'on dit... »

Décidée à mettre en pratique mes recommandations, Fangfang se dirige vers la trappe conduisant à la salle de gym ; mais Kelly descend l'échelle au même moment.

Couverte de sueur dans son body rose, un bandeau en éponge sur la tête, c'est vraiment l'opposé de Fangfang : depuis trois mois, elle passe ses journées à courir sur le tapis mécanique, et je ne l'ai jamais vue allumer sa tablette de révision.

« Tu as une rage de dents ? demande-t-elle à Fangfang, en retirant ses écouteurs de ses oreilles. Ou est-ce que tu es en train de te transformer en hamster ?

— Hamster toi-même ! Ce n'est pas moi qui cours dans une roue comme une malade depuis le début du voyage !

— Pourtant ça ne te ferait pas de mal.

— Je n'ai aucun conseil à recevoir de la part d'une droguée du sport ! »

Kelly se fige :

« Qu'est-ce que tu as dit, là ?

— *Droguée du sport*. Tu es bouchée ? Ou est-ce qu'à force de faire descendre le sang dans tes jambes, il ne t'en reste plus dans le cerveau ? »

Fangfang hausse les épaules et gravit l'échelle, me laissant seule avec Kelly.

La Canadienne me prend aussitôt à partie :

« Tu as entendu, comme elle m'a insultée ?

— *Droguée du sport* n'est pas vraiment une insulte, dis-je. Et puis elle a un peu raison : il ne faut pas non plus trop en faire. Tu passes vraiment beaucoup de temps dans la salle de gym, et le surentraînement n'est pas bon, tu risques l'épuisement nerveux. À propos, tu es la dernière pour la consultation aujourd'hui. On commence par prendre ta tension ?

— Je ne suis pas *droguée* », fait Kelly, poursuivant son idée fixe.

À la manière dont elle prononce le mot *droguée*, je comprends soudain que c'est de là que vient le problème.

« Non, bien sûr, dis-je d'une voix douce. C'est juste une image. Une façon de parler.

ACTE IV

— Les drogués sont des gens faibles. De pauvres victimes. Des proies pour les salauds du genre de Mozart. »

En prononçant le nom du Brésilien, le regard de Kelly se durcit. Ce n'est plus le regard de la râleuse sexy, un peu superficielle et au fond attachante – c'est un regard de tueuse.

« Mozart n'a pas choisi d'être dealer, dis-je. On l'a obligé à le faire, et c'est pour ça qu'il s'est inscrit au programme : pour échapper à ce destin. Lui aussi, il est une victime du zero-G.

— *Une victime du zero-G ?* aboie Kelly. Tu te fous de moi ? Les victimes du zero-G ne font pas les jolis cœurs en battant des yeux : leurs yeux ne sont que des billes vides aux pupilles rétractées, qui ne voient rien d'autre que les hallucinations de l'espace. Les victimes du zero-G ne se la jouent pas latino au sang chaud : leur sang est froid comme celui d'un astronaute lâché dans le vide sans combinaison. Les victimes du zero-G ne s'envolent pas pour une croisière spatiale : au bout d'un certain nombre de trips, elles finissent toutes six pieds sous terre, bien calées entre quatre planches. »

La fureur de Kelly me prend de court. Je me rappelle l'état dans lequel elle était quand elle est sortie de son premier – et unique – entretien avec Mozart : folle de rage. Mais pas seulement, je m'en aperçois à présent ; elle était aussi folle de douleur.

Je pose ma main sur son bras – il tremble.

« Qu'est-ce qui se passe, Kelly ? »

Elle jette un regard à la ronde, inquiète. C'est devenu une habitude chez nous toutes au fil des semaines, quand on est fatiguées ou énervées : chercher les caméras. Mais les yeux de Kelly ne rencontrent que son propre reflet dans le grand miroir circulaire au-dessus du lavabo.

« Ici, dans la salle de bains, nous sommes seules, tu le sais, dis-je doucement. Si tu veux me parler, tu peux. Si tu veux te taire aussi. De toute façon je ne dirai rien. Secret médical. »

Kelly hoche la tête.

Elle s'assoit sur le banc, le regard rivé sur le lavabo. Vu du dessus, des racines plus sombres commencent à poindre à la base de ses mèches platine – il y a un petit moment qu'elle n'a pas décoloré ses cheveux. Ce genre de détail n'échappe pas à mon œil de dessinatrice.

« J'ai menti quand j'ai dit que j'avais quitté ma caravane parce que je m'y sentais trop à l'étroit, murmure Kelly. Franchement, si j'avais vraiment voulu plus d'espace, est-ce que je me serais casée dans un minuscule quatre pièces avec cinq colocataires en plein pic hormonal ? »

Elle émet un petit rire amer.

« Ce qui m'a fait partir, c'est que je ne pouvais plus supporter ma propre famille. C'est que, si j'étais restée, j'aurais fini par plonger moi aussi. J'étais à deux doigts. À un cheveu. Ma mère, mes frères : tous les quatre, ils étaient drogués jusqu'aux yeux, à ne penser, à ne respirer, à ne vivre que pour le zero-G. Enfin, si on peut appeler ça vivre, cet état de légumes tétanisés où ils restaient pendant des heures, pendant des jours parfois... »

La voix de Kelly se brise.

Moi, je n'ose dire un mot. Mais je garde ma main sur son bras, pour lui montrer que je suis là.

« Maman n'a pas quitté sa couchette au fond de la caravane depuis mon douzième anniversaire – le dernier où elle a eu la force de me faire un gâteau. Mes frères, eux, ne trouvaient l'énergie de se lever que lorsque le manque était trop fort – pour aller faire des petits boulots au black, ou carrément des sales missions bien dégueulasses pour le compte de l'Aranha, qui a le quasi-monopole du trafic de zero-G au Canada. Moi, je travaillais huit heures par jour comme caissière dans un supermarché, et huit heures comme femme de ménage ; tout ça pour voir mon salaire partir en poudre de zero-G à la fin de chaque mois... J'ai bien failli y goûter moi aussi, à cette putain de poudre, juste pour voir ce que ça faisait, pour savoir ce qu'il y avait derrière les pupilles rétractées de mes frères chaque fois qu'ils se faisaient un rail, une rampe de lancement sans décoller de la caravane…. Tu sais ce qu'on dit, que ça donne l'impression de s'arracher à la pesanteur et à tous les problèmes terrestres, comme en gravité zéro ? Que ça contracte tous les muscles du corps, même ceux qui dressent les cheveux, que c'est comme faire l'amour avec les étoiles ? Oui, j'ai bien failli y goûter… Mais finalement, les étoiles, j'ai préféré aller les toucher pour de vrai. »

Kelly lève la tête et me regarde en face pour la première fois depuis qu'elle a commencé à parler. Elle a les yeux brillants.

« J'ai reconnu le piercing de Mozart dès que je l'ai vu – notre dealer à Toronto avait exactement le même. Mais je n'ai rien dit face aux caméras. Je ne veux pas que tout ça retombe sur ma famille, que les flics débarquent sur le terrain de camping pour coffrer mes frères. Je m'en veux déjà tellement de les avoir abandonnés… même si je n'avais pas le choix. Tu dois penser que je suis une sale lâcheuse, pas vrai ?

— Non, Kelly ! Je ne pense pas ça du tout ! Ton histoire… Je n'aurais jamais imaginé… »

Un sourire triste passe sur le visage de Kelly.

« Eh oui, comme tu dis, fait-elle. Qui aurait pu imaginer cette histoire derrière la bimbo amoureuse d'un chanteur pour gamines ? C'est con à dire, mais depuis mes douze ans, Jimmy Giant m'a permis de tenir le coup. D'accord, la musique est commerciale, ses paroles sont niaises et son sourire de beau gosse est refait – tu crois que je ne sais pas tout ça ? Mais quand cet horrible silence poisseux s'emparait de la caravane, et que je me retrouvais seule parmi les corps contractés de mes frères et de ma mère, cheveux hérissés, je mettais Jimmy à fond dans mes oreilles et j'allais curler toute seule sur le lac gelé. Ça me faisait un bien fou. Comme le tapis de course, là-haut dans la salle de gym. Et comme maintenant, de t'avoir parlé. »

Kelly se lève et me serre dans ses bras, à sa manière un peu bourrue, un peu maladroite, mais tellement sincère.

« Merci, Léo, dit-elle en s'éloignant d'un pas pour mieux me voir. Tu as un don pour écouter les gens, c'est peut-être pour ça qu'ils t'ont mise comme responsable Médecine. Mais toi, tu ne te confies jamais. Enfin, peut-être à Kris, mais pas à nous. Tu vois, je ne sais même pas quels sont les prétendants qui te plaisent. Est-ce que toi aussi, comme les autres, tu craques pour le sourire d'Alexeï ?

— C'est vrai qu'il a un beau sourire, on ne peut pas lui enlever ça...

— Allez, charrie pas, c'est qui ton préféré ?

— Il est trop tôt pour juger... »

Je devine quel est le nom que Kelly redoute de ma part. Ma rencontre avec Mozart, l'autre jour, m'a vraiment fait quelque chose. À lui aussi, sans doute, puisque depuis il me met chaque semaine en tête de sa Liste de cœur.

« Cette onzième semaine, c'est la sixième où les filles ont la main, et Mozart est le seul prétendant que tu n'as pas encore invité, dit Kelly, confirmant ce que je pensais. Demain samedi, c'est lui que tu vas appeler au Parloir, pas vrai ?

— C'est ma règle, dis-je en m'efforçant de ne trahir aucune émotion. Je n'y dérogerai pas.

— Le contraire m'eût étonnée. La Machine à Certitudes ne sort jamais de ses rails. Tête de lard, va ! Je ne te demande qu'une chose : s'il te plaît, ne te laisse pas embobiner par ce type.

— T'inquiète. C'est pas mon genre de me laisser embobiner. »

ACTE IV

45. Hors-Champ
UNIVERSITÉ DE BERKELEY, CALIFORNIE
VENDREDI 15 SEPTEMBRE, 7 H 45

« ... Et c'est ainsi que l'électrodynamique quantique relativiste tente de concilier l'électromagnétisme avec la mécanique quantique, par l'intermédiaire du formalisme lagrangien relativiste. Nous aurons le temps d'y revenir : la rentrée a eu lieu il y a deux semaines seulement, et nous avons encore un semestre devant nous pour explorer ensemble les merveilles du monde subatomique, dans mon célèbre cours d'introduction à l'électromagnétisme... »

Le professeur en veston tire un trait en bas du grand écran tactile qui fait office de tableau noir, concluant ainsi la liste d'équations qu'il a tracées au cours des deux heures qui viennent de s'écouler. Il repose son stylet et lève les yeux sur l'horloge murale.

« Huit heures moins cinq ! s'exclame-t-il en se frottant les mains. Il va être l'heure du speed-dating. Comme vous le savez, l'université de Berkeley a décidé de commencer les cours plus tôt, afin de libérer le créneau de 8 h 00 à 9 h 00 pour que les étudiants puissent suivre le direct. De toute façon, plus personne ne suit les cours quand le programme commence... et plus personne n'a envie d'en donner ! »

Il appuie sur une touche du clavier de commande incrusté dans son bureau. Les équations s'effacent une à une, comme si une éponge invisible passait sur l'écran tactile.

Une rumeur fiévreuse s'empare des pupitres disposés en hémicycle autour de l'estrade. Il y a là des dizaines de jeunes gens, qui semblent encore plus excités par le spectacle qui s'annonce que par les *merveilles du monde subatomique*. Un bon quart de la population féminine a roulé ses cheveux en couronne de tresses, parfois avec un vrai talent, parfois de manière plus approximative. Quelques étudiantes ont même acheté des postiches « spécial Kirsten », fixés sur leur tête à grand renfort de barrettes, dont l'effet est plus ou moins heureux en fonction de leur blondeur de base.

Parmi les étudiants, on peut repérer plusieurs vestes blanches à liseré gris dans le style d'Alexeï, et quelques coupes de cheveux manga directement copiées sur Kenji, effilées aux ciseaux et sculptées au gel coiffant. Si tous n'ont pas opté pour le look d'un des astronautes du programme Genesis, la majorité portent des T-shirts et des badges qui indiquent clairement leur préférence : *Team Marcus*, peut-on lire sur la poitrine de nombreuses filles, suivies de près par celles qui affichent fièrement *Team Alexeï* ou *Team Mozart*. Les supportrices des autres prétendants sont plus éparses, encore qu'un groupe de filles asiatiques ont toutes le portrait souriant de Tao imprimé dans le dos.

« Yes ! crie un garçon connecté aux news sur son téléphone portable. C'est Léonor qui a été tirée au sort aujourd'hui ! On va s'en prendre plein les yeux, les mecs ! »

Son annonce déclenche un déluge de commentaires, les filles s'extasiant sur les superbes tenues que la Française a revêtues ces dernières semaines, les garçons se lançant dans les conjectures les plus osées sur la plastique de rêve qui se cache derrière lesdites tenues.

Un seul étudiant ne semble pas partager l'enthousiasme général. Vêtu de son polo rouge, sans badge ni slogan, Andrew Fisher est seul au dernier pupitre, tout en haut de l'hémicycle. Il apparaît bien différent de celui qu'il était au début de l'été : ses épais cheveux bruns sont décoiffés comme au saut du lit, décolorés par le soleil de la vallée de la Mort ; sa peau a pris une teinte cuivrée ; ses yeux sont noyés dans le vague derrière les lunettes à monture noire. Il est assis là, dans la salle de cours, mais en réalité il semble se trouver sur une autre planète.

ACTE IV

Tout en bas de l'hémicycle, sur le grand écran noir, la dernière équation disparaît.
Les lumières de la salle s'éteignent.
L'image du cosmos étoilé succède aux formules mathématiques, accueillie par un grand « Aaaah ! » de satisfaction.
La musique de « *Cosmic Love* » envahit l'amphithéâtre, la silhouette caractéristique du *Cupido* se dessine au fond de l'espace.
La voix off égrène le slogan de l'émission :
« *Six prétendantes d'un côté...*
« *Six prétendants de l'autre...*
« *Six minutes pour se rencontrer...* »
L'assemblée reprend en chœur la dernière phrase :
« L'éternité pour s'aimer ! »
Cris.
Applaudissements.
Chahut général.
La planète-ventre envahit le vaste écran tactile, renfermant son fœtus, tandis que la voix off conclut :
« *Programme Genesis. Quand le programme scientifique le plus ambitieux rencontre le jeu de speed-dating le plus excitant, vous vivez en direct la plus belle histoire d'amour de tous les temps !* »

Ouverture au noir.
Titrage : 65ᵉ SÉANCE AU PARLOIR. HÔTESSE : LÉONOR, 18 ANS, FRANCE, RESPONSABLE MÉDECINE (LATENCE DE COMMUNICATION - 2 MINUTES 51 SECONDES)
Roulement de tambours
Léonor apparaît. Aujourd'hui, elle est vêtue d'un pantalon de treillis ajusté en satin noir et d'une saharienne assortie, dont l'inspiration militaire, dans un troublant contraste, exalte la féminité de celle qui la porte ; ceinturée sur la taille fine de Léonor, la veste cintrée lui couvre les épaules et les bras, mais s'ouvre largement sur son décolleté couleur de lait. La jeune fille a osé, pour la première fois, porter un bijou : une fine chaîne d'or blanc dont les trois

tours flottent au-dessus de sa peau d'albâtre, tels des anneaux protégeant l'accès à une planète mystérieuse.

Serena (off) : « Léonor ! Quelle élégance ! Quel sans-faute ! Et surtout : quelle sensualité ! Ta transformation est vraiment l'une des plus grandes surprises de ce programme. Tu es partie de si bas. Et maintenant, regarde-toi ! C'est une conquérante de l'espace que les spectateurs ont devant les yeux !... C'est une guerrière de l'amour en tenue de combat !... »

« ... c'est une bombe atomique ! crie un garçon dans l'amphi de Berkeley. Léonor devrait être au programme du cours d'intro à l'électromagnétisme, parce que moi, elle m'électrise et elle me magnétise en même temps ! »

Les autres étudiants hochent vigoureusement la tête.

Certains sifflent pour marquer leur approbation.

Les filles, elles, lèvent les yeux au ciel en poussant des soupirs exaspérés.

« Chut ! crie l'une d'elles, membre de la Team Mozart comme en atteste son T-shirt. Taisez-vous, vous allez tout gâcher ! »

Un semblant de calme revient dans l'hémicycle.

Serena (off) : « Mais trêve de bavardage. Le vaisseau est à présent à quatre-vingt-cinq secondes-lumière de la Terre. En comptant le double avec la latence de communication, cela signifie que ma voix a déjà voyagé jusqu'au Cupido et en est revenue pour être diffusée mondialement avec un décalage de deux minutes et cinquante et une secondes... Allons maintenant, les spectateurs sont aussi impatients que moi d'assister à la suite du programme ! Léonor qui vas-tu affronter aujourd'hui ? Tes fans se sont habitués à ta règle, ils s'attendent à voir Mozart, qui comme toi a connu une progression remarquable en termes de dotation de Trousseau. »

Léonor : « Les spectateurs auront ce qu'ils attendent. J'ai toujours respecté ma règle, et je la respecterai jusqu'au 10 décembre.

Un silence s'écoule, le temps pour la Terre d'envoyer dans les enceintes du Cupido le roulement de tambours préenregistré.

ACTE IV

Quelques instants plus tard, Mozart apparaît à la droite de l'écran, en même temps que le petit chronomètre surimprimé. Il a abandonné le T-shirt près du corps et le jean taille basse avec boxer apparent pour une chemise blanche et un pantalon noir. Il n'en est pas moins séduisant, au contraire.
Léonor : « Bonjour, Mozart do Brasil. »
Mozart : « Bonjour, Léonor de Paris. »
Il sourit.
Elle aussi.
Le silence entre eux est chargé de tension, d'attente presque palpable.
C'est lui qui le rompt en premier, de sa voix chaude : « Tu es juste superbe. »
Léonor : « Je te retourne le compliment. »
Mozart lui décoche son regard le plus ardent : « Tout est dans la recette. Un tiers de sang africain, un tiers de sang européen, un tiers de sang asiatique : on est tous un peu métis, au Brésil. Pourquoi choisir un autre prétendant, quand tu peux avoir le meilleur des six réunis en une seule personne ? »
Léonor, *en riant* : « Et modeste, avec ça ! »
Quelques secondes de silence supplémentaires, tandis que leurs corps dérivent lentement l'un vers l'autre, souples et gracieux.
Mozart : « J'attends ce moment depuis longtemps, tu sais ? Le moment de te revoir. Ce que tu m'as dit lors de notre première rencontre, que le passé ne comptait plus... ça m'a remué. Ça m'a touché. Tu vas me prendre pour un naze, si je te dis que j'ai rêvé de toi toutes les nuits depuis ? »
Léonor : « Pour un naze ? Non. Pour un beau parleur, peut-être. Après tout, c'est pour cela qu'ils appellent ça le Parloir, pas vrai ? Parce qu'ici, c'est le royaume des belles paroles. En six minutes, on peut raconter ce que l'on veut, montrer ce que l'on souhaite. »
Gros plan sur le visage hâlé de Mozart. Ses longs cils s'ouvrent un peu plus sur ses yeux sombres, soudain très sérieux.
Il ne badine plus : « Je ne te raconte pas ce que je veux, dit-il. Je te raconte ce que je sens. Je ne montre pas ce que je souhaite. Je montre ce que je suis. »

Un concert de soupirs envahit l'amphi de Berkeley. Accoudées à leurs pupitres, les filles dévorent des yeux le beau visage grave du Brésilien, sa peau de bronze, ses lèvres pleines, ses yeux perçants.

« Quelle bombe, ce mec..., déclare l'étudiante qui a réclamé le silence quelques instants plus tôt. J'adore son côté bad boy blessé par la vie, c'est tellement touchant. On a juste envie de le prendre dans les bras pour le consoler, et de ne jamais le lâcher...

— Oui, enfin, à la base c'est quand même un sale dealer de zero-G, commente un garçon assis non loin d'elle.

— *C'était !* corrige la fille. T'as pas suivi l'émission, ou quoi ? Les concepts de pardon, de deuxième chance, tout ça, ça te passe au-dessus de la tête, ou est-ce que tu es jaloux de Mozzie ? »

L'impudent se dépêche d'enfouir son nez derrière sa tablette, pour échapper aux fans de *Mozzie*, qui le foudroient du regard.

Sur l'écran, Léonor semble émue elle aussi.

Ses grands yeux mordorés tremblent un peu, ses lèvres nacrées s'entrouvrent : « Mais moi..., dit-elle dans un murmure. Comment peux-tu être sûr que je te montre celle que je suis ? Comment peux-tu savoir que je te montre vraiment tout ? »

Mozart : « Je n'ai pas besoin de tout voir. Pas tout de suite. Même si j'en meurs d'envie. C'est toi qui décides du rythme... »

Ses mouvements se font félins, comme il frôle la vitre blindée. « On a cette danse au Brésil, que les filles de la favela m'ont apprise — la samba nécessite un accord parfait entre les deux partenaires, corps contre corps, souffle contre souffle. Il y a un air très célèbre qui te ressemble, "La fille d'Ipanema"... En anglais ça donne ça... »

Mozart se met à chanter doucement, de sa voix grave, sensuelle

« Grande, jeune et belle au teint doré

« La fille d'Ipanema s'en va, marchant

ACTE IV

« *Et quand elle passe*
« *Quand elle passe*
« *Tout le monde fait "Ahhh !"* »

Léonor tente de se défendre : « *Je ne suis pas si grande, même si ma colonne vertébrale s'est sans doute allongée d'un centimètre ou deux depuis qu'on est en gravité réduite, et mon teint n'a rien de doré…* »

Mais Mozart continue de chanter, couvant Léonor de ses yeux noirs et brillants, comme un murmure à son oreille, comme si nul ne pouvait les voir ni les entendre, comme s'ils étaient seuls au monde :

« *Quand elle marche, elle est comme la samba*
« *Qui swingue légèrement et balance si doucement*
« *Que quand elle passe*
« *Quand elle passe*
« *Tout le monde fait "Aahh !"* »

Léonor ne peut s'empêcher de rire : « *Si tu m'avais vue marcher, surtout avec mes bottes d'astronaute, je n'ai rien d'une danseuse de samba !…* »

Mozart rit à son tour, et lui offre un magnifique sourire plein de gratitude et d'espoir : « *Je pourrai t'apprendre. Si tu le souhaites. Seulement si tu souhaites. Je te l'ai dit : c'est toi qui décides du rythme, pour notre danse à tous les deux. Tu me guideras. Je te suivrai. Où tu voudras.* »

Roulement de tambours

L'entretien est fini.

Serena (off) : « *Je ne sais pas pour vous, chers spectateurs, mais moi j'en ai des bouffées de chaleur ! Quelle intensité ! Voilà comment le programme Genesis nous fait rêver et voyager, de la Terre à Mars, du noir de l'espace au soleil d'Ipanema ! Léonor et Mozart danseront-ils ensemble pour de vrai ? Bientôt la réponse, sur la chaîne Genesis !* »

Fondu au noir.
Générique.

La chaîne bascule sur les caméras embarquées qui captent la vie à bord du Cupido 24 heures sur 24. La première séquence est celle de la salle de séjour côté garçons, réplique exacte du séjour des filles, où les prétendants accueillent Mozart de retour du Parloir :

« Alors ? demande Tao, *dont le grand corps d'athlète est engoncé dans un petit fauteuil roulant pliable.*

— Alors, ça valait le coup d'attendre, *répond Mozart.* Mais ne comptez pas sur moi pour vous en faire un roman, les mecs : ce qui se passe au Parloir, c'est privé... »

Il ajoute, la voix marquée par l'émotion :

« ... surtout ce qui concerne Léonor. »

Alexeï tape dans le dos de Mozart : « Toi, mon pote, tu es accro ! »

— En même temps, difficile de résister à Léonor, *concède Samson.* Honnêtement, cette fille a zéro défaut... à part sa règle tordue.

— Moi, justement, je l'aime bien, cette règle, *intervient Kenji.* C'est clair, net et précis. »

Marcus, lui, se tait. Des cartes à jouer sont étalées sur la table à manger en acier brossé, ses épais sourcils sont froncés au-dessus de ses yeux gris : il semble absorbé par une réussite.

Mozart semble remarquer son silence.

« Tu avais raison de dire que cette fille est une étoile rouge, *lance-t-il à travers la pièce.* Chaque fois que je la vois, elle me met le feu. »

Marcus abat brutalement la dernière carte de son talon sur la table.

As de pique, pointu comme un poignard.

L'espace d'un instant, le regard gris de l'Américain croise le regard noir du Brésilien.

L'instant d'après, l'un reprend son jeu, l'autre sa discussion.

« Bref, en un mot, c'était top, et je serai le plus heureux des hommes si Léonor me choisit dans trois mois.

— Et tu n'as rien dit pour... pour mon handicap ? *s'enquiert Tao.*

— Bien sûr que non. Pourquoi est-ce que tu poses cette question chaque fois qu'un prétendant monte au Parloir ? Je n'ai qu'une*

292

ACTE IV

parole, moi, je respecte notre pacte. On ne daube pas les uns sur les autres, c'est ce qu'on a décidé, et je m'y suis toujours tenu… »

Il pose sa main sur l'épaule de Tao.

« … mais tu sais, mec, il faudra bien que tu dises aux filles que tu es paralysé, à un moment ou à un autre. Je te promets que moi, ça m'a libéré de révéler mon foutu passé à Léonor. Sur le moment j'avais l'impression de m'arracher les tripes en direct, sous les yeux des spectateurs, mais maintenant… Je ne dis pas que j'ai tout oublié, mais je me sens carrément plus léger. »

Tao contracte ses puissantes mâchoires. Le doute traverse son large visage.

« Tu es bien tombé, aussi…, dit-il. Léonor t'a accepté comme tu étais. Qui sait si les autres filles auront autant de compréhension ? J'aime beaucoup Fangfang, mais elle met la barre tellement haut avec sa compatibilité statistique, ses huit bébés et son doctorat en mathématiques pures… Elle s'est entichée de moi, un acrobate qui n'a pas fait d'études – imagine si elle découvre que je suis en chaise roulante pour couronner le tout. »

Mozart hausse les épaules.

« Pour les mathématiques pures, je ne sais pas, mais pour les huit bébés tu devrais pouvoir assurer, dit Mozart. Après tout, tu es juste paralysé des jambes, pas du reste ! »

Tao se déride, les autres prétendants rient de bon cœur, ça désamorce la tension.

Warden, le chien des garçons, se met soudain à hurler.

« Qu'est-ce qu'il y a, toi ? s'inquiète Kenji en caressant la tête du bâtard, un animal puissant qui évoque le doberman. Tu n'es pas malade, au moins ? Les animaux sont souvent plus sensibles que les humains aux radiations…

— Arrête avec tes radiations, Ken ! dit Samson, le responsable Biologie en charge de Warden. Je crois que ce pauvre vieux en a juste marre de rester cloîtré dans le compartiment sans pouvoir voir Louve. C'est vrai, quoi, les chiens sont les seuls à ne pas avoir de séance dans la bulle…

— En même temps, c'est un Parloir, pas un Aboyoir, précise Kenji très sérieusement.

— *N'empêche.* »

Samson se tourne vers la caméra :

« *Ohé, Serena, vous nous entendez ? Ce ne serait pas possible d'organiser une petite rencontre entre Warden et Louve ?* »

Au bout de deux minutes et cinquante et une secondes de silence, l'écran panoramique face à la cheminée s'allume sur le visage de la productrice exécutive, comme dans une séance spirite d'invocation des esprits.

« *Ce ne serait pas utile, Samson, dit-elle en souriant. Louve et Warden n'ont pas le choix, eux, pas de Liste de cœur à établir.*

— *Oui, mais quand même, ils pourraient se raconter leurs chiennes de vies... Je ne sais pas, moi, la signification de leurs noms. J'ai regardé dans le dico de ma tablette, il paraît que le mot "louve", ça désigne la femelle du loup en français. La chienne des prétendantes doit être un magnifique chien-loup venu des forêts françaises, aussi racée que Léonor. Et notre Warden à nous, d'où peut bien venir son nom ? Le dico indique que ça veut dire "gardien"...*

— *Ah, comme "gardien de troupeau" ?* demande Kenji.

— *Plutôt comme "gardien de prison".* »

Alexeï s'esclaffe :

« *Peut-être que Warden officiait dans un pénitencier, avant de rejoindre le programme ? Après tout, on a tous un passé, pourquoi pas lui ? Je l'imagine bien tourner sur le chemin de ronde en roulant des mécaniques, vu son look. Si ça se trouve, il a boulotté des dizaines de prisonniers qui tentaient de s'enfuir, ce monstre...*

— *Qu'est-ce que t'as fumé, pour raconter des choses pareilles,* s'insurge Samson. *Tu sais bien que Warden ne ferait pas de mal à une mouche.*

— *Calmos. Je disais juste ça comme ça.*

— *C'est stupide de juger les êtres sur leur physique – moi, on a failli me brûler à cause de mes yeux.*

— *Stupide de juger sur le physique ? Et tu crois que les filles à côté, elles nous jugent sur quoi ?*

ACTE IV

— *Vu que tu caracoles en tête des classements, c'est sûr que ce n'est pas sur notre QI.* »

Avant que le ton ne monte davantage, Serena intervient en décalé, réagissant à la suggestion formulée par Alexeï près de trois minutes plus tôt :

« *Votre compagnon à quatre pattes vient de la fourrière, pas du pénitencier, dit-elle. Il était derrière les barreaux avant d'être recueilli dans notre animalerie, pas devant. Mais tu as sans doute raison, Alexeï, je suppose qu'il doit son nom à son apparence impressionnante. C'est le regretté Sherman Fisher qui a tenu à baptiser ces animaux lui-même, lui qui aimait tant les chiens – paix à son âme...* »

Au dernier rang de l'amphi de Berkeley, Andrew Fisher se redresse d'un seul coup.

Il cligne ses yeux derrière ses lunettes, comme s'il se réveillait d'un songe.

Il attrape un stylet et se met à griffonner sur l'écran de sa tablette, où en deux heures de cours il n'a pris aucune note : *LOUVE* et *WARDEN*, écrit-il en lettres capitales.

« Allez, jeunes gens, ça suffit pour aujourd'hui, annonce le professeur depuis l'estrade. Vous allez être en retard pour le prochain cours, et moi aussi. »

Le grand écran tactile vire au noir.

Les lumières de la salle se rallument.

Les étudiants se lèvent.

Ce n'est pas qu'ils aient eu leur ration de Genesis pour la journée, au contraire : sitôt le grand écran éteint, ils ont sorti leurs portables et leurs tablettes pour continuer de suivre le show sans en perdre une miette.

Andrew rassemble ses affaires, les jette dans son sac à dos et descend les escaliers qui mènent à la sortie.

« *Louve et Warden... Louve et Warden...*, répète-t-il du bout des lèvres, comme si c'était une formule magique. Père a tenu à baptiser Louve et Warden... Or, Père ne faisait jamais rien par hasard. Et s'il y avait un message, une réponse, enfin ? Pourquoi *Louve*, ce nom français ? Et pourquoi *Warden* ? »

Il est trop absorbé par ses pensées pour remarquer les deux jolies filles qui l'observent avec intérêt, quelques rangs plus bas.

« Il est super mignon, celui-là, dit l'une d'elles. Mais il ne parle à personne. Et je ne l'ai jamais vu aux séances de speed-dating organisées tous les soirs au bar du campus. C'est pourtant le truc le plus hype du moment, six minutes de tête-à-tête en sirotant un cocktail Cupido !

— C'est un solitaire, répond son amie. Il paraît qu'il a passé l'été tout seul dans la vallée de la Mort, d'où le bronzage, à poursuivre un fantôme...

— Un fantôme ?

— Celui de son père : Sherman Fisher, tu sais, le cadre du programme Genesis qui s'est tué au volant peu avant le décollage...

— Oh, le pauvre garçon ! C'est terrible ! Surtout que ça devait être génial d'avoir un père comme ça !

— Je crois qu'ils ne se sont pas quittés dans les meilleurs termes, rapport au fait qu'Andrew n'a pas été sélectionné pour le programme. Enfin, c'est ce que les gens disent. Mais comment savoir si c'est vrai ? Les gens racontent parfois n'importe quoi. Allez, viens, on va être en retard pour le cours d'algèbre linéaire, c'est un électif aussi important que l'électromagnétisme pour majorer en astrophysique et avoir une chance, un jour, de partir nous aussi sur Mars.

ACTE IV

46. Champ
D + 77 JOURS 21 H 15 MIN
[12ᵉ SEMAINE]

« H*APPY BIRTHDAY TO YOU,*
Happy birthday to you,
Happy birthday to you, chère Kris, *happy birthday to youuu !* »

Je dépose le « gâteau » sur la table, devant Kris qui rosit de plaisir tandis que les autres filles applaudissent à tout rompre.

« Désolées, on n'a pas de bougies, question de sécurité, précise Fangfang. Mais tu peux souffler comme s'il y en avait. »

Kris s'exécute, soufflant sur les bougies imaginaires.

« C'est magnifique ! s'exclame-t-elle.

— Magnifique ? dis-je en regardant l'espèce de crêpe aplatie qui est sortie de nos mains, à Safia et moi. Tu es trop gentille ! C'est surtout la triste preuve que sans toi en cuisine, on est dans la mouise. Mais j'ai autre chose qui, je l'espère, t'amusera un peu. »

Je sors ma grande tablette portfolio de sous la table, et je l'allume sur ma dernière création – celle sur laquelle je travaille en cachette depuis deux semaines, profitant des moments où Kris s'active aux fourneaux.

Un tourbillon de couleurs bleues et blanches, de reflets iridescents, explose à la surface de la tablette. C'est une peinture numérique, le portrait de Kris en format A3, dans la même pose que la madone de Botticelli qui décore son placard. Elle est vêtue de sa plus belle robe. Sauf qu'au lieu des fibres de soie bleu ciel, j'ai tissé ligne par ligne une étoffe en fils de givre. J'ai parsemé sa couronne nattée de flocons scintillants, j'ai orné son front, son cou et ses oreilles de stalactites ciseleés, aussi brillantes que des diamants.

« *La Princesse des glaces...*, dis-je, celle qui fait fondre tous les princes des glaces du monde. Je te souhaite le meilleur pour tes dix-neuf ans, ma chère Kris ! »

Prise par l'émotion, Kris tombe dans mes bras.

« Ça, c'est... *vraiment* magnifique, balbutie-t-elle. Merci, merci, merci, ma Léo ! On va connecter cette image sur l'écran au-dessus de notre lit superposé, et je suis sûre qu'elle me portera chance. »

« Joyeux anniversaire, Kirsten ! » résonne soudain la voix de Serena, aussi clairement que si elle était dans la ronde avec nous.

Nous tournons toutes la tête vers l'écran face à la cheminée, où le visage de notre protectrice est apparu, sur fond de frondaisons rougeoyantes – c'est la mi-septembre en Amérique, les jardins de la villa McBee ont mis leurs couleurs d'automne.

« Mon cadeau à moi consiste en une annonce : Alexeï vient d'être tiré au sort pour le speed-dating d'aujourd'hui, et mon petit doigt m'a dit que c'était toi qu'il allait inviter aujourd'hui... pour une séance très spéciale. »

De longues minutes plus tard, Kris est de retour dans le séjour, tellement radieuse qu'on en a toutes les yeux éblouis. Contrairement à l'excitation qui accueille habituellement chaque prétendante au sortir du Parloir, c'est le silence. Nulle n'ose poser la moindre question. Parce que cette fois-ci, nous le sentons bien, c'est différent. Il s'es bien passé quelque chose de *très spécial* là-haut, comme l' prédit Serena, qui ne se trompe jamais.

« Ça y est..., murmure Kris. Alexeï l'a fait...

— Quoi, qu'est-ce qu'il a fait ? demande Kelly, incapable d'attendre davantage. Serena a finalement décidé d'ouvri la cloison de verre, et il s'est jeté sur toi comme une bête comme un condamné dans le parloir d'une prison ?

ACTE IV

— Alexeï n'est pas une bête : c'est un gentleman. Il... m'a demandée en mariage. »

Tout le monde se tait, y compris Louve.

Mais les expressions les plus éloquentes passent sur le visage des unes et des autres – la stupeur, la joie, la jalousie, souvent tout ça en même temps.

« Il t'a demandée en mariage ? répète Liz comme si elle avait mal compris. Mais nous ne sommes pas encore alignés sur l'orbite de Phobos... Les Listes de cœur définitives ne sont pas encore publiées... Il reste encore trois mois de voyage...

— Alexeï m'a dit qu'il en avait assez vu pour faire son choix. Pour lui, les fiançailles sont aussi importantes que le mariage lui-même. Il m'a montré une bague somptueuse, en me disant que s'il n'y avait pas la paroi entre nous, il me la passerait au doigt. En attendant de me l'offrir sur Mars, il la portera à la chaîne autour de son cou. »

Le reste de la journée se déroule dans une ambiance étrange.

Chacune vaque à ses occupations en silence. Fangfang révise ; Kelly curle ; Liz vérifie les instruments de bord ; Safia organise notre lessive hebdomadaire dans le stérilisateur textile à rayons UV, qui nettoie, désodorise et désinfecte nos fringues sans utiliser l'eau si précieuse à bord du vaisseau.

Kris, elle, flotte sur un petit nuage. Elle passe l'après-midi à toiletter Louve en fredonnant. C'est comme si elle était dans un autre monde, dans un autre espace-temps, séparée de nous par une barrière aussi infranchissable que celle qui divise le Parloir.

Elle a été choisie.

Elle a choisi.

Pour elle et Alexeï, les jeux sont faits.

Ce n'est que le lendemain matin, lorsque nous nous retrouvons dans la salle de bains pour nous préparer, que sa langue se délie.

« Je voulais te le dire une fois encore, Léo, du fond du cœur : merci.

— Ce n'est rien, dis-je en rassemblant les épingles et les élastiques nécessaires pour confectionner la couronne de Kris. Ça m'a amusée de faire cette peinture numérique.

— Ce n'est pas seulement pour cette œuvre d'art. C'est aussi pour tout le reste. Pour tes encouragements qui m'ont toujours poussée, pour ton humour qui m'a toujours soulagée, pour ton exemple qui m'a toujours inspirée. Je ne serais pas là sans toi, en train de vivre une romance plus folle que toutes celles que j'ai lues, sur le point d'épouser l'homme de mes rêves. Comment pourrai-je jamais te remercier ? »

Je souris.

« Ça me fait plaisir de te voir si heureuse, c'est ça le plus beau remerciement. Car tu es heureuse, pas vrai ?

— Plus que je ne l'ai jamais été. Entre Alexeï et moi, c'est si intense, si... fusionnel. Tu sais ce qu'il m'a promis, en faisant sa déclaration ? Qu'il n'inviterait plus aucune autre fille que moi jusqu'à la fin du voyage. Et moi, il m'a demandé de ne plus inviter aucun autre garçon que lui.

— Comme quoi, je ne suis pas la seule *control freak* à édicter ma propre règle ! »

Nous éclatons de rire, comme au bon vieux temps, comme si nos mariages à venir n'allaient pas tout changer entre nous.

Puis nous reprenons notre sérieux, plus vite qu'avant.

Kris se lève du banc vissé au sol de la salle de bains.

« Assieds-toi, dit-elle avec une douce autorité. Aujourd'hui pas la peine de natter mes cheveux, car je ne monterai pas au Parloir même si l'on m'y appelle. C'est à mon tour de te coiffer.

— Oh, tu sais, mes cheveux n'ont jamais connu qu'un vague chignon, ou la liberté...
— J'ai envie d'essayer quelque chose. »
Kris s'empare des élastiques et des épingles que j'avais préparés pour elle, et se met à entortiller mes épaisses mèches rousses. Tandis que ses doigts agiles s'activent, elle me parle, scrutant mon reflet dans le miroir circulaire :
« Et toi, ma Léo : es-tu heureuse ?
— Oui, je crois... »
Les images des trois derniers mois défilent dans mon esprit. L'excitation du départ, la lente appropriation de la garde-robe et du maquillage Rosier, l'angoisse des premières rencontres avec les garçons... le regard ardent que Mozart, par deux fois, a posé sur moi.
Ce souvenir me fait frissonner.
C'était agréable.
Plus qu'agréable, en réalité.
Oui, je peux l'admettre, je peux me permettre de ressentir cela, j'en ai le droit : j'ai aimé ce regard, et tout ce qu'il promet, et tout ce que j'ai envie de lui promettre en retour.
« Non, en fait j'en suis sûre ! je rectifie. Je suis heureuse ! Vraiment.
— Mozart ? devine Kris.
— Oui. Ce garçon... me fait quelque chose. Il est comme moi, un bébé-poubelle, un rebut qui s'est révolté contre son destin, un évadé de la vie. Ça pourrait vraiment marcher, entre nous. Enfin, il me semble.
— Il est très amoureux de toi. Il me l'a dit, tu sais, la dernière fois qu'il m'a invitée au Parloir. Je sentais bien que ce n'était pas moi qu'il voulait voir : il a passé les six minutes à ne parler que de toi, de ta règle qui lui faisait souffrir le martyre, mais à laquelle il se pliait, puisque tu en avais décidé ainsi. Tu es sûre que tu ne veux pas le voir plus souvent ?
— Comme tu l'as dit : ma règle... la Salamandre...

— La Salamandre ne changera rien aux sentiments de Mozart, j'en suis convaincue, lui qui porte sur la nuque cet œuf d'araignée. Pourquoi attendre la dernière semaine pour lui parler de ta cicatrice... pour la lui montrer ? Peut-être qu'elle vous rapprochera plus encore. Il t'a tout livré, Léo, il est à tes pieds. C'est ton tour, maintenant. »

Je ne réponds pas.

Kris introduit le doute dans mon esprit.

Elle ébranle la règle.

Révéler l'existence de la Salamandre à Mozart dès maintenant, au risque de tout gâcher ?

C'est vrai que je ne l'ai plus entendue siffler à mon oreille depuis des semaines. Pourtant, je sais qu'elle est toujours là, tapie dans mon dos.

« Je veux encore un peu de temps, dis-je. Pour mieux le connaître, pour être sûre que c'est le bon. C'est tout ce que je demande : un peu plus de temps. »

Kris hoche la tête.

Ses doigts continuent de courir en silence.

« Voilà ! » s'exclame-t-elle enfin.

Je me regarde dans le miroir. Le chignon que Kris a fabriqué n'a rien à voir avec le ligotage barbare que j'imposais à mes cheveux au temps de l'usine, ni même avec la version améliorée apportée par le ruban de satin noir. C'est une symphonie, un arpège de boucles, une merveille d'élégance et de géométrie : une coiffure digne d'un défilé Rosier.

« Un vrai chignon de mariée..., dis-je.

— ... et tu vas me faire le plaisir de mettre autre chose que du noir, avec ça, pour changer ! »

Aujourd'hui, c'est clairement Kris qui commande, et pourquoi résister ?

Quelques minutes plus tard, nous voilà face à mon placard et à ses trésors.

ACTE IV

« Cette chose est extraordinaire…, dit Kris en effleurant du bout des doigts la robe fendue en mousseline rouge, qui repose sur son cintre comme un animal exotique, dangereux.

— N'y pense même pas !

— Pourtant, elle t'irait tellement bien. Cette robe, c'est une arme de séduction massive, n'importe quel garçon tomberait dans les pommes face à elle. La finesse de ce tissu… La précision de cette coupe… Et ce décolleté… En plus, c'est exactement la couleur de tes cheveux.

— Si tu continues, je remets illico mon top en jersey et on n'en parle plus, je la préviens.

— OK, OK ! Message reçu : la robe rouge, ce sera pour une autre fois. Que choisir, alors ? Tout le reste de ta penderie est noir… – elle passe sa main parmi les habits précieux –… à part ça ! »

Kris extirpe du fond du placard un ensemble en soie blanche, dans un style oriental, composé d'un pantalon et d'une longue tunique à mettre par-dessus.

« Une robe vietnamienne ! dit-elle. Le comble de la classe et de la pudeur : manches longues, tu n'as aucune excuse ! »

Après bien des contorsions pour me changer dos au placard, à l'abri des caméras, me voilà moulée dans la robe taillée sur mesure pour moi par les gens de Rosier. Le pantalon ample et soyeux caresse ma peau ; la tunique à col mao moule ma poitrine, mes épaules et mes bras aussi intimement que la sous-combi, avant de retomber en deux pans séparés par une échancrure qui remonte jusqu'aux hanches. Presque tout mon corps est couvert par la soie fluide. J'ai beau savoir qu'elle est suffisamment opaque pour dissimuler la Salamandre, je ne peux m'empêcher d'y songer.

« Je ne sais pas si c'est une bonne idée…, je commence par dire.

— Tu plaisantes ? Tu es superbe !

— Oui, mais... »

Pas le temps d'en dire plus : les écrans de la chambre s'allument sur le générique du programme Genesis.

Kris m'entraîne à sa suite vers l'échelle qui conduit au séjour.

« On faisait des essayages, on a raté l'annonce du prétendant tiré au sort aujourd'hui, dit-elle. Alors, les filles, qui c'est ?

— C'est Marcus... », répond Fangfang tandis que le générique s'arrête, laissant la place à l'écran noir.

La voix de Serena retentit dans le séjour :

« J'appelle Léonor au Parloir ! »

47. Chaîne Genesis
MARDI 19 SEPTEMBRE, 11 H 05

La silhouette de Léonor s'élève à la gauche de l'écran.

Les longs pans de sa tunique ondoient de chaque côté de son corps sculptural, telles des ailes gigantesques. Le blanc luisant de sa robe, qui révèle ses courbes parfaites, se marie au blanc mat de ses mains et de son visage. Seule couleur dans cette apparition éblouissante : l'éclaboussure rouge du chignon virtuose, les gouttes pourpres qui parsèment les hautes pommettes, et les lèvres laquées du carmin Rosier le plus profond.

Face à elle, de l'autre côté du Parloir, Marcus est tout de noir vêtu – pantalon, chemise et veste. Son visage volontaire est sculpté par les spots, l'ombre de ses épais sourcils fait ressortir par contraste le gris métallique de ses yeux.

Marcus : « Bonjour, Léonor. »

ACTE IV

Sa voix est rocailleuse, un peu plus cassée encore que la première fois – comme si la retenue la brisait davantage.

Gros plan sur le visage de Léonor, aussi lisse et fermé en apparence que celui de son hôte. Mais pour qui sait bien regarder, le tremblement de ses iris ne trompe pas, on dirait de l'or fondu.

« Bonjour, Marcus », dit-elle.

Contrechamp sur Marcus, en très gros plan.

La matière de ses yeux, à lui aussi, a fondu.

Champ : or liquide.

Contrechamp : argent en fusion.

Léonor : « Je croyais que tu ne m'inviterais jamais plus. »

Marcus : « Je croyais que tu voulais que je respecte ta règle. Une fois toutes les six semaines. Voilà, c'est la sixième semaine. C'est cette fois-là. »

Léonor : « Tu m'as toujours classée en dernier dans tes Listes de cœur. »

Marcus : « Tu as toujours prétendu que seul le dernier classement avait de l'importance. »

Les deux jeunes gens sont parfaitement immobiles de chaque côté du Parloir, en suspension.

Léonor : « À quel jeu joues-tu ? »

Marcus : « Au même jeu que toi. »

Léonor : « Non, je ne crois pas. Pas le même jeu. Le mien est clair et logique. Le tien est vague et imprévisible. Tu parles de moi aux autres comme d'une géante rouge qui brûle tout et apporte la désolation, Kenji me l'a dit... Je pensais que je ne te reverrais pas du voyage. J'aurais préféré. Ça aurait été plus simple. »

Marcus : « Il n'y a que la mort qui soit simple, et éternelle. Parce que tu vois, la vie, c'est compliqué, et c'est terriblement court. On a l'impression qu'on a tout le temps devant soi, mais en réalité c'est comme une séance de speed-dating : à peine entré dans la bulle, c'est déjà le moment de dégager. »

Léonor : « Tu parles comme un vieux ! »

Marcus : « Les vieux sont des jeunes pour qui tout a été trop vite. »

Léonor cligne des yeux.

Ses pupilles se figent, animales.

Tout son visage se fait léopard : « Qu'est-ce que tu veux, Marcus, avec tes énigmes et tes charades ? Pourquoi moi et pas une autre ? »

Marcus soutient le regard de fauve, avec son regard d'aigle : « Tu sais bien pourquoi. Ce qui se passe entre nous, tu le sens toi aussi, je le sais. »

Léonor : « Tu ne me connais même pas. »

Marcus : « Et ça te fait peur ? »

Léonor : « Tais-toi ! Tu es obscur comme un puits sans fond ! Il est impossible de savoir ce que tu penses vraiment ! »

Les narines de Léonor se gonflent.

Sa poitrine se soulève sous la tunique de soie blanche.

Elle baisse les yeux sur son propre corps : « Je ne sais pas pourquoi je porte tout ça, pourquoi je fais tous ces efforts, *pour toi*. J'aurais dû venir en vieux jean tout pourri. Enroulée dans un sac-poubelle. Parce que tu ne mérites pas mieux. Parce que c'est celle que je suis vraiment ! »

Elle saisit les pans de sa tunique et les noue rageusement sur sa taille, coupant court à leur flottement sensuel. Elle fait sauter ses escarpins, pour les envoyer voler au fond du Parloir. Elle essuie sa bouche d'un revers de bras, dessinant sur sa joue une estafilade. Enfin, elle arrache les épingles qui retiennent son délicat chignon, détruisant la fragile architecture jusqu'à ce que ses cheveux forment une nébuleuse rougeoyante tout autour de sa tête : « Voilà ce que c'est, *Léonor*, sans emballage ou presque ! »

Gros plan sur le visage de Marcus, marqué par l'émotion, les yeux écarquillés.

Un murmure s'échappe de ses lèvres, et soudain sa voix n'est plus rocailleuse ni dure, mais douce comme un souffle de vent chaud : « La géante rouge... »

ACTE IV

Les prunelles de Léonor étincellent derrière ses mèches sauvages : « Qu'est-ce que tu dis ? »

Jusque-là immobile, Marcus se met à tourner sur lui-même, utilisant la masse de son corps comme balancier. Les pans de sa veste s'envolent sur ses flancs, le bas de sa chemise jaillit de son pantalon, dans un tourbillon de tissu noir que la caméra affolée ne parvient plus à suivre.

Dézoom violent.

Stabilisation de l'image sur un plan large.

Marcus a brutalement cessé de tourner. Il s'est figé dans les airs, pantelant, le regard planté dans celui de Léonor. Il est torse nu, la poitrine et les bras au-dessus des coudes couverts d'un fabuleux feuillage de tatouages, des rameaux de lignes qui tracent avec finesse des mots, des phrases entières, des calligrammes végétaux et mystérieux sur le parchemin de sa peau. Deux formes sombres s'envolent au-dessus de lui, éjectées par la force centrifuge : la veste noire à droite ; la chemise noire à gauche.

Marcus : « Voilà ce que c'est, *Marcus*, sans emballage ou presque. Tu vois, il n'est pas si difficile de savoir ce que je pense vraiment : tout ce que je suis, tout ce que je crois, je l'ai dans la peau. »

La caméra détaille le calligramme sur le pectoral droit, cette rose qui s'ouvre et se referme au rythme de la respiration de Marcus : *Cueille le jour* ; elle descend le long des muscles dentelés qui cernent les côtes, où palpite une frondaison de verbes allongés comme des feuilles de laurier : *Courir... Créer... Changer... Donner... Désirer... Danser... Aimer...* elle remonte le long du biceps, autour duquel s'enroule une citation tel un bracelet de ronces : *Rêve comme si tu vivais pour toujours, Vis comme si tu allais mourir aujourd'hui.*

Chaque lettre qui couvre le torse de Marcus semble vivante, comme si ce n'était pas l'encre qui s'était imprimée dans sa peau, mais son sang qui, remontant du fond de son être, avait fleuri à la surface de son épiderme pour dessiner son histoire.

Marcus : « La page de ma vie est déjà bien remplie, et un jour elle sera complètement noircie. Mais pour l'instant, il reste un endroit vierge, où je n'ai jamais su quoi écrire. »

Il désigne du doigt son pectoral gauche, à l'endroit du cœur. La peau y est complètement blanche et lisse, libre de toute végétation, de toute inscription.

Sonnerie.

L'entretien est fini.

48. Champ
D + 83 JOURS 21 H 30 MIN
[12ᵉ SEMAINE]

« **L**E MOMENT DE LA PUBLICATION DES DOUZIÈMES LISTES DE CŒUR EST VENU ! Chers spectateurs, et vous chers prétendants, nous sommes pile à mi-parcours, à mi-chemin entre la Terre et Mars, aussi cette publication revêt une importance symbolique toute particulière. À partir de demain, je vous le prédis, tout va s'accélérer. Les trois derniers mois de voyage vont passer beaucoup plus vite que les trois premiers. Parce que l'issue approche. Parce que les voyageurs ont déjà épuisé la moitié du temps dont ils disposent pour apprendre à se connaître les uns les autres. Le moment de décider arrive à grands pas ! »

Sur l'écran panoramique, installée devant la fenêtre qu donne sur ses jardins, Serena fait son show comme d'habitude. Avec un professionnalisme parfaitement rodé, et u enthousiasme dosé au millimètre – ni trop, ni trop peu. S maîtrise parfaite contraste violemment avec la tempête qu se déchaîne en moi. Tout ce que j'avais réussi à construir en trois mois, les barricades que j'avais dressées dans m

ACTE IV

tête, les remparts que j'avais élevés pour me protéger de la folie du jeu : tout ça a volé en éclats mardi dernier, pendant mon deuxième entretien avec Marcus, dans un tourbillon de tissu et de frustration.

Et j'ai cédé...

« Découvrons sans plus tarder les listes des prétendantes... », annonce Serena.

Le tableau à six colonnes se dessine à l'écran.

Fangfang (SGP)	Kelly (CAN)	Elizabeth (GBR)	Safia (IND)	Kirsten (DEU)	Léonor (FRA)
1. Tao	1. Marcus	1. Marcus	1. Samson	1. Alexeï	1. Mozart
2. Mozart	2. Samson	2. Mozart	2. Mozart	2. Tao	2. Kenji
3. Marcus	3. Kenji	3. Alexeï	3. Marcus	3. Samson	3. Tao
4. Alexeï	4. Tao	4. Samson	4. Alexeï	4. Kenji	4. Samson
5. Samson	5. Alexeï	5. Tao	5. Tao	5. Marcus	5. Alexeï
6. Kenji	6. Mozart	6. Kenji	6. Kenji	6. Mozart	6. Marcus

« Léo ! s'écrie Kris en me sautant dans les bras. Tu t'es enfin décidée à cesser de classer les prétendants par ordre alphabétique ! »

Elle me sourit, le visage illuminé par la joie, tandis que Serena commente les classements en voix off : « *Les progressions les plus remarquables de ces dernières semaines sont sans doute celles de Mozart et de Marcus, en bonne voie pour prendre la place de célibataires les plus convoités, depuis l'annonce anticipée des fiançailles d'Alexeï et de Kirsten. Tao et Samson ont aussi leurs fans, Kenji est un peu à la traîne... mais tout peut encore changer !* »

« Tu as brisé ta règle ! insiste Kris au creux de mon oreille, comme si je venais de remporter une grande victoire sur moi-même. Tu oses enfin montrer tes vrais sentiments : je suis tellement contente pour Mozart et pour toi ! »

J'ai plutôt l'impression d'avoir essuyé une cuisante défaite. Mais c'était plus fort que moi, quand j'ai rempli ma Liste ce matin. Il fallait que j'envoie un signe à Marcus. Que je lui dise qu'il n'a pas le droit de jouer avec moi comme il le fait. Que je lui montre que moi aussi, je peux le classer en dernier. Que je mette un point final à son délire. Et, à compter du moment où j'ai laissé tomber la sécurité du classement alphabétique, j'ai dû aller jusqu'au bout, montrer à Mozart combien il m'a touchée. En le classant en premier.

« Non, je n'ai pas brisé ma règle, je parviens à répondre à Kris. Seule ma manière de classer a changé. Pour le reste – pour le plus important – c'est toujours la même chose : le même prétendant toutes les six semaines. Et le dévoilement de la Salamandre à la fin du voyage. Je n'y dérogerai pas... »

Mais déjà, le tableau des garçons est apparu à l'écran.

Tao (CHN)	Alexeï (RUS)	Mozart (BRA)	Kenji (JPN)	Samson (NGA)	Marcus (USA)
1. Fangfang	1. Kirsten	1. Léonor	1. Léonor	1. Safia	1. Léonor
2. Elizabeth	2. Elizabeth	2. Elizabeth	2. Elizabeth	2. Elizabeth	2. Elizabeth
3. Safia	3. Léonor	3. Safia	3. Kirsten	3. Kirsten	3. Kelly
4. Léonor	4. Kelly	4. Kirsten	4. Kelly	4. Léonor	4. Safia
5. Kirsten	5. Safia	5. Fangfang	5. Fangfang	5. Fangfang	5. Kirsten
6. Kelly	6. Fangfang	6. Kelly	6. Safia	6. Kelly	6. Fangfang

« *Que de surprises !* s'exclame Serena, off. *Que d'émotions Là aussi, les fiançailles de Kirsten ont changé la donne. Je ne sai pas ce qui est le plus étonnant : notre petite léoparde, première à trois classements sur six, ou notre Anglaise de choc, deuxième à tous les classements !* »

ACTE IV

Les autres filles me jettent des regards bizarres, comme si j'avais fait une bêtise, comme s'il y avait un bug dans le système et qu'elles s'attendaient à ce que je dise : « Non, arrêtez tout, moi première ? C'est juste pas possible ! »

En haut, je m'efforce de sourire, je me doute que c'est ce que les spectateurs attendent de moi.

Mais en bas, contre mon corps, je serre très fort les poings.

Si Marcus était là, il se les prendrait dans la figure.

Parce que les filles ont raison, il y a bien un bug dans le système, et c'est *lui*

— *lui* qui m'a mise dans une terrible colère, dont je ne réussis pas à nommer la cause ;

— *lui* qui remue au fond de moi des choses que je ne comprends pas ;

— *lui* qui s'est ouvert comme un livre dont j'ai peur de tourner les pages ;

— *lui* qui me classe soudain numéro un, après douze semaines à la sixième position ;

— *lui* ;

— *lui* ;

— *lui* !

(*Non, ce n'est pas lui le bug,* susurre la petite voix que je n'ai pas entendue depuis des semaines, mais qui n'était pas morte, juste endormie. *Le bug, c'est ta règle tordue, que tu n'es même pas capable de respecter. Le bug, c'est l'illusion que tu es une fille comme les autres, digne de vivre une histoire d'amour normale. C'est toi, le bug, Léonor !*)

Le tableau s'efface, m'apportant un semblant de soulagement. J'inspire profondément pour retrouver mon calme, pour faire taire la Salamandre, tandis que Serena, de retour à l'écran, annonce la suite du programme :

« Et maintenant, quel meilleur moment que la moitié du voyage pour présenter la base de New Eden, qui attend nos courageux pionniers dans leur nouveau monde, dont ils pourront acheter les éléments aux enchères avec vos généreuses dotations, chers spectateurs ? Mesdames et messieurs, jeunes gens, bienvenue sur la planète Mars, en compagnie des instructeurs du programme Genesis ! »

Les jardins d'automne de la villa McBee se fondent dans un autre décor, plus rouge encore.

Écarlate.

C'est la couleur du paysage en images de synthèse qui envahit l'écran, survolé par une caméra fictive : un désert de sable rougeoyant, semé de cratères, qui plonge soudain dans une gigantesque faille.

« *Mars, Valles Marineris, l'un des plus grands canyons du système solaire,* commente en off la voix aiguë de l'instructrice en Planétologie, Odette Stuart-Smith, reconnaissable entre toutes. *L'emplacement retenu pour la base martienne de New Eden a été soigneusement choisi. Suffisamment profond pour accéder à l'eau glacée contenue dans le sol : Valles Marineris est aussi bas que le mont Everest est haut. Suffisamment au sud pour une utilisation optimale des panneaux solaires : il s'étend pile sur la ligne d'équateur de Mars, d'est en ouest. Suffisamment vaste pour larguer le matériel sans difficulté : il est vingt fois plus large que le Grand Canyon du Colorado.* »

La caméra s'enfonce dans la faille, plantée d'énormes pitons autour desquels s'enroulent des tourbillons de poussière rouge. Elle fuse sur le fond rocailleux, jusqu'à une basse plaine parfaitement plate, au pied d'une falaise écrasante. Huit dômes semblent perdus au milieu de ce décor hors d'échelle, pareils aux cailloux semés par le Petit Poucet pour retrouver son chemin dans la forêt immense.

Le dôme central, tout en verre à facettes, est le plus grand. Les sept autres, couverts d'un revêtement noir et luisant, s'étoilent tout autour, reliés au centre par des sortes de couloirs tubulaires. Une neuvième forme, rectangulaire et plate, ferme la ronde.

NEW EDEN / LA BASE

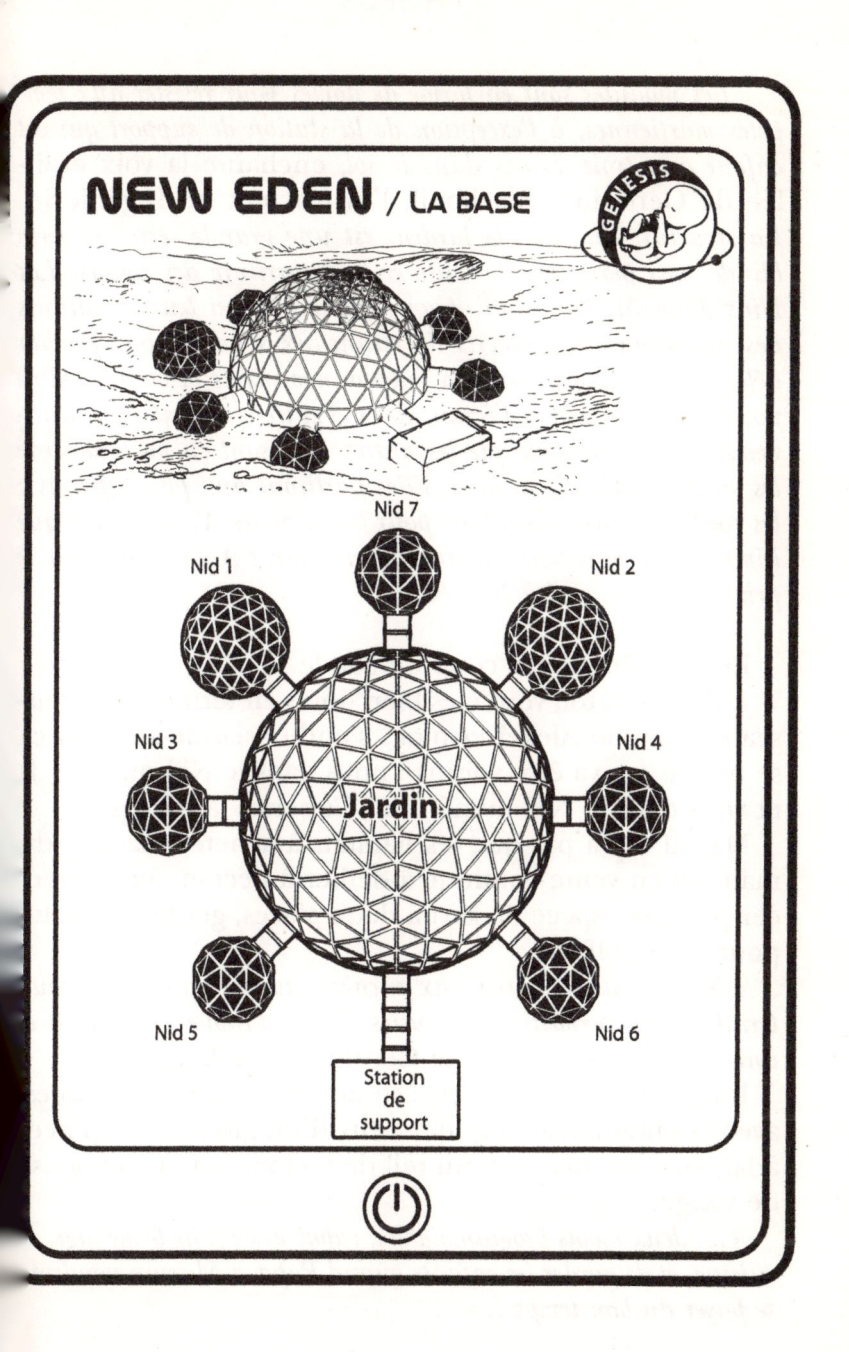

Nid 7
Nid 1
Nid 2
Nid 3
Nid 4
Jardin
Nid 5
Nid 6
Station de support

« *Les modules sont en forme de dômes pour résister aux tempêtes martiennes, à l'exception de la station de support qui est enfoui aux trois quarts dans le sol,* enchaîne la voix éraillée de Geronimo Blackbull, l'instructeur en Ingénierie. *La structure centrale, le Jardin, est une grande serre en verre blindé, qui permettra de cultiver la nourriture des colons. Les Nids d'amour, eux, sont opaques pour protéger leurs habitants des radiations, et couverts de panneaux solaires pour générer l'électricité nécessaire au bon fonctionnement de la base. Comme vous pouvez le voir à l'écran, deux d'entre eux sont significativement plus spacieux que les autres – ce sont en quelque sorte les suites royales de la base. Elles partiront aux plus offrants : les couples pourront enchérir pour les acquérir. Vous pensiez que l'immobilier était hors de prix à New York ? Attendez de voir le prix du mètre carré à New Eden !* »

Kris me donne un coup de coude.

« Mozart et toi, vous êtes bien dotés en termes de Trousseaux, comme Alexeï et moi ! s'enthousiasme-t-elle. Si ça se trouve, on va être voisins : nous dans le Nid numéro 1, et vous dans le Nid numéro 2 ! Ce serait fantastique ! »

Mais il n'y a pas que les habitats à acheter. La liste du matériel en vente continue à défiler à l'écran, à commencer par une espèce de kart à deux places, genre voiturette pour papi golfeur.

« *Nous mettrons aussi aux enchères quatre mini-rovers tout terrain, pour permettre aux jeunes mariés d'explorer librement ce coin de rêve...* », commente Geronimo Blackbull.

Image suivante : une espèce de robot monté sur roues avec des bras aussi longs que ceux d'un gibbon, des pinces à la place des mains et un œil de cyclope unique en guise de visage.

« *... deux robots programmables, capables de faire le ménage, la cuisine, et de garder les enfants quand Papa et Maman voudront se payer du bon temps...* »

ACTE IV

Image suivante : un gros cube plein de boutons, au milieu duquel s'ouvre une petite lucarne en verre.

« *... une imprimante 3D capable de recycler la terre de Mars, et de la transformer en virtuellement n'importe quoi – hochet, poupée, cheval à bascule en pièces détachées : le couple qui héritera de l'imprimante pourra jouer au père Noël aussi souvent qu'il le souhaite, pour le plus grand bonheur de ses petits.* »

« Imagine, Léo, ce que quelqu'un comme toi pourrait créer avec cette imprimante magique ! me souffle Kris, comme si l'imprimante m'appartenait déjà. Avec ton talent, tu ferais des merveilles ! »

Sur l'écran panoramique, le matériel technique laisse la place à ces bacs de fruits et de légumes cultivés hors-sol. C'est mon propre instructeur, le docteur Montgomery, qui s'y colle pour commenter les plans de légumes bien alignés.

« *En ce qui concerne la nourriture,* dit-il avec son accent si distingué, *le minimum vital correspondant aux recommandations nutritionnelles du programme Genesis sera mis à la disposition de chaque individu. Pour les extras, en revanche, il faudra payer – c'est-à-dire, pour tout ce qui va au-delà des féculents et des vitamines en comprimé. Chaque bac de culture sera mis à prix. Même chose pour les ballons d'eau chaude et pour toutes les utilités liées au confort plutôt qu'à la survie.* »

Le panier du maraîcher disparaît de l'écran, pour laisser la place au visage souriant de Serena.

« Voilà, mes jeunes amis, vous savez désormais à quoi va vous servir l'argent de vos Trousseaux. Et vous, chers spectateurs, vous comprenez pourquoi vos dons sont si importants. Élever une famille dans une maison sans eau chaude, où l'on mange de la purée à tous les repas, où le père Noël ne vient jamais, ce n'est pas idéal. Je vous assure que le programme Genesis aurait vraiment voulu offrir le meilleur à chaque couple, mais malheureusement le matériel largué sur Mars par la Nasa est en quantité limitée :

nous venons de vous en dresser la liste... À New Eden, les ressources seront rares – c'est à vous, chers spectateurs, de décider qui aura une vie de cinq étoiles et qui devra se contenter de l'option budget ! »

49. Contrechamp
GRAND PARK HOTEL, LONG ISLAND, ÉTAT DE NEW YORK
MARDI 26 SEPTEMBRE, 10 H 30

« **M**ADAME MCBEE, SUIVEZ-MOI JE VOUS PRIE, JE VAIS VOUS CONDUIRE AU PRÉSIDENT GREEN. »
Serena McBee emboîte le pas du majordome et fend la pelouse sur ses semelles compensées. Elle est vêtue d'une superbe robe à jabot en satin gris, qui fait se tourner toutes les têtes – à moins que ce ne soient ses jambes dorées, ou encore son incroyable notoriété ? Les dizaines de femmes en robes de créateur, de messieurs en blazers de marque bruissent de murmures admiratifs à son passage : « C'est Serena McBee, la productrice exécutive du programme Genesis ! » ; « C'est la femme la plus en vue des États-Unis ! » ; « C'est la personnalité la plus influente du pays ! » ; « La rumeur était donc vraie, puisqu'elle est là aujourd'hui, dans les jardins du Grand Park Hotel, pour la garden-party du président Green ! »

Serena ne semble pas prêter attention à tout cela, pas plus qu'à la fanfare qui joue l'hymne américain sur une scène au bout de la pelouse, ni aux centaines de drapeaux étoilés accrochés aux arbres des jardins. Elle se contente de sourire tranquillement sous le bord de son immense chapeau orné d'un nœud d'organza vert pâle, seule touche de couleur dans sa tenue du dernier chic.

ACTE IV

Elle rejoint ainsi deux personnages en grande conversation, entourés de gardes du corps. Le premier n'est autre que le président Green lui-même, en bras de chemise et cravate verte, bronzage soigneusement travaillé aux UV, rides précisément comblées au filler, dents impeccablement blanchies au laser. Le second est un jeune homme blond à l'allure nonchalante, sosie de James Dean jusque dans la coupe Pompadour, les cernes noirs et le blouson de cuir façon motard.

« Serena McBee ! s'exclame le président Green en décochant à la nouvelle venue un sourire digne d'une affiche électorale. Quelle joie de vous rencontrer enfin en personne, après toutes ces visioconférences organisées par mon équipe de campagne ! Vous n'avez pas mis trop de temps à venir, j'espère ?

— Du tout, monsieur le président. L'hélicoptère que vous m'avez envoyé était parfait. Et puis, comme vous le savez, ma villa n'est qu'à quelques miles d'ici. Quelle gentillesse d'avoir choisi un hôtel si près de chez moi pour votre garden-party !

— C'est que vous êtes la star du jour, ma chère Serena... », répond obséquieusement le président Green.

Il semble soudain se souvenir de la présence du jeune homme blond à ses côtés :

« ... sans vouloir offenser notre jeune ami canadien !

— Y a pas de mal. Vous nous payez assez cher, Stella et moi, pour notre présence aujourd'hui. Je cède volontiers la vedette. En plus, honnêtement, qui pourrait rivaliser avec Serena McBee ? Personne, pas même vous, monsieur le président, pas vrai ? »

Le président Green émet un petit rire nerveux, puis s'empresse de faire les présentations :

« Serena McBee : Jimmy Giant, le nouveau James Dean ; Jimmy Giant : Serena McBee, la reine de l'espace. Je suis heureux de vous compter tous les deux à mes côtés dans cette bataille. Les républicains *et* les démocrates se sont alliés pour faire couler le parti hyperlibéral à l'élection présidentielle du 7 novembre prochain. Vous avez entendu leur dernière trouvaille ? *Put a red light on Green !* C'est d'une bassesse ! »

Le président Green fait une moue outrée, avant de poursuivre :

« Ce déjeuner de levée de fonds a lieu à peine plus d'un mois avant l'élection, et les sondages me donnent perdant. Mais c'est sans compter ma botte secrète : *vous*, Serena ! »

Il regarde fébrilement sa montre :

« Onze heures moins le quart... Plus que quelques minutes avant la grande annonce, qui sera retransmise en direct sur toutes les chaînes nationales. Serena, ma chère, il va être l'heure de vous diriger tranquillement vers la tribune. »

Il désigne l'écran géant qui trône au pied du Grand Park Hotel.

« J'y vais de ce pas, monsieur le président », dit Serena en souriant.

Elle prend congé et se dirige vers le pupitre aux couleurs du parti hyperlibéral, dressé à côté de l'écran.

Mais à mi-parcours, un vieil homme barbu l'arrête.

« Madame McBee ! s'exclame-t-il. Vous me reconnaissez ? »

Serena toise l'homme, sa barbe un peu trop longue, son costume un peu trop grand, son gros nœud papillon désuet, légèrement de travers.

« Professeur Barry Mirwood ! insiste-t-il. Un ancien de la Nasa ! J'ai participé à la construction du *Vasco de Gama*... euh, je veux dire, du *Cupido*. Mais ça, c'était avant qu'Atlas Capital me renvoie, comme tant d'autres.

— Ah ? fait platement Serena. Je suis désolée pour vous.

— Ne vous en faites pas. J'ai connu quelques mois de chômage, mais maintenant que le cosmos est tellement à la mode, le président Green m'a embauché pour être son conseiller scientifique spécial en matière spatiale.

— Parfait, votre carrière est donc à nouveau en orbite. Maintenant, si vous voulez bien m'excuser. Les gens attendent mon discours. »

Mais le vieil homme barbu semble trop excité pour comprendre.

« Je suis tellement heureux de vous rencontrer enfin ! s'enthousiasme-t-il. Le succès phénoménal du programme Genesis, nul n'aurait jamais imaginé... Il suffisait donc juste d'un peu d'emballage marketing, de changer le nom du vaisseau et de la base, de sélectionner de jeunes inconnus sympathiques... Bravo ! Mais maintenant, qu'est-ce que les gens d'Atlas vont faire de ces recettes faramineuses ? Nous n'avons aucune visibilité sur leurs plans, c'est un fonds privé... Dites, est-ce qu'ils vont tout réinjecter dans l'exploration spatiale, dans la conquête de Mars ? »

Les yeux du vieil homme étincellent, comme ceux d'un enfant qui a reçu pour Noël la maquette de navette spatiale qu'il convoitait.

Sous le bord du grand chapeau gris, le visage de Serena demeure impénétrable.

« Madame McBee, tout cet argent rend possibles des technologies qui n'étaient même pas envisageables du temps de la Nasa ! Il faut *ab-so-lu-ment* que je vous parle du projet d'ascenseur spatial sur lequel je travaille depuis trente ans : un moyen révolutionnaire d'acheminer personnes et matériel dans l'espace, sans utiliser de fusées massives, et... »

Mais Serena a déjà tourné les talons pour rejoindre la tribune.

À peine s'est-elle installée derrière le pupitre vert que résonne un roulement de tambours préenregistré, calqué sur ceux qui rythment les programmes de la chaîne Genesis. Les centaines de convives et les dizaines de cameramen portant leur matériel à l'épaule se tournent vers Serena comme un seul homme.

« Mesdames et messieurs, dit-elle dans le micro, petits et grands, électeurs de tous les États – bref, vous tous, peuple américain : ce n'est pas en tant que productrice exécutive de Genesis que je m'adresse à vous aujourd'hui, en direct de la garden-party de soutien au parti hyperlibéral. C'est en tant que citoyenne convaincue par le programme de l'homme qui peut sauver notre pays. C'est en tant que candidate à la vice-présidence sur la liste d'Edmond Green ! »

Une ovation formidable retentit depuis le fond des jardins, les flashes crépitent fiévreusement. Serena, elle, sourit toujours.

« Aujourd'hui, nombreux sont ceux qui critiquent le président Green pour sa décision d'avoir vendu la Nasa – mais ceux qui se permettent ces critiques sont les mêmes qui n'ont pas été capables de la rentabiliser pendant des décennies ! Ce matin, j'ai trois choses à leur dire.

« *Oui*, le président Green a eu raison de vendre l'agence spatiale américaine au moment où il l'a fait.

« *Oui*, cette décision était absolument nécessaire pour rééquilibrer les finances du pays.

« *Oui*, le président Green et moi-même, nous avons convaincu Atlas Capital de reverser 5 % des recettes à cette grande nation que sont les États-Unis d'Amérique ! »

Cette fois-ci, l'acclamation est telle que Serena est obligée de faire un geste de la main pour que cessent les vivats – à contrecœur, semble-t-il, tant elle paraît les apprécier

« Ce matin, exceptionnellement, à titre symbolique et en accord avec Atlas Capital, j'ai décidé de présenter le speed-dating depuis la garden-party. Musique ! »

Le générique du programme Genesis se met à défiler sur l'écran géant.

Mais au lieu de la bande-son enregistrée, c'est une version live de « *Cosmic Love* » qui retentit dans les enceintes sur la scène qui fait face à l'écran, Jimmy Giant et Stella Magnifica ont remplacé la fanfare – lui avec sa dégaine de cow-boy de l'asphalte, elle vêtue d'une robe holographique qui projette des rayons iridescents à trente mètres à la ronde.

« *You skyrocketed my life* » susurre-t-il dans son micro.

« *You taught me how to fly* » répond-elle en battant de ses faux-cils fluorescents, longs de dix centimètres au moins.

« *Higher than the clouds* », affirme-t-il.

« *Higher than the stars* », confirme-t-elle.

Ils croisent leurs micros, chacun tendant le sien à son partenaire, pour l'envolée finale :

« *Nothing can stop our cosmic love*

« *Our cosmic love* »

« *Our cooosmic looove !* »

Les enceintes se taisent d'un seul coup, le générique s'arrête, pour laisser la place à un plan général du Parloir, surtitré de lettres digitales :

74ᵉ SÉANCE AU PARLOIR. HÔTESSE : LÉONOR, 18 ANS, FRANCE, RESPONSABLE MÉDECINE (LATENCE DE COMMUNICATION – 3 MINUTES 6 SECONDES)

À la gauche de l'écran surgit la chevelure rousse de Léonor, libre et sauvage. La jeune Française porte son vieux jean destroy et son T-shirt délavé, comme au début du programme trois mois plus tôt, avant sa transformation en mannequin Rosier.

Debout derrière son pupitre vert, Serena se penche sur son micro : « Bonjour, Léonor... Dis-moi, aujourd'hui c'est cheveux lâchés et tenue décontractée ! Qui as-tu décidé d'inviter en cette treizième semaine de rencontre, pour la septième fois que tu as la main au Parloir ? »

Pendant trois longues minutes, la jeune Française se laisse dériver dans l'espace – le temps pour la question de Serena de monter jusqu'au *Cupido*, le temps pour la réponse de Léonor de redescendre sur Terre.

Soudain, son regard se tourne brusquement vers l'assemblée, frontal, doré. Les convives laissent échapper un murmure face à cette géante rouge qui n'a jamais si bien mérité son surnom, reproduite en huit mètres sur six sur l'écran géant. Pourtant, ce ne sont pas eux que Léonor dévisage – là où elle se trouve, à trente millions de kilomètres de la Terre, elle ne peut pas admirer les toilettes sophistiquées des femmes, ni les beaux habits de ces messieurs endimanchés ; elle ne peut pas voir les serveurs qui font couler le champagne à volonté, ni le buffet chargé de petits-fours, de verrines, de canapés disposés sur des plateaux en argent : la seule chose qu'elle a en face d'elle, c'est l'œil noir de la caméra qui la filme, au fond de la bulle du Parloir – au fond de l'espace.

La voix de Léonor résonne dans les enceintes, aussi puissante et déterminée que son regard :

« Ce n'est pas moi qui décide, dit-elle. C'est ma règle. Elle exige que je rappelle le premier garçon que j'ai rencontré, il y a trois mois.

— Marcus ? » susurre Serena dans son micro.

Trois minutes et seize secondes plus tard, Léonor confirme :

« Marcus. »

Roulement de tambours.

Le petit chronomètre apparaît en bas de l'écran, tandis que Marcus fait son entrée dans le Parloir. Lui aussi a laissé tomber les habits chics, sa veste et sa chemise noires. Il porte un T-shirt blanc et un jean. On dirait le reflet de Léonor dans la vitre blindée ; entre eux deux, l'air est chargé de tension.

Léonor prend une inspiration profonde : « Alors c'est ça, le tour de magie d'aujourd'hui ? Après les roses et le strip-tease, tu me fais le coup du voyant, comme si tu avais deviné ce que j'allais mettre ce matin ? »

Marcus : « Pas besoin de voyance pour ça. Tu me l'as toi-même dit la semaine dernière, souviens-toi : que je ne valais pas mieux qu'un vieux jean pourri ou un sac-poubelle. J'ai hésité, pour le sac-poubelle, mais finalement je me suis dit qu'il ne fallait pas gâcher le matériel de cuisine, alors j'ai opté pour le vieux jean. »

ACTE IV

Léonor : « *Et aujourd'hui, quelle est la suite du programme, Houdini ?... Un lapin sorti du chapeau ?...* »
Marcus : « *Que dirais-tu d'un numéro d'évasion en direct, comme ces types enfermés dans un aquarium, qui n'ont que quelques minutes pour se libérer avant de mourir noyés ?* »
Léonor regarde autour d'elle, la bulle de verre transparente derrière laquelle s'étend le vide infini de l'espace : « *La responsable Médecine que je suis ne te conseille pas de t'évader de cet aquarium-là...* », *dit-elle.*
Marcus : « *Tu oublies que je connais l'espace comme ma poche, et pas seulement en tant que responsable Planétologie. J'ai eu le temps d'apprendre, avec toutes les nuits que j'ai passées sous le toit du ciel, quand je mendiais dans les villes d'Amérique.* »
Il pointe son index vers le fond de la bulle, vers un astre plus gros et plus lumineux que les étoiles environnantes, brillant d'un éclat rougeâtre : « *Là, c'est Mars...* », *dit-il.*
Puis il se met à désigner successivement d'autres directions :
« *Par là, c'est Jupiter ! Par ici, c'est Saturne ! Et là, juste devant moi, c'est Vénus... euh, non : en fait c'est toi, Léonor !* »
La jeune fille reçoit le compliment de Marcus sans frémir et soutient son regard sans ciller : « *Je ne parlais pas du risque de perdre dans l'espace. Tu n'aurais même pas le temps. Parce que dehors, tu ne pourrais pas reprendre ton souffle : tu gonflerais comme un ballon de baudruche, ta langue se mettrait à bouillir, ta peau à brûler. Ta forêt de tatouages, dont tu sembles si fier, prendrait feu en un instant...* »
Marcus éclate de rire, jette un coup d'œil aux lignes noires qui affleurent sur ses biceps, à la lisière des manches de son t-shirt. À droite, la phrase aperçue la dernière fois déploie ses lettres épineuses : Rêve comme si tu vivais pour toujours, vis comme si tu allais mourir aujourd'hui ; *à gauche, parfaitement symétrique, un autre bracelet de ronces lui répond* : La vie est courte, Romps les règles, Pardonne rapidement, Embrasse lentement, Aime sincèrement.
Léonor : « *Tout un programme ! C'est de toi ?* »

Marcus : « *Non. Ce sont deux amis. Mark Twain à ma gauche et James Dean à ma droite – le vrai, pas la copie qui chante le générique du programme. Un écrivain venant de l'époque où les cow-boys couraient la plaine, et un acteur venant de celle où ils crevaient l'écran. Ils font partie de ceux qui m'ont appris qu'on pouvait s'évader avec les mots. Comme par exemple, tous les mots que je voudrais te dire... comme tous ceux que je voudrais entendre de toi. Mais six minutes, c'est tellement court pour tous ces mots-là !* »

Léonor sourit enfin. Elle est vraiment très belle, lorsqu'elle laisse ainsi son visage s'épanouir : « *Toi, Marcus, tu n'abandonnes jamais, pas vrai ? dit-elle. Tu sais pourtant que si je t'ai invité aujourd'hui, c'est parce que ma règle fonctionne ainsi. La prochaine fois que je t'inviterai sera la dernière, dans douze semaines juste avant notre alignement sur l'orbite de Phobos.* »

Pour la première fois depuis qu'elle se retranche derrière sa règle, il y a une intonation de regret clairement perceptible dans la voix de Léonor. Elle n'oppose aucune résistance au mouvement qui la fait lentement dériver vers la cloison – vers Marcus.

Ce dernier contracte son bras gauche, faisant ressortir la citation de Mark Twain : « *Écoute Mark. Romps les règles.* »

Léonor : « *Si tu tenais vraiment à moi, tu respecterais ma règle au lieu de me demander d'y désobéir. Comme les autres prétendants. Comme... Mozart.* »

À la mention du nom de Mozart, les épais sourcils de Marcus se froncent : « *Aimer, ça ne veut pas dire tout accepter de l'autre sans question ni remise en cause...* »

La caméra zoome sur son visage, sur ses yeux gris aux reflets métalliques, magnétiques : « *Aimer, c'est se battre pour ce que l'on croit être le meilleur pour l'autre... même si l'autre ne le sait pas. L'amour que je t'offre, Léonor, c'est une bataille. Celui de Mozart, c'est une capitulation.* »

À l'autre bout du système solaire, dans les jardins du Grand Park Hotel, cinq cents personnes retiennent leur

ACTE IV

souffle. On n'entend pas un bruit. Les oiseaux eux-mêmes semblent avoir cessé de chanter, pour écouter Marcus.

Sur l'écran géant, la caméra fait le contrechamp sur le visage de Léonor.

Quelque chose a changé.

Une digue a cédé.

Celle qui gardait ses yeux secs, et les empêchait de briller.

« L'amour..., murmure-t-elle. Déjà... Si vite...

— C'est que nous avons si peu de temps, Léonor. Je ne te demande pas d'abandonner complètement ta règle, juste de l'aménager. Si la finale se joue réellement entre Mozart et moi, alors cesse de perdre ce temps si précieux à inviter les autres prétendants, pour te concentrer sur nous : l'un après l'autre, une semaine sur deux. Tu crois que tu peux faire cela ? »

Léonor hoche lentement la tête de haut en bas, ses mèches rousses se déployant en volutes autour de ses yeux étincelants.

La sonnerie retentit.

Au bas de l'écran, Serena s'empare à nouveau du micro :

« Un *oui* ! C'est un *oui* ! s'exclame-t-elle. Vous en êtes tous témoins, chers spectateurs : Léonor vient de confirmer que, pour elle, tout va maintenant se jouer entre deux prétendants. Quel est celui qui va l'emporter ? Mozart ou Marcus ? Brésilien ténébreux ou Américain mystérieux ? Sensualité latine ou romantisme à fleur de peau ? Je vous donne rendez-vous le 10 décembre sur la chaîne Genesis pour connaître la réponse... et bien sûr, avant cela, je vous donne rendez-vous le 7 novembre dans les urnes pour réélire le président Green ! »

50. Hors-Champ
UNIVERSITÉ DE BERKELEY, CALIFORNIE
LUNDI 6 NOVEMBRE, 18 H 00

« La bibliothèque universitaire va fermer dans quinze minutes, jeune homme. Elle a été réquisitionnée pour servir de bureau de vote pour l'élection présidentielle de demain, et nous devons tout installer. »

Seul étudiant encore présent dans la vaste bibliothèque, Andrew lève les yeux de l'atlas qu'il était en train de lire. L'ouvrage est ouvert à la page du Royaume-Uni, sur la province du Kent. Andrew a le doigt posé sur une petite ville nommée Warden. Sur l'écran de son ordinateur figure une carte géographique où il a reporté tous les *Warden* du monde : un en Afrique du Sud ; deux au Canada, dans l'Ontario et au Québec ; deux aux États-Unis, dans l'État de Washington et dans celui de Virginie-Occidentale ; trois rien qu'en Angleterre, dans le Northumberland, dans le Bedfordshire et donc, dans le Kent. Sous la carte s'étale une liste de définitions, toutes celles possibles pour le nom commun *warden – gardien de prison,* certes, mais aussi : *recteur d'université ; garde-chasse ; greffier de paroisse ; grade d'officier chez les francs-maçons.*

« Je m'en vais... », dit Andrew à la bibliothécaire.

Il ferme le fichier WARDEN sur son ordinateur, ainsi que le fichier LOUVE où il a compilé une masse énorme d'informations sur les loups et la France, depuis le Petit Chaperon rouge jusqu'à la bête du Gévaudan.

« Si tu veux, tu peux emprunter cet ouvrage, dit la bibliothécaire en désignant l'atlas.

— Merci, mais ce n'est pas la peine. Plus je cherche, plus je m'embrouille... »

ACTE IV

Il jette un regard vague à travers les fenêtres donnant sur le campus, où de jeunes militants distribuent des tracts pour l'élection du lendemain – la plupart portent des T-shirts verts qui affichent fièrement le dernier slogan du parti hyperlibéral : *Green is the color of hope !*

« ... c'est comme s'il n'y avait rien à trouver, murmure Andrew. Comme s'il n'y avait pas de message. Juste deux noms de chiens choisis en cinq minutes par un homme pressé.

— Tu cherches des noms pour de jeunes chiens ? demande gentiment la bibliothécaire, croyant pouvoir aider. C'est un casse-tête, je te comprends, comment être sûr de ne pas se tromper ! Mon conseil, c'est de bien voir la personnalité du toutou avant de décider.

— La personnalité ? répète Andrew, interloqué.

— Oui, tu n'as qu'à demander à l'animalerie. Ce sont les mieux placés pour aider à trouver des noms qui correspondent aux chiots. Ça s'est passé comme ça pour mon adorable chihuahua, Stradivarius : la vendeuse avait remarqué qu'il jappait de plaisir chaque fois qu'elle mettait de la musique classique en fond sonore dans la boutique. Allez, je te laisse ranger tes affaires tranquillement. »

La bibliothécaire tourne les talons pour aller remettre en rayons les livres abandonnés par d'autres étudiants sur les tables.

« L'animalerie..., murmure Andrew. Je n'y avais pas pensé... »

Il lance le navigateur Internet sur son ordinateur et tape dans le moteur de recherche : « *Louve + Warden + animalerie* »

Les résultats de la recherche apparaissent instantanément à l'écran.

Le premier d'entre eux correspond à un article publié par un site d'informations de Floride :

LOUVE ET WARDEN ORPHELINS :
LE RESPONSABLE DE L'ANIMALERIE GENESIS SE NOIE EN MER

Trois jours plus tard, Andrew appuie sur le bouton d'un interphone à la plaque de verre fissurée, à côté d'une petite étiquette qui indique : *RODRIGUEZ*.

Puis il lève les yeux sur le building : c'est un vieux walk-up à six étages sans ascenseur, à la façade décrépite. Des traces de rouille bavent sur les murs ; à plusieurs endroits on distingue même des trous – des impacts de balles ?

Dans le lointain de la ville sur laquelle tombe le soir, on entend des échos de postes radio diffusant « *Cosmic Love* », le tube incontournable du moment, et des sirènes de police.

Bip ! – une voix de femme marquée par un accent hispanique répond dans l'interphone :

« Bonjour, c'est pour quoi ?

— Je suis désolé de vous importuner, madame Rodriguez. Je souhaiterais vous parler.

— Qui êtes-vous ? Un vendeur en porte-à-porte ? Je vous préviens, je n'ai besoin de rien.

— Je n'ai rien à vendre. Je voudrais juste vous poser quelques questions sur votre mari, Ruben Rodriguez. »

La voix dans l'interphone ne répond pas ; mais, pour qui sait tendre l'oreille, on perçoit un sanglot étouffé.

« Vous êtes un journaliste, c'est ça ? Partez.

— Je ne suis pas un journaliste, ni un vendeur, ni un policier. Je suis juste comme vous, j'ai perdu un être cher… »

Andrew déglutit, la gorge nouée.

« … un être qui connaissait bien votre mari. »

Bip ! – la porte se déverrouille et Andrew pénètre dans l'immeuble.

Une jolie femme blonde d'une trentaine d'années, au teint mat, se tient dans l'embrasure de la porte retenue par une chaîne de métal. Ses yeux inquiets dévisagent Andrew, sa tignasse emmêlée, son polo au col froissé, ses lunettes à monture noire.

« Cecilia Rodriguez, dit-elle sans enlever la chaîne.

ACTE IV

— Andrew Fisher. »
Les paupières de la jeune femme s'écarquillent :
« *Fisher* ? répète-t-elle. Comme Sherman Fisher, le collègue de Ruben, qui est mort dans un accident de voiture peu de temps avant lui ?
— C'était mon père. »
Les yeux d'Andrew brillent derrière ses lunettes, dans la pénombre de la cage d'escalier. Il est à bout de nerfs après tous ces mois à chercher, à s'acharner, à vouloir absolument rétablir un contact avec ce père disparu.
« Oh ! Je suis désolée…, s'exclame Cecilia Rodriguez, visiblement touchée.
— Et moi, je suis désolé pour ce qui est arrivé à votre mari », dit Andrew en s'efforçant visiblement de contenir ses larmes.
Le jeune homme et la jeune femme se contemplent un instant en silence, mais ce silence est peuplé d'émotions – il dit la douleur, le respect, la compassion, toutes ces choses qui font du deuil une expérience humaine universelle.
Tout d'un coup, Cecilia Rodriguez semble se souvenir de la chaîne de sûreté.
« Entrez, je vous en prie », dit-elle en la détachant.
Andrew pénètre dans un petit appartement bien tenu, qui sent bon la lavande et les produits de nettoyage, dont la netteté contraste avec le délabrement de l'immeuble.
Dans le séjour, la télévision est allumée sur le journal télévisé, à faible volume.

« *C'est un moment historique ! C'est une vraie vague verte – que dis-je, un tsunami !* » *s'enthousiasme la présentatrice à l'écran, debout devant une carte représentant les États-Unis – les trois quarts des États sont colorés en vert, et seule une poignée est en rouge et en bleu, les couleurs traditionnelles des partis républicain démocrate.*

« *Le parti hyperlibéral qui, il y a un mois encore, était donné perdant, a recueilli plus de 70 % des voix lors de la journée électorale qui a eu lieu en début de semaine ! Comme vous le savez, conformément au mode de scrutin américain, ce vote populaire a désigné les grands électeurs qui voteront à leur tour à la mi-décembre pour confirmer le président et la vice-présidente. Mais, avec 70 % de grands électeurs acquis à la cause d'Edmond Green et de Serena McBee, ce devrait être une simple formalité. À la Maison Blanche, en tout cas, on est sûr de la victoire...* »

La maîtresse des lieux saisit la télécommande :
« Excusez-moi, je vais éteindre, dit-elle. De toute façon, je ne suis pas sûre que cette réélection soit une si bonne nouvelle, en tout cas pour des quartiers comme celui-ci, où il n'y a plus aucune infrastructure depuis des années, plus un centime d'investissement public. Ce sont les gangs qui font la loi, le zero-G se deale jusque sous mes fenêtres. Vous ne les avez pas vues, ces ombres qui rôdent comme des zombies, avec les cheveux hérissés. Ce n'est pas facile de vivre ici, surtout pour une femme seule avec un jeune enfant. Depuis la mort de Ruben, il y a quatre mois... »

Sa voix vacille.

Elle inspire profondément, se recompose, désigne le canapé de sa main délicate :

« Je vous en prie, prenez place – Andrew, c'est bien ça ? Et dites-moi pourquoi vous êtes venu me voir. »

Andrew s'assoit sur le canapé, souriant timidement. Le jeune homme arrogant et trop sûr de lui qu'il était naguère a disparu pour laisser la place à un être sensible, pétri de doute et de chagrin.

« Je... je ne sais pas par où commencer, dit-il. J'ai roulé comme un fou depuis la Californie, mais maintenant que je suis ici, tout est confus dans ma tête. Excusez-moi de vous déranger. »

ACTE IV

Cecilia Rodriguez pose sa main sur la sienne.

« Cessez de vous excuser. Vous ne me dérangez pas. Je sais ce que c'est de perdre quelqu'un, comment tous les repères s'effacent d'un seul coup. Je me sens aussi déboussolée que vous. Ça me fera du bien de parler. Du moment que nous n'élevons pas la voix, pour ne pas réveiller la petite qui dort à côté. »

Un sourire de reconnaissance se dessine sur le visage d'Andrew.

« Merci. Moi aussi, j'ai besoin de parler. Peut-être parce que mon père, lui, ne parlait pas beaucoup. Surtout depuis qu'il travaillait sur le programme Genesis.

— Je comprends ce que vous voulez dire. Pour Ruben, c'était la même chose. Le programme lui prenait tout son temps, je ne le voyais presque plus. Il était tellement stressé, depuis le rachat de la Nasa par Atlas ! Son seul moment de détente, c'était la petite heure de plongée qu'il s'accordait de temps en temps dans la baie de cap Canaveral. Il aimait tous les animaux, mais surtout les animaux marins. Il me soutenait que son rêve, c'était de nager avec un grand requin blanc ; mais je crois qu'il disait ça juste pour m'affoler, car on n'a pas vu de grand requin blanc sur les côtes de Floride depuis très longtemps : il voulait juste que je le serre dans mes bras très fort et que je lui dise combien je tenais à lui. »

Un pâle sourire passe sur le visage de Cecilia Rodriguez, à l'évocation de ces heureux moments à jamais perdus.

« Il a fini par mourir de sa passion, dit-elle. Il a plongé une fois de trop, alors qu'il était trop épuisé pour faire les contrôles nécessaires. Le médecin légiste pense qu'il a eu un accident de décompression en remontant trop vite des profondeurs – mais ce n'est qu'une hypothèse, car l'autopsie était impossible. La police a retrouvé le corps de Ruben... bien après le décès... »

La voix de Cecilia se brise.

Cette fois-ci, c'est au tour d'Andrew de poser sa main sur la sienne, pour la soutenir :

« C'est pareil pour mon père, dit-il. Pendant la période d'entraînement du programme, il rentrait à Beverly Hills par la route, à travers la vallée de la Mort. Il a percuté un rocher. Je suppose qu'il devait être au bout du rouleau, lui aussi. On n'a localisé son corps que des jours plus tard. Livré aux coyotes. Méconnaissable. »

Il se tait un instant, ruminant ses souvenirs.

« Mars les a tués tous les deux..., conclut amèrement Cecilia.

— Non. Pas Mars. Mars n'est qu'une planète, un point dans le ciel vers lequel regardent les petits garçons qui rêvent d'aventure, et les hommes adultes qui rêvent de postérité. C'est ce foutu programme Genesis qui les a bouffés. Après les avoir changés.

— Changés ? répète Cecilia. Oui, c'est ce que je pense. Mon Ruben n'était plus le même.

— Mon père non plus. L'homme que je connaissais n'était pas un lâche ayant peur de répondre aux questions de son propre fils, fuyant le moindre appel. Si au moins il avait eu le courage de me dire en face qu'il avait refusé de m'envoyer sur Mars pour me garder près de lui ! Mais nous n'avons même pas pu avoir cette conversation. Et maintenant, tout ce qui me reste, ce sont des miettes auxquelles me raccrocher. Comme les chiens élevés par votre mari. C'est mon père qui a tenu à les nommer. Il n'avait aucune raison précise de le faire. Pourquoi alors l'avoir fait ? Pourquoi avoir choisi *Louve* et *Warden* ? Je me suis convaincu qu'il y avait quelque chose pour moi derrière ces noms, un message. Je devrais sûrement abandonner, tourner la page, mais je n'y arrive pas... »

Andrew lève des yeux tremblants vers son hôtesse, partagé entre la réticence à poursuivre une quête absurde et l'espoir, enfin, de retrouver la voix de son père :

ACTE IV

« Cecilia, c'est plus fort que moi, il faut que je vous pose la question : est-ce que Ruben vous a dit quelque chose à propos des noms des chiens ? C'est la marque que mon père a imprimée au programme Genesis, sa signature en quelque sorte, et même s'il n'y a qu'une chance sur cent que cela ait un sens, il faut que je la saisisse. Peut-être en a-t-il dit quelque chose à votre mari ? »

La jeune femme réfléchit un instant.

« Non, je suis désolée, je ne vois pas. Ruben parlait si peu du programme… Mais attendez, il y a son ordinateur ! Je sais qu'il l'utilisait pour le travail. Peut-être qu'il y a dedans quelque chose qui pourrait vous intéresser. Je n'y ai pas touché depuis que mon mari nous a quittés.

— Vous accepteriez de me laisser y jeter un coup d'œil ?… – Andrew rougit en prononçant ces mots, repris par le doute – … vous n'êtes pas obligée d'accepter. Il n'y a certainement rien à trouver, et je mesure à quel point cette requête est embarrassante : vous demander de me laisser regarder dans les affaires de votre cher mari, moi, un inconnu… »

Cecilia ne lui laisse pas le temps d'en dire davantage :

« Ça ne m'embarrasse pas. Au contraire, ça me fait plaisir, si cela peut vous apaiser. Je vais chercher l'ordinateur. »

Quelques instants plus tard, Cecilia est de retour avec l'ordinateur portable.

« Il n'a pas servi depuis la mort de Ruben et je m'aperçois que j'ignore le mot de passe…, s'excuse-t-elle.

— Je devrais pouvoir lancer la session sans le mot de passe, car je connais un ou deux trucs en informatique, dit modestement Andrew en pressant le bouton de mise sous tension. Vous me permettez ? Je ferai tout sous votre contrôle, et je n'ouvrirai aucun fichier que vous voudriez garder fermé.

— Je vous en prie, allez-y. Ruben et moi, nous n'avions aucun secret l'un pour l'autre. »

L'ordinateur s'allume.

Mais pas sur la page d'accueil d'un système d'exploitation.

L'écran est vide, aussi noir que l'espace.

« Qu'est-ce qui se passe ? demande Cecilia. C'est un virus ? »

Andrew pianote quelques ordres à toute allure, envoyant des requêtes auxquelles l'ordinateur répond par des lignes de texte blanches.

« Non, pas un virus, dit-il. Le disque dur a été formaté.

— Formaté ?

— Effacé. Gommé. Supprimé. »

Le jeune homme et la jeune femme échangent un regard chargé de tension.

« Pourquoi Ruben aurait-il fait cela ? finit par murmurer Cecilia. Nous ne saurons jamais ce qu'il y avait dans cet ordinateur…

— Pas si sûr. Dans un disque dur, les données ne disparaissent jamais tout à fait : elles sont juste recouvertes par d'autres données. Parfois tellement profondément qu'on ne peut plus les récupérer – mais ça ne coûte rien d'essayer. »

Andrew sort une clé USB de son sac à dos. Il l'insère dans l'un des ports, pianote des lignes de code sur le clavier. Un ronronnement monte des tréfonds de la machine. Au bout de plusieurs minutes, l'écran noir cède la place à un bureau rempli de dossiers, avec en fond une photo de Ruben serrant sa femme et sa fille dans ses bras. Mais ce n'est pas tout. Une large inscription en lettres capitales noires barre cette famille heureuse :

LE SILENCE EST D'OR

Andrew et Cecilia restent un moment interdits devant cette phrase, cette injonction qui semble leur demander de se taire, d'éteindre l'ordinateur, et de ne plus jamais le rallumer.

Là-bas, dans les profondeurs obscures de la ville, un c lointain retentit.

ACTE IV

« *Le silence est d'or ?* murmure Andrew. Vous savez ce que ça signifie ?

— Non... Enfin, peut-être... Je ne suis pas sûre... »

Cecilia fronce les sourcils.

« Depuis plusieurs mois, Ruben portait sur la poitrine une plaque en or avec ce mot, *SILENCE*. Je me souviens de lui avoir demandé d'où elle venait, car nous n'avions pas vraiment les moyens. Il m'a répondu qu'il avait fait graver ce bijou pour se rappeler le silence des fonds marins, qui l'apaisait tant. Pour que ce soit la première chose qu'il voie le matin en se rasant, avant sa dure journée de travail. Pour avoir toujours un peu de ce silence avec lui, et tenir le coup malgré le stress du programme. Quant au prix de la plaque, il m'a dit de ne pas m'en faire pour nos finances, que tout irait mieux à l'arrivée de la mission sur Mars, quand il toucherait son bonus pour avoir contribué au succès de la première phase de Genesis. Il m'a même promis que nous partirions faire un tour du monde en bateau avec la petite, que nous nous retrouverions enfin tous les trois, pour profiter ensemble du silence de la mer, loin de Miami, de Genesis, de tout ça. »

Le tremblement dans la voix de Cecilia montre qu'elle n'est plus vraiment convaincue par l'explication que son mari lui a fournie à propos de la plaque. Surtout maintenant, avec cette citation sur l'écran...

Andrew ouvre le premier des dossiers affichés sur le bureau, intitulé « *Comptes de l'animalerie* ». À l'intérieur se trouvent plusieurs feuilles de calcul. Mais lorsqu'Andrew clique sur la première d'entre elles, rien ne se passe. Pareil pour la deuxième, la troisième, et toutes les autres. Les dossiers « *Bilans vétérinaires* », « *Stocks alimentaires* » ou encore « *Plans de reproduction* » ne contiennent eux aussi que des fichiers à zéro octet.

« Des coquilles vides..., dit Andrew d'une voix dépitée. Mon logiciel de récupération n'a réussi qu'à repêcher les noms des fichiers, c'est tout. Votre mari a bien fait les choses. Il n'a pas juste pratiqué un formatage rapide de son ordinateur, sans quoi j'aurais récupéré bien plus de choses : il a lancé un formatage en profondeur, digne de ceux que le gouvernement utilise pour la suppression des informations secret-défense... »

Cecilia pointe soudain son index sur l'écran, tout en bas à droite :

« Regardez ! s'exclame-t-elle. Le nom du dernier dossier ! »

Le mot « *Silence* » s'étale sous la petite icône brillante.

Andrew clique.

Le dossier s'ouvre, laissant apparaître la liste des noms des fichiers qui remplissaient autrefois le dossier « *Silence* » :

Noe1.karma
Noe2.karma
Noe3.karma

... et ainsi de suite, jusqu'à *Noe56.karma*.

« C'étaient des fichiers images, murmure Andrew. Sans doute des photos prises avec un appareil Karmafone d'après l'extension *.karma*... Je vais lancer un dernier scan au cas où.

— Noé ? balbutie Cecilia pendant que tourne le logiciel. C'est peut-être le nom d'un animal ?

— Peut-être... ou peut-être pas. Cecilia, essayez de vous souvenir : est-ce que quelqu'un d'autre que vous a eu accès à cet ordinateur depuis la mort de Ruben ?

— Non. Enfin, je ne crois pas. Pourquoi cette question ? »

Les yeux d'Andrew étincellent derrière ses lunettes à monture noire.

Il désigne la fenêtre qui vient d'apparaître à l'écran, annonçant le résultat du scan. Toujours aucune donnée récupérée. Mais une date. Celle du formatage du disque dur.

Les prunelles de Cecilia s'agrandissent.

De surprise.

D'effroi.

ACTE IV

« *23 juillet...*, déchiffre-t-elle d'une voix blanche. Plus de deux semaines après la date du décès de Ruben estimée par la police... »

La nuit est complètement tombée à présent. Les ombres se sont étendues, repoussant infiniment les murs du petit appartement. Assis sur un coin du canapé, Andrew et Cecilia ressemblent à deux naufragés sur un esquif perdu dans un océan de ténèbres.

« Je crois que nous sommes tombés sur quelque chose d'énorme, murmure Andrew. Sur quelque chose de monstrueux. Rappelez-vous, Cecilia, je vous en conjure : que s'est-il passé le 23 juillet ? »

La poitrine de la jeune femme se soulève par à-coups, avec difficulté. Elle semble avoir soudain du mal à respirer.

« C'était la date de la cérémonie, dit-elle. J'ai choisi la crémation, étant donné... l'état du corps de Ruben. En rentrant du crématorium, j'ai organisé une petite réception du souvenir à la maison, pour la famille et les amis proches...

— Uniquement la famille et les amis proches ? demande Andrew, suspendu aux lèvres de la jeune femme.

— Quelqu'un de Genesis est aussi venu apporter des fleurs. Monsieur Blackbull, un ancien collègue de Ruben. Sur le coup, ça m'a surprise qu'il fasse le déplacement jusqu'ici, dans cette banlieue où les gens ne s'aventurent guère... Oui, ça m'a vraiment touchée... »

Andrew fixe Cecilia droit dans les yeux :

« Et si Blackbull avait eu une autre raison de venir ? Et si les fleurs n'avaient été qu'un prétexte...

— ... pour accéder à l'ordinateur de Ruben pendant que je m'occupais des invités, vous voulez dire ? Il n'aurait disposé que de quelques minutes.

— Ça suffit pour lancer une procédure de formatage si la personne s'y connaît. Tout bazarder : c'est la meilleure manière d'être sûr de supprimer les éléments potentiellement compromettants quand on n'a pas le temps de regarder le détail des fichiers. »

Cecilia plaque la main sur sa bouche pour étouffer un cri et ne pas réveiller l'enfant qui dort.

« Sur quoi avons-nous mis le doigt, Andrew ? balbutie-t-elle. Pourquoi un envoyé de Genesis a-t-il formaté le disque dur ? Quelles photos contenait le dossier « *Silence* » ? La disparition de Ruben... est-elle vraiment due à un accident ? Il faut alerter la police ! »

Déjà, Cecilia tend la main vers son téléphone.

Mais Andrew la retient avant qu'elle puisse composer un numéro.

« Ne faites pas ça, je vous en supplie. La police a classé sans suite la mort de votre mari, comme celle de mon père. Ils classeront aussi ce que nous avons découvert après en avoir informé les gens de Genesis qui désormais se tiendront sur leurs gardes. Un disque dur formaté, des noms de fichiers effacés : ce n'est rien, par rapport aux colossaux enjeux économiques et maintenant politiques du programme Genesis. Il nous faut plus de preuves avant d'alerter les autorités.

— Des preuves ? Mais comment les obtenir ? Où aller les chercher ?

— À la source. Au cœur de Genesis. Je peux vous le dire à vous et à vous seule : j'ai piraté leur quartier général de cap Canaveral. J'y ai introduit un mini-drone espion en juillet dernier, dans l'idée de faire enrager mon père, pour entrer enfin en contact avec lui. Quel enfant gâté j'étais à l'époque... À mille lieues d'imaginer que si Père se taisait c'était peut-être parce qu'il n'avait pas le choix ! »

À ces mots, Andrew sort son propre ordinateur portable de son sac à dos, ainsi qu'un joystick. Cecilia se serre contre lui sur le canapé, leurs pâles visages éclairés l'un et l'autre par la lumière de l'écran. Une interface vidéo apparaît dans une fenêtre. Elle représente la salle de contrôle vue du plafond, plongée dans la pénombre. On aperçoit le haut du crâne de dizaines d'ingénieurs en vestes grises

ACTE IV

penchés sur leurs écrans, occupés à surveiller en direct chaque paramètre du *Cupido*.

« Ça fait quatre mois que mon petit bug sommeille dans les lattes du plafond, où personne n'a réussi à le dénicher, murmure Andrew. Il est temps pour lui de se réveiller. De reprendre contact avec mon téléphone satellite. Et d'aller chercher la vérité. »

Andrew appuie sur une touche du clavier et s'empare de la manette. L'image dans la fenêtre se met à trembler : le mini-drone prend son envol. Il descend en tournant lentement vers les rangées d'ordinateurs, captant le cliquetement des claviers et les conversations feutrées des ingénieurs.

« La base est vaste, chuchote Andrew à Cecilia, mais mon bug a de l'autonomie, et nous avons tout le temps devant n... »

Avant qu'Andrew puisse achever sa phrase, un objet noir et triangulaire surgit du plafond où il était tapi – *Flash !* un rayon jaillit de la pointe du triangle, inondant la fenêtre d'une lumière blanche.

L'ordinateur d'Andrew émet un *bip !* de protestation sonore.

Dans la pièce d'à côté, le bébé se réveille et se met à pleurer.

La fenêtre vire au noir, avec un message en surbrillance, comme une épitaphe gravée sur une pierre tombale :

CONNEXION SATELLITE PERDUE
MINI-DRONE DÉTRUIT

51. Champ
D + 147 JOURS 21 H 05 MIN
[22ᵉ SEMAINE]

« **É**COUTEZ ÇA, LES FILLES : LA DATE DE L'ÉLECTION VIENT D'ÊTRE CONFIRMÉE POUR LE LUNDI 11 DÉCEMBRE, le lendemain de notre arrivée sur Mars ! » annonce Safia en déboulant dans le séjour en sari safran, tablette à la main.

En tant que responsable Communication, elle reçoi[t] les messages diffusés par cap Canaveral. En général, il ne s'agit que d'informations techniques sur la trajectoire d[u] *Cupido*, de tests à réaliser pour s'assurer que l'antenn[e] et le transmetteur laser fonctionnent parfaitement, d[e] listes de dosages d'oxygène et de CO_2 que l'équipe au so[l] nous demande d'effectuer régulièrement dans les com[-] partiments. Depuis que Serena est en lice pour la vice[-] présidence des États-Unis, nous avons aussi le droit d[e] suivre l'actualité électorale en direct. Au début, ça nous prises de court, on tombait des nues, on se disait : *quan[d] même, quelle cachottière cette Serena !* Mais maintenant, ça nou[s] semble tout naturel de l'imaginer à la tête du pays q[ui] a rendu possibles la Nasa et le programme Genesis – d[u] coup, la campagne présidentielle nous enfièvre presqu[e] autant que le speed-dating lui-même.

« C'est fantastique ! s'écrie Kris, adorable comme d'hab[i-] tude dans l'une de ses robes bleu ciel. Notre Serena, c'e[st] vraiment une superwoman : animatrice de télé, psychiat[re] de premier plan et bientôt, vice-présidente des États-Uni[s]. Mais il y a un truc que je ne comprends pas bien... [Je] croyais que Serena et M. Green avaient *déjà* remporté l'éle[c-] tion, à la mi-novembre...

ACTE IV

— Toi, tu n'as pas suivi mes explications l'autre jour, la gronde Fangfang, qui a repris du poil de la bête depuis que ses joues ont dégonflé et que Tao s'est remis à l'inviter au Parloir. Les élections aux États-Unis se déroulent toujours en deux étapes : dans un premier temps le peuple vote pour les grands électeurs appartenant à différents partis ; ces derniers doivent à leur tour confirmer le ticket présidentiel, dans un deuxième temps. Ça se passe à la mi-décembre, et l'investiture du président et de son vice-président a officiellement lieu en janvier. »

Kelly hausse ses épaules moulées dans un minuscule cache-cœur en angora rose.

« Merci à notre encyclopédie ambulante, mais ces précisions n'ont aucune importance. Serena est archi-populaire, c'est sûr qu'elle va être confirmée par les grands électeurs. Tu n'as pas écouté les news de Safia ? Il y en a 70 % qui sont du parti hyperlibéral ! Moi, je me fous de la politique, mais ça me fait trop plaisir pour Serena. Et puis, c'est cool que le vote final ait lieu pile poil au moment où nous arriverons sur Mars, dans deux semaines. On ne pouvait pas rêver meilleur timing pour lancer notre nounou préférée ! »

Dans deux semaines...

Kelly a raison.

Il ne reste plus que deux semaines avant la fin du jeu de speed-dating, deux toutes petites semaines. Les dix dernières, je les ai employées à inviter Marcus et Mozart, une fois sur deux, et eux n'ont invité que moi. Je ne suis pas fière d'avoir rompu ma règle ; mais en même temps, je sais que c'est la meilleure décision que j'ai prise de ma vie. Parce qu'elle m'a permis de mieux connaître deux garçons fantastiques... Grâce à cette décision, Mozart m'a enseigné mes premiers mouvements de samba à travers la cloison de verre ; de sa voix chaude, il m'a chanté des airs qui parlaient d'ailleurs, qui faisaient vibrer mon cœur, qui effaçaient la bulle, le vaisseau et tout le reste. Marcus, lui, m'a dévoilé le nom de chaque constellation dans le ciel, car il les connaît toutes après avoir dormi tant de nuits à la belle étoile, et la signification derrière chaque tatouage sur son corps – après l'entrevue, je me dépêchais de recopier les floraisons de mots dans ma tablette à croquis, pour m'en souvenir à jamais.

« C'est bon, j'ai compris, résume Kris, m'arrachant à mes pensées. Serena sera élue par les grands électeurs, au moment où nous désignerons les élus de notre cœur !

— Ton élu à toi, tu l'as déjà désigné », dit soudain Liz.

Elle est recroquevillée dans le creux du canapé, emmitouflée dans l'un de ses fameux pulls à col roulé. Tandis que certaines prétendantes comme Kris s'épanouissent au fil des semaines, Liz, elle, s'étiole. À présent, elle est pâle comme un cachet d'aspirine, les yeux cernés – belle, toujours, mais d'une beauté maladive, angoissée.

« Tout le monde sait que tu vas vivre un long conte de fées avec ton prince des glaces, Alexeï ; d'ailleurs il ne voit plus personne d'autre que toi, depuis vos fiançailles. Pareil pour Fangfang, on se doute bien qu'elle va finir avec Tao, et Safia avec Samson : tu parles d'un suspense. Quant à Léo, pas étonnant que Marcus et Mozart soient à ses pieds, regardez-la, elle est sublime ! »

Je baisse nerveusement les yeux sur ma tenue du jour. Pour la dernière semaine où les garçons ont la main, j'ai enfin cédé aux supplications de Kris, et osé revêtir la pièce maîtresse de mon vestiaire Rosier : la robe fendue en mousseline rouge. Si on m'avait dit, à l'usine Eden Food France, que je porterais un jour quelque chose comme ça, à la fois au comble du chic et du sexy ! Seulement voilà, depuis l'époque de l'usine, j'ai changé. En embarquant, je pensais que Mars était la seule chose importante. Mais aujourd'hui, deux autres planètes sont entrées dans mon système solaire. Je n'ai plus seulement envie de gloire. J'ai aussi envie d'amour. Oui, moi, la Machine à Certitude, je veux plaire !

ACTE IV

Alors, je porte cette robe qui épouse délicatement mes épaules, qui sculpte le galbe de ma poitrine, qui enserre ma taille dans un plissé sur mesure, qui par une large échancrure laisse entrevoir ma jambe. La coupe est si près du corps que je devrais me sentir compressée de partout, mais en fait pas du tout : la finesse de la mousseline de soie est telle que j'ai la sensation d'être nue. Cette impression est si troublante que je n'arrête pas de passer ma main dans mon dos toutes les deux minutes, pour m'assurer que la Salamandre est bien dissimulée sous le tissu...

« C'est peut-être un peu trop glamour ? je me hasarde.

— On n'est jamais trop glamour, répond Liz avec un sourire triste. De toute façon, toi, tu pourrais t'habiller de serpillières que tu serais encore une bombe incendiaire. Mais moi, qui sait avec qui je vais terminer ? Je suis née sous une mauvaise étoile. Je suis destinée à être une loseuse, une éternelle recalée, comme pour le concours du Royal Ballet, qui n'a pas voulu de moi...

— Arrête de te lamenter, intervient Kelly. Moi non plus, je n'ai pas de mec attitré, et je n'en fais pas un fromage. C'est vrai, Marcus me plaît beaucoup : il est trop rock'n'roll le mec, avec son air de se foutre de tout, son côté *Live Fast, Die Young*. Sans parler des tatouages extra qui ornent son corps d'apollon. Mais on ne peut que les deviner, hein, parce qu'il ne les montre qu'à Léo, cette petite veinarde ! Samson aussi, dans son genre, il me branche bien... Bah, au moment qu'on ne me case pas avec Mozart, c'est tout ce que je demande. »

La Canadienne jette un regard dans ma direction. Je suis la seule à qui elle s'est confiée, la seule à qui elle a avoué la raison de son aversion pour le Brésilien, qui reste un mystère inexplicable pour les autres prétendantes.

« Moi, je m'en satisferais bien, de Mozart, soupire Liz. Mais avec ma veine, je sens que je vais finir avec Kenji, le plus bizarre du lot.

— Arrête, il est super mignon, et tellement stylé ! plaide Kelly. Lui aussi, en fait, il me plaît, et son côté paumé ne me fait pas peur. Souviens-toi, Liz, au début du show tu lui trouvais un air "sauvage" et "mystérieux"...

— Finalement, il est trop sauvage pour moi.

— Il faut voir le bon côté : deux hypocondriaques ensemble, vous pourriez cultiver de la camomille dans la serre et vous concocter des tisanes comme celles de Serena. »

Ce coup-ci, l'humour un peu lourd de la Canadienne ne marche pas : Liz se renfrogne, les larmes aux yeux.

Ça me fait de la peine de la voir comme ça, elle qui a toujours été la pom-pom girl de l'équipe, prête à se plier en quatre pour faire régner l'harmonie et la bonne humeur dans le compartiment. Si seulement je pouvais choisir entre Marcus et Mozart, là maintenant, ça libérerait un prétendant, ça donnerait une raison d'espérer à cette pauvre Liz.

Mozart, le prince des poubelles que j'ai l'impression de connaître comme un alter ego...

Marcus, le mendiant des étoiles, qui est pour moi une énigme vivante...

Mozart mon semblable...

Marcus mon contraire...

(*Il faudra bien que tu décides, maintenant ou dans deux semaines,* siffle la Salamandre, *que la robe rouge a peut-être réussi à cacher, mais pas à bâillonner. Et il faudra que tu enlèves tes robes toutes plus fantastiques les unes que les autres pour révéler au pauvre garçon l'horreur à laquelle il va avoir droit jusqu'au dernier jour de sa vie !*)

L'écran panoramique face à la cheminée s'allume tout d'un coup, coupant court à mes pensées.

Serena apparaît, vêtue d'un élégant tailleur en tartan de laine écossais. Elle est assise devant la fenêtre qui donne sur les jardins aux arbres dénudés, sur lesquels tombe une neige cotonneuse. La lueur d'un feu de bois provenant d'une cheminée invisible semble dorer le tout. C'est une image très douce, très tendre, un tableau qui parle des Noëls que je n'ai jamais connus.

Soudain, j'ai envie de raconter mes hésitations à Serena, à elle qui est la conseillère conjugale la plus connue d'Amérique, et aussi la personne la plus proche de l'idée que je me fais d'une mère. Mais bien sûr, c'est impossible, ça ne fait pas partie du show...

« Mesdemoiselles, c'est Mozart qui a été tiré au sort en ce lundi ! annonce-t-elle. Je crois que nous savons toutes qui il va appeler au Parloir... »

52. Chaîne Genesis
LUNDI 27 NOVEMBRE, 11 H 05

L ÉONOR APPARAÎT À LA GAUCHE DE L'ÉCRAN, SUBLIME DANS SA ROBE DE MOUSSELINE dont la longue jupe, libérée de toute pesanteur se déploie autour d'elle en volutes rougeoyantes.

Pour tout maquillage, elle a choisi un rouge à lèvres dans la même teinte que sa robe et que ses magnifiques boucles lustrées. Derrière elle, au fond de la bulle de verre, la planète Mars est devenue davantage qu'un astre parmi les autres : c'est maintenant l'objet le plus volumineux du ciel, de la taille d'une balle de tennis, et du même rouge que la mousseline, que les cheveux, que les lèvres de Léonor.

Un sourire se dessine sur la bouche incandescente de la jeune fille, mélange très charmant de provocation et timidité : « Bonjour, Mozart. Je suis prête pour la leçon de samba d'aujourd'hui. »

Mais en face d'elle, le Brésilien en chemise blanche ne sourit pas.

Du tout.

Mozart : « Il n'y aura pas de leçon de samba aujourd'hui. Ni demain. Ni jamais. »

La voix de Mozart est glaciale. Enrouée par l'émotion. Les traits tirés, les yeux cernés, il paraît aussi mal en point qu'au lendemain de son entretien avec Kelly, cinq mois plus tôt.

Contrechamp sur le visage de Léonor, où le sourire disparaît à son tour ; elle baisse nerveusement les yeux sur son propre corps, les relève aussitôt : « C'est la robe ? Elle ne te plaît pas ? Tu... tu as changé d'avis ? Tu ne veux plus de moi ? »

La bouche de Mozart se creuse en un pli amer : « *Moi je ne veux plus de toi ?* répète-t-il. Arrête ton numéro deux secondes. Ce n'est pas drôle. C'est même carrément moche. Avec cette robe à damner un saint, en plus, me demander si je ne l'aime pas ! Me demander si je ne veux plus de toi qui es plus belle que toutes les reines du carnaval de Rio. Tu es cruelle, Léonor. Bien davantage que je ne l'aurai imaginé. »

Léonor se projette vers la vitre blindée, entraînant derrière elle un sillage de mousseline vaporeuse : « Je ne comprends pas, Mozart. Que se passe-t-il ? »

Le jeune homme demeure immobile, les poings serrés le long de son corps : « Tu continues, en plus ? Ça ne te suffit pas ? Il te faut quoi maintenant : que je me mette à chialer ? Tu veux prendre une photo, pour la montrer à Marcus : *regarde, moi aussi je suis une magicienne, je peux ensorceler les mecs et leur faire disparaître le cœur en un claquement de doigts : abracadabra !* »

Léonor : « Marcus ? Pourquoi est-ce que tu me parles de Marcus ? La règle est claire, le voyage n'est pas encore fini : on se voit une fois sur deux, jusqu'au bout... »

ACTE IV

La voix de Mozart se met à trembler : « Lâche-moi, avec ta foutue règle que tu ne respectes même pas ! Ça marchait tant que tu jouais le jeu – si tu l'as joué un jour. Mais à partir du moment où tu as *déjà choisi*... Continuer à me voir, à me faire mariner, à m'allumer, c'est de la torture ! C'est du mensonge ! C'est... c'est dégueulasse ! Je suis vraiment trop con. Une fille comme toi n'est pas faite pour un mec comme moi, un sale petit dealer, une raclure des favelas. Au fond, tu es comme Phobos. Tu sais pourquoi son orbite est considérée comme idéale ? Parce qu'elle est assez proche de Mars pour permettre d'en voir la surface en détail avant le largage, et trop éloignée pour que la gravité martienne empêche le *Cupido* de repartir après nous avoir éjectés. Comme toi : assez proche pour me rendre fou, trop éloignée pour que je te retienne. J'aurais dû me méfier. Bien fait pour ma gueule ! »

En bas de l'écran, le petit chronomètre n'en est qu'à la moitié de son parcours, mais Mozart fait déjà demi-tour vers le tube d'accès au compartiment des garçons.

Léonor se colle contre la vitre blindée : « Attends ! hurle-t-elle. Je ne sais pas ce qui te fait imaginer ça, ni ce que Marcus t'a raconté, mais c'est faux : je n'ai pas encore choisi ! »

Mozart se retourne à l'entrée du tube, ses boucles noires ruisselant sur ses tempes, deux sillons humides luisant sur ses joues : « Ne te fatigue pas, Léonor, dit-il d'une voix étranglée. J'ai des preuves. Et toi, tu as mes putains de larmes. Tu as gagné. Adieu. »

53. CHAMP
D + 147 JOURS 21 H 41 MIN
[22ᵉ SEMAINE]

« **A**LORS, LÉO, TU AS DÛ LE RENDRE DINGUE AVEC T[A] ROBE ROUGE ! »

Les filles sont toutes là à m'attendre dans le séjou[r] aussi excitées après vingt et une semaines de voyage qu'a[u] premier jour.

Mais moi, j'essaye juste de mettre un pied sous l'autre [et] de ne pas glisser sur l'échelle qui me brûle les mains.

Dingue.

C'est le mot.

Je l'ai rendu dingue, et je ne sais pas pourquoi.

(Mais si, tu sais pourquoi, susurre la Salamandre. Moza[rt] te l'a dit. C'est à force de jouer les allumeuses...)

Cette insulte est comme une gifle, qui surprend enco[re] plus qu'elle ne blesse.

Allumeuse ? La fille qui, il y a quelques mois encor[e] n'était pas fichue d'utiliser correctement un tube d[e] rouge à lèvres ? Non, ce n'est pas moi. Tout ce que [je] voulais, c'était donner une chance égale à Mozart et [à] Marcus... me donner une chance égale. Ils me plaise[nt] l'un et l'autre. Vraiment beaucoup. Quoi qu'en di[se] Mozart, je ne lui ai jamais menti sur mes sentimen[ts]. Même si je sais qu'il faudra bien que je choisisse l'[un] des deux et que l'un des deux me choisisse, dans u[ne] semaine, je ne veux pas que ce soit comme ça, sur [un] terrible malentendu !

(C'est à force d'attiser les passions...)

« Je ne me sens pas très bien... », je murmure.

Kris se précipite aussitôt à ma rescousse :

« Quoi, qu'est-ce qu'il y a, Léo ? C'est l'apesanteur du Parloir ? Pourtant, tu supportes bien d'habitude… C'est toi, la responsable Médecine : dis-nous ce qu'il faut qu'on fasse.

— Rien, je t'assure. Je vais juste m'allonger un peu, toute seule au calme, ça va passer. »

Je descends l'échelle qui mène à la chambre, évitant le regard des unes et des autres.

(C'est à force de jouer avec le feu…)

(Il t'a pourtant brûlée, dans le passé : souviens-toi !)

J'ai juste envie de disparaître à dix pieds sous terre. Mais au milieu de l'espace, il n'y a pas de terre, pas d'autre échappatoire que ma fine couverture de cachemire. Je me jette dessous, à l'abri des caméras. Je mords les draps pour ne pas hurler et je coince mes mains sous le matelas, pour les empêcher de lacérer mon dos jusqu'à en arracher la Salamandre.

Soudain, mes ongles rencontrent quelque chose.

Quelque chose que j'avais enfoui cinq mois plus tôt.

Quelque chose que j'avais complètement oublié.

Le téléphone portable de Dent-de-Requin.

Ma colère retombe d'un seul coup, tandis que j'extirpe le petit appareil de sous le matelas. Dans la pénombre de mon antre, il y a juste assez de lumière pour que je reconnaisse la marque Karmafone, et la coque protectrice décorée avec du sticker des *Dents de la mer*.

J'ai l'impression d'être un archéologue qui exhume un vestige d'une autre époque, d'une autre vie : ma vie d'avant le speed-dating, quand tout était encore possible, quand je ne connaissais pas encore Mozart et Marcus, quand je me faisais un film sur un type croisé au hasard.

Comment est-ce que Léo-la-Rouge et Dent-de-Requin s'étaient quittés, déjà ?

Mes doigts effleurent le clavier, retrouvant d'instinct le mot de passe que j'avais découvert il y a vingt et une semaines : *SILENCE.*

L'écran s'allume sur la dernière photo visionnée, celle qui m'avait déprimée, représentant Dent-de-Requin et une jolie blonde, avec un bébé dans les bras. Mais maintenant, à l'issue du voyage, les sentiments que cette image déclenche ne sont plus du tout les mêmes. Cette fille, ce n'est pas une rivale imaginaire : c'est moi. Ce bébé, c'est le mien, c'est celui à qui je donnerai naissance dans quelques mois. La seule inconnue, c'est l'identité du père. À la place de Dent-de-Requin, ce sera Marcus ou Mozart.

Lequel ?

Je passe rageusement mon doigt sur l'écran pour passer à la photo suivante, comme si le téléphone d'un inconnu pouvait apporter une réponse à mon propre questionnement.

La nouvelle photo ne représente ni plage de rêve ni coucher de soleil, ni dîner romantique ni famille heureuse. C'est un selfie qui montre Dent-de-Requin agenouillé dans une salle aux murs couverts de cages abritant des rats, des lézards et tout un tas de bestioles tout aussi sympathiques. Vêtu d'une nouvelle chemisette hawaïenne, sa dent fétiche autour du cou, il sourit à pleines dents. Ses bras musclés sont affectueusement passés autour du cou d'un chien de race douteuse, dont la langue pendante semble prête à lécher le téléphone qu'il tient à bout de bras. Je reconnaîtrais ces oreilles pendantes, ce poil frisé, ces pompons blancs et ces grands yeux noirs affectueux entre mille : ils ne peuvent appartenir qu'à Louve, notre chienne de bord.

Je ne comprends pas.

Le type à qui j'ai pris ce téléphone est censé être un journaliste qui voulait me soutirer une déclaration juste avant le décollage – n'est-ce pas ? Alors, c'est quoi ce selfie avec Louve ?

Dans ma tête, les scénarios se mettent à turbiner à plein régime, à tourner comme les facettes d'un Rubik's Cube qu'il faut absolument aligner pour sauver la logique.

Un journaliste animalier.

ACTE IV

C'est sûrement ça, Dent-de-Requin est un journaliste animalier !

Je passe à l'image suivante, qui renforce mon intuition, puisqu'elle représente le latino avec Louve *et* Warden. Il doit bosser à *Trente millions d'amis*, *National Geographic* ou même si ça se trouve, c'est un correspondant de la SPA chargé de réaliser une campagne sur les toutous les plus célèbres du moment, afin de relancer les adoptions d'animaux abandonnés dans les refuges. Qu'est-ce que j'étais en train de m'imaginer !

Photo suivante : encore un selfie, sans chemisette hawaïenne ni animaux cette fois. Dent-de-Requin s'est pris en photo à bout de bras, bien droit, comme on fait quand on n'a pas de miroir et qu'on veut vérifier si on est correctement habillé. Sauf qu'il tire une tête d'enterrement, et qu'il ne porte pas n'importe quel costume. Ce qu'il a sur le dos, c'est la veste grise Genesis, avec son écusson rouge bien reconnaissable sur la poche.

Ma mémoire photographique se met instantanément en marche. Une fois encore, la scène du décollage se rejoue dans mon esprit. J'entends à nouveau la voix rauque de Dent-de-Requin hurlant dans mes oreilles : « Attendez !... » Non, minute, il a dit autre chose, ça me revient maintenant : « Vous ne pouvez pas... » Sur le coup, je n'y ai pas prêté attention, j'ai tourné les talons et je suis partie sans un regard en arrière. Dans mon esprit, la fin de sa phrase était toute faite – du style : « Attendez !... Vous ne pouvez pas partir sans répondre à une question cruciale : vous préférez les blonds ou les bruns ? » ou une autre mièvrerie de ce genre. Mais s'il avait voulu dire autre chose ?

Plus j'y repense, plus je revois avec précision les cheveux hirsutes de Dent-de-Requin, ses joues ombrées par une barbe naissante, ses yeux cernés : un vrai visage d'insomniaque, l'ombre du type insouciant qu'il était encore il y a peu, à en croire la galerie de photos nichée dans le téléphone portable. Et s'il avait essayé de me retenir pour autre chose que pour me poser une question stupide ? Et s'il avait voulu me faire passer un message ? Et s'il n'était pas vraiment journaliste ? « Vous ne pouvez pas... » – *pas quoi*, au juste ?

À cette pensée, ma tête se met à tourner, mon cœur s'emballe.

Buzz ! – le téléphone émet une brusque vibration.

L'écran vire au rouge, illuminant les parois de ma grotte de reflets incandescents, comme si la mer de propergol du décollage se rallumait tout d'un coup et que j'étais plongée dedans.

Un message apparaît en lettres digitales sur l'écran :
Batterie faible ! Rechargez immédiatement.

Je zoome comme une malade sur le badge épinglé sous l'écusson Genesis. Un nom apparaît : *Ruben Rodriguez.*

Le vrai nom de Dent-de-Requin.

Pourquoi est-ce qu'il n'y a pas aussi écrit qui il est, ce qu'il fait, et la fin de la phrase qu'il a essayé de me crier sur la plateforme d'embarquement ?...

Buzz !

L'arrêt imminent du téléphone me file un coup de stress.

Je continue à faire défiler les photos à toute allure – encore des chiens, des rats, des bestioles à poils et écailles, entrecoupées des autoportraits de ce Ruben Rodriguez qui se dégrade à vue d'œil, de plus en plus soucieux et fatigué, comme s'il avait voulu enregistrer sa propre déchéance.

Buzz !

La troisième vibration me fait l'effet d'un électrochoc. me rappelle que la batterie est sur le point de mourir. Je peux pas laisser le téléphone s'éteindre, pas maintenant. Je le fourre fébrilement dans la poche de mon jean, et rabats la couverture.

ACTE IV

La lumière m'éblouit à la sortie de ma grotte de laine.
J'ai l'impression bizarre de voir le vaisseau pour la première fois. Les lits superposés sur lesquels tombent les projecteurs, les murs en lambris verni, le tapis neuf au sol : tout cela ressemble tellement à un décor de théâtre.
Et ce silence…

Buzz !
Je me précipite sur l'échelle au bout de la chambre.
Je grimpe les barreaux quatre à quatre.
Je pousse la trappe qui ouvre sur la salle de séjour.
Les cinq filles sont là.
Les dix yeux sont braqués sur moi.
« Ça va mieux, Léo ? » demande gentiment Kris.
J'ouvre la bouche pour répliquer que je dois recharger téléphone, et vite.
Mais rien ne sort de mes lèvres.

Buzz !
Je me rends compte que je ne peux rien dire.
Pas ici, devant les caméras qui continuent de tourner sans interruption, devant les spectateurs du monde entier. Jusqu'à présent j'ai réussi à cacher la présence du téléphone dans le vaisseau, pour ne pas passer pour une voleuse. Mon intuition me dit que ça doit rester secret.
« Ben alors ? reprend Kelly en tripotant ses créoles dorées. Tu comptes rester plantée là pendant combien de temps, à poser sur l'échelle dans ta robe de gala ? On s'apprêtait à déjeuner : Kris a encore fait des merveilles, elle a réussi à transformer des cubes de tofu déshydraté en succulent bœuf bourguignon. Franchement, le plus verni dans ce jeu, c'est bien Alexeï ! »
Je gravis les derniers barreaux de l'échelle en m'efforçant de maîtriser mon impatience.

Buzz !

« Est-ce que quelqu'un a une batterie ? je demand[e] d'une voix blanche.

— *Une batterie ?* répète Kelly en articulant bien, comm[e] si elle avait mal compris.

— Oui, une batterie universelle. J'étais en train de lir[e] un thriller, en bas dans la chambre, quand ma liseuse s'es[t] éteinte. *Dead.* »

Les filles échangent des regards interloqués.

Liz me sourit avec indulgence, elle la joueuse d'équip[e] qui ne porte jamais de maquillage, qui ne veut laisser pe[r]sonne sur le carreau :

« Léonor, même si ton roman est passionnant, tu pourr[as] le reprendre plus tard.

— Vous me garderez à manger. Je vous fais confianc[e]. Là, il faut trop que je termine mon chapitre. »

Buzz !

« Je ne comprends pas, Léonor, dit Fangfang avec s[on] ton d'institutrice insupportable. Tu n'as qu'à poser [ta] liseuse sur la table de charge, comme tout le monde. »

Elle désigne du menton la table noire sous l'horlo[ge] murale, sur laquelle reposent les gadgets des unes et d[es] autres et les six tablettes de révision, bien en vue des cam[é]ras. Pas question que j'y mette le téléphone portable.

« Je n'aurai jamais la patience d'attendre que ça recharg[e]. Il me faut du jus immédiatement. Il y a un suspense [de] folie, dans ce bouquin.

— Mais c'est une table de charge ultra-rapide, ça [ne] prendra que quelques minutes, insiste Fangfang.

— Je te dis que je suis sous tension. Il faut que [je] connaisse la suite du livre *tout de suite*.

— Je te rappelle que nous sommes censées faire pre[uve] de self-control et de sang-froid jusqu'au bout. Ce n'est [pas] parce que c'est la fin du voyage qu'il faut faire des capric[es]

ACTE IV

Je ne vois pas pourquoi tu te mets dans de tels états pour un simple livre qui...
— T'as une batterie, oui ou merde ? »
Ça y est, j'ai dérapé, une fois de plus.
Tout ça à cause d'une obsession stupide pour un portable pourri.
Dans la série *Comment se couler aux yeux de ses coéquipières et de deux milliards de spectateurs*, je demande Léo.
Au même instant, je sens trois vibrations consécutives dans la poche de mon jean, comme trois ricanements moqueurs – *buzz ! buzz ! buzz !* – puis plus rien.
Pas besoin de sortir le téléphone pour savoir qu'il s'est éteint.

Acte V

4. Champ
+ 148 JOURS 20 H 30 MIN
[22ᵉ SEMAINE]

« Safia, je peux te parler cinq minutes... ? »
La petite Indienne lève ses yeux de biche de sa tablette de révision. À la manière dont ils me dévisagent, j'imagine que je ne dois pas être très jolie à voir... Non, en fait je n'imagine pas, je le sais très bien : je me suis bien vue dans la glace ce matin, avec des cernes noirs tissés par une nuit sans sommeil, à me ronger les sangs, à essayer d'imaginer ce que Ruben Rodriguez, alias Dent-de-Requin, avait voulu me dire. Je n'ai même pas pris la peine de me préparer ce matin, j'ai fait au plus facile, jean et T-shirt. Et maintenant je n'ai qu'une idée en tête : lui parler à elle, notre responsable Communication.

« Ma pauvre Léo, pour être honnête tu as l'air toujours un peu malade depuis ta séance de speed-dating d'hier..., s'inquiète Safia. Est-ce que c'est vraiment le mal de l'espace, une crise si soudaine ? Je n'arrive pas à le croire. Mozart ne t'aurait-il pas malmenée ? Kelly a toujours dit qu'il fallait se méfier de lui.

— Non, ça n'a rien à voir avec Mozart... », je prétends.

Bien sûr que si, ça a à voir. Mozart, Marcus, Ruben, le téléphone : tout ça a tourné dans ma tête toute la nuit comme un tourbillon, jusqu'à me filer un mal de crâne terrible.

« ... c'est juste un petit moment de passage à vide, alors qu'on approche de la fin du voyage.

— Je comprends, dit Safia. Moi aussi, j'ai un peu le trac. Les Listes de cœur finales... Les mariages... Les nuits de noces ! Bonjour la pression. Mais je suis sûre que tout va bien se passer, et qu'une fois sur Mars, nous serons toutes aussi soudées qu'avant. Même plus qu'avant, débarrassées de l'esprit de compétition, chacune avec son mari et ses bébés ! »

Safia sourit de bon cœur, le visage plein d'optimisme.

« Alors, qu'est-ce que tu voulais me dire ? me demande-t-elle.

— Hum... pas ici, si tu le veux bien. Sous ma couverture, comme au début du voyage. »

Safia hoche la tête et me suit dans la chambre sans mot dire. Cette fois-ci, elle ne s'inquiète pas de ce que vont penser les spectateurs, à nous voir nous isoler ainsi : le jeu est presque terminé, les Trousseaux sont constitués, dans quelques jours nous serons mariées.

Dès que la fine couverture de cachemire est rabattue sur nos têtes, comme cinq mois plus tôt, elle chuchote :

« C'est à propos de ta petite tache de naissance de rien du tout, n'est-ce pas ? C'est pour ça que tu angoisses ? Parce que le moment de te mettre à nu approche ? Il ne faut vraiment pas ! »

Je m'efforce de sourire ; et à nouveau, de mentir, même si ça me déchire le cœur. Bien sûr que la prétendue « petite tache de naissance de rien du tout » empoisonne mes pensées. Mais pas que.

« Safia, la vraie raison pour laquelle je veux te parler en privé va te sembler débile. La voici. »

Je sors le téléphone portable de la poche de mon jean et je l'expose dans le rai de lumière qui filtre à travers l'ouverture de notre antre.

« *Les Dents de la mer* ? murmure Safia, perplexe, détaillant la coque et l'affiche de film qui y est reproduite

— Surtout un téléphone. Et plus précisément, un téléphone déchargé.

— Comme ta liseuse ?

— Je n'ai pas de liseuse. Mais hier, je ne voulais pas dire devant tout le monde et devant les caméras que je cherchais une batterie de téléphone portable, étant donné que nous ne sommes pas autorisées à en posséder. Surtout celui-là, puisque je l'ai volé. »

Les yeux de Safia s'arrondissent. Leur blanc d'opale ressort dans la pénombre, contrastant avec le noir de son khôl, ce qui lui donne un regard inquiétant.

« Tu as volé ce téléphone ? me demande-t-elle. À qui ?... Pourquoi ?...

— Oui, enfin, je ne l'ai pas vraiment fait exprès. Disons que je l'ai emprunté par mégarde, à un type qui s'est accroché à moi sur la plateforme d'embarquement – celui qui m'a inspiré le capitaine Dent-de-Requin, tu te rappelles mes dessins ? À l'époque je croyais que c'était un journaliste, mais maintenant je suis sûre qu'il bosse pour Genesis. À en croire les photos que j'ai aperçues dans la galerie, il semble avoir été impliqué dans la préparation de Louve et de Warden pour la mission. Et je l'ai vu porter la veste officielle du programme ! Avec son vrai nom épinglé dessus : Ruben Rodriguez !

— Ruben Rodriguez ? Jamais entendu parler. Et même s'il fait partie du staff, je ne vois pas où est le problème ?

— Le problème, c'est qu'il a essayé de me parler avant d'embarquer, mais je ne l'ai pas écouté. J'y ai pensé toute la nuit. Je ne voulais pas y croire, mais écoute : il me retenait comme s'il ne voulait pas que je parte… que nous partions toutes les six. Safia, je sais que j'ai beaucoup d'imagination, mais là j'ai vraiment l'impression que quelque chose ne tourne pas rond dans cette mission. »

La petite Indienne me dévisage en silence, dans les demi-ténèbres. Il me semble que je peux voir les pensées se succéder derrière son front orné de la goutte bleue, comme un miroir de mes propres pensées depuis le départ du vaisseau : le doute, la peur, le bon sens qui dit que toutes ces craintes imprécises ne sont pas fondées.

« Le mieux serait sans doute d'en parler à Serena ? suggère finalement Safia. Je veux dire, tout ça a forcément une explication logique et on en rirait si on la connaissait. Même s'il y a eu un petit souci avec la mission à un moment donné, Serena l'a certainement réglé sans nous en parler, pour ne pas nous inquiéter inutilement. Je suis sûre qu'elle te rassurera. Et qu'elle te pardonnera pour le portable *emprunté*. »

Je prends une inspiration profonde. L'air peine à entrer dans mes poumons, comme si nous étions dans une grotte marine dont nous aurions consommé presque tout l'oxygène. Il est temps de refaire surface, ou les spectateurs vont commencer à s'inquiéter.

« Tu as raison, dis-je en expirant. S'il y a une personne à qui je peux faire confiance, c'est bien Serena, sans qui je serais encore en train de mouler des pâtées à l'usine, à l'heure qu'il est. Mais sinon, toi qui es une experte : est-ce qu'il y aurait un moyen de recharger ce truc sans l'exposer aux yeux de tous sur la table de charge ? »

Safia saisit le téléphone du bout des doigts pour l'examiner de plus près.

« Un Solaris série 3…, murmure-t-elle en fine connaisseuse – après tout, Karmafone est son sponsor *platinum*. Tu as de la chance, c'est une gamme de modèles tout-terrain dont les écrans sont équipés de cellules photovoltaïques ; ils peuvent utiliser la lumière comme source électrique. La petite lampe torche avec laquelle tu nous examines la gorge toutes les semaines devrait faire l'affaire – ça prend juste un peu de temps.

— Safia, tu es un génie ! »

Je suis tellement excitée que j'ai envie de crier, mais bien sûr je me retiens. Pas étonnant que je ne me sois pas rendu compte du panneau solaire intégré à l'écran

ACTE V

téléphone, étant donné que depuis le départ du vaisseau je garde le téléphone dans l'ombre, sous mon matelas ou dans ma poche !

« Ça me fait plaisir de te voir sourire à nouveau, dit Safia. Et si tu as besoin de parler de quelque chose de plus important, comme par exemple des garçons, surtout n'hésite pas.

— C'est d'accord. En attendant, s'il te plaît, pas un mot de tout ça aux autres filles. Ce n'est pas la peine qu'elles se fassent du souci pour rien. »

À peine Safia a-t-elle quitté la chambre que j'ouvre en grand la porte de mon placard, et que je m'y enfonce à moitié. Ma trousse médicale est là, au fond. J'en sors la petite lampe torche, que j'allume et que je cale sur une pile de vieux T-shirts. Puis je ressors du placard avec la robe de mousseline rouge dans les mains ; je la lance sur mon lit et je me dépêtre de mon jean pour me retrouver en petite culotte.

Les spectateurs doivent vraiment penser que je suis bizarre d'attendre la fin de la matinée pour me transformer en femme fatale, mais je n'en ai rien à faire. La seule chose qui compte, c'est d'introduire le téléphone portable dans le placard le plus discrètement possible.

Je plie le jean en m'efforçant de bien dissimuler le renflement qui bombe la poche, avant de m'enfouir à nouveau dans le placard avec ce précieux paquet pour le ranger sur une étagère. Là seulement, dans la pénombre, je sors le téléphone de son écrin de denim et je le cale sur la pile de T-shirts, pour qu'il reçoive en plein écran le faisceau de la lampe torche toujours allumée.

« Allez... », dis-je dans un murmure.

Au bout de quelques instants, un petit signal en lettres digitales apparaît en haut de l'écran noir :

SOURCE DE LUMIÈRE DÉTECTÉE : 200 LUMENS

TEMPS DE CHARGE TOTAL ESTIMÉ : 110 HEURES

Allumage dans : 30 minutes

Satisfaite de mon installation, je la dissimule derrière les longs pans de la tunique vietnamienne en soie blanche, montée sur cintre. Enfin, je ressors la tête du placard et je referme soigneusement la porte, avec l'intention de monter me changer dans la salle de bains, à l'abri des regards.

À cet instant, l'écran au-dessus du lit s'allume sur le visage de Serena :

« Léonor ? Que fais-tu encore à moitié nue, à onze heures moins dix ? Marcus vient d'être tiré au sort, et nous savons très bien que c'est toi qu'il va inviter ! »

55. Chaîne Genesis
MARDI 28 NOVEMBRE, 11 H 05

Comme la veille, Léonor se présente au parloir dans sa robe de mousseline rouge.

La comparaison s'arrête là. Pour le reste, elle ne porte pas un soupçon de maquillage, elle n'a pas eu le temps de chausser ses escarpins vernis, ses cheveux lâchés n'ont bénéficié d'aucun coiffage. La mousseline elle-même semble avoir changé, pour refléter l'état d'esprit de celle qui la porte : au lieu de se déployer en volutes calmes, elle se gonfle comme des vagues rougies par le couchant.

Marcus, lui, porte sa chemise et son pantalon noirs.

Marcus : « Bonjour, Léonor. Comment vas-tu ? »

La jeune fille esquisse un geste d'impuissance en direction de son visage : « Désolée... Je n'ai pas eu le temps... »

Marcus : « Tu es superbe, ma géante rouge. »

Les deux jeunes gens restent quelques instants dans silence de l'espace, à se dévorer du regard.

Léonor rompt le silence la première : « Il y a quelque chose qui me tracasse, Marcus… », commence-t-elle.

Elle s'interrompt brusquement, pour regarder la bulle de verre tout autour d'elle – à la recherche des étoiles ? Non : son regard rencontre la caméra, frontal et plein de méfiance.

Elle se tait.

Marcus décide de terminer sa phrase : « … tu veux parler de Mozart, n'est-ce pas ? C'est lui qui te tracasse ? Tu lui as dit que tu m'avais choisi, et il a mal réagi. »

Un éclair passe dans les yeux mordorés de Léonor : « Non ! Je ne lui ai rien dit. Je n'ai pas encore choisi. Et vous non plus, d'ailleurs. Vous pouvez répondre aux invitations des autres filles, en dehors de nos entrevues. Vous avez jusqu'au dernier moment pour établir vos Listes de cœur finales. C'est notre règle. Celle que nous avons décidée ensemble, tous les trois. »

Marcus s'approche lentement de la paroi de verre, fixant Léonor de ses yeux gris : « Le dernier moment est proche, Léonor. Plus que dix jours avant l'alignement sur l'orbite de Phobos. Aujourd'hui, c'est la dernière fois que je peux t'inviter. Et la semaine prochaine, quand ce sera ton tour d'appeler un garçon, tu ne pourras revoir que l'un de nous deux. Le temps est venu de choisir, et toi seule es à même de faire ce choix. Moi, je peux juste t'aider. Si tu me dis ce qui te tourmente. »

Gros plan sur Léonor.

Elle se mord la lèvre.

Un ouragan d'émotions passe sur son visage moucheté de taches. « Il y a deux choses… », commence-t-elle.

Elle s'arrête à nouveau, hésite, puis reprend : « … deux choses dont je ne peux pas vraiment te parler ici. »

Son corps, à elle aussi, a dérivé vers la vitre blindée comme si une force magnétique l'attirait vers Marcus : « La première chose, je ne la comprends pas encore vraiment, continue-t-elle, et je ne suis même pas sûre que ce soit un problème. Je me fais sans doute des idées. Je serais bientôt fixée. Il me faut un peu plus de temps. »

Le visage de Marcus n'est plus qu'à quelques centimètres de la vitre, à un souffle du visage de Léonor. Sa chemise noire absorbe et dissout la lumière trop violente des spots, créant comme une aura d'intimité.

« Et la deuxième chose ? » murmure-t-il à mi-voix.

Les paupières de Léonor papillonnent.

Mais ne se dérobent pas.

« La deuxième chose, en revanche, je la comprends parfaitement, dit-elle, et je sais que c'est un problème. Un énorme problème, que j'ai depuis toujours, que je t'ai caché depuis le début du voyage, et qui pourrait tout changer entre nous. »

Les mains de Marcus se posent contre la vitre, à l'endroit précis où Léonor a placé les siennes : « La seule chose qui va changer entre nous, c'est cette foutue paroi de verre qui bientôt n'existera plus. »

Léonor : « Tu ne sais pas ce dont je parle. »

Marcus : « Je sais ce que je dis. »

Léonor : « Tu n'as pas idée. »

Marcus : « Si, quand je te regarde, j'en ai, des idées. Des milliers d'idées. Des millions d'idées. Autant qu'il a d'étoiles dans l'univers. Certaines, pures comme des comètes de glace. D'autres, brûlantes comme des boules de feu. Quelque chose qui nous attire et nous dépasse, toi et moi. Je le sais, tu le sais. Nous l'avons su tous les deux dès le premier instant. »

La jeune fille se met à trembler.

Elle est si proche de Marcus – si proche d'avouer, enfin.

« Ma peau…, commence-t-elle.

— … je rêve de la toucher. Je la sens à travers le verre. Je sens la chaleur qui vient de tes paumes. Est-ce que tu sens celle qui vient des miennes ? Tout ce qui nous sépare est de trop : cette cloison, ce vaisseau et tout l'univers ; mes habits, mes tours de magie et mes provocations

ACTE V

maladroites ; ta robe, si belle soit-elle, parce que le trésor qu'elle renferme est mille fois plus beau encore. Nous sommes deux petites gouttes de vie au milieu de l'immensité froide du cosmos, qui finit par tout éteindre – les étoiles comme les galaxies. Mais pour l'instant, nous brûlons, Léonor ! Pour l'instant, nous existons ! Cet instant n'appartient qu'à nous, et nous pouvons le faire brûler plus longtemps en nous serrant l'un contre l'autre. Tu n'as qu'un mot à dire… Un prénom… »

La sonnerie retentit avant que Léonor ait le temps d'ajouter quoi que ce soit.

La communication audio entre les deux hémisphères cesse.

Lentement, les deux corps se détachent de la vitre, s'éloignent l'un de l'autre.

Serena McBee (off) : « *Léonor aura donc décidé de faire durer le suspense jusqu'à la dernière minute, quitte à torturer ses deux amoureux et les spectateurs qui, par centaines de millions, attendent sa décision.* »

Léonor se tourne vivement vers la caméra : « Non, je ne veux torturer personne ! Ça n'a jamais été mon intention ! J'ai juste voulu fixer une règle ! Une simple règle… »

Sa voix se brise.

Elle jette un regard éperdu vers l'autre bout du Parloir. Marcus semble tout petit, comme très lointain, fondu dans le noir de l'espace. Il s'incline lentement, tire sa révérence puis disparaît dans le tube.

« Serena…, parvient à articuler Léonor. Il faut que je vous parle. À vous et à vous seule. C'est vraiment important. »

Les mots de la jeune fille s'égrènent dans le silence. Le long, le terrible silence qui dure maintenant cinq minutes trente, le temps pour le signal laser de parcourir cinquante millions de kilomètres jusqu'à la Terre, et d'en revenir.

« *Bien reçu, Léonor,* répond finalement Serena. *Je vais te prendre en communication privée dans la salle de gym, à la sortie du Parloir.* »

Léonor disparaît à son tour dans le tube menant au compartiment.

56. CHAMP
D + 148 JOURS 21 H 47 MIN
[22ᵉ SEMAINE]

JE DESCENDS LES BARREAUX DE L'ÉCHELLE EN TREMBLANT. J'étais à deux doigts de révéler l'existence de la Salamandre à Marcus.
Mais je ne l'ai pas fait.
Mais je n'ai pas réussi à le faire.
Je suis juste parvenue à sortir deux pauvres mots : « M peau… »
Parce que au moment où je prononçais ces mots, mo estomac s'est contracté comme un poing.
Parce que au moment où j'articulais ces deux syllabes, peur de toute une vie passée à se cacher m'est retombé dessus.
Puis le glas a sonné, avant que j'aie pu reprendre mo souffle.
« Eh bien, Léonor, que veux-tu me dire ? »
La voix de Serena me fait sursauter.
Elle émane de son visage reproduit douze fois, sur douze écrans qui surplombent les vélos, le tapis de cours la machine de fitness : chaque équipement de la salle gym. L'image de la productrice exécutive de Genesis confond déjà avec celle de la future vice-présidente

ACTE V

États-Unis ; aujourd'hui, Serena porte un tailleur vert, la couleur du parti hyperlibéral.

Je ravale ma douleur pour me concentrer sur la raison pour laquelle j'ai demandé cet entretien privé, le téléphone de Ruben Rodriguez.

« Merci, Serena, dis-je pour commencer. Merci d'avoir accepté. Nous ne sommes pas retransmises sur la chaîne Genesis, bien sûr ? »

Cinq minutes trente s'écoulent. Je sens mes cheveux se soulever à chacune de mes inspirations – dans la salle de gym, à 10 % de gravité, ils ne pèsent presque plus rien.

« Non, rassure-toi, répond enfin Serena. En ce moment, la chaîne se concentre sur la salle de séjour, où tes amies attendent ton retour avec impatience. Tu peux parler sans crainte. Je suis là pour ça. Pour vous écouter. Pour vous protéger. Tu peux tout me raconter, tu le sais bien. Il faut juste que nous soyons précises dans notre échange, afin de composer avec la latence de communication. Pour commencer, pourquoi cette demande d'entretien privé ?... »

Je m'apprête à parler du téléphone, qui m'attend dans les étages inférieurs du compartiment, bien à l'abri au fond du placard où je l'ai mis à recharger.

« ... c'est à propos de ta cicatrice, n'est-ce pas ? C'est elle qui t'a fait flancher face au beau Marcus ? Tu redoutes le moment où les spectateurs et les prétendants apprendront son existence, surtout après la dispute avec Kirsten au début du voyage ? »

Les mots restent coincés dans ma gorge.

Serena m'a prise de court.

En essayant d'anticiper mes questions pour maximiser l'efficacité de notre conversation, elle fait fausse route : ce n'était pas de la Salamandre que je voulais lui parler.

« Tu n'as pas à t'en faire, ajoute-t-elle. C'est comme je te l'ai expliqué pendant les entretiens de sélection : les spectateurs ne verront jamais ta cicatrice, si tu ne souhaites pas la leur montrer. Les prétendants non plus, d'ailleurs. Ce sera notre secret, à toi, à moi... et à celui qui sera ton époux.

— C'est gentil, Serena. Mais comment savez-vous que ma cicatrice est à l'origine de la dispute avec Kris il y a cinq mois ? Il n'y a pas de caméras dans la salle de bains, que je sache. Or, Kris m'a juré qu'elle n'en avait parlé à personne. »

Encore le silence.

Froid, impénétrable et interminable, tel le vide de l'espace.

Jusqu'à ce que le petit rire cristallin de Serena vienne le briser.

Son sourire multiplié par douze s'élargit imperceptiblement.

« Ah, Léonor, Léonor ! Rien ne t'échappe, avec ton sens de l'observation légendaire ! J'ai deviné qu'il s'agissait de ta cicatrice, à la manière dont Kirsten a réagi à la manière dont tu t'es cachée sous tes couvertures N'oublie pas que je suis fine psychologue, et que je vou connais toutes les six comme si je vous avais faites ! Ell a eu peur, tu as eu honte, mais finalement vous vous ête réconciliées. Je suis sûre que ça se passera aussi bien qu possible avec l'élu de ton cœur. Une fois encore, tu n'e pas obligée de révéler ta petite *particularité* avant la nui de noces : une fois marié, de toute façon, ton homm ne pourra pas revenir en arrière. Il sera trop tard pou regretter ! »

Les paroles de Serena me glacent les sangs.

Trop tard pour regretter.

« Bref, contente-toi de ne rien dire, et de choisir entr Mozart et Marcus, suggère l'hydre verte à douze têtes e face de moi. Maintenant, va vite rejoindre les autres. moins que tu ne veuilles me parler d'autre chose ? »

Mentir à Mozart et à Marcus, qui m'ont tout dévoilé leurs vies ?

Je n'imaginais pas Serena si manipulatrice.

ACTE V

Et je n'ai jamais prévu d'agir ainsi.

Mon plan, ma règle, ça a toujours été de montrer la Salamandre à mon prétendant favori au dernier moment, pour qu'il me choisisse en connaissance de cause – si l'entretien avait duré quelques secondes de plus, sans doute aurais-je trouvé la force d'en parler enfin à Marcus.

« Non, je n'ai rien d'autre à vous dire… » je commence par murmurer.

— je me ravise aussitôt : « … enfin, *si*. Je me fais du souci pour Louve. »

Mon instinct me dit qu'il faut que j'improvise.

Que je parvienne à en apprendre plus.

« Je connais assez bien les chiens, dis-je, après mes années passées à l'usine Eden Food France. Nos formules gastronomiques sont testées et approuvés par les canidés les plus difficiles, vous savez ? Or, Louve les dédaigne depuis quelques jours. Même la *blanquette de veau façon Grand-Mère*, notre produit-phare, qu'elle aimait tant au début du voyage. En tant que responsable Médecine, je suis très préoccupée. Serena : j'ai l'impression que Louve est malade. Qu'elle a un vice caché, un peu comme moi… mais peut-être en plus grave encore, comment en être sûr ? Je veux dire, nous ne savons même pas d'où vient cette chienne ! »

Au bout de cinq minutes trente, sur les douze écrans, Serena fronce son sourcil parfaitement épilé à quarante-cinq degrés, aussi géométrique que son carré argenté.

« Je suis sûre que tu te fais du souci pour rien, dit-elle, que ce n'est qu'un petit trouble passager. Louve est en parfaite santé, comme en atteste le fichier de l'animalerie de la Nasa, où elle a reçu son entraînement après avoir été choisie dans un refuge.

— Vous voulez dire que Louve a été sélectionnée comme moi, comme nous, et entraînée pour cette mission ? je demande ingénument. Mais qui était son instructeur à *elle* ? »

Les minutes passent à nouveau.

Je tente de percer les pensées qui se cachent derrière les yeux vert d'eau, reproduits en douze exemplaires.

Je n'y arrive pas.

« Plusieurs personnes se sont chargées de Louve et de Warden, répond finalement Serena, car les équipes se succèdent à l'animalerie. Je vais tout de même me renseigner sur le passé médical de Louve auprès d'Archibald Dragovic qui, en tant que responsable Biologie, a supervisé la sélection des chiens. Je te le répète, je suis certaine qu'il n'y a aucun problème avec eux. Mais je te tiendrai au courant s'il faut prévoir un traitement quelconque pour cette brave chienne. J'espère que te voilà rassurée, Léonor. »

Je ne sais plus du tout quoi penser.

Les souvenirs de Ruben Rodriguez me brûlent la langue. Une part de moi voudrait tout balancer à la figure de Serena, lui décrire les photos avec Louve et Warden, exiger qu'elle m'explique qui est ce type qui fait manifestement partie du staff, qui a le mot *SILENCE* gravé sur une plaque cachée sous sa chemisette, qui a voulu m'empêcher de monter dans la fusée. Car, plus j'y pense, plus je suis sûre que c'est cela qu'il voulait me dire : « Vous ne pouvez pas embarquer ! »

Mais une autre part de moi serre la mâchoire pour m'empêcher de parler.

La femme sur l'écran, elle aussi, semble dans l'expectative. Comme si elle attendait que je dise quelque chose, comme si elle se doutait de ce que j'ai sur le bout des lèvres. Cet entretien devrait être clos, et pourtant elle ne met pas fin à la communication.

C'est insupportable.

« S'il y a quoi que ce soit d'autre dont tu veux me parler, tu sais que tu peux toujours compter sur moi, à tout moment, jusqu'au bout du voyage, n'est-ce pas ? Maintenant, je te laisse aller retrouver tes amies. Embrasse bien Louve de ma part. »

ACTE V

Les écrans de la salle de gym s'éteignent enfin, laissant place au silence.

J'avais tant de questions à poser, et c'est la seule réponse que j'ai récoltée : le silence.

Je redescends à travers la trappe.

Mes cheveux retombent progressivement sur mes épaules tandis que je suis rendue aux 20 % de gravité de la salle de bains. Mon reflet m'apparaît dans le miroir circulaire, ne met à l'aise. J'ai la certitude que Serena m'a caché quelque chose. Elle m'a parlé de ma cicatrice sans hésiter une seule seconde. Il n'y a pas trente-six explications : soit elle est vraiment extralucide, soit il y a des caméras derrière le miroir de la salle de bains...

Les 30 % de gravité de la salle de séjour me semblent peser comme une chape de plomb, même si cela ne représente qu'un tiers de la gravité terrestre. La tension est palpable. Les filles n'osent pas m'adresser la parole pour me demander comment ça s'est passé ; j'imagine que je dois tirer une tête de dix pieds de long. Déjà hier avec Mozart, aujourd'hui avec Marcus : elles doivent penser que je suis en train de tout foutre en l'air.

« Le déjeuner sera prêt dans une demi-heure..., dit Kris une toute petite voix. J'ai fait du flan à la vanille...
— OK. »

Je me dirige vers la trappe menant à la chambre de la démarche la plus naturelle possible, en m'efforçant de ne pas lever les yeux vers le plafond à la recherche des caméras.

Je descends les barreaux de l'échelle en me concentrant sur ma respiration. À l'heure qu'il est, le téléphone portable de Ruben Rodriguez doit s'être allumé, ça fait plus de trente minutes que je l'ai laissé face à la lampe.

Parvenue dans la chambre, je m'efforce de ne pas me ruer sur mon placard. Bizarre : la porte est entrouverte, j'étais pourtant certaine de l'avoir bien fermée en montant précipitamment au Parloir...

J'enfourne ma tête et mes épaules dans le renfoncement sombre.

J'écarte les pans de la tunique vietnamienne en soie blanche.

La lampe est bien là, son fin faisceau déchirant la pénombre.

Mais elle est seule.

Le téléphone, lui, a disparu.

57. CONTRECHAMP
VILLA MCBEE, LONG ISLAND, ÉTAT DE NEW YORK
MARDI 28 NOVEMBRE, 14 H 00

« Au revoir, ma chérie. Tu verras, ce ne sera pas bien long. Il faut juste que je rentre à la base de ca Canaveral pour la dernière semaine avant la fi du voyage, l'alignement du vaisseau sur l'orbite de Phobo et l'atterrissage sur Mars. Les gens ne comprendraient pa que je ne sois pas aux côtés de l'équipe Genesis pour grand-messe. Quand je serai de retour, le vote des gran électeurs aura eu lieu : ta maman sera vice-présidente d États-Unis ! Tu es fière de moi ?

— Oui, maman », répond Harmony.

Vêtue de son tailleur vert aux couleurs du parti hype libéral, Serena McBee se penche pour déposer un bais sur le front de sa fille. Cette dernière, plus pâle et ch tive que jamais, est enfoncée dans un énorme fautev Chesterfield, au coin de la cheminée ornée de stuc q chauffe sa chambre. Elle tient un livre sur ses geno

ACTE V

recouverts de plusieurs plaids en alpaga : *Raison et Sentiments*.

« Sois bien sage, dit Serena. Balthazar t'apportera tes repas dans ta chambre, comme d'habitude quand je suis partie. »

Serena quitte la chambre, refermant la porte derrière elle.

Elle sort une clé de son sac à main en crocodile, assorti à son tailleur et à ses escarpins, et la tourne deux fois dans la serrure.

Puis elle descend les escaliers, pressant la broche-micro épinglée à son col :

« *Serena à Brandon et Dawson*. Je suis prête à partir. »

Les deux domestiques portant gilets et oreillettes d'argent apparaissent dans le hall. Le premier aide Serena à passer un somptueux manteau en vison, tandis que le second s'empare de ses bagages.

Un majordome en jaquette – équipé lui aussi d'une oreillette, comme toutes les personnes aux ordres de la maîtresse des lieux – attend devant la grande porte d'entrée.

« Madame McBee », salue-t-il en inclinant la tête.

Il ajoute :

« Une chose, avant que vous partiez : il y a ce jeune homme devant les grilles de la villa, qui attend pour vous voir depuis plusieurs jours... »

Serena hausse les épaules.

« Voyons, mon brave Balthazar. Il y a *des milliers* d'hommes jeunes ou vieux qui attendent *depuis plusieurs mois* la chance de m'entrevoir, même de loin, dit-elle avec hauteur.

— Oui, mais ce jeune homme en question est le fils de votre collègue, Sherman Fisher... »

Serena hausse le sourcil.

« Le fils Fisher ? dit-elle. Il pense que parce que son père a contribué au programme, ça lui donne un passe-droit pour accéder à la femme la plus en vue du monde ? Je parie qu'il veut pleurnicher pour me supplier de l'intégrer à la prochaine fournée d'astronautes à destination de Mars. Il attendra mon retour, comme les autres. »

Sur ce, elle tourne les talons et pénètre dans les jardins de la villa McBee, recouverts d'un linceul de neige. Un hélicoptère attend là, près d'un bassin à la surface gelée.

Serena tend sa main au domestique porteur de bagages, pour qu'il l'aide à prendre place dans la cabine, au côté d'un pilote en anorak.

« Désolé, madame McBee, s'excuse ce dernier, mais avec les légions de supporters qui assiègent votre villa, impossible de partir en limousine. Nous serons plus rapidement à l'aéroport de Long Island en hélicoptère. »

Serena coiffe une toque en vison, et chausse des lunettes de soleil qui lui mangent le visage.

« Faites au mieux, mon brave, dit-elle. Mais volez assez bas. Ça fera tellement plaisir à mes fans d'apercevoir leur idole ! »

58. Hors-champ
GRILLES DE LA VILLA MCBEE, LONG ISLAND,
ÉTAT DE NEW YORK
MARDI 28 NOVEMBRE, 14 H 25

« Regardez, c'est Serena McBee qui s'envole ! » Des milliers de visages se lèvent en même temps vers les nuages neigeux de novembre. La plupart des nez sont enfouis dans d'épaisses écharpes, car il gèle à pierre fendre, mais ces bâillons de laines n'étouffent pas la clameur qui monte vers les cieux :

« Se-re-na ! Se-re-na ! Se-re-na ! »

ACTE V

Les bonnets qui coiffent toutes les têtes sont rouges comme le logo du programme Genesis, ou verts comme les affiches du parti hyperlibéral.
Toutes les têtes ?
Non : un jeune homme debout au premier rang devant la grille ne porte ni rouge ni vert, juste une capuche d'anorak sombre.
C'est Andrew Fisher, le visage blanchi par la fatigue, la peau couverte de dartres à force de faire le guet dans le froid hivernal, devant la villa McBee. Derrière ses lunettes à monture noire, ses yeux suivent la trajectoire de l'hélicoptère qui fend les airs, survolant la foule en délire et les centaines de véhicules garés pêle-mêle autour de la villa. Certains sont là depuis des semaines, comme en atteste la couche de neige durcie qui s'est formée sur leur toit, et les stalactites translucides sous leur châssis.
Andrew seul n'acclame pas l'héroïne du jour, dont la main gantée s'agite à la fenêtre de l'hélicoptère comme celle de la reine d'Angleterre le jour de son sacre.
Un râle s'échappe des lèvres gercées du jeune homme :
« Non… Elle ne peut pas partir comme ça… Elle n'a pas le droit… »
Ses mains se cramponnent aux barreaux gelés, comme s'il voulait les écarter à la force de ses bras.
« Hé ! Bas les pattes ! aboie l'un des gardes parmi les douzaines qui sont postés de l'autre côté de la vaste grille, chargés de contenir les fans. On ne touche pas à la propriété de la vice-présidente des États-Unis ! D'ailleurs, vous allez tous pouvoir déguerpir, maintenant que la patronne est partie. Et nous, on va arrêter de se geler dehors. Allez, circulez, y a rien à voir. »
La marée humaine commence déjà à refluer.
Des moteurs qui n'ont pas tourné depuis longtemps se mettent en branle en pétaradant.
Nombreux sont les gens qui rentrent chez eux pour les fêtes, et pour suivre la fin du voyage du *Cupido* bien au chaud.

Andrew lui aussi regagne l'habitacle de son camping-car, encombré de paquets de chips éventrés, de gobelets en carton noirs de café, de tous les vestiges de sa longue attente. Mais il ne met pas le contact. Il se contente de scruter à travers son pare-brise le parking improvisé qui se vide, les véhicules qui laissent en partant des sillons de terre gelée tout autour du domaine McBee.

La vitre teintée se couvre lentement de cristaux.

Là-haut, dans le ciel, il a recommencé à neiger.

Soudain, le téléphone portable posé sur le tableau de bord se met à sonner – la musique associée à cet appel entrant n'est pas celle de « La Marche Impériale », c'est un autre air de *La Guerre des étoiles* : « Un nouvel espoir ».

« Cecilia ? dit Andrew en décrochant le téléphone.

— Andrew. Ça va ? Je pense beaucoup à vous. Vous êtes encore là-haut, à Long Island ? Vous n'avez pas repris le cours ? Et surtout : vous n'avez pas trop froid ?

— Depuis que nous soupçonnons Genesis d'être derrière la mort de mon père et de votre mari, je brûle de l'intérieur. Ça me tient chaud. Quant aux cours, Berkeley attendra.

— Je viens de voir à la télévision que Serena McBee quitté sa villa... Vous avez pu lui parler ? La confronter ce que nous avons découvert ?

— Non. Mais je sens que notre heure approche. Les gens commencent à quitter les abords de la villa. La sécurité va se relâcher, maintenant que la maîtresse des lieux n'est plus là. Je vais tenter de m'y introduire, dès que pourrai.

— Faites attention à vous.

— Ne vous en faites pas : ils ont peut-être grillé mon drone à cap Canaveral, mais moi, ils ne me grilleront pas

ACTE V

59. Champ
+ 149 JOURS 01 H 15 MIN
[22ᵉ SEMAINE]

« Safia, il faut que je te parle… »

Installée dans le canapé du séjour, la petite Indienne lève le nez de la tablette de révision, sur laquelle elle était en train de visionner une conférence sur les ondes électromagnétiques.

« Pardon ? dit-elle en ôtant ses écouteurs de ses oreilles. Tu m'as parlé ?

— J'ai un truc à te dire… », je répète en m'efforçant de contrôler le tremblement de ma voix.

Safia semble aussitôt remarquer que quelque chose ne va pas.

« Qu'est-ce qu'il y a, Léo ? s'alarme-t-elle.

— C'est à propos des dessins que je t'ai montrés, au début du voyage.

— À propos des dessins ?… » répète-t-elle, interloquée.

Je ne lui laisse pas le temps d'en dire davantage. Je me penche sur son oreille, calant bien ma main pour qu'elle seule puisse m'entendre.

« Les dessins n'ont rien à voir là-dedans, mais il fallait bien que je trouve une excuse pour faire une messe basse face aux caméras. La vérité, c'est que le téléphone de Ruben Rodriguez a disparu. Ne me demande pas si j'en suis sûre, si j'ai bien cherché ou d'autres banalités de ce genre, car nos possibilités d'échanger sans éveiller la suspicion sont comptées, et en plus je suis certaine que leurs micros sont super sensibles. J'avais mis le téléphone à recharger avec la lampe torche au fond de mon placard ce matin, comme tu me l'as suggéré, et il y était encore quand je suis montée au Parloir. C'est donc que quelqu'un l'a pris entre-temps. La question, c'est *qui* ? Tu es la seule personne dans le vaisseau à qui j'ai dévoilé l'existence du téléphone. Alors, je t'en conjure, si tu en as parlé à une autre fille, dis-le-moi maintenant ! »

J'écarte mon visage de celui de Safia et je termine ma phase à voix haute, un truc bidon pour les caméras :

« ... alors oui, j'avoue, les dessins dans ma tablette à croquis, c'est mon jardin secret – Léo-la-Rouge, les tatouages de Marcus, tout ça... Même si je te les ai montrés, je voudrais que tu gardes ça pour toi. Dis, est-ce que tu en as parlé à une autre fille ? »

Je plante mes yeux dans ceux de Safia.

Mon cœur bat à cent à l'heure.

J'imagine que je dois avoir l'air d'une allumée pour les spectateurs, une gamine qui vit dans ses rêves et qui veut protéger son petit journal intime dont personne n'a rien à faire – mais ce n'est pas grave. Ce que j'attends de Safia, c'est un nom, et vite !

« Je n'en ai parlé à personne », dit-elle d'une voix qui sonne terriblement hésitante, affreusement fausse.

Non. Ce n'est pas la réponse que j'attends. Elle en a *forcément* parlé à quelqu'un, puisque le téléphone a disparu, en dépit de toutes les précautions que j'avais prises pour le dissimuler aux caméras.

« Tu en es vraiment *sûre* ? j'insiste. Tu n'en as même pas parlé *un tout petit peu* ? »

Safia repose sa tablette de révision et se lève lentement du canapé.

À travers le séjour, les autres filles commencent à se détacher de leurs propres occupations pour voir ce qui se passe de notre côté.

« Je te jure que non... », balbutie Safia en jetant des regards furtifs autour d'elle, comme un animal pris au piège qui chercher un moyen de s'échapper.

Menteuse ! Tout son comportement dit qu'elle ment.

ACTE V

« Que se passe-t-il ? demande Liz en quittant la cheminée devant laquelle elle était assise.

— C'est une histoire de dessins secrets, d'après ce que j'ai entendu… », explique Fangfang.

Assise à l'autre bout du canapé, la Singapourienne est la plus proche de nous, et elle a perçu la fin de notre échange suffisamment mal pour le déformer : « … il paraît que Marcus lui a montré des tatouages intimes, qu'elle a recopiés dans sa tablette à croquis ! »

Kris se lève à son tour de la table de cuisine, sur laquelle elle était occupée à potasser avec Kelly. Seule cette dernière semble ne pas avoir encore pris conscience de ce qui se tramait, avec ses écouteurs qui lui balancent du Jimmy Giant dans les oreilles à plein volume. Depuis quelques jours, elle a enfin allumé sa tablette de révision et elle passe ses journées sur le simulateur de vol pour s'entraîner à l'atterrissage de notre capsule sur Mars, qu'elle pilotera en duplex avec cap Canaveral – tandis que Mozart fera de même avec la capsule des garçons.

« Ça va, Léo ? demande Kris de sa voix douce.

— Oui, ça va », je réponds en m'efforçant de sourire.

En réalité, ça ne va pas du tout.

L'une de ces cinq filles, qui font toutes comme si de rien n'était, a pris le téléphone portable dans mon placard. Il n'y a pas d'autre explication possible. On n'entre pas ici comme dans un moulin. On est au milieu de l'espace, bordel !

« Je posais juste une simple question à Safia », dis-je.

Les idées s'enchaînent à toute allure dans mon esprit. Les scénarios possibles défilent comme les pages d'un livre qui n'en finit pas, à m'en rendre folle :

Option 1 : *Safia ment.*
   a. *Elle en a parlé à une autre fille mais elle a trop honte pour me l'avouer.*
   b. *Elle en a parlé aux organisateurs qui ont convaincu une des prétendantes (peut-être Safia elle-même) de me prendre le téléphone.*

c. Elle n'en a parlé à personne, mais elle a volé le portabl[e] de son propre gré pour une raison que j'ignore.
Option 2 : Safia ne ment pas.
a. Les caméras ont repéré mon petit jeu de manière inexpl[i]cable malgré toutes mes précautions. Cf 1.b. : une préten[dante] a été mandatée pour me voler.
b. Quelqu'un a fouillé dans mes affaires par hasard et s'e[st] dit : « Tiens, chouette, un téléphone, et si je le prenais pou[r] faire une blague à cette bonne vieille Léo ? »
Conclusion : ne faire confiance à personne.

« Tu as l'air tout drôle, Léo…, dit Kris en me prenant [le] bras. Tu es sûre que tu te sens bien ? J'espère que ce n'e[st] pas mon flan de ce midi – j'ai l'impression que le lait e[n] poudre Daisy Farm n'était plus très frais, après cinq mo[is] de voyage… »

« Putain, je me suis encore crashée ! » s'écrie Kelly, e[n] envoyant balader sa tablette de révision.

Elle arrache ses écouteurs.

« De quoi vous parlez toutes comme ça, y a un dossi[er] de dernière minute ? »

Oui, il y a un dossier de dernière minute.

Je voudrais l'ouvrir devant tout le monde, ce dossi[er,] me débarrasser des doutes qui me taraudent, et qui so[nt] maintenant devenus des certitudes.

Mais je ne peux pas.

Parce qu'il y a peut-être une traîtresse dans le compa[r]timent. Ou même plusieurs.

Parce que si les organisateurs ont vraiment quelq[ue] chose de grave à nous cacher et qu'ils ne sont pas enco[re] au courant de l'existence du téléphone, je ne dois en auc[un] cas la leur révéler.

Parce que sur ce coup-là, je suis carrément seule.

« Je parlais juste de mes dessins à Safia, dis-je. Des br[ou]tilles.

— Oh ! Des nouveaux dessins ! s'exclame Kris en batt[ant] des mains. Tu me les montres, Léo ? »

ACTE V

Kris a toujours été mon meilleur public, et depuis que je l'ai représentée en princesse des glaces, encore plus qu'avant. Son enthousiasme est normal. Cependant, une petite part de moi ne peut s'empêcher de se demander si elle n'est pas en train de surjouer tout ça... Si ce n'est pas elle qui a fouillé dans mon placard, si près du sien...
Non !
Je ne dois pas envisager cette possibilité !
Kris ne me mentirait jamais ainsi !
« Il faut que je peaufine encore un peu ces dessins, finis par dire. Je te les montrerai dès qu'ils seront montrables.
— Je croyais que c'était *ton jardin secret*?... intervient Fangfang, à qui je n'ai rien demandé. Que tu ne voulais pas partager avec personne... »
Et si c'était elle, la traîtresse, avec ses airs de sainte-nitouche ?
Je lui adresse un sourire glacial.
« Tu as dû mal entendre, Fangfang. J'ai dit que je les partagerai lorsqu'ils seront prêts. »

Aujourd'hui, la fin de l'après-midi semble s'écouler aussi lentement que de la mélasse, ce sirop de sucre noir qu'on incorporait dans les desserts canins à l'usine, et qui poissait les louches comme du mazout.
Le plus dur, c'est de faire semblant – semblant de sourire, d'être détendue, de plaisanter. Safia tente plusieurs tentatives d'approche. Je m'efforce de réagir de la manière la plus naturelle, la plus légère possible. Parce que si elle est sincère, elle ne mérite pas que je lui fasse la tête ; parce que si elle m'a trahie, elle ne doit en aucun cas savoir à quel point la perte du téléphone me traumatise.
« Je te jure que je n'ai parlé à personne, me chuchote-t-elle tandis qu'elle s'est proposée pour faire la vaisselle avec moi après le dîner.
— Tu me l'as déjà dit. Je te crois. »

Prétendre le contraire ne me mènerait à rien, de tout[e] façon.

« Et puis ce n'est pas grave, j'ajoute d'un air ambigu. J[e] dévoilerai bientôt tout, à tout le monde, dès que je sera[i] prête. »

Un doute passe sur le visage de Safia. Je vois bien qu'ell[e] n'est plus certaine de savoir de quoi l'on parle – s'agit-[il] de ces fameux dessins qui ne sont qu'un prétexte, ou bie[n] des révélations que je prétends détenir ?

Elle lève nerveusement les yeux vers la caméra qui no[us] filme, juste au-dessus du plan de travail. Parce qu'elle [a] peur d'être épiée ? Ou parce qu'elle regarde instinctiv[e]ment vers ceux qui lui donnent leurs ordres ? Elle se ta[it] et continue d'essuyer les assiettes en silence avec le chiffo[n] électrostatique.

La plage de luminosité réduite qui nous tient lieu de nu[it] est encore plus pénible que la journée. Allongée dans m[a] couchette, il n'y a rien pour me distraire de mes pensée[s].

Qui a pris le téléphone ?
Pourquoi ?
Qui ? – Pourquoi ? – Qui ? – Pourquoi ? – Qui ?...

Je ne réussis pas à fermer l'œil. À plusieurs reprises, [je] suis traversée par l'envie subite d'arracher ma couvertu[re,] de me lever et de me mettre à fouiller dans les placar[ds] des autres filles. Mais je me retiens : dans une chambre exiguë, où le sommeil de chacune ne tient qu'à un fil, [ce] serait le meilleur moyen de me griller.

J'essaye de penser à autre chose.

Mais tout ce qui me vient, c'est le visage de Marcus, av[ec] ses yeux gris qui me regardent comme on ne m'a jam[ais] regardée.

Je n'ai pas menti à Mozart il y a deux jours, quand [je] lui ai dit que je n'avais pas encore choisi. Parce qu'alo[rs] c'était vrai. J'étais emplie de doutes et de sentime[nts]

ACTE V

ontradictoires. Mais depuis, Mozart s'est fermé à moi. Et Marcus, lui, m'a ouvert son cœur.

Je ne suis pas une Machine à Certitudes faite de froids engrenages : je suis un être de chair vivante, qui frissonne chaque fois que je pense à lui.

Je ne suis pas une léoparde sauvage qui rejette tous les hommes : je suis une féline qui veut se lover dans les bras d'un seul d'entre eux.

Je ne suis pas Léo-la-Rouge, prête à mourir plutôt que d'avouer qu'elle éprouve des sentiments : je suis juste Léonor, et je suis amoureuse de Marcus.

Chaîne Genesis
LUNDI 4 DÉCEMBRE, 11 H 00

Ouverture au noir.

Plan fixe sur le Parloir vide. Au sommet de la bulle de verre, l'auréole de la parabole de transmission diffuse son faisceau laser silencieux, fil de lumière qui assure le lien continu avec la Terre bien trop lointaine pour être encore visible. Derrière, au fond du Parloir, se cache une sphère sanglante de la taille d'un ballon de basket : la planète Mars.

Titrage : *133ᵉ SÉANCE AU PARLOIR. HÔTESSE : ELIZABETH, 24 ANS, ROYAUME-UNI, RESPONSABLE INGÉNIERIE (LATENCE DE COMMUNICATION – 5 MINUTES 53 SECONDES)*

La jeune Anglaise apparaît à la gauche de l'écran, se dépêche de refermer la trappe derrière elle.

Comme chaque fois qu'elle monte au Parloir, elle se dévêtit habilement de ses pulls et de ses châles, pour faire émerger la ballerine audacieuse qui se cache dans ce cocon

de maille et de fausse modestie, à l'insu des autres pré
tendantes. Aujourd'hui, elle est tout de blanc vêtue. Ell
arbore un justaucorps nacré et des jambières qu'elle port
à même la peau, sans collant, laissant voir ses hanches à l
manière d'un porte-jarretelle : un compromis étourdissan
entre danse classique et lingerie, qui met en valeur so
corps sculpté par la pratique de son art.

Serena (off) : « *Ma chère Elizabeth, on peut dire que pour t
ultime invitation au Parloir, tu nous as réservé le grand final*

Elizabeth : « Que voulez-vous, Serena : je suis une sho
girl dans l'âme, j'ai toujours eu le sens de ma mise e
scène. »

Elle sort son tube de rouge à lèvres et l'applique soigne
sement sur sa bouche : elle a tout son temps, presque s
minutes avant que la productrice exécutive lui répondε

Serena (off) : « *En tant que professionnelle du spectacle,
ne peux qu'applaudir à deux mains. Grâce à toi, les spectate
ont eu droit à bien des rebondissements. Comme par exemple ce
de la semaine dernière, avec Mozart...* »

La main d'Elizabeth tremble au moment d'appliquer
dernier trait de rouge ; le vermillon dépasse de la lig
de ses lèvres.

« J'ai fait ça pour son bien, vous le savez, les spectate
le savent... » balbutie-t-elle.

Du bout du doigt, elle essuie délicatement le rouge
a débordé pour redessiner sa bouche parfaite.

« Je me suis attachée à Léonor, continue-t-elle à
voix, sans que l'on sache si elle s'adresse à Serena, ε
spectateurs, ou juste à elle-même. Cette fille m'impi
sionne, elle me fascine, elle... elle m'inspire. Mais
manière dont elle se conduit avec Mozart n'est pas
recte. À la fois pour lui, qui nourrit de faux espoirs.
pour moi, qui reste sur la touche. J'ai fait ce qu'il fal
faire. N'est-ce pas ? »

La voix de Serena retentit du fond de l'espace, coup
court aux états d'âme de la jeune Anglaise, qui n'ont

ACTE V

u le temps de parvenir jusqu'à la Terre : « *Je vais t'appeler Mozart, pour que tu récoltes ce que tu as semé.* »
Roulement de tambours.

Quelques instants plus tard, Mozart se présente à la roite de l'écran. Il a revêtu sa tenue la plus habillée, sa hemise blanche et son pantalon noir. Entre ses boucles runes son visage de bronze est marqué par la mélancolie. ous ses longs cils soyeux, ses yeux noirs brillent un peu.

Mozart : « Tu es très séduisante, Elizabeth. Tu représ ntes le rêve de n'importe quel homme. »

Elizabeth : « Appelle-moi Liz, je t'en prie. Et je ne veux as être le rêve de n'importe quel homme : je veux être n rêve *à toi*, Mozart. »

Elle se reprend aussitôt : « Non, en fait je ne veux pas re ton rêve : je veux être ta réalité. Parce que le rêve, était Léonor et tout ce qu'elle te faisait miroiter. »

Mozart contracte et détend les muscles de sa mâchoire. Le doute semble palpable sur son visage.

Il ne parvient pas à faire son deuil de Léonor, il s'acoche encore : « *Un rêve ?* répète-t-il. La dernière fois que l'ai invitée, elle m'a semblé vraie. Elle a tout nié en bloc. e m'a dit que non, qu'elle n'avait pas encore choisi. Elle ait l'air tellement sincère... »

Elizabeth sourit tristement : « Tu es encore amoureux lle, je m'en rends compte. Pourtant, tu as bien vu, dans tablette à croquis que je lui ai empruntée sans qu'elle n aperçoive, et que je t'ai montrée en cachette lors de tre dernière rencontre, il y a dix jours ? Léonor n'a ssiné que Marcus ! Des pages et des pages de dessins, roduisant le moindre de ses tatouages, chaque parcelle son corps ! Ça ne me fait pas plaisir de te dire tout ça à su d'une fille que j'aime vraiment beaucoup, crois-moi, is c'est mon devoir. Ouvre les yeux, Mozart. Réveille-toi. rêve est bel et bien fini : ça fait des mois que Léonor écidé avec qui elle allait faire sa vie. Avec toi, elle n'a que jouer ! »

Le visage de Mozart se durcit : « C'est vrai. Tu as raison. Elle n'a fait que jouer. Tout ça, pour elle, ce n'était qu'un jeu. Sa maudite règle ne servait qu'à l'amuser. »

Elizabeth glisse vers la paroi de verre, telle une sylphide. « Il faut que tu l'oublies. Elle t'a suffisamment fait souffrir comme ça. Je suis là, moi. Je suis là pour toi. »

Les yeux de Mozart s'ouvrent un peu plus : « Tu n'as pas peur de finir avec un voyou ? »

Elizabeth baisse les paupières : « Je suis moi-même loin d'être irréprochable, crois-moi... »

Sa voix tremble un peu, mais cette fois-ci ce ne sont pas des trémolos de comédienne, non : c'est une émotion authentique qui la fait vibrer.

« L'emprunt de la tablette... Mes changements de costume en douce dans le Parloir... Toutes ces choses que j'ai faites, que j'ai dites dans le dos des autres filles... Moi qui n'ai toujours vécu que pour la compétition, depuis mes premiers pas de danse, j'en ai assez. J'ai hâte que ça se termine. Je veux juste être heureuse, avec un homme que j'aime, entourée d'amies que j'apprécie. C'est tout. »

Mozart hoche lentement la tête : « Alors, tu crois qu'on pourrait être heureux, tous les deux ? »

Elizabeth relève les yeux : « Regarde-toi. Regarde-moi. Nous avons tout : la jeunesse, la beauté, la gloire... la richesse ! Ton Trousseau et le mien sont parmi les mieux fournis du vaisseau. Oui, Mozart, je te le promets : nous serons heureux ensemble. Aussi heureux que Léonor et Marcus. Notre bonheur à tous les quatre sera tellement éclatant que les spectateurs devront mettre des lunettes de soleil pour ne pas se brûler les yeux, pour nous regarder tout au long de notre vie sur Mars. »

La sonnerie retentit.

L'entretien est fini.

Mozart a retrouvé un semblant de sourire.

ACTE V

61. Champ
[J + 159 JOURS 19 H 30 MIN
23ᵉ SEMAINE]

La symphonie du réveil retentit dans la chambre.
Elle ne m'a jamais semblé si discordante.
Et la lumière qui monte des spots halogènes, reconstituant l'éclat du jour, ne m'a jamais semblé si crue.

Elle éclaire sans pitié les visages des autres filles qui se redressent dans leurs lits, marquant les cernes, les joues creusées, les fronts soucieux. Je sens bien que, comme moi, aucune d'entre elles n'a fermé l'œil de la nuit. Leur stress est compréhensible – nous sommes à la veille de la publication des Listes de cœur définitives et de l'atterrissage sur Mars –, mais ce stress n'est rien par rapport au mien.

Qui, parmi ces prétendantes avec qui j'ai passé une année de ma vie dans la vallée de la Mort, et cinq mois de voyage à travers l'espace, a volé le téléphone de Ruben Rodriguez il y a cinq jours ?

Qui, derrière son visage froissé, n'est pas seulement une fille angoissée de savoir avec quel garçon elle va finalement se marier, mais aussi un agent double ?

Est-ce Fangfang, qui malgré son masque de nuit en satin n'a pas échappé à l'insomnie ? Elle qui aime tant faire la morale aux autres, elle sait bien qu'il nous est interdit de posséder des téléphones à bord, et elle aurait bien pu me le confisquer pour me donner une leçon...

Est-ce Safia, dont les traits tirés me semblent tout d'un coup beaucoup moins jeunes et innocents ? C'était la seule à connaître l'existence du téléphone, avant qu'il ne disparaisse...

Est-ce Kelly, qui a déjà vissé sur ses oreilles les écouteurs diffusant Jimmy Giant à plein volume ? Sa confession sur sa famille était touchante, mais honnêtement, elle n'aurai[t] pas pu inventer une meilleure histoire si elle avait eu pou[r] seul but de m'amadouer...

Est-ce Liz, dont le visage sculptural paraît soudain creus[é] par le remords ? Je vois bien qu'elle fuit mon regard depui[s] quelques jours, comme si elle avait quelque chose à s[e] reprocher...

Est-ce Kris, enfin, que je considérais comme mon ami[e] de toujours, mais que je ne connais finalement que depu[is] une poignée de mois ? Même si je ne parviens pas à ima[-]giner le motif qu'elle aurait à voler le portable, ça ne fa[it] pas d'elle une innocente... Elle est présumée coupabl[e] comme les autres, jusqu'à preuve du contraire.

Tandis que je rumine ces pensées, les écrans au-dess[us] des lits s'allument tous les trois en même temps sur [le] visage le plus ambigu, le plus impénétrable de tous : cel[ui] de Serena McBee. Elle est de retour à cap Canavera[l], comme au début du show, appuyée contre le dossier [de] son fauteuil de cuir noir capitonné.

« Bonjour, mesdemoiselles ! » dit-elle de sa voix mi[el]leuse.

Oui : *mielleuse*.

Pas *douce*, ou *maternelle*, ou *compatissante*, ou tout au[tre] adjectif que je lui aurais si volontiers accolé dans le pas[sé]. Je me rends compte seulement maintenant, à quel po[int] sa voix sonne faux.

« J'espère que vous avez pu dormir un peu malgré l'ex[ci]tation, mes chéries, pour votre avant-dernière nuit à b[ord] du *Cupido*... »

Cette voix dégouline comme un sirop épais qui m'eng[lue] les oreilles, comme le miel que Serena mettait dans [la] tisane pour m'aider à dormir dans la vallée de la Mort. [Les] tisanes de Serena n'ont jamais marché ; ses yeux ne m'[ont] jamais hypnotisée ; mais sa voix, elle, a réussi à endor[mir] ma vigilance pendant les cinq mois de traversée inter[pla]nétaire.

ACTE V

« ... dans quelques heures, le propulseur nucléaire s'arrêtera automatiquement et les rétrofusées freineront jusqu'à l'alignement parfait du *Cupido* avec l'orbite de Phobos, à seulement six mille kilomètres au-dessus de la surface marsienne. Ce sera le moment de publier les dernières Listes de cœur et de former les couples définitifs, avant le grand saut dans l'inconnu ! Mais pour l'heure, il reste encore une séance de speed-dating, la dernière de toutes. C'est à notre petite léoparde préférée que revient l'honneur de clore le jeu. »

Si vous saviez, Serena, combien la léoparde voudrait vous sauter à la gorge pour lacérer votre beau visage trop lisse !

Je sais que vous m'avez épiée derrière la glace sans tain de la salle de bains, pendant toutes ces semaines où je m'y croyais seule...

Je sens qu'il n'y a aucune compassion dans la manière dont vous parlez de ma cicatrice, juste un voyeurisme malsain...

Je devine que vous cachez quelque chose d'énorme... Mais quoi ?

Quoi ?

Ah, si seulement j'avais le téléphone !

Kris s'approche de moi, dans sa nuisette de soie crème.

« Ce matin, je suis toute à toi, ma Léo, propose-t-elle. Pour t'aider à te préparer pour ta dernière séance... »

Je souris du mieux que je le peux.

« Merci, c'est gentil, mais je crois que je préférerais être seule aujourd'hui. J'ai besoin de me retrouver avec moi-même avant mon dernier entretien... »

Kris hoche tristement la tête.

« Comme tu veux », dit-elle.

Est-ce qu'elle a l'air si contrariée parce qu'elle aurait vraiment voulu m'aider dans mes préparatifs ? Ou parce qu'elle a pour mission de garder un œil sur moi ?

Elle se rapproche pour murmurer quelques mots à mon oreille :

« Tu n'arrives pas à choisir entre Mozart et Marcus, c'est ça ? Tu devrais me parler. Les triangles amoureux, c'est terrible, je sais ce que c'est, il y en a plein dans les romances... »

La réponse fuse de mes lèvres, cinglante :

« Ce n'est pas un triangle, ni un carré, ni aucune autre foutue figure géométrique ! Ou plutôt si, c'est un polygone à douze faces, parce qu'on est douze, condamnés à vivre les uns avec les autres. Ouvre les yeux, Kris : on n'est pas dans une romance. On est dans la réalité. Et là, j'ai vraiment besoin d'être *seule*. »

Kris me jette un regard éberlué, et s'écarte enfin de moi.

Je ne fais rien pour la retenir.

Ce n'est pas le moment d'avoir des remords ; depuis une semaine que le téléphone a disparu, j'utilise toutes les excuses possibles pour me retrouver sans personne à chaque étage du compartiment. Et pour le fouiller de fond en comble. Jusqu'à présent je n'ai rien trouvé, mais c'est juste parce que je n'ai pas déniché la bonne planque ! Je saisis la robe de mousseline rouge et la trousse à maquillage Rosier dans mon placard, je fends la salle de séjour sans un regard pour la table à manger – mon estomac est trop noué pour avaler quoi que ce soit –, et je me retire dans la salle de bains.

« Merci de ne pas me déranger ! » je crie à la cantonade en refermant la trappe.

Je laisse tomber la robe et la trousse sur le banc, et me précipite au-dessus, dans la salle de gym. C'est la cinquième fois au moins que je la fouille. Je retourne le tapis de yoga, je me hisse sur la pointe des pieds pour inspecter le dessus de la machine multi-exercices, j'ouvre les uns après les autres les dizaines de tiroirs encastrés dans les murs qui renferment du matériel et des appareils dont j'ignore l'usage – les entrailles du *Cupido*. Des fils, des diodes, des boutons en veux-tu en voilà ; mais pas de téléphone.

ACTE V

Tout autour de la pièce, les dômes noirs des caméras m'observent comme les yeux d'une araignée qui regarde la proie se débattre inutilement dans sa toile.

« Où a bien pu passer ce ruban de satin noir, que je cherche depuis des jours ?... je pense à voix haute, comme pour moi-même. Je l'ai peut-être perdu en faisant ma gym ?... » – en fait, c'est aux spectateurs que je m'adresse, pour leur donner le change, pour leur fournir une explication à mon comportement. Sinon, ils vont penser que je suis une maniaque du ménage traquant la poussière. Ou que je suis timbrée, tout simplement.

Je finis par redescendre dans la salle de bains, en nage. Ici, pas de caméra apparente, mais c'est encore pire. Je reprends la fouille, le tissu de mon pyjama collant à la Salamandre. Je vide chaque tiroir du meuble de toilette incrusté sous le lavabo, où les filles ont rangé leur nécessaire : des brosses, des peignes, des élastiques, mais toujours pas de téléphone.

Alors, je m'attaque au gros morceau : les grands placards-containers à l'arrière de la pièce, eux aussi recouverts de miroirs. Il y a là tous les consommables du voyage. Les étagères de conserves et d'aliments déshydratés sont presque vides, car nous arrivons à court de vivres ; mais il y a encore tout un fatras d'outils réservés aux menues réparations à bord du vaisseau, aimantés sur de grands panneaux métalliques – tournevis électriques, pinces, clés anglaises, marteaux, ciseaux, écrous de toutes les tailles, et plein d'autres choses dont seule Liz, notre responsable ingénierie, connaît l'usage. Mais parmi tous ces accessoires destinés à parer au moindre problème, manque le seul qui me serait utile...

Frémissante de frustration, je m'enferme dans la cabine de douche avec la robe, que j'enfile tant bien que mal – pas question de me dénuder une seule fois de plus devant le miroir.

« Léo, il reste du flan d'hier – tu es sûre que tu ne veux rien avaler ? demande Kris, revenant à la charge comme je traverse la salle de séjour au pas de course.

— Sûre, dis-je en jetant un coup d'œil à l'horloge digitale. Pas le temps. Plus que trente minutes avant ma séance. Je descends me maquiller dans la chambre. »

La chambre.

C'est la pièce qui présente le plus de cachettes possibles.

C'est la plus dangereuse aussi, car si l'on me surprend à fouiner dans les affaires des autres… Je préfère ne pas y penser.

Je me rue sur le placard de Kris, toujours orné de sa Vierge à l'Enfant qui me regarde avec un air réprobateur. À l'intérieur, tout est bleu ou presque, comme si j'ouvrais une fenêtre sur un morceau de ciel – pas le ciel noir et vide de l'espace, non, mais le ciel bleu de la Terre, peuplé d'oiseaux et de nuages. Je referme la porte du placard, penaude – ce ne peut pas être elle qui m'a trahie, pas elle, pas ma Kris.

Avant de laisser la honte me freiner davantage, j'ouvre le placard de Fangfang. Tout y est ordonné avec une précision maniaque. Je glisse ma main entre les robes qui semblent sortir du pressing, je tâtonne parmi les piles d'habits sans un pli qui dépasse, à la recherche du téléphone. Ma main tremble, hésite. Je sais que la Singapourienne le remarquera aussitôt, si par inadvertance je déplace le moindre élément de son univers géométrique. Mon cœur bat à cent à l'heure dans mes tempes. Je ne trouve rien.

Je me tourne vers le placard de Kelly. Là, c'est l'exact opposé du monde que je viens de quitter : un chaos sans nom, un méli-mélo de vêtements de toutes les couleurs et de toutes les matières. J'y plonge mes deux mains et me mets à malaxer le tout dans l'espoir de sentir sous mes doigts un objet solide et rectangulaire. Mais non, rien, pas plus cette fois-ci que les autres fois…

ACTE V

Je contourne fébrilement le lit pour accéder au placard de Safia. Au passage, mon regard rencontre le dôme noir de la caméra, à côté de l'écran représentant la mer au clair de lune avec des dauphins. À nouveau, la honte me transperce. Des milliards de spectateurs sont en train de me voir fureter comme une voleuse dans les affaires des autres : est-ce qu'ils croient encore à mon histoire de ruban perdu ? Je ne dois pas y songer. Et je dois me dépêcher. Parce que Serena McBee est aussi en train de m'observer en ce moment, peut-être qu'elle se doute de ce que je cherche vraiment, et qu'elle va intervenir d'un instant à l'autre pour m'ordonner d'arrêter.

2. Contrechamp
BUNKER ANTIATOMIQUE, BASE DE CAP CANAVERAL
SAMEDI 9 DÉCEMBRE, 9 H 15

« Tout ça pour un simple ruban ? » s'exclame Gordon Lock.

Les alliés du silence sont à nouveau réunis autour de la table ronde, dans leur antre de béton armé, enfoui au plus profond de la base de cap Canaveral. Ils sont là tous les sept, le visage tourné vers le mur digital qui diffuse les flux d'images provenant de chaque étage du *Cupido*, avec trois minutes de retard – le temps qu'il faut au laser pour atteindre la Terre.

La lumière émanant de l'écran géant fait briller le crâne chauve du directeur Lock et les longs cheveux graisseux de Geronimo Blackbull ; les couleurs changeantes se reflètent dans les verres épais des lunettes d'Odette Stuart-Smith et sur la blouse blanche d'Archibald Dragovic ; les ombres dansantes creusent le double menton de Roberto Salvatore et les rides viriles d'Arthur Montgomery. Depuis son trône capitonné, Serena McBee préside en silence, vêtue de son tailleur vert où luit la broche d'argent en forme d'abeille.

« Là, sur l'écran G1L, insiste Gordon Lock. La Française Voilà que ça la reprend. Elle est devenue folle ou quoi ? Ça fait une semaine qu'elle fouille dans tous les coins, comme si ce ruban de satin était la huitième merveille du monde.

— Peut-être qu'elle avait prévu d'en faire un usage particulier pour sa nuit de noces : bander les yeux de son Marcus ou lui attacher les mains ? suggère Geronimo Blackbull, provoquant le rire égrillard de Roberto Salvatore, et le ricanement inquiétant d'Archibald Dragovic.

— Vous êtes de grands galopins, les tance Serena McBee avec indulgence. En réalité, il ne s'agit pas de ruban. Ce qu'elle a perdu est bien plus grave. C'est son inébranlable confiance en elle. »

Un sourire se dessine sur les lèvres de la productrice exécutive :

« Ce sera le clou du spectacle, que j'ai prévu depuis le début : l'explosion en vol de la Machine à Certitudes Tout au long du voyage, Léonor a cru qu'elle pourra tout contrôler. J'ai tout fait pour l'encourager à persister dans cette erreur, me pliant à sa règle illusoire, dérisoire. Mais maintenant que l'issue approche, elle se rend compte qu'elle ne peut pas assumer sa difformité. Parce que entre-temps, elle est tombée amoureuse, la pauvre petite ! Elle sent qu'il va falloir qu'elle se mette à nu face à Marcus et face au monde entier. Elle sait qu'elle ne peut rien faire pour y échapper. Alors, elle disjoncte. Ça a commencé mardi, quand elle a demandé à me parler en privé à propos de Louve, prétendant que la chienne était malade.

— Louve ? sourcille Gordon Lock. Malade ? On ne dirait pourtant pas... elle mange comme quatre.

— Louve se porte comme un charme, répond la psychiatre. Léonor nous a fait un transfert, tout simplement. Elle se sentait mal, elle se sentait moche et, sans le savoir, elle a projeté tout son mal-être sur ce ridicule animal. Depuis quelques jours, ça s'aggrave : sa nervosité permanente, son humeur frénétique, ses fouilles compulsives... Elle croit chercher ce ruban perdu, mais ce n'est qu'un pauvre prétexte formulé par son surmoi pour l'empêcher de devenir folle : inconsciemment, ce qu'elle cherche, c'est une échappatoire. Une porte de sortie. Un moyen d'échapper au piège dans lequel elle s'est elle-même enfermée. Mais il n'y a aucune issue possible. Elle ne peut pas s'échapper du *Cupido*. Elle ne peut que se griller aux yeux des spectateurs, qui ne comprennent pas son obsession et ont d'ailleurs cessé de lui adresser des dons. Dans les prochaines heures, ils vont avoir droit à du drame, à des larmes, je vous le prédis ! Je vais leur offrir de beaux gros plans bien graphiques sur l'immondice qui parasite le dos de Léonor. Ils vont en prendre plein les yeux ! Alors, nous assisterons à l'effet rebond ; les spectateurs vont finir par envoyer encore plus d'argent dans le Trousseau de Léonor, pour se donner bonne conscience... argent dont une bonne partie atterrira dans nos poches, reversée par Atlas Capital, je vous le rappelle. »

Un soupir de satisfaction et de soulagement s'élève autour de la table ronde.

Pour les alliés du silence, c'est bientôt la fin d'une pénible attente, marquée par l'impatience de toucher leur bonus, et par l'angoisse d'être découverts.

Se détournant du mur digital, Gordon Lock s'éclaircit la voix.

« Ma chère Serena, dit-il. En cette veille d'atterrissage, je tiens à vous remercier de la part de tous ceux qui sont assis autour de cette table. Nous avons parfois douté au long de cette aventure, moi le premier je le confesse. Bon Dieu, vous m'avez donné de ces sueurs froides ! »

La petite assemblée rit de bon cœur, comme lors d'un discours de pot de départ où les employés font des blagues sympathiques sur le patron qui s'en va.

« Mais vous avez toujours gardé le cap, continue Gordon Lock, reprenant son sérieux. Vous avez su prendre les bonnes décisions, au bon moment. Quand Sherman Fisher et Ruben Rodriguez ont menacé notre sécurité à tous, vous avez eu le courage de dire *stop*, avec fermeté et humanité : deux injections létales parfaitement dosées, nous savons qu'ils n'ont pas souffert. Quand le site pirate Genesis est apparu la première fois en juillet, vous avez pris les mesures qui s'imposaient sans paniquer : il a été fermé en quelques heures. Et il y a un mois, lorsque le mini-drone s'est remis en branle, il a été grillé en cinq secondes par un des Rapax que vous aviez judicieusement embusqués dans la salle de contrôle. Les exemples de votre professionnalisme sont innombrables. Au final, vous nous avez menés à bon port. Nous vous sommes tous reconnaissants. Et nous tenons à vous dire que nous avons tous voté pour vous, le 7 novembre.

— Oh, c'est adorable !

— Nous admirons votre énergie, le fait que vous vous lanciez dans ce nouveau challenge alors que vous pourriez prendre votre retraite grâce au formidable bonus qu'Atlas va bientôt nous verser : la moitié dans quelques heures, à l'arrivée des prétendants sur Mars, et l'autre moitié dans quelques jours, après le *tragique événement* que vous avez eu la gentillesse d'organiser pour nous tous…

— Oh moi, vous savez Gordon, je n'ai aucun mérite, je suis une hyperactive, s'excuse Serena. Il faut toujours que je m'occupe, que je prenne les choses en main, que je rende service. Je suis une petite abeille qui bourdonne à droite, à gauche, qui ne peut jamais s'arrêter. Mais regardez plutôt la G2Z, la vue zénithale du deuxième étage, ces filles : il se passe quelque chose d'intéressant… »

L'attention des instructeurs se reporte sur le mur digi-

ACTE V

Dans la salle de séjour, les prétendantes ont abandonné leur petit déjeuner pour venir se masser autour de la trappe entrouverte dans le plancher. Elles se sont accroupies en silence, toutes les cinq, et regardent ce qui est en train de se passer dans la chambre.
La productrice exécutive appuie sur sa broche-micro :
« *Serena à salle de montage.* Branchez vite la chaîne Genesis sur la chambre des filles. Je sens qu'il va y avoir du spectacle – il a peut-être même déjà commencé, avec le retard-image, et je ne voudrais pas que les spectateurs en perdent une miette ! »

3. CHAMP
[+ 159 JOURS 21 H 15 MIN
3ᵉ SEMAINE]

« LÉONOR, QU'EST-CE QUE TU FAIS DANS NOS AFFAIRES ? »
Je me retourne d'un bond, le cœur dans les talons. J'étais tellement absorbée par la fouille de la chambre que je n'ai pas entendu la trappe se soulever au plafond. Cinq petits visages suspicieux m'observent, depuis longtemps peut-être.
Je referme précipitamment le placard de Safia.
Les mots fusent de ma bouche, ceux que j'ai prévu de dire au cas où je serais découverte :
« J'ai perdu mon ruban ! Je crois qu'il a dû atterrir par mégarde dans le stérilisateur textile, et se mélanger avec les vêtements d'une autre lors de la dernière lessive à UV. J'ai juste voulu vérifier, sans déranger personne. »
Safia darde sur moi des yeux accusateurs, pleins de déception – ou de défi ?

« Qu'est-ce que tu racontes, avec ton ruban ? dit-elle. Je t'ai dit que ce n'était pas moi qui avais pris ce...
— Tais-toi ! »
Ce n'est pas un cri qui a jailli de ma bouche : c'est un aboiement.
Safia ne doit pas parler du téléphone, pas devant les prétendantes, pas devant les caméras, à aucun prix !
« Tais-toi, sinon tu vas le regretter... », je la préviens dans un sifflement, sous le regard des filles qui me dévisagent comme si j'étais complètement à l'ouest.
« Qu'est-ce qui se passe, Léonor ? » demande Kris, le visage aussi déformé par la peur que lorsque je lui ai rabattu la trappe de la salle de bains sur le crâne cinq mois plus tôt – elle se tourne vers Safia : « Qu'est-ce qui lui arrive ? »
La petite Indienne secoue la tête.
« Elle fait une crise de parano. Un truc dingue. Je crois vraiment qu'il faut que je vous en parle, les filles, pour son bien... »
Je ne lui laisse pas le temps d'en dire plus.
Je me rue sur l'échelle et j'attrape le pan du sari safran qu'elle porte en écharpe autour de son cou.
Le nœud se resserre sur sa gorge comme une corde de pendu, l'empêchant de prononcer un mot.
Au même instant, les trois écrans de la chambre s'allument sur le générique du programme Genesis – pour la dernière fois.
Les voix de Jimmy Giant et de Stella Magnifica envahissent la pièce, assourdissantes, tandis que les filles se mettent à hurler, ajoutant à ma confusion et à ma panique.
« Arrête ! »
« *You skyrocketed my life* »
« Tu vas lui couper la respiration ! »
« *You taught me how to fly* »
« Tu vas la tuer ! »
« *Higher than the clouds, higher than the stars* »

ACTE V

Avant que j'aie le réflexe de lâcher l'écharpe du sari, Kelly pousse Safia à travers la trappe pour détendre le lien qui l'enserre. La petite Indienne s'écrase au sol à côté de moi, tandis que la Canadienne me saute dessus de tout son poids. Je sens ses ongles vernis de rose s'enfoncer dans ma chair, tandis qu'elle me mitraille les tympans :

« Lâche-la ! Lâche-la ! Lâche-la ! »

Des mains me tirent les cheveux.

D'autres m'arrachent ma robe de mousseline.

J'entends le tissu se déchirer dans un bruit sinistre.

Je sens l'air ambiant passer sur ma peau nue, sur mes épaules nues.

Le générique s'arrête, les filles se taisent toutes d'un coup.

Elles me regardent, horrifiées.

Sur le sol gît le corps immobile de Safia, dans la position où elle est tombée.

Je bondis sur l'échelle, tandis que la voix affreuse de la Salamandre siffle dans mon oreille :

(*L'attente était longue, mais elle en valait la peine...*)

Je traverse le séjour, les yeux baignés de larmes, avec une seule idée en tête : partir le plus loin possible. Mais ça ne sert à rien, parce que je ne peux m'enfuir du *Cupido*, parce que je ne peux pas échapper à la Salamandre.

(*Finalement, c'est moi qui ai gagné...*)

Je fends la salle de bains, je gravis l'échelle qui conduit à la salle de gym en me brisant les ongles contre les barreaux...

(*Toi, tu as tout perdu...*)

... mes escarpins se prennent sur le tapis de yoga, les lanières se déchirent sur mes chevilles, je m'effondre au sol.

(*Cette fois-ci, tu ne te relèveras jamais plus !*)

64. Hors-Champ

GRILLES DE LA VILLA MC BEE, LONG ISLAND,
ÉTAT DE NEW YORK
SAMEDI 9 DÉCEMBRE, 11 H 05

« OH ! VOUS AVEZ VU ÇA ! »

Une clameur horrifiée s'élève du camping sauvage installé devant les grilles de la villa McBee Il n'y a plus qu'un quart des assiégeants qui étaient là deu semaines plus tôt, quand la maîtresse des lieux résidai encore chez elle. Ceux qui restent sont les purs, les vrai fans, qui veulent être les premiers à voir leur star regagne ses pénates après l'atterrissage des prétendants et des pré tendantes sur Mars.

Mais pour l'instant, il n'est pas question d'entonner u hymne à la gloire de la grande Serena – les campeu sortent de leurs véhicules les uns après les autres, brandi sant leurs téléphones et leurs tablettes :

« C'est terrible ! »

« Léonor est devenue folle ! »

« Safia ne bouge plus du tout ! »

La chaîne Genesis passe aussi sur l'ordinateur portab d'Andrew Fisher, posé sur le tableau de bord de s camping-car.

Mais le jeune homme ne regarde pas.

Il scrute la grille de la villa McBee à travers son pa brise teinté.

Il n'y a plus que deux gardes postés pour surveiller l' cès. Ils sont tous les deux le nez collé à leur télépho portable, hypnotisés par la tragédie qui est en train de dérouler à cinquante-cinq millions de kilomètres au-des de leurs têtes, en différé de six minutes.

« C'est le moment... », murmure Andrew.

ACTE V

Il enfile son anorak, fourre son ordinateur dans son sac à dos et sort du camping-car.

Les gens tout autour de lui ne remarquent pas sa présence.

C'est comme s'il était transparent.

En cet instant, cinq milliards d'humains ont les yeux rivés sur l'espace, sans qu'un seul d'entre eux lève la tête pour regarder le ciel. Tout se passe à travers des écrans. Or, Andrew n'apparaît sur aucun d'entre eux. Nul ne peut le voir.

Il escalade la grille en silence, derrière un sapin qu'il a repéré depuis des semaines.

Puis il retombe, léger, sur la neige fraîche qui tapisse les jardins de la villa McBee.

5. Champ
+ 159 JOURS 21 H 40 MIN
[3ᵉ SEMAINE]

UN BRUIT RETENTIT, COMME UNE PORTE QUI GRINCE, COMME UN VIOLON DÉSACCORDÉ.
Mon regard erre au ras du sol de la salle de gym où je viens de tomber, poisseux de mon sang tiède – mon arcade sourcilière s'est ouverte dans ma chute.
Deux yeux noirs et brillants me regardent, sous le socle du tapis de course.
Un spectre qui pousse sa lugubre complainte ?
Non : Louve qui gémit en m'observant.
Elle rampe hors de sa cachette. Elle tient un morceau de carton dans sa gueule blanche, qu'elle laisse tomber devant mon visage comme une offrande. C'est une carte

à jouer. C'est le roi de cœur qui a disparu du jeu de taro[t] au début du voyage – il n'était pas dans le chien de Kelly comme Fangfang l'en avait accusée : c'était la chienne qu[i] s'en était emparée.

« Louve... », je murmure entre deux sanglots.

Je me mets à ramper à mon tour en direction du tapi[s] de course. Debout, il m'était impossible de voir le renfor[-] cement sous le socle de la machine, et encore moins d'e[n] soupçonner l'existence. Mais à présent que je suis au so[l,] je vois clairement tous les objets que Louve a subtilisés a[u] cours des cinq mois de voyage, et qu'elle a cachés dan[s] son antre secrète :

des chaussettes dépareillées ;
une couverture de rechange en cachemire ;
une vieille éponge mâchouillée ;
le téléphone portable de Ruben Rodriguez.

« Léonor ? résonne la voix de Serena McBee, en prov[e-] nance des douze écrans de la salle de gym. Qu'est-ce q[ui] t'es arrivé, Léonor ? Quelle folie t'a prise ? Et surtout : so[u-] haites-tu vraiment manquer ta dernière séance au Parloi[r] – le compte à rebours a déjà commencé... »

Hagarde, je glisse le bras sous le tapis de course.

Mes doigts se referment sur l'objet qui hante chacu[ne] de mes pensées depuis une semaine.

Je le ramène à moi en le faisant glisser face contre s[ol] sous ma main, à l'abri des caméras.

« Me voici, Serena, dis-je en me redressant, le porta[ble] caché dans ma paume contre les plis de ma robe déchir[ée]. Je suis prête. »

D'un revers de la main, j'essuie le sang qui coule [de] mon arcade sourcilière fendue – je ne sens même plu[s la] douleur. Puis je monte la dernière échelle, pieds nus, e[t] m'engouffre dans le tube d'accès au Parloir : un cylin[dre] d'à peine plus d'un mètre, aux parois lisses, le seul end[roit] du vaisseau où je suis sûre qu'il ne peut pas y avoir [de] caméra. Là, recroquevillée, j'allume le téléphone porta[ble.]

ACTE V

La dernière image que j'ai vue il y a une semaine apparaît : Ruben Rodriguez dans sa veste Genesis. En haut de l'écran, la jauge de batterie clignote dangereusement, à fond dans le rouge. L'appareil a à peine eu le temps de se recharger avant que Louve ne le vole dans mon placard, reconnaissant sans doute l'odeur de son maître.

Buzz ! – premier avertissement ; si j'ai bien compté la dernière fois, je sais qu'au huitième *buzz*, ce sera à nouveau l'extinction.

Je fais glisser mon index ensanglanté sur le téléphone, pour passer à l'image suivante.

C'est une capture d'écran.

Ou plus exactement, c'est la photographie volée d'un écran d'ordinateur sur lequel apparaît une présentation en mode diaporama. Le titre s'étale en capitales :

RAPPORT NOÉ

En dessous, figure une mention en lettres rouges :

STRICTEMENT CONFIDENTIEL

Buzz ! – le souffle court, je passe à la photo suivante, je zoome pour lire ce qui est écrit :

Résumé du rapport : les capteurs indiquent que les six couples de rats, de lézards et de blattes envoyés secrètement dans le septième habitat de la base martienne ont survécu pendant huit mois, et se sont reproduits à un rythme comparable aux conditions terrestres. Mais au bout du neuvième mois, la totalité des organismes sont morts subitement, pour une raison inconnue.

Buzz !

Conclusion : en l'état, et jusqu'à une meilleure compréhension de ce qui a causé la perte inexplicable des cobayes, les habitats ne sont pas capables de maintenir durablement la vie.

Buzz !
Mon cœur se pétrifie dans ma poitrine.
Mon doigt reste suspendu au-dessus de l'écran, incapable de passer à la diapositive suivante. De toute façon tout est dit, tout est écrit noir sur blanc : « morts subitement » ; « pas capables de maintenir durablement la vie »

Buzz !
Pour la millième fois, je revois l'image de Ruben Rodriguez se ruant sur moi : « Vous ne pouvez pas !... »
Pour la première fois, je comprends enfin pleinement le sens de cet avertissement, qui dépasse en horreur tout ce que j'avais imaginé.
Ruben Rodriguez était au courant de ce rapport. Son nom figure en bas de la page, à côté de ceux du directeur technique et de l'instructeur en Biologie.
<u>Rédacteurs</u> : *G. Lock ; A. Dragovic ; R. Rodriguez*

Buzz !
« Eh bien, Léonor, qu'attends-tu ? résonne la voix de Serena depuis la salle de gym en dessous de moi. Es-tu toujours coincée dans le tube d'accès, ou bien as-tu enfin gagné le Parloir ? Ici, au montage, nous avons trois minutes de retard-image sur ce qui se passe dans le vaisseau, c'est rageant... Nous avons aussi une grille horaire à respecter, et le speed-dating devrait déjà être terminé. Si tu ne te présentes pas au Parloir dans quelques instants, je vais malheureusement devoir annuler ta dernière séance. »

Buzz !
Je ravale la nausée qui me monte dans la gorge à entendre le timbre de voix de Serena, et je croasse :
« J'arrive ! »
Je dissimule le téléphone dans ma main, le serrant fort comme un talisman, pour me donner de la force.

ACTE V

Chaque mouvement me coûte un effort surhumain.
Mais j'avance malgré tout.
Je pousse la trappe.
Et je pénètre dans la bulle de verre du Parloir, où la planète Mars est à présent si grande qu'elle obstrue le quart de l'espace : une gigantesque sphère de terre rouge, traversée par l'affreuse balafre du canyon Valles Marineris, au fond duquel nous attendent nos tombeaux.
Dans le creux de ma paume, le téléphone portable rend l'âme pour la deuxième fois – *buzz ! buzz ! buzz !*

6. Chaîne Genesis
Samedi 9 décembre, 11 h 16

Léonor apparaît à l'écran, échevelée, une large trace de sang séché courant depuis l'arcade sourcilière jusqu'à la bouche. Elle referme la trappe derrière elle, puis couvre farouchement sa poitrine de son bras : sa robe est déchirée du cou jusqu'à la hanche, dévoilant entièrement son épaule droite, la naissance de son sein droit, la courbure de sa taille blanche et nue. Alors qu'elle s'élève en silence au cours des longues minutes nécessaires à ce que son image atteigne la Terre, sa robe de mousseline bouillonne furieusement : les vagues se sont changées en rouleaux déchaînés.
Un surtitre se forme à l'écran : *138ᵉ séance au Parloir. Hôtesse : Léonor, 18 ans, France, responsable Médecine (latence de communication – 6 minutes 04 secondes)*
Serena (off) : « *Oh ! Léonor, ma grande, ma toute belle ! Que t'est-il arrivé ? Que s'est-il passé ? Cette bagarre... Dis-moi, es-tu blessée ?* »

Léonor scrute la caméra entre ses boucles sauvages ; son regard brille de défi, de questions : « Ce n'est rien, ne vous inquiétez pas. Un petit bobo de rien du tout. Nous nous sommes disputées… à cause des garçons. »

Six minutes aussi lourdes que des gouttes de plomb tombent dans le sablier du temps, tandis que le mensonge de Léonor se fraye un chemin à travers l'espace, et que la réponse de la Terre lui revient.

« *À cause des garçons, bien sûr !* s'exclame enfin Serena d'une voix attendrie. *C'est normal de se laisser un peu déborder au terme d'un tel voyage, d'une telle compétition. C'est tout à fa[it] compréhensible. Mais dès que vous serez mariées, vous redeviendr[ez] toutes les six les meilleures amies du monde, je vous le prédis[.] Pour l'heure, rassure-toi, Léonor, tu es superbe malgré tout. Cet[te] trace de sang, qui s'accorde si bien à tes cheveux et à ta robe, on dirait une valkyrie sortant d'un opéra de Wagner. Dis-nou[s] car le temps presse : pouvons-nous appeler Marcus, qui attend à l'entrée du tube d'accès ?* »

Les lèvres de la jeune fille s'entrouvrent à peine : « No[n.] Pas Marcus. C'est Mozart que je veux inviter aujourd'hui. [»]

Au terme des six minutes de latence de communicatio[n,] la voix de Serena monte dans des aigus quasi orgasmique[s :] « *En voilà un retournement de situation parfaitement inattend[u !] Chers spectateurs, oubliez Wagner : je vous donne Mozart, po[ur] ce final digne des plus grands opéras !* »

Léonor demeure immobile tandis que roulent les ta[m]bours préenregistrés, sa main droite repliée sur sa poitri[ne,] sa main gauche plaquée dans les plis écumant de sa rob[e,] jusqu'à ce qu'apparaisse son invité à l'autre bout du cham[p.]

Ce dernier est vêtu d'un simple débardeur et d'un sh[ort] de sport qui laisse voir ses jambes athlétiques.

La caméra zoome sur son visage tremblant d'émotio[n.] « Léonor… Je ne me suis pas habillé. Je ne pensais [pas] que tu m'inviterais pour ta dernière séance. Je… j'ét[ais] persuadé que tu appellerais Marcus… »

Il bafouille.

ACTE V

Et réalise soudain l'état dans lequel se trouve Léonor.
Ses yeux aux longs cils s'écarquillent : « Mais... qui t'a fait ça ? »
Léonor : « Je me suis fait ça toute seule. »
Sans bouger ses mains, d'un battement de jambes nues contre la mousseline rouge, elle se propulse vers la paroi de verre : « Viens. »
Répondant à son appel, Mozart s'élance aussitôt vers elle ; souple et puissant, il la rejoint tout contre la vitre : Pardon, Léonor..., murmure-t-il. Pardon de ne pas t'avoir crue. Je... j'ai mal interprété les choses. J'étais persuadé que tu avais choisi Marcus. J'ai eu tort, n'est-ce pas ? »
Contrechamp sur Léonor. Son expression est volontaire comme celle d'une statue ; sa voix sonne comme l'airain : Mozart, tu es le responsable Navigation des garçons. Tu dois le dire : est-ce qu'il y a un moyen de revenir sur Terre ? »
Le visage du Brésilien se fige dans un masque d'incompréhension : « Quoi ? »

7. Contrechamp
BUNKER ANTIATOMIQUE, BASE DE CAP CANAVERAL
SAMEDI 9 DÉCEMBRE, 11 H 35

Gordon Lock se lève brusquement de sa chaise, tremblant de toute la hauteur de son mètre quatre-vingt-quinze.
« Mais qu'est-ce qu'elle raconte ? tonne-t-il. Revenir sur Terre ? C'est de la folie furieuse ! Serena : intervenez, faites-la taire !
— La faire taire ? hoquette la productrice exécutive, dressée dans son fauteuil de cuir, les yeux brillants

d'excitation. Jamais de la vie ! Au contraire, il faut qu'elle parle ! Ne voyez-vous pas, Gordon ? – c'est l'aria final de l'opéra, la plus belle scène du dernier acte, le morceau le plus déchirant. C'est Léonor qui craque, qui renonce à affronter ce qu'elle est, qui regrette tout : sa candidature, ses rêves de gloire, son espoir de trouver l'amour. Bon Dieu, regardez l'audimat – nous n'avons jamais fait une telle audience ! »

Mais sur la fenêtre centrale du mur digital, Léonor a-t-elle vraiment l'air de craquer ? N'est-ce pas Serena McBee qui, pour la première fois de sa vie, passe à côté de la réalité ?

La jeune fille répète : « Peut-on revenir sur Terre, Mozart ? Réponds-moi. Vite. »

Mozart hésite, répond du bout des lèvres : « Oui, théoriquement, on pourrait... Dès que le vaisseau sera aligné sur l'orbite de Phobos, nous sommes censés regagner nos capsules pour le saut final vers Mars. Le Cupido, lui, repartira en sens inverse, en pilote automatique : il remettra les gaz vers la Terre après nous avoir largués, pour accueillir de nouveaux astronautes dans deux ans. Rien ne nous empêche de rester à bord. Mais ce serait un suicide. Nous n'avons plus suffisamment de nourriture, ni d'eau, ni d'oxygène, même avec le recyclage : il y en avait juste assez pour l'aller. Si on fait demi-tour, on mourra de faim, de soif, d'asphyxie dès les premières semaines. Ce sont des cadavres qui reviendront sur Terre. Sans parler du scandale, tous ces milliards de dollars grillés juste pour nous faire faire un tour de manège dans l'espace, ce serait absurde ! »

Pour la première fois depuis le début de l'entretien, Léonor détache sa main gauche du long de son corps, et la brandit vers la vitre : « Le vrai scandale n'est pas celui que tu crois, dit-elle. Dans quelques instants, tu vas pouvoir comprendre par toi-même...

« Elle lui demande de lire les lignes de sa main ? hasarde Odette Stuart-Smith en clignant ses petits yeux de taupe derrière ses épaisses lunettes. De la divination

ACTE V

maintenant, le programme Genesis n'avait vraiment pas besoin de ça !... Les rousses sont toutes un peu sorcières, nos ancêtres le savaient et ils avaient des bûchers pour cela.

— Mais non, rétorque Geronimo Blackbull. Sa main n'est pas vide. Elle tient quelque chose... » – il se tourne vers la productrice exécutive, censée détenir la réponse à toutes les questions – « ... vous savez ce que c'est, Serena ? »

Dans son fauteuil capitonné, Serena McBee ne sourit plus.

Elle presse fébrilement sa broche-micro en forme d'abeille et balance ses ordres :

« *Serena à salle de montage.* Cessez immédiatement de diffuser les images du Parloir. Je répète : cessez im-mé-dia-te-ment de diffuser le Parloir, et basculez sur la B2R. »

À ces mots, la bulle de verre disparaît sur la fenêtre centrale du mur digital, remplacée par une vue du séjour des garçons. Ces derniers attendent la fin de l'entretien sans se douter de ce qui se passe au-dessus de leurs têtes. Alexeï, Tao et Samson sont absorbés par une partie de cartes ; Kenji joue à un jeu vidéo sur sa tablette, tandis que Warden ronfle à ses pieds ; Marcus fait les cents pas, les sourcils froncés, visiblement rongé par l'angoisse de ne pas avoir été invité.

Une nouvelle fenêtre s'ouvre sur le mur digital au-dessus de la chaîne Genesis, accueillant Samantha, l'assistante personnelle de Serena.

« Nous avons exécuté vos ordres, madame McBee, dit-elle. Mais je tiens à vous signaler que le chronomètre du speed-dating n'avait pas encore compté ses six minutes...

— Je le sais bien, je ne suis pas aveugle ! » rétorque Serena.

Elle ajoute, d'une voix radoucie, essayant de contenir sa nervosité :

« Vous avez beaucoup travaillé ces derniers mois, vous et les autres monteurs. Je vous accorde une petite pause bien méritée. D'autant que je voudrais moi aussi goûter au plaisir du montage, pour le dernier speed-dating. Je vai[s] terminer moi-même la réalisation de l'émission ce matin.

Samantha ouvre la bouche pour répondre quelque chos[e] mais Serena ne lui en laisse pas le temps. Elle écrase [le] bouton rouge au centre du tableau de commande incrus[té] dans la table devant elle.

Aussitôt, la fenêtre de l'assistante se désintègre, et un[e] mention en lettres lumineuses rouges apparaît en haut d[u] mur digital :

Protocole de crise enclenché

« Que faites-vous, Serena ? demande Gordon Lock, [le] front couvert de sueur.

— Je fais ce qu'il y a à faire. Je dirige tous les flux [de] données en provenance du *Cupido* vers ce bunker.

— Mais... pourquoi ?

— Pour ça ! »

Serena bondit de son fauteuil et se précipite vers le m[ur] digital.

Elle pose son doigt sur l'une des plus hautes fenêtres, [la] G5Z qui correspond à la caméra zénithale du Parloir, c[es] filles, et elle tapote frénétiquement l'image jusqu'à ce que [le] zoom soit suffisamment gros pour permettre de voir ce [que] Léonor tient dans la main – c'est un téléphone portab[le].

Sur l'écran du téléphone, trois lignes apparaissent :
Source de lumière détectée : 10 000 lumens
Temps de charge total estimé : 1 heure
Allumage dans : 10 minutes

Mozart a l'air complètement décontenancé : « C'est ça qu[e tu] veux me montrer ? Un téléphone portable ? Je ne vois pas o[ù est] le scandale, à part que normalement on n'a pas le droit [d'en] posséder... »

La voix du jeune homme manque d'assurance.

ACTE V

Il comprend qu'il n'a pas été appelé au Parloir pour la raison qu'il espérait.
Il a déjà été blessé.
Maintenant, il se méfie.
Mais Léonor continue de brandir le téléphone, écran dirigé vers les spots éblouissants qui jalonnent le Parloir, et au-delà, vers les étoiles scintillantes : « C'est ce qu'il y a dans ce téléphone que je veux te montrer, dit-elle. C'est ce que les organisateurs de Genesis voudraient nous cacher. C'est ce qu'un certain Ruben Rodriguez a voulu me révéler. C'est le rapport Noé, qui garantit qu'on sera tous morts dans neuf mois. »

« Non ! s'écrie Geronimo Blackbull.
— C'est impossible ! beugle Archibald Dragovic.
— J'ai moi-même détruit le fichier du rapport Noé, après que nous ayons décidé avec Atlas qu'il ne devrait jamais voir le jour ! s'insurge Gordon Lock.
— Il faut croire que cette punaise de Ruben l'a photographié avant destruction, pour garder un souvenir, dit Serena McBee d'une voix glaciale. Geronimo, vous êtes allé à sa crémation, y avait-il des copies de ces photos chez lui ? »
Le vieux rocker balbutie quelques mots, ses longs cheveux tremblant piteusement de chaque côté de son visage serré.
« Je ne sais pas… Je ne crois pas… J'ai lancé le formatage du disque dur de Ruben pour tout effacer, sans regarder ce qu'il y avait dedans… Je n'ai pas eu le temps… »
Pris de panique, Roberto Salvatore arrache son corps massif à sa chaise et se précipite sur le boîtier d'identification rétinienne qui commande la porte du bunker.
Serena fait claquer son escarpin au sol.
« Du calme ! ordonne-t-elle. Fuir ne sert à rien ! »
Roberto est trop fou de terreur pour écouter. La porte coulissante s'ouvre. Il se lance dans une course désespérée à travers le couloir éclairé au néon, vers l'ascenseur qui mène à la surface.

Odette Stuart-Smith se lève déjà pour lui emboîter l[e] pas ; mais, d'un mot, Serena la cloue sur place :

« Stop ! »

La poitrine de la psychiatre se soulève et se creuse [à] intervalles réguliers, tandis qu'elle applique sa propre tech[-]nique de relaxation par la respiration.

« Tout est sous contrôle », ajoute-t-elle d'une voix pa[r-]faitement maîtrisée, parfaitement autoritaire, qui ramèn[e] aussitôt le silence dans le bunker, et la petite Odette tou[te] tremblante sur sa chaise.

Serena désigne la fenêtre centrale, celle qui correspon[d] à la chaîne Genesis :

« En ce moment, les spectateurs ont droit à une v[ue] du séjour des prétendants. Tout comme le personnel [de] la salle de contrôle et de la salle de montage, là-hau[t] au-dessus de nos têtes. Sur Terre, personne d'autre q[ue] nous n'a entendu Léonor mentionner le rapport N[o.] Personne ne peut voir ce qui se passe dans le Parlo[ir.] Ça restera ainsi jusqu'à ce que nous ayons réglé ce pe[tit] problème. »

D'un geste sûr de la main, elle rapetisse la fenêtre ce[n-]trale, qui continue de diffuser la chaîne Genesis dans [le] monde entier, pour agrandir celle du Parloir, que seuls [les] occupants du bunker peuvent percevoir.

Puis elle porte son micro à ses lèvres :

« Léonor, ici Serena. Est-ce que tu me reçois ? »

ACTE V

8. Champ
+ 159 JOURS 22 H 06 MIN
[3ᵉ SEMAINE]

« P OURQUOI EST-CE QUE TU M'AS FAIT VENIR AUJOURD'HUI ? me demande Mozart, les yeux perçants comme des balles.
— Je te l'ai dit ! Le téléphone ! Le rapport Noé ! »
Mais ce n'est pas la réponse que Mozart veut entendre.
« Je croyais que c'était pour me dire que j'avais encore une chance avec toi..., murmure-t-il d'une voix amère. Je comprends maintenant que tu veux juste jouer une dernière fois à tes petits jeux de séduction.
— Non, Mozart ! Il ne s'agit pas d'un jeu !... »
Je n'ai pas le temps d'en dire davantage : une voix retentit au-dessus de nos têtes, tel un coup de tonnerre.
« *Léonor, ici Serena. Est-ce que tu me reçois ?* »
Je lève les yeux et je regarde dans la bulle de verre tout autour de moi. La voix de Serena, émise depuis la Terre six minutes plus tôt, semble venir de toutes les directions à la fois.
« *J'ignore où tu as trouvé ce téléphone – un objet, je te le rappelle, qui est rigoureusement interdit par le règlement du programme Genesis...* »
Elle semble venir du fond noir de l'espace, des étoiles qui envoient leurs précieux lumens vers l'écran photovoltaïque du téléphone, de la planète Mars avec son canyon menaçant comme une bouche ensanglantée.
« *... je ne sais pas ce que tu as cru y voir, mais je peux t'assurer qu'il s'agit d'un malentendu. Tu m'entends, Léonor ? Tu te fais des idées pour rien.*
— Je vous entends très bien, Serena. Mieux que je ne vous ai jamais entendue. Sans le filtre de la naïveté, ça passe

beaucoup mieux. Quant au téléphone, peu importe o‍
je l'ai trouvé. Ce n'est plus à vous de poser les question‍
Attendez juste encore quelques minutes, qu'il s'allume, e‍
vous verrez si ce n'est rien. »

Mais Serena n'est pas prête à attendre, pas cette fois-c‍
Tandis que mes paroles fusent vers elle à la vitesse de l‍
lumière, qui prend trois minutes pleines depuis les ale‍
tours de Mars jusqu'à la Terre, elle continue de parle‍
sans discontinuer :

« *Tu ferais mieux de t'en faire pour une vraie raison,* ajout‍
t-elle d'un ton soudain lourd de reproches. *L'heure est gra*‍
Cette pauvre Safia ne s'est pas relevée, depuis qu'elle est tomb‍
Imagine qu'elle soit morte, par ta faute ! »

La culpabilité me crucifie, tandis que je repense ‍
corps de Safia gisant immobile sur le sol de la chambr‍
l'écharpe de son sari serrée autour du cou. Morte ? Est-‍
que c'est possible, ou est-ce que Serena dit juste ça po‍
que je m'effondre ? Si Safia était vraiment morte ou g‍
vement blessée, la responsable du programme aurait ‍
m'en avertir dès mon arrivée au Parloir et pas seuleme‍
maintenant... Elle bluffe, n'est-ce pas ?

De l'autre côté de la vitre blindée, je sens le rega‍
interrogateur de Mozart fouiller mon visage à la recherc‍
d'un aveu. Tout mon être voudrait se ruer dans la chamb‍
pour pratiquer les premiers soins sur Safia.

Mais si je fais ça, je perds la main. Il y a quatre éta‍
entre le Parloir et la chambre, où tout peut arriver.
Serena peut imaginer je ne sais quel stratagème pour ‍
faire taire. Alors que là, face à Mozart, je peux parler. J‍
dois. C'est peut-être ma seule chance d'essayer de sau‍
douze passagers, plutôt qu'une seule.

« Ce qui lui est arrivé, c'est par *votre* faute ! je crie.
par la mienne ! »

Mes dénégations se perdent dans l'espace, et ne ser‍
entendues que dans trois minutes. Mais Serena, elle, co‍
nue sa diatribe :

ACTE V

« *Les spectateurs te jugent en ce moment, Léonor. Est-ce vraiment le spectacle que tu veux leur donner, celui d'une forcenée qui veut faire demi-tour ? Celui d'une folle en plein délire paranoïaque, qui se donne en spectacle à la Terre entière ? Allez, redescends chez les filles sans faire d'histoire. Tes six minutes sont écoulées. Ton entretien est terminé. Je coupe le son.* »

La voix de Serena pue l'enfumage à plein nez.
Elle veut gagner du temps, je le sens.

« N'essayez pas de me faire avaler que notre échange est actuellement diffusé sur la chaîne Genesis. Ne prétendez pas que vous ignorez tout du rapport Noé et de l'homme à qui appartient ce téléphone, Ruben Rodriguez. Je suis sûre que vous savez. Assez de mensonges ! Je ne vous crois pas ! Je ne vous crois plus ! »

De l'autre côté de la cloison de verre, Mozart semble inatteignable, comme si une distance plus grande encore que celle de Mars à la Terre nous séparait. Les paroles venimeuses de Serena ont empoisonné son esprit, et maintenant, entre nous, il n'y a plus que le silence.

J'abats mon poing sur la vitre blindée, en hurlant : « Reste ! Dans cinq minutes, le téléphone va s'allumer ! »

Il frémit de tout son être entre le doute et la colère.

Ses lèvres remuent sans que je puisse entendre ce qu'il dit puisque la communication entre les deux moitiés du parloir a été interrompue.

À cet instant, celle que je considérais comme ma mère il y a une semaine encore m'enfonce une lame dans le cœur.

Elle le fait d'une voix douce, faussement compatissante, comme un gant de velours qui tient un poignard :

« *Ne lui en veux pas trop, Mozart. Ses petits jeux, comme tu dis, ne sont qu'une pauvre stratégie pour se protéger. Vois-tu, Léonor a un douloureux problème. En la sélectionnant, je voulais lui donner une deuxième chance comme à toi, comme à chacun des passagers. Je n'ai pas su déceler à quel point elle était fragile psychologiquement. Mea culpa. Je crois qu'il est temps de te révéler le secret de Léonor. La raison pour*

417

laquelle elle refuse de descendre sur Mars, et veut rester da[ns]
le vaisseau pour revenir au point de départ. Elle préfère all[er]
vers une mort certaine, plutôt que d'affronter ce qu'elle e[st]
vraiment. Elle devrait se tourner pour te montrer son do[s,]
sa face cachée, plutôt que d'essayer de dévier ton attenti[on]
sur ce téléphone, qui bien sûr ne lui sert qu'à faire diversio[n.]
Allez, Léonor : tourne-toi. »

La voix terrible de Serena n'en finit pas de résonn[er]
dans la bulle : « *Tourne-toi, ma grande. Tourne-toi.* »

Elle résonne encore plus fort dans ma tête, et se confo[nd]
avec la voix de la Salamandre :

(Tourne-toi !)
(Tourne-toi !)
(Tourne-toi !)

Mais c'est Mozart qui me tourne le dos le premier.

« Attends ! je hurle à pleins poumons. Plus qu'u[ne]
minute avant que le portable s'allume ! Plus qu'une min[ute]
avant que tu comprennes ! »

Il ne peut pas m'entendre.

Impuissante, je le vois glisser silencieusement vers le fo[nd]
de la bulle, où flotte l'immense sphère rougeoyante[,]
ouvre la trappe et s'enfonce dans le tube d'accès, sans [un]
regard en arrière. Il a choisi de ne pas faire demi-to[ur,]
de continuer jusqu'à destination.

C'est alors qu'elle apparaît pour la première fois – [la]
lune de Mars.

Elle surgit au détour de la planète rouge, suivant l[']or‑
bite vers laquelle nous nous rapprochons de seconde [en]
seconde. C'est un rocher noir et brillant, irrégulier, cab[ossé]
de partout, vérolé d'impacts de météorites. La lum[ière]
rasante du soleil creuse les ombres de ses deux crat[ères]
principaux, qui évoquent irrésistiblement les cavités [ocu‑]
laires d'un crâne décapité.

Phobos.
La peur.

ACTE V

C'est la chose la plus affreuse que j'aie jamais vue de toute mon existence – oui, plus affreuse que la Salamandre elle-même !

9. CONTRECHAMP
BUNKER ANTIATOMIQUE, BASE DE CAP CANAVERAL
SAMEDI 9 DÉCEMBRE, 11 H 46

SERENA BONDIT À L'AUTRE BOUT DU MUR DIGITAL et appuie sur la fenêtre correspondant à la salle de gym des prétendants. Depuis qu'il a quitté le Parloir, Mozart se défoule sur un punching-ball, jetant toute sa rage dans ses poings.

On dirait un petit mannequin de cire dans une maison de poupée, qu'une enfant capricieuse peut actionner à sa guise. Cette enfant au visage sans âge, au carré de cheveux argenté et aux grands yeux vert d'eau, qui susurre dans son micro :

« Mozart : ici Serena. Écoute-moi bien, car le temps presse. Je sais que la déchéance de Léonor te fait beaucoup de peine, malgré tout ce qu'elle t'a fait subir, car tu es quelqu'un de foncièrement bon. Mais elle va mal, tu en as été le témoin. Elle a agressé ses camarades, d'abord Kristen au début du voyage, puis Safia maintenant. Elle a essayé de te manipuler pour que tu renonces à piloter la capsule des prétendants jusqu'à Mars. Qui sait ce qu'elle va tenter ensuite ? Mettre fin à ses jours ? Je vais tout faire pour la calmer et la raisonner du mieux que je le peux, en employant toutes mes compétences professionnelles. Je ne dois surtout pas être dérangée pendant cette séance. Tu comprends, n'est-ce pas ? Pas la peine de me répondre. Quand tu recevras ce message dans trois minutes, je serais déjà repassée en communication avec le Parloir. Je compte

juste sur ta discrétion. Ne raconte à personne à quel poin[t]
Léonor a disjoncté. Si tu tiens vraiment à elle, tu la laissera[s]
s'expliquer quand elle aura repris ses esprits, plutôt qu[e]
de la couler encore davantage qu'elle ne l'a fait elle-mêm[e]
auprès des autres garçons et du monde entier. Accorde-m[oi]
juste un quart d'heure en tête à tête avec elle, c'est to[ut]
ce que je demande. »

D'un mouvement de bras, Serena écarte la vidéo de [la]
salle de gym où se trouve Mozart ; d'un geste de la mai[n,]
elle chasse la vidéo du séjour côté garçons, hors de [la]
fenêtre centrale.

Le cadre de la chaîne Genesis reste vide, sans image, [au]
milieu du mur digital.

70. HORS-CHAMP
UN ÉCRAN, QUELQUE PART SUR TERRE...
SAMEDI 9 DÉCEMBRE, 11 H 46

« *C'EST UN COUP DE TONNERRE ! À l'instant, pour la [pre-]
mière fois depuis le début du programme Genesis, n[ous]
sommes sans nouvelles du Cupido ! Écran noir !*
black-out ! Que se passe-t-il ? Pourquoi la séance de speed-da[ting]
de Léonor et de Mozart a-t-elle été brusquement interromp[ue ?]
Est-ce lié à la crise de folie qui a semblé saisir la Française j[uste]
avant qu'elle monte au Parloir ? »

Le présentateur du journal télévisé qui mitraille toutes ces q[ues-]
tions est rongé par l'angoisse. Sur l'écran derrière lui défilen[t les]
dernières images diffusées sur la chaîne Genesis avant la coupu[re :]
Léonor s'agrippant à l'écharpe de Safia ; Léonor se débattant [avec]
Kelly ; Léonor entrant ensanglantée dans le Parloir ; la bas[cule]
brutale vers la vue du séjour des garçons, interrompant la sé[ance]
de speed-dating en plein milieu.

ACTE V

Zap !
Une autre chaîne.
Des images live de tous les pays se succèdent à l'écran.
Sous-titre : NEW YORK, USA
La célèbre place de Times Square est envahie par une foule immense, qui s'était rassemblée pour assister au dernier entretien de Léonor avec Marcus, comme chacun s'y attendait. Des fanions américains et français sont encore dans toutes les mains, mais plus personne n'a le cœur de les agiter. Plus personne n'a le cœur de brandir les photomontages représentant le couple franco-américain dans les bras l'un de l'autre. Au contraire, plusieurs fans ont sorti des marqueurs de leurs poches, pour gribouiller rageusement le visage de Léonor.
Sous-titre : RIO DE JANEIRO, BRÉSIL
Des milliers de gens ont investi l'esplanade du Christ Rédempteur, qui domine la ville depuis le mont du Corcovado. Une structure éphémère géante a été montée derrière lui : la silhouette du Cupido, dont les deux ailes correspondent exactement aux bras écartés de la statue emblématique. La plupart des pèlerins s'agenouillent en prière. L'orchestre samba qui interprétait « La fille d'Ipanema » dépose ses instruments, et cesse de jouer.
Sous-titre : MUMBAI, INDE
C'est la nuit, mais l'activité est plus grouillante qu'en plein jour. Les rues envahies de piétons, de rickshaws et de vaches sacrées mènent à une vaste place placardée de portraits de Safia. La consternation marque les visages. Des femmes lèvent les bras vers le ciel enténébré en pleurant, tordues par le chagrin comme si elles avaient perdu leur propre fille. Certains hommes réagissent différemment : ils lacèrent des drapeaux français en criant vengeance.

Zap !
Une autre chaîne.
Un panel d'experts au front soucieux s'est réuni en urgence autour d'une journaliste qui compulse fébrilement ses notes.

« ... il s'agit peut-être d'un orage magnétique créant des interf­rences, suggère l'un des experts d'une voix incertaine. Les éruptio­solaires peuvent parfois causer de tels problèmes de télécommun­cation... »

La journaliste l'interrompt :

« Professeur, que pensez-vous des voix qui s'élèvent sur l­réseaux sociaux pour dire que Serena McBee a peut-être cou­volontairement la diffusion, afin d'épargner aux spectateurs u­scène de carnage due à la fureur de la candidate française ?

— C'est possible...

— Et celles qui affirment que Léonor a fait exploser le Cupid­

— Je crois que nous pouvons exclure cette hypothèse, car d'ap­le communiqué technique de Genesis reçu à l'instant, le vaisse­est sur le point d'entrer en orbite autour de Mars, dans le sill­de la lune Phobos. »

Zap !
Une autre chaîne.
Une reporter à l'air complètement dépassé se tient debout ­*la place de l'Étoile, tellement colonisée par la foule que toute* ­*culation est impossible. Derrière elle s'élève l'Arc de Triomp­sous lequel flotte toujours l'immense bannière représentant Léo­en combinaison d'astronaute, le visage illuminé par un sou­radieux, les yeux tournés vers l'espace.*

« Ici, à Paris, c'est la stupéfaction la plus totale ! crie la re­ter dans son micro pour couvrir le brouhaha. Les Français ­comprennent pas pourquoi leur candidate s'est comportée co­elle l'a fait. »

Elle se tourne vers une jeune femme à côté d'elle :

« Mademoiselle, pourquoi êtes-vous descendue dans la ­aujourd'hui ?

— Pour soutenir Léonor ! Elle a beaucoup trop de press­la pauvre. C'est la dernière séance de speed-dating et ils sont ­le point d'arriver sur Mars. Ça fait beaucoup quand même ­une seule journée ! On comprend qu'elle pète un câble ! »

ACTE V

vec Léo ! Il ne sera pas dit que nous abandonnerons ainsi notre 'oparde nationale ! »
Une dame plus âgée, bien comme il faut, se permet d'intervenir :
« Cette Léonor est une honte pour notre pays. Une terroriste.
— Vous avez raison ! abonde un homme engoncé dans son perméable, le visage furieux. Qu'est-ce que nos voisins vont nser de nous ? Ce n'est pas ça, la France.
— Ferme-la, pépé ! crient une bande de jeunes, tous teints en ux, garçons comme filles. Vive Léo ! Vive la géante rouge ! »
Un grondement s'élève de la foule prête à en venir aux mains :
« Oh ! Regardez ! »
La caméra quitte brutalement la reporter, pour cadrer sur l'Arc Triomphe, où brille une flamme bien plus éblouissante que celle soldat inconnu.
Des hommes ont aspergé d'essence la gigantesque bannière repré-tant Léonor, avant d'y mettre le feu. Sous le regard de l'assis-ce médusée, les flammes grimpent le long de la bâche, dévorent isage couvert de taches de rousseur, mêlent leurs langues incan-centes aux longues mèches de la géante rouge.

Harmony cesse de zapper pour rester sur la dernière îne.
es flammes illuminant le grand écran plat incrusté dans nur de sa chambre se reflètent sur les draps du lit où est assise, sur son visage de porcelaine, dans ses yeux cils blancs et fins, presque transparents.
oudain, un bruit retentit au carreau – *tin !*
larmony détache les yeux de l'écran et se lève pour r ouvrir la fenêtre.
Iais ce n'est pas un bec de pigeon voyageur.
e sont des grêlons qui tombent du ciel et percutent les eaux – *tin ! tin ! tin !*
éçue et frissonnante, Harmony s'apprête à refermer la tre pour retourner à son lit, quand elle aperçoit une ouette sombre au milieu des jardins enneigés.

L'intrus relève la tête au même instant, dévoilant sou[s]
sa capuche un visage encadré par des lunettes à montu[re]
noire. C'est un jeune homme de l'âge d'Harmony, do[nt]
la peau pâle ressemble à la sienne.

Il se fige.

Il n'a pas le droit d'être là.

Harmony devrait le dénoncer.

Mais elle ne donne pas l'alerte.

Lentement, comme pour ne pas effaroucher une bic[he]
surprise au fond d'un bois neigeux, le jeune homme lè[ve]
son index et le pose sur ses lèvres bleues de froid.

« *Silence ?* »

Derrière les barreaux de sa fenêtre, Harmony effect[ue]
le même geste, et pose son doigt sur sa bouche diapha[ne].

« *D'accord : silence.* »

71. CHAMP
D + 159 JOURS 22 H 15 MIN
[23ᵉ SEMAINE]

« **A**TTENDS, *LÉONOR !* »
En d'autres circonstances, le seul fait que Ser[ena]
ose encore me donner des ordres me ferait écl[ater]
de rire.

Je me propulse rageusement vers la trappe qui fe[rme]
le tube d'accès, entraînant derrière moi un long pa[n de]
tissu rouge.

« *Ne commets pas l'irréparable !* »

L'irréparable, Serena l'a déjà commis. Dès l'instan[t où]
elle nous a sélectionnés pour ce programme allécha[nt à]
l'extérieur, mais empoisonné à l'intérieur. Le logo r[ouge]

ACTE V

t rond de Genesis, c'est la pomme de Blanche-Neige, et
erena, la sorcière qui nous l'a tendue.

« *Reste dans le Parloir !* »

J'empoigne le levier de la trappe. Je sens des vibrations se
ansmettre dans mon poignet, faire trembler la mousseline
ui flotte autour de moi : là, derrière le panneau d'acier
touffant tous les sons, des poings s'abattent en pluie drue.
e sont ceux des autres filles qui essayent d'accéder au
arloir. Les seules choses qui comptent, maintenant que
ozart m'a tourné le dos, c'est de les avertir et de soigner
fia du mieux que je le peux.

Et après ? Après, je préfère ne pas y penser.

« *Je peux vous sauver la vie !* »

Je me fige au dernier moment, la main sur le levier,
tomaquée par le culot de Serena.

Ses paroles, prononcées trois minutes plus tôt, contient de me parvenir par vagues qui prennent naissance
ap Canaveral, qui traversent cinquante-cinq millions de
omètres de vide.

« *Safia a repris conscience. Elle a dit à tes compagnes de monter
hercher, pour te protéger de toi-même et éviter que tu ne fasses
e bêtise. Elles sont là derrière la trappe du Parloir, folles d'in-
iétude pour toi. Elles peuvent patienter, elles n'en mourront pas.
 marché que j'ai à te proposer, en revanche, ne peut attendre.* »

Jn marché ?

)e la part de Serena, qui n'est que mensonge et dupli-
 ?

 Comment pouvez-vous imaginer que je vais croire la
indre parole sortant de votre bouche fielleuse, Serena ?
 je dans un souffle rauque. Vous nous avez tous trahis,
ourquoi ? Sans doute pour vous enrichir davantage,
s qui avez déjà tout ! »

 n'ai plus rien à dire à cette femme, et je ne veux plus
 entendre d'elle.

lors, pourquoi est-ce que je reste là ?

Pourquoi est-ce que j'attends six minutes, que ma voi[x] descende jusqu'à ses oreilles, et que sa réponse remont[e] jusqu'aux miennes ?

Parce qu'au fond de moi, je sais que la donne a chang[é] et Serena le sait aussi.

« *Les termes de notre relation ne sont plus les mêmes*, dit-ell[e]. *Oui, je vous ai envoyés à la mort pour de l'argent ; mais mai[n]tenant, c'est ma propre vie que je joue avec toi. Les cartes ont é[té] redistribuées. Or, comme au tarot, ça change tout d'avoir u[ne] main pleine d'atouts.*

« *Atout numéro un : tu as la preuve irréfutable du rapport N*[oé] *avec le téléphone portable ;*

« *Atout numéro deux : j'aurais du mal à prétendre que j'igr*[no]*rais l'existence de ce rapport, puisque le téléphone appartenait [à] Ruben Rodriguez, qui était sous mes ordres directs, tout com*[me] *vos six instructeurs – inutile de te dire qu'ils sont aussi impliq*[ués] *que Gordon Lock et moi.*

« *Atout numéro trois : tu as vu juste, nous sommes* off p[our] *l'instant, cependant je ne pourrai pas vous garder éternellem*[ent] *hors antenne, car un vaisseau comme le* Cupido *ne disparaît* [pas] *comme ça des écrans.*

« *Mais ce n'est pas à toi que je vais expliquer tout cela, n'es*[t-ce] *pas ? Tu sais très bien que tu as pris l'avantage. Nous som*[mes] *semblables, au fond. Moi, j'ai été trahie par des faibles co*[mme] *Sherman, Roberto ou Ruben, qui ont refusé de me faire confia*[nce] *– prendre en photo les pages du rapport Noé, quelle folle imp*[ru]*dence ! Toi, tu as été rejetée par tes coéquipières qui n'ont pas c*[om]*pris que tu voulais leur ouvrir les yeux. Tu es un fauve solit*[aire] *qui peine à trouver des partenaires à sa hauteur. Un être supér*[ieur] *né pour dominer. Au point de créer tes propres règles du jeu.*

— Je n'ai rien à voir avec vous ! je crache, exaspérée [par] cette ultime provocation. Mais vous avez raison au m[oins] sur un point : j'ai les bonnes cartes en main, et je vais [les] abattre sur vous jusqu'à ce que vous en creviez. Je vais a[ver]tir tous les passagers du *Cupido*. Les spectateurs que v[ous] avez tenus en haleine pendant des mois exigeront de n[ous]

ACTE V

voir, de nous entendre. Et alors, ils apprendront la vérité de notre bouche. Vous ne serez jamais Vice-présidente. Votre aventure s'arrête ici, et votre chute sera terrible. »

Mais Serena continue de parler, insensible à ma menace qui ne lui parviendra que dans trois minutes.

« *Tu es une fille intelligente, Léonor. Trop sans doute pour cette mission. La plus grande faute professionnelle de toute ma carrière, c'est de t'avoir sélectionnée. Va, je ne vais pas essayer de te mentir, ni prétendre que le rapport dans le téléphone est un faux, car je sais que c'est peine perdue, et nous avons peu de temps devant nous. Je vais même t'avouer que je détiens un mécanisme capable de dépressuriser les Nids d'amour à distance sans attendre qu'ils révèlent leurs défaillances sur la durée. Il me suffit d'appuyer sur un bouton. Ah, ah ! Vérité ou bluff ? Il semblerait que j'aie, moi aussi, encore un ou deux atouts en main…* »

Le sang bout dans mes veines.

Je broie le levier de la trappe dans ma main, comme si c'était la nuque de Serena.

Mais il n'y a pas de Serena à étrangler, pas même d'écran à fracasser.

Il n'y a qu'une voix insaisissable au milieu des étoiles.

« *Laisse-moi compter les points, à mi-partie,* dit-elle. *Si tu décides de me balancer à l'antenne et de rester à bord du Cupido pour faire demi-tour : vous mourrez en chemin. Si tu acceptes de te taire et de descendre sur Mars : vous aurez neuf mois pour identifier la cause du dysfonctionnement des habitats, et tenter d'y remédier – il suffira peut-être d'une simple réparation, qui sait ? Ce sera à vous de le découvrir. Ceci, bien sûr, en toute discrétion, sans jamais mettre le public au courant de l'existence des cobayes qui vous ont précédés sur Mars. Le rapport Noé, en somme, vous offre la chance de pouvoir mener un combat pour votre survie.* »

L'aplomb de Serena me coupe le souffle.

Prétendre que le rapport Noé est une chance !

Je voudrais hurler, mais je sens que je ne dois pas laisser transparaître mes émotions.

Car c'est bien une « partie » qui s'est engagée entre Serena et moi, comme elle le dit avec un cynisme effroyable : une partie de poker. Il faut que je me hisse à son niveau d'experte internationale de la communication avec ses années de pratique, moi qui ne suis qu'une orpheline de dix-huit ans. Il faut que j'imite son calme glacial, que je garde mon sang-froid, même si tout ce que je voudrais en ce moment c'est lui vomir au visage ma colère et mon mépris, comme un torrent de lave.

« Si nous descendons sur Mars sans rien dire, comment être sûrs que vous ne dépressuriserez pas les habitats malgré tout ? » je demande.

Six minutes s'écoulent, face à la joueuse du poker la plus impénétrable du monde, parce que son visage n'est qu'un trou noir rempli d'étoiles, sans expression.

« *Ça ne serait pas dans mon intérêt*, répond finalement Serena. *Car alors, vous pourriez survivre quelques heures dans vos combinaisons, assez longtemps pour révéler au monde ce que vous savez.*

— Et si nous ne réussissons pas à réparer les habitats ? Six minutes à nouveau.

Au-dessus de la trappe, derrière la bulle de verre, l'immensité de l'univers m'aspire comme un gosier sans fond.

« *Au moins aurez-vous eu neuf mois pour essayer* en sachant *qu'il y a un problème, ce qui est un avantage inestimable par rapport au fait de ne rien savoir et de mourir comme des bêtes ignorantes, sans rien pouvoir faire.* »

Je commence à comprendre le choix odieux devant lequel Serena veut me placer, plus vertigineux encore que le vide interplanétaire.

« En gros, vous me demandez de choisir entre la certitude de vous faire tomber si je parle, et la possibilité incertaine de nous en tirer si je me tais…, dis-je. Vous demandez de choisir entre la Justice et l'Espoir… C'est un choix impossible. »

ACTE V

Le silence de la latence de communication ne m'a jamais semblé si assourdissant.

Les ténèbres cosmiques ne m'ont jamais semblé si aveuglantes.

L'infini de l'espace n'est qu'un leurre, je m'en rends compte à présent, un trompe-l'œil qui camoufle une impasse. Quelle ironie : je flotte au milieu de billions de kilomètres de ciel, plus haut, plus loin qu'aucun autre être humain n'est allé avant moi, et pourtant je ne vois aucune issue, j'étouffe comme si j'étais enterrée vivante dans un cercueil trop étroit !

« *C'est le seul choix que tu aies*, dit Serena au bout de six minutes. *Et tu es seule pour choisir.* »

À la manière dont elle prononce le mot *seule*, je devine soudain que je ne le suis pas. Je sens une présence dans mon dos, au fond du Parloir silencieux.

Je me détache de la trappe et me retourne, mes longs cheveux flottant devant moi comme des nappes de brouillard martien. En haut de la voûte de verre, le crâne noir de Phobos, dieu de la peur, continue sa révolution autour de son père Mars, dieu de la guerre. Derrière la vitre blindée, Marcus me regarde.

Ses mains sont violettes d'ecchymoses à force d'avoir frappé contre la paroi parfaitement étanche.

Pendant que j'étais absorbée par ma négociation de vie et de mort avec Serena, il a eu tout le temps de regarder mon dos dénudé, cette Salamandre que j'ai mis tant d'ardeur à cacher depuis le début du voyage... depuis l'aube de ma vie.

« Marcus... », dis-je, sachant qu'à l'instant où je prononce ce nom, nul ne peut l'entendre – ni celui qui se trouve à quelques mètres de moi dans l'hémisphère insonorisé, ni Serena qui ne percevra ma voix qu'en différé.

Les yeux graves de Marcus me contemplent en silence. Ils ne sont pas remplis d'horreur, ni de dégoût ni d'aucune

de ces choses terribles que mes cauchemars y avaient pro[jetées].
jetées.

Pour la millième fois peut-être, ses lèvres articulent de[s] mots muets.

« Je ne comprends pas, Marcus... »

Il écarte le col de sa chemise sur ses pectoraux dessi[nés] – ce torse qui se lit comme un livre, qui invite à s[e] perdre comme une forêt. Il ouvre la paume de sa main [:] elle renferme un canif, étincelant sous les étoiles. De l[a] pointe de la lame, il se met à tracer des lettres fines s[ur] le seul emplacement en jachère, où les ronces de mo[t] n'ont jamais poussé, que l'aiguille du tatoueur n'a jama[is] touché : son cœur.

L...

É...

Le début du O...

« Arrête ! »

Je me précipite sur la vitre, sentant les larmes venir.

Je pose mes doigts sur le verre infranchissable, au nive[au] du cœur de Marcus, comme pour essuyer le sang q[ui] perle sur les trois premières lettres de mon nom, tel[les] des gouttes de rosée.

Sa main se fige.

Il me sourit.

Dans mon dos, la Salamandre ne siffle plus.

Ne me démange plus.

N'existe plus.

Marcus laisse échapper son canif. Derrière lui, cinq [si]houettes silencieuses comme des fantômes se profilent [au] fond de la bulle insonorisée. Inquiets de ne pas le v[oir] redescendre, les autres prétendants sont à leur tour mon[tés] au Parloir. Mozart... Alexeï... Tao... Samson... Kenj[i] – tous les garçons à côté de qui j'ai vécu pendant tou[tes] ces semaines, sans jamais les voir plus de quelques minu[tes]. Mais ces brefs instants m'ont suffi pour savoir qu'aucun

ACTE V

mérite de mourir, qu'ils sont tous dignes de vivre heureux et aimés, pendant de longues années.

« *Marcus est là pratiquement depuis le début de notre conversation, dont il n'a rien pu entendre,* dit soudain Serena – *il lui a fallu trois minutes pour se rendre compte que je m'étais retournée, et encore trois minutes pour me le faire savoir. Malgré mes consignes de ne pas aller au Parloir, il y est monté, parce que Mozart ne voulait pas répondre à ses questions sur le dernier speed-dating. Il ne comprend pas ce qui se passe. Aucun d'entre eux ne comprend : ni les prétendants qui, à l'heure où je te parle, ont sans doute rejoint Marcus dans le Parloir ; ni les prétendantes qui t'attendent dans le tube d'accès. Toi seule as les clés. Mon conseil, c'est de les leur donner une fois sur Mars, pas avant. Si tu leur parlais maintenant du rapport Noé, ils risqueraient d'avoir des réactions regrettables, de vouloir faire demi-tour à bord du Cupido comme ça a été ton premier réflexe – un réflexe de panique, et non une décision mûrement réfléchie. Mais une fois sur Mars, ils seront bien obligés de jouer le jeu que tu auras choisi pour eux. La décision t'appartient, à toi et à toi seule. Allez, avoue, n'est-ce pas un pouvoir grisant, que celui de tenir vos douze vies dans le creux de ta main ? Tu as l'âme d'un leader, Léonor, et les leaders doivent choisir pour les autres. Une réponse, maintenant. La suspension de la chaîne Genesis n'a que trop duré. Nous dirons aux spectateurs qu'il y a eu un problème technique, mais maintenant le spectacle doit continuer. Donne-moi une réponse. Dis-moi que l'on peut reprendre le direct, que vous allez laisser le* Cupido *repartir sans vous, descendre sur Mars dans vos capsules, et tout tenter pendant neuf mois pour survivre.*

— Non. »

Cette fois-ci, je ne ferme pas les yeux pendant la latence de communication. Je les garde grands ouverts, plongés dans ceux de Marcus.

« *Comment ça, non ?* »

Il y a de l'agacement dans la voix de Serena.

De la colère aussi.

Mais surtout, de la surprise.

« Je vous ai dit que ce n'était plus à vous de poser le[s] questions, vous avez la mémoire courte ? Je n'accepte pa[s] les termes de votre prétendu pacte. »

Je me retourne vers la voûte étoilée, vers celle qui cro[it] être un dieu, libre de nous défausser à sa guise comme d[e] simples cartes à jouer.

« Ne comptez pas sur moi pour cacher la vérité à m[es] frères et à mes sœurs, et les mettre devant le fait accomp[li] une fois sur Mars. Ce pouvoir ne me grise pas : il m'écœur[e]. Vous avez dit que j'étais votre plus grande erreur profe[s]sionnelle. Vous êtes ma plus grande erreur personnell[e], vous que je considérais avec les autres instructeurs comm[e] ma famille de substitution. Je sais aujourd'hui avec cer[ti]tude que ma vraie famille, ce sont celles et ceux qui ont f[ait] le voyage avec moi. Je vais tout leur révéler, tout de sui[te] comme j'ai prévu de le faire depuis le début. Et ce se[ra] nous, tous ensemble, qui vous donnerons notre répons[e].

« Faire demi-tour et vous dénoncer tout de suite : [la] Justice.

« Ou descendre sur Mars et tenter de survivre : l'Espoi[r].

Je m'envole vers le tube d'accès et je tourne à fond [le] levier.

« Vous vous trompiez, Serena, je ne suis pas comme vo[us]. Parce que vous, vous êtes vraiment seule… »

La trappe s'ouvre, les filles s'envolent dans la b[ulle] comme des oiseaux en plein ciel.

« … et moi, je suis douze ! »

ACTE V

72. Chaîne Genesis
SAMEDI 9 DÉCEMBRE, 12 H 13

Nous sommes désolés pour ce contretemps.
Nous travaillons à rétablir la connexion
avec le *Cupido* dans les meilleurs délais.
Merci de votre patience et de votre fidélité
sur votre chaîne préférée :
la chaîne Genesis !

REMERCIEMENTS

Je tiens à remercier ceux qui, à mes côtés ou depuis la salle de contrôle, ont permis le lancement de la fusée *Phobos* : Glenn et Constance, les premiers à signer pour partir avec moi sur la planète Mars ; ma famille, qui m'a suivi dans cette aventure ; Larry, l'artiste de l'équipage, dont le talent a donné un visage à Léonor ; Fabien et Muriel, les responsables Ingénierie, qui ont effectué les contrôles techniques indispensables à un tel programme ; Elisabeth, Margaux, Céline et Sylvie, les responsables Communication, qui assurent le contact permanent entre le vaisseau et la Terre ; *last but not least*, Billie et Rasco, mes chats de bord, qui guettent les étoiles depuis la bulle de verre où j'écris la nuit.

La première phase de cette mission n'aurait pas pu être accomplie sans leur aide à tous !

En attendant la reprise de la chaîne
Genesis et le tome 2 de
Phobos…

Entrez
dans un
nouvel
R

avec d'autres romans
de la collection

www.facebook.com/collectionr

LA 5ᵉ VAGUE

de Rick Yancey

Tome 1

**1ʳᵉ Vague : *Extinction des feux*. 2ᵉ Vague : *Déferlante*.
3ᵉ Vague : *Pandémie*. 4ᵉ Vague : *Silence*.**

À L'AUBE DE LA 5ᵉ VAGUE, sur une autoroute désertée, Cassie ten[te] de *Leur* échapper… *Eux*, ces êtres qui ressemblent trait pour tr[ait] aux humains et qui écument la campagne, exécutant quiconque a [le] malheur de croiser *Leur* chemin. *Eux*, qui ont balayé les derniè[res] poches de résistance et dispersé les quelques rescapés.

Pour Cassie, rester en vie signifie rester seule. Elle se ra[c]croche à cette règle jusqu'à ce qu'elle rencontre Evan Walk[er]. Mystérieux et envoûtant, ce garçon pourrait bien être son ulti[me] espoir de sauver son petit frère. Du moins si Evan est bien ce [que] qu'il prétend…

Ils connaissent notre manière de penser. *Ils* savent comm[ent] nous exterminer. *Ils* nous ont enlevé toute raison de vivre. *Ils* vi[en]nent maintenant nous arracher ce pour quoi nous sommes prê[ts à] mourir.

**Retrouvez l'adaptation du premier tome
de la trilogie phénomène en DVD et VOD**

Tome 2 : *La Mer infinie*

Tome 3 : *La Dernière Étoile*

Tome 1 de la deuxième saison à paraître en 2019

LA SÉLECTION

de Kiera Cass

Tome 1

35 candidates, 1 couronne, la compétition de leur vie.

Elles sont trente-cinq jeunes filles : la « Sélection » s'annonce comme l'opportunité de leur vie. L'unique chance pour elles de troquer un destin misérable contre un monde de paillettes. L'unique occasion d'habiter dans un palais et de conquérir le cœur du prince Maxon, l'héritier du trône. Mais pour America Singer, cette sélection relève plutôt du cauchemar. Cela signifie renoncer à son amour interdit avec Aspen, un soldat de la caste inférieure. Quitter sa famille. Entrer dans une compétition sans merci. Vivre jour et nuit sous l'œil des caméras... Puis America rencontre le Prince. Et tous les plans qu'elle avait échafaudés s'en trouvent bouleversés...

Le premier tome de la série phénomène, mêlant dystopie, hyperréalité et conte de fées moderne, bientôt adaptée au cinéma.

Tome 1 : *La Sélection*

Tome 2 : *L'Élite*

Tome 3 : *L'Élue*

Tome 4 : *L'Héritière*

Tome 5 : *La Couronne*

Hors-séries :
La Sélection, Histoires secrètes : Le Prince & Le Garde
La Sélection, Histoires secrètes : La Reine & la Préférée
La Sélection, mon carnet

Night School

de C. J. Daugherty

Tome 1

Qui croire quand tout le monde vous ment ?

Allie Sheridan déteste son lycée. Son grand frère a disparu. Et el vient d'être arrêtée. Une énième fois. C'en est trop pour ses paren qui l'envoient dans un internat au règlement quasi militaire. Cont toute attente, Allie s'y plaît. Elle se fait des amis et rencontre Carte un garçon solitaire, aussi fascinant que difficile à apprivoiser... Ma l'école privée Cimmeria n'a vraiment rien d'ordinaire. L'établisseme est fréquenté par un curieux mélange de surdoués, de rebelles d'enfants de millionnaires. Plus étrange, certains élèves sont recru par la très discrète « Night School », dont les dangereuses activit et les rituels nocturnes demeurent un mystère pour qui n'y partici pas. Allie en est convaincue : ses camarades, ses professeurs, peut-être ses parents, lui cachent d'inavouables secrets. Elle de vite choisir à qui se fier, et surtout qui aimer...

Le premier tome de la série découverte par le prestigie éditeur de *Twilight*, *La Maison de la nuit*, *Nightshade* et Sc Westerfeld en Angleterre.

Une série best-seller de cinq tomes, publiée dans plus vingt pays !

Tome 2 : *Héritage*

Tome 3 : *Rupture*

Tome 4 : *Résistance*

Tome 5 : *Fin de partie*

PARDONNE-MOI, LEONARD PEACOCK
de Matthew Quick

En plus du P-38, le flingue de mon grand-père,
il y a quatre paquets, un pour chacun de mes amis.

Je veux leur dire au revoir correctement. Je veux qu'ils gardent un souvenir de moi. Qu'ils sachent que je suis désolé d'avoir dû leur fausser compagnie. Qu'ils ne sont pas responsables de ce qui va se passer...

Aujourd'hui, Leonard Peacock a dix-huit ans. C'est le jour qu'il a choisi pour tuer son ancien meilleur ami. Ensuite, il se suicidera. Plus tard, peut-être, il se dira que c'est OK, voire important, d'être différent. Mais pas aujourd'hui.

« On a besoin de livres comme celui de Matthew Quick. »
The New York Times

Après *Happiness Therapy*, le premier roman Young Adult de Matthew Quick

LES 100

de Kass Morgan

Tome 1

**Depuis des siècles, plus personne n'a posé le pied sur Terre
Le compte à rebours a commencé...**

2:48... 2:47... 2:46...
Ils sont 100, tous mineurs, tous accusés de crimes
passibles de la peine de mort.

1:32... 1:31... 1:30...
Après des centaines d'années d'exil dans l'espace,
le Conseil leur accorde une seconde chance
qu'ils n'ont pas le droit de refuser : retourner sur Terre.

0:45... 0:44... 0:43...
Seulement, là-bas,
l'atmosphère est toujours potentiellement radioactive
et à peine débarqués les 100 risquent de mourir.

0:03... 0:02... 0:01...
Amours, haines, secrets enfouis et trahisons.
Comment se racheter une conduite
quand on n'a plus que quelques heures à vivre ?

**Découvrez sur SyFy, France 4 et Netflix
la série télé adaptée du roman
par les producteurs de *The Vampire Diaries* et *Gossip Girl***

Tome 2 : *21ᵉ Jour*

Tome 3 : *Retour*

Tome 4 : *Rébellion*

STARTERS

de Lissa Price

***Vous rêvez d'une nouvelle jeunesse ?
Devenez quelqu'un d'autre !***

Dans un futur proche : après les ravages d'un virus mortel, ules ont survécu les populations très jeunes ou très âgées : les arters et les Enders. Réduite à la misère, la jeune Callie, du haut ses 16 ans, tente de survivre dans la rue avec son petit frère. e prend alors une décision inimaginable : louer son corps à un stérieux institut scientifique, la Banque des Corps. L'esprit ne vieille femme en prend possession pour retrouver sa jeu-sse perdue. Malheureusement, rien ne se déroule comme vu... Et Callie prend bientôt conscience que son corps n'a été é que dans un seul but : exécuter un sinistre plan qu'elle devra ntrecarrer à tout prix !

e premier volet du thriller dystopique phénomène aux ts-Unis.

Les lecteurs de Hunger Games vont adorer ! », Kami Garcia, auteur de la série best-seller 16 Lunes.

Second volet : *Enders*

Nouvelles numériques inédites :

Starters 0.1 : Portrait d'un Starter
Starters 0.2 : Portrait d'un marshal

LA FAUCHEUSE

de Neal Shusterman

Priez qu'elle ne vienne pas pour vous !

MidMerica, milieu du 3ᵉ millénaire. Dans un monde où la mala[die] a été éradiquée, on ne peut plus guère mourir qu'en étant t[ué] aléatoirement («glané») par un faucheur professionnel. Citra [et] Rowan sont deux adolescents qui ont été sélectionnés pour dev[enir] apprentis Faucheurs ; et, bien qu'ils aient cette vocation en horre[ur,] ils vont devoir apprendre l'art de tuer et comprendre en quoi ce[tte] mission est bel et bien une nécessité.

Mais seul l'un des deux adolescents sera choisi comme appre[nti] à part entière, et lorsqu'il devient clair que la première tâche [du] vainqueur sera de glaner la vie du perdant, Citra et Rowan [se] retrouvent dressés l'un contre l'autre bien malgré eux...

Tome 2 : *Thunderhead*
Tome 3 : à paraître en 2019

L'EMPIRE DE SABLE

de Kayla Olson

suffit d'un grain de sable pour faire s'écrouler un empire.

page s'est tournée dans l'histoire de l'humanité depuis que les glements climatiques ont rendu la plus grande partie du globe bitable. Puis a eu lieu la révolution orchestrée par les Loups, un sant groupe armé. Ce jour-là, ils ont pris le pouvoir. Ce jour-là, ils ont pris à Eden, qui n'a rien vu venir. La voilà désormais détenue un camp de travail sous haute sécurité.

n seul espoir ? Gagner l'île de Sanctuary dont lui a parlé son le dernier territoire encore neutre. Mais quand Eden parvient ment à y accoster avec d'autres évadés, l'île se révèle encore dangereuse que leur précédente prison…

« À la croisée du *Labyrinthe* et de la série *Lost*,
cette dystopie vous réserve rebondissements
et coups de théâtre jusqu'à la toute dernière page ! »
eth Revis, auteur de la série best-seller *Au-delà des étoiles*.

**a dystopie écologique qui a conquis Leonardo DiCaprio,
bientôt adaptée au cinéma.**

KALEB

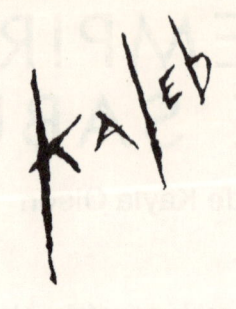

de Myra Eljundir

SAISON 1

C'est si bon d'être mauvais...

À 19 ans, Kaleb Helgusson se découvre empathe : il connecte à vos émotions pour vous manipuler. Il vous conn[aît] mieux que vous-même. Et cela le rend irrésistible. Terriblem[ent] dangereux. Parce qu'on ne peut s'empêcher de l'aimer. À la fo[lie.] À la mort.

Sachez que ce qu'il vous fera, il n'en sera pas désolé. Ce [don] qu'il tient d'une lignée islandaise millénaire le grise. Même tra[ité] comme une bête, il en veut toujours plus. Jusqu'au jour où [sa] propre puissance le dépasse et où tout bascule... Mais que p[eut-] on contre le volcan qui vient de se réveiller ?

La première saison d'une trilogie qui, à l'instar de la s[érie] *Dexter*, offre aux jeunes adultes l'un de leurs fantasmes : [être] dans la peau du méchant.

Déconseillé aux âmes sensibles et aux moins de 15 ans[.]

Saison 2 : *Abigail*

Saison 3 : *Fusion*

Nouvelle trilogie : *Après nous*

Retrouvez tout l'univers de
Phobos
sur la page Facebook de la collection R :
www.facebook.com/collectionr
et sur le site de Victor Dixen :
www.victordixen.com

Vous souhaitez être tenu(e) informé(e)
des prochaines parutions de la collection R
et recevoir notre newsletter ?

Écrivez-nous à l'adresse suivante,
en nous indiquant votre adresse e-mail :
servicepresse@robert-laffont.fr

Composition et mise en pages
Nord Compo à Villeneuve-d'Ascq

Cet ouvrage a été achevé d'imprimer en mars 2019
sur les presses de Normandie Roto Impression s.a.s.
61250 Lonrai (Orne)
Dépôt légal : juin 2015
N° d'édition : 58935/13 – N° d'impression : 1900950
Imprimé en France